FEDRA EGEA

Die Schülerin der Magie

Fedra Egea

Die Schülerin der Magie

Roman

Aus dem Spanischen
von Ilse Layer

blanvalet

Die Originalausgabe erschien unter dem Titel
»Los Secretos de la Magia I. El Libro del Poder«
bei Espasa Calpe, Madrid.

Verlagsgruppe Random House FSC-DEU-0100
Das für dieses Buch verwendete
FSC®-zertifizierte Papier *Super Snowbright*
liefert Hellefoss AS, Hokksund, Norwegen.

www.blanvalet.de

Meinen Eltern

INHALT

Der Meister 9

Die Königin 17

Der Verräter 34

Der Sumpf des Vergessens 44

Fontyr 53

León 67

Die Burg des Vergessens 75

Die Flucht 92

Auf der Lichtung 104

Die Minen 117

Abschied 127

Die Unterredung 135

Der Überfall 145

Hüter des Buchs 152

Trens 169

Schach der Königin! 179

Die Syndikusse 192

Zur Sirene 201

Die Reise 211

Gefangen 228

Die Universität 241

Die Bibliothek 249

Geständnisse 259

Forien 270

Die Melaira 282

Alessir 291

Die Falle 305

Der Rückfall 318

Mad 329

Das Buch der Macht 341

DER MEISTER

Irgendwo im Palast schlug die Uhr zwei Mal, und pünktlich wie jeden Tag betrat Meister Scopo, der Berater der Königin, die Bibliothek. Erst nach mehreren Minuten traf der erste Schüler ein, und es verging eine weitere Viertelstunde, bis alle versammelt waren – das heißt, alle, die am Unterricht teilnehmen wollten, denn vollzählig war die Klasse nur selten.

»Ich habe eure Arbeiten korrigiert«, erklärte der Meister.

»Ich bin mit meiner noch nicht fertig«, erwiderte einer der Schüler, »aber morgen bringe ich sie mit.«

»Na gut, aber morgen ist wirklich der letzte Termin.«

Die junge, rothaarige Ksar Rooan, die direkt hinter der Wand in einem Geheimgang saß und von dort aus heimlich am Unterricht teilnahm, wusste, dass dies nur leere Worte waren. Und das Schlimme war, dass alle anderen das auch wussten: Selbst wenn sie dem Meister die Hausarbeit überhaupt nicht aushändigten, würde es keinerlei Konsequenzen haben. Tatsächlich hatte bislang nur die Hälfte der Klasse abgegeben. Der Meister verfügte über keinerlei Mittel, mit denen er Druck auf sie ausüben konnte.

Während Scopo die korrigierten Arbeiten zurückgab, kommentierte er die nicht gerade wenigen Fehler, die er entdeckt hatte. Ksar Rooan hörte ihm mit klopfendem Herzen zu. Mit ihrer Teilnahme am Zauberunterricht ging sie ein erhebliches

Risiko ein, denn er fand während ihrer Arbeitszeit statt. An diesem Nachmittag war die Gefahr besonders groß, denn gerade hatten sie besorgniserregende Nachrichten über das Vorrücken der agrischen Truppen erhalten, und möglicherweise würde man ihre Abwesenheit in der Abteilung bemerken.

Aber heute wollte sie aus gutem Grund nicht fehlen, denn gestern hatte sie etwas völlig Verrücktes getan: Als der Meister kurz hinausgegangen war und die unkorrigierten Arbeiten auf dem Bibliothekstisch hatte liegen lassen, hatte sie ihre eigene dazwischengesteckt, natürlich ohne Namen. Das hatte sie schon einmal gemacht, vor zwei Jahren, aber damals war sie noch ziemlich schlecht gewesen, und Scopo war davon ausgegangen, dass sie von einem seiner Schüler stammte, der vergessen hatte, seinen Namen zu vermerken, und Ksar hatte sie dann in einem unbeobachteten Moment wieder an sich gebracht. Der Meister hatte alle Fehler rot angestrichen. Inzwischen, das wusste Ksar, hatte sie jedoch enorme Fortschritte gemacht – keiner der anderen Schüler konnte eine vergleichbare Arbeit schreiben.

»Hier«, sagte der Meister und überreichte einem Schüler einen Stapel Blätter. »Du solltest bei den Formeln besser auf die Vorzeichen achten. Du hast sie fast alle weggelassen. Dabei solltest du mittlerweile wissen, wo sie hingehören.«

»Klar weiß ich das«, erwiderte der Schüler in aufsässigem Ton, »aber es war mir zu blöd.«

Derselbe Schüler hatte vor einer Woche erklärt, der Stoff sei nicht interessant und er verstehe nicht, warum er all das lernen solle.

Scopo seufzte und ließ seinen Blick über die Klasse schweifen. Ksar bewunderte ihn für seine Engelsgeduld und musterte durch ihr Guckloch hindurch diesen Haufen von verwöhnten, gelangweilten jungen Leuten: Alle trugen wunderschöne Edelsteine, wie man sie für Zauber und Beschwörungen brauchte – große Diamanten, Rubine und Smaragde –, im Glauben, je größer der Edelstein desto besser das Ergebnis. Aber sie selbst vollbrachte mit einem kleinen, in einen Goldring gefassten Rubin, für den sie ihre gesamten Ersparnisse geopfert hatte, größere Zauber als jeder Einzelne von ihnen.

Vor einigen Jahren hatten die Agrier die Universität von Vekion erobert und unter den Dozenten und Studenten ein Blutbad angerichtet, bei dem es keine Überlebenden gegeben hatte. Seither war der Krieg noch erbitterter geworden, und jeder Einzelne wurde in den Abteilungen gebraucht – jeder, der zu vernünftiger Arbeit taugte. Eigentlich war Scopos Unterricht für junge Magier gedacht, die ihre Fähigkeiten weiter verbessern wollten, aber in Wirklichkeit nahmen nur diejenigen teil, die es nicht geschafft hatten, einen Posten in Vekions Verwaltungsapparat zu ergattern.

»Offenbar haltet ihr die Vorzeichen in den Formeln für eine Verzierung, die ihr weglassen könnt, wenn euch danach ist«, sagte Meister Scopo. »Die Vorzeichen sind wichtig, sie zeigen an, welcher Zauber gemeint ist. Und noch etwas: Ich bin auf abgekürzte Wörter gestoßen. Es macht gar nicht so viel Mühe, die Wörter auszuschreiben. Privat könnt ihr ja schreiben, wie ihr wollt, aber in einer Klassenarbeit solltet ihr euch dazu aufraffen, richtiges Vekisch zu schreiben.«

Der Meister fuhr mit dem Austeilen der Arbeiten fort, bis nur noch eine übrig blieb, die er ganz bewusst bis zum Schluss aufgehoben hatte.

»Wem habe ich seine Arbeit noch nicht zurückgegeben?«, fragte Scopo. Niemand meldete sich. Ksars Herz schlug so laut, dass sie befürchtete, man könnte es in der Bibliothek hören. »Einer von euch hat ohne Namen abgegeben.« Schweigen. »Offenbar jemand, der heute nicht da ist. Schade, denn eine so durchdachte Arbeit habe ich schon lange nicht mehr gesehen.«

Vor Freude errötete Ksar in ihrem Versteck.

»Hast du gehört, Kim?«, flüsterte sie der schwarz-weißen Katze ins Ohr, die auf ihrem Schoß saß. »Er findet sie gut.«

»Das Problem«, fuhr der Meister fort, »wird auf wirklich originelle Weise gelöst. Vielleicht ein wenig um die Ecke gedacht, aber auch so kommt man ans Ziel.«

Scopo begann Ksars Lösung zu skizzieren, aber offensichtlich konnten ihm nur einer oder zwei der Schüler folgen; ein halbes Dutzend hörte zwar zu, schien aus seinen Worten jedoch nicht klug zu werden, und die übrigen unterhielten sich einfach über etwas anderes. Anschließend wechselte der Meister das Thema.

»Erinnert ihr euch noch an die Projektions-Formel?« Die Schwätzer merkten kurz auf, dann schwatzten sie munter weiter. »Ihr solltet sie wiederholen. Sie ist für die heutige Stunde entscheidend. Wir wollen uns mit Verwandlungen beschäftigen.«

Verwandlungen! Davon hatte Ksar in alten Zauberhandbüchern gelesen, hatte sich sogar daran versucht, jedoch nur mit gemischtem Erfolg.

»Was sind Verwandlungen eigentlich genau?«, fragte eine der Schülerinnen, die zwar Eifer an den Tag legte, beim Anwenden der Formeln aber eher ungeschickt war. »Ich dachte, sie gehören zur alten Magie.«

»Ganz recht.« Daraus schloss Ksar, dass »alte Magie« so viel wie »undurchführbar« bedeutete. »Sich verwandeln bedeutet, bis ins Detail das Aussehen einer anderen Person anzunehmen, auch die Stimme. Nach der Anwendung der

Projektions-Formel muss man sein Aussehen verändern, aber dafür gibt es keine Formel, deshalb beherrscht niemand mehr diesen Zauber.«

»Überhaupt niemand mehr?«, fragte dieselbe Schülerin.

»Kein Einziger, nicht einmal Meisterin Lusar. Das soll nicht heißen, dass es unmöglich ist, aber dazu muss man richtig zaubern können, und ich kenne niemanden, der das kann. Früher beherrschten die Magier diesen Zauber, deshalb wurde er nie auf eine Formel gebracht. Für die Abschlussprüfung mussten sie sich in eine Person verwandeln, die möglichst wenig Ähnlichkeit mit ihnen selbst hatte, in jemanden des anderen Geschlechts und anderen Alters. Erst dann galt man als ausgebildeter Magier: Wer die Verwandlungen beherrscht, ist über den Berg, hieß es immer. Dann hat man Macht über seinen eigenen Geist, den der anderen, den Raum und die Erscheinungen.«

»Aber woher wusste man dann, wen man vor sich hatte?«

»Die Augen. Ein Verwandelter hat wässrige Augen, und die Alten trauten jemandem mit wässrigen Augen nicht über den Weg. Und es war auch nicht die feine Art, sich für jemand anderen auszugeben.«

»Wenn man niemandem etwas vormachen konnte, wozu war eine Verwandlung dann gut?«

»Man konnte keinem anderen Magier etwas vormachen«, stellte der Meister klar, »aber es war eine hervorragende Übung. Bedauerlicherweise«, fuhr er betrübt fort, »wurden die Anforderungen heruntergeschraubt, da Zauberer gebraucht wurden. Als die Verwandlung nicht mehr verlangt wurde, geriet sie in Vergessenheit. Wie gesagt, heutzutage beherrscht sie niemand mehr.«

»Wenn niemand sie beherrscht, wozu soll man sich dann damit beschäftigen?«, fragte ein anderer Schüler.

Es gab immer jemanden, der so etwas fragte. Und zwar in einem Ton, der verriet, dass derjenige das Ganze für reine Zeitverschwendung hielt.

Bevor der Meister antworten konnte, klopfte es, und eine große, kräftige junge Frau mit blassem Teint und hellbraunem Haar betrat die Bibliothek.

»Ich muss leider stören, Meister, der Große Syndikus hat den Rat einberufen. Es ist dringend.«

»Danke, Syrca. Wir machen morgen weiter.«

Alle sahen den Meister angenehm überrascht an. Der wiederum trat an ein Regal, zog einen dicken Band heraus und legte ihn auf den Tisch. »In diesem Buch findet ihr die Projektions-Formel. Ich empfehle euch, sie zu wiederholen.« Damit verabschiedete er sich und verließ die Bibliothek.

Was für eine Formel das wohl war? Ksar wusste es nicht, dagegen bereitete es ihr keine Mühe, diesen Zauber anzuwenden, mit dem man sein Aussehen verändern konnte – der, von dem Scopo gesagt hatte, er sei in Vergessenheit geraten.

Eine Formel anzuwenden und einen Zauber zu wirken war nicht dasselbe. Mit den Formeln ersparte man sich hochkomplizierte Zauber, sie dienten als eine Art Abkürzung, die von den Alten überliefert waren. Zwar nannten die Magier das Anwenden einer Formel »zaubern«, aber etwas anderes konnten sie gar nicht, sie kombinierten nur verschiedene Formeln miteinander, um die gewünschte Wirkung zu erzielen. Wenn irgendeine Formel also nicht in den Listen stand, die sie von klein auf auswendig lernten, war ihnen der entsprechende Zauber nicht zugänglich – selbst wenn sie wussten, dass es ihn einmal gegeben hatte.

Ksar hingegen hatte das gegenteilige Problem: Sie kannte die meisten Formeln nicht, denn sie war keine Magierin und hatte sie als Kind nicht gelernt. Also musste sie ohne sie auskommen und stattdessen begreifen, wie man selbst Zaubersprüche aufbaut und formuliert. Anfangs war es um ganz einfache Dinge gegangen, doch mit der Zeit hatte sie sich an immer komplexere gewagt. Ihr Weg war meist recht umständlich, aber sie wusste, dass es immer eine Lösung gab. Sie musste sie nur finden, was nicht immer einfach war.

Ksar hatte schon mehrmals versucht, sich zu verwandeln, aber obwohl sie im Spiegel wie die gewünschte Person ausgesehen hatte, wurde sie immer, wenn sie die Probe aufs Exempel machte und sich einem Bekannten zeigte, mit ihrem eigenen Namen begrüßt – der beste Beweis, dass der Zauber nicht funktionierte.

»So ein Quatsch, etwas zu versuchen, das von vornherein aussichtslos ist«, schnaubte einer der Schüler.

»Er hat gesagt, es ist möglich«, wandte die Eifrige ein.

»Ja«, sagte der lachend, der seine Arbeit immer noch nicht abgegeben hatte. »Früher, als man noch auf Besen geflogen ist und aus Kristallkugeln wahrgesagt hat.«

»Der Alte hat sie nicht mehr alle«, beschwerte sich der, der gefragt hatte, wozu die Verwandlung gut sei. »In letzter Zeit behandelt er nur noch Zauber, die undurchführbar sind, habt ihr das nicht gemerkt? Im Vormittagsunterricht bringt er nicht so viel dummes Zeug. Wenn ich nicht Mistron-Training hätte, würde ich die Klasse wechseln. Ich habe Besseres zu tun, als in der Bibliothek meine Zeit zu verplempern.«

Damit verließ er den Saal, und nicht lange, da folgten auch die anderen.

Für eine SP wie Ksar war es empörend, wie wenig Respekt der Magiernachwuchs dem Meister entgegenbrachte. Schließlich mussten die SP wirklich lernen und sich Unmengen an Wissen aneignen, im Gegensatz zu den Magiern, die nur eine Prüfung bestehen mussten – bei der ohnehin keiner durchfiel –, um sich mit einem Titel schmücken zu können. Die eigentliche Arbeit wurde in Vekion von den SP geleistet, und wenn sie dabei auf die Magie zurückgreifen könnten, dachte Ksar, würde alles viel schneller gehen und die Abteilungen würden viel effektiver arbeiten. Doch bei solch kühnen Gedanken bekam selbst sie Herzklopfen.

DIE KÖNIGIN

Ksar wartete ungeduldig, bis sie aus dem Geheimgang in die Bibliothek schlüpfen und einen Blick auf die Projektions-Formel werfen konnte. Solange Scopo in der Versammlung war, würde sie ungestört sein; außer dem alten Meister betrat nie jemand die Bibliothek. Aber sie wollte auch nicht das Risiko eingehen, dass einer der Schüler zurückkam, weil er etwas vergessen hatte. Doch alles blieb ruhig. Ksar ließ die Holztäfelung zur Seite gleiten, schlüpfte in die Bibliothek und schloss die Geheimtür rasch wieder, wobei sie darauf achtete, dass Kim drinnenblieb.

Der hohe, langgezogene Raum war bis zur Decke mit Regalen ausgekleidet, sogar um die Fenster und die dicken Stützpfeiler herum. An beiden Enden führte eine Wendeltreppe zu einer Galerie hinauf, die den Zugang zu den höchsten Regalen ermöglichte. Nur in der Ecke mit dem Kamin, in dem ein Feuer fröhlich vor sich hin knisterte, wichen die Bücher einem prächtigen Wandspiegel, der leicht nach vorne geneigt war, damit man sich trotz seiner Höhe darin sehen konnte.

Ksar brauchte keinen der zahlreichen Kandelaber der Bibliothek anzuzünden – der Widerschein des Schnees, der draußen schon den ganzen Tag auf Bäume und Dächer fiel, reichte zum Lesen völlig aus. Dieser Winter war der längste und strengste, an den sie sich erinnern konnte. Es war Anfang April, und seit Dezember hatte es fast ununterbrochen geschneit. Das war nicht normal.

Sie schlug den dicken Folianten auf, den Scopo auf den Tisch gelegt hatte, und blätterte sich bis zur Projektions-Formel durch. Das klang gar nicht so schwer. Mit schnellen Bewegungen schob sie die Ärmel bis über die Ellbogen hinauf und zeichnete, den Blick auf den Spiegel gerichtet, mit den Händen etwas in die Luft. Die Handbewegung war nicht nötig, half ihr aber dabei, sich zu konzentrieren.

Ohne jede Mühe verwandelte sie sich in Valisia, die Königin. Beide waren gleich groß und vierundzwanzig Jahre alt, aber das war es dann auch schon mit den Ähnlichkeiten: Die Königin war dunkelhaarig, hatte ein Allerweltsgesicht und leicht mandelförmige Augen.

Doch diesmal hatte sie es geschafft, das spürte Ksar. Nicht nur wegen der etwas wässrigen Augen, die sie aus dem Spiegel anblickten. Das Spiegelbild der Königin wirkte viel echter als bei den vorigen Malen, und Ksar entdeckte Feinheiten, die sie gar nicht im Kopf gehabt hatte – schließlich bekam sie die Regentin nur einmal im Jahr zu Gesicht, am Nationalfeiertag des Königreichs Vekion –, etwa die Form der Augenbrauen, die Farbe der Augen und sogar einen kleinen Leberfleck am Ohr. Ohne ihr Spiegelbild aus den Augen zu lassen, drehte sie sich hin und her, um sich von allen Seiten bewundern zu können. Sogar die Kleidung war gelungen. Was für raffinierte Gewänder die Königin trug!

Ganz aufgeregt versuchte sie nun, Menrons Aussehen anzunehmen. Menron war der Sicherheits-Syndikus, ihr Vorgesetzter. Doch es gelang nicht. Vielleicht weil er ein Mann war? Als Nächstes probierte Ksar es mit dem Großen Syndikus und dem Schuhpagen, doch es funktionierte erst wieder, als sie es erneut mit einer Frau versuchte, mit Candia, der dicken, stets übellaunigen Palastköchin. Zufrieden mit ihrem Erfolg verwandelte sie sich nun in Syrca Nist, die beste Freundin der Königin, die junge Frau, die Meister Scopo vorhin über die Einberufung des Rates unterrichtet hatte. Ja, sie sah der Freundin der Königin zum Verwechseln ähnlich. Wunderbar. Sie trug sogar die unbequemen Schühchen der Magierin.

War ihr die Verwandlung diesmal wirklich geglückt? Scopo zufolge beherrschte diesen Zauber nicht einmal die beste Magierin des Königreichs, Lusar, die seine eigene Meisterin und die fast aller Magier von Vekion gewesen war. Warum sollte er ausgerechnet ihr dann auf Anhieb gelingen? Sie musste sich vergewissern, ob die anderen auch Syrca in ihr sahen. Sie würde eine Runde durch die Küche drehen und dazu das Aussehen der …

»Oh, hallo Syrca, ich wusste nicht, dass du hier bist«, ertönte hinter ihr eine Stimme, die ihr das Blut in den Adern stocken ließ.

Königin Valisia.

Die gute Nachricht war, dass die Verwandlung ein Erfolg gewesen war und sie nun doch nicht in Gestalt der neuen Hofmeisterin in die Küche zu gehen brauchte. An die schlechte Nachricht dachte sie lieber erst gar nicht.

Ksar war wie gelähmt. Sollte sie sich vor der Königin verbeugen, so wie sie es bei Festakten beobachtet hatte? Aber im privaten Rahmen verbeugte man sich wahrscheinlich weit weniger häufig vor ihr.

»Hier sucht mich ganz bestimmt keiner! Eigentlich müsste ich ja in der Ratssitzung sein, aber ich habe keine Lust, mir diesen Unsinn anzuhören.«

Ksar riskierte einen Blick auf die Königin. Alles war genau wie bei ihrer Verwandlung: die Augenfarbe, die Form der Brauen, sogar der kleine Leberfleck am Ohr, nur auf der anderen Seite – schließlich stand jetzt die echte Valisia vor ihr und kein Spiegelbild. Ksar fiel auch auf, wie aufgeregt die Königin war.

»Sieh mich nicht so an, Syrca, nicht mal zu Lebzeiten meiner Mutter habe ich auch nur eine einzige Ratsversammlung verpasst. Einmal ist keinmal. In letzter Zeit beruft Licquart ständig Sitzungen ein und macht mir das Leben schwer.«

Die Königin seufzte, drehte einen der Sessel zum Kaminfeuer und setzte sich. Von Syrca schien sie dasselbe zu erwarten, also nahm Ksar all ihren Mut zusammen und setzte sich ganz steif in den Sessel daneben. Sie war daran gewöhnt, immer Hosen und bequeme, praktische Kleidung zu tragen, so wie alle SP, deshalb fühlte sie sich in diesem Kleid, das obendrein überall zwickte und einen dazu zwang, sich ganz aufrecht zu halten, ziemlich unwohl. Unauffällig legte sie ihre Hände übereinander, um ihren Zauberring zu verbergen, denn die echte Syrca würde niemals einen so winzigen Rubin tragen.

»Und gestern?«, sprach die Königin weiter. »Bestimmt ist Erdel mit dir gegangen, oder?«

Vom Schuhpagen, der über alles, was im Palast vor sich ging, auf dem Laufenden war, wusste Ksar, dass Syrca Nist und der junge Magier Erdel Medatif seit einigen Monaten verlobt waren, aber sie hatte keine Ahnung, worauf die Königin anspielte.

»Ja, alles in Ordnung«, erwiderte Ksar und versuchte dabei, die Vokale möglichst dunkel zu färben, eine Eigenheit, die alle Magier auszeichnete.

»Ich habe mich mit León gestritten«, eröffnete die Königin. »Er will, dass wir uns nicht mehr sehen.«

Was für eine furchtbare Situation: Sie, eine SP, gab sich

für die beste Freundin der Königin aus, und die schüttete ihr dann auch noch ihr Herz aus! In Kriegszeiten galt so etwas sicher als Hochverrat. Ksars Herz trommelte wie wild. Im Laufe ihres Berufslebens hatte sie zwar schon unter unendlich riskanteren Umständen hochrangige Agrier kaltblütig ausspioniert, aber – ob es nun daran lag, dass die Situation so ungewohnt und absurd war oder daran, dass sie eben gerade keine Feindin ausspionierte, oder vielleicht auch nur daran, dass sie schon seit Monaten an keinem Einsatz mehr teilgenommen hatte und etwas aus der Übung war – solche Angst hatte sie dabei nie verspürt.

Valisia sah sie unterdessen erwartungsvoll an. Ksar, die nicht einmal wusste, wie sie die Königin ansprechen sollte, riss die Augen weit auf und suchte fieberhaft nach einer Formulierung, die vage genug war.

»Ehrlich?« Diese Reaktion passte eher zu einer SP als zu einer Adligen, aber etwas Besseres fiel ihr nun mal nicht ein. Die Königin schien sich jedoch nicht zu wundern.

»Das war unser erster Streit und vermutlich auch der letzte. Es war heute Mittag. Ich wollte gern mit ihm zusammen essen, und er hat mir geantwortet, er hätte keine Zeit, er sei sehr beschäftigt, aber wir müssten irgendwann reden.« Die Königin schlug mit der flachen Hand auf den Tisch, und Ksar zuckte zusammen. Nach einer langen Pause fuhr Valisia fort: »Ich habe ihm gesagt, ich wäre ebenfalls sehr beschäftigt und wisse nicht, wann ich mich wieder freimachen könne.«

»Und was hat er geantwortet?« Als beste Freundin der Königin würde Syrca diese Frage bestimmt stellen.

»Ich solle es ihm nicht übelnehmen, aber er habe so viel zu tun und ich würde immer vereinnahmender. Ich bin nicht vereinnahmend!«, empörte sich die Königin.

»Natürlich nicht«, pflichtete Ksar bei. Was sollte sie auch sonst sagen?

Valisia biss sich auf die Unterlippe.

»Dann kam wieder dasselbe wie immer: dass unser Verhältnis purer Wahnsinn ist und es so nicht weitergehen kann und wir uns besser trennen sollten. Diesmal hat er es ernst gemeint. Ich verstehe es einfach nicht, Syrca, uns geht's doch gut zusammen, und etwas Besseres ist nicht in Sicht.« Sie legte eine Pause ein. »Wenn es allerdings wegen der anderen ist ... Er sagt zwar nein, aber ...« Valisia sprach den Satz nicht zu Ende und sah Ksar an. »Was meinst du dazu?«

Ksar hatte keinen blassen Schimmer, von wem die Rede war. Sie kannte niemanden namens León. War das ein Vorname oder vielleicht ein Spitzname? Der Schuhpage wusste offenbar auch nichts, sonst hätte er es ihr bereits erzählt, und normalerweise war er die beste Informationsquelle in ganz Alessir. Nun, bald würde sie mehr wissen als er.

»Da versteh einer die Männer«, erwiderte Ksar vorsichtig.

»Du findest das auch nicht witzig, oder?«

»Also, ich ...«

»Er ist nun mal kein Magier! Und soziale Unterschiede nimmt er sehr ernst. Aber mal ehrlich, wie viele Magier kennst du, die wirklich zaubern können?«

»Nun ja ... nicht viele«, antwortete Ksar. Dieser León war also ein SP! Ksar war einiges gewöhnt, aber wenn die Königin ein Verhältnis mit einem SP hatte ...

»Weder du noch ich bringen mehr zustande als irgendwelchen Firlefanz«, fuhr Valisia fort. »Unsere Haarfarbe verändern und so. In ganz Vekion gibt es bestimmt nicht mehr als fünfzig echte Magier. Ach, was sage ich da, fünfzig! Wir können froh sein, wenn es zwanzig sind, aber wir alle nennen uns Magier, um uns wichtigzumachen.«

Die Königin verfiel in ein langes Schweigen, den Blick aufs Kaminfeuer gerichtet. Ihre Miene wurde weicher: Sie dachte an den Abend, an dem sie León kennengelernt hatte, vor vier Monaten, am Nationalfeiertag von Vekion. Wie immer wurden im Palast zwei Feste gefeiert, eins im Ballsaal für die Magier und eins im Schlosskeller für die SP.

Für Feste war Valisia immer zu haben, aber auf diesem hier langweilte sie sich schrecklich. Syrca, mit der man sich gut amüsieren konnte, war mit Erdel sofort wieder verschwunden, und ihre übliche Entourage ging ihr mehr denn je auf die Nerven. Deprimiert fragte sie sich, ob sie auch so zu ihr aufschauen würden, wenn sie nicht die Königin wäre.

Valisia zweifelte sogar an Trens, der sie schon seit Jahren verehrte, lange bevor sie Thronerbin geworden war, und an dem sie ihre ganze jugendliche Grausamkeit ausgelassen hatte. Der Ärmste! Wie hatte sie ihn immer herumgeschubst! »Verschwinde, Trens.« – »Kannst du mich nicht in Ruhe lassen?« – »Du sollst verschwinden!« Aber Trens war nicht so leicht zu entmutigen. Er war immer da, zu allem bereit, wenn es um sie ging, und er schien die Welt durch ihre Augen zu betrachten. Der gute Trens! Irgendwann hatte sie sich an ihn gewöhnt wie an ein Möbelstück, das ihr manchmal sogar nützlich sein konnte. Auch diesmal benutzte sie ihn: Sie forderte ihn zum Tanzen auf, und so zerstreute sich ihre Entourage.

»Trens, tu mir den Gefallen«, bat sie nach wenigen Minuten, als sie aus dem Blickfeld der anderen waren. »Bring mir etwas zu trinken, ich bin kurz vor dem Verdursten.«

»Zu Befehl, mein Feldwebel«, erwiderte er.

Irgendwann hatte er angefangen, sie »mein Feldwebel« zu nennen, eine Anrede, die er bei den Wachen aufgeschnappt hatte. Anfangs brachte sie dieses Eingeständnis seiner bedingungslosen Unterwerfung auf die Palme, aber mit der Zeit gewöhnte sie sich daran, und jetzt fand sie es amüsant.

Sobald Trens verschwunden war, steuerte sie auf die Treppe zu und ging hinunter in den Schlosskeller, der den SP nicht nur als Speise-, sondern auch als Festsaal diente. Sie fand die Feiern dort viel ungezwungener und fröhlicher, aber heute ging sie zum ersten Mal hin, seit sie Königin war, und auch zum ersten Mal allein, ohne Syrca. Sie konnte nicht besonders gut zaubern, kannte jedoch einen einfachen Trick, den ihre Freundin und sie schon öfter benutzt hatten, um sich in die Feste der SP einzuschmuggeln: Sie wechselte ihre Kleidung und löste ihr Haar, glättete es und hellte es ein wenig auf. Jemanden, der sie sehr gut kannte, hätte sie vielleicht nicht täuschen können, wie zum Beispiel Trens, der sich sicher aufgeregt hätte, wenn er sie mit offenem Haar und in Hose und Bluse gesehen hätte. Aber die SP bekamen sie eher selten zu Gesicht, nur bei Festakten und ähnlichen Anlässen, und dann nur von weitem und natürlich in ihren majestätischen Gewändern und mit den raffiniertesten Frisuren. Sie setzte sich auch noch ihre Brille auf; die benutzte sie nur zum Lesen, und die SP hatten sie noch nie damit gesehen.

Im Schlosskeller war das Fest in vollem Gang. Hier unten war die Beleuchtung schwächer und der Geräuschpegel höher. Eine kleine Kapelle spielte Volksmusik, und auf einer Bühne sangen abwechselnd ein Mann und eine Frau, oder sie stimmten ein Duett an. Die SP tanzten ausgelassen, verständigten sich schreiend über den Lärm hinweg, und alle schienen zu lachen. Doch anstatt Valisia aufzuheitern, schlug ihr die ausgelassene Stimmung nur noch mehr aufs Gemüt.

Sie durchquerte den Saal, ohne dass jemand auf sie achtete, dann ging sie zum Büfett, dem Ort, der am weitesten von der Kapelle entfernt war. Am Ende des Tisches standen die Getränke. Sie schenkte sich etwas Hochprozentiges ein, das sie noch nie probiert hatte und das köstlich nach Kräutern schmeckte.

»Was ist denn das für ein Likör?«, fragte sie einen attraktiven jungen Mann ganz in Schwarz, der ebenfalls ein Glas in der Hand hielt. Er war nicht besonders groß, kaum eine Handbreit größer als sie selbst, und trug das dunkle Haar im Gegensatz zur vorherrschenden Mode in Alessir kurz, dazu lange, schmale Koteletten. Valisia schätzte ihn auf zweiundzwanzig. Sein Blick war auf die Tanzfläche gerichtet, auf die Bewegungen einer auffälligen Rothaarigen mit blauen Augen, angedeuteter Adlernase und perlmuttweißer Haut.

»Keine Ahnung, aber er schmeckt ziemlich gut«, erwiderte der Mann mit dem leichten Akzent der Leute aus dem Süden. Er wandte sich von den Tanzenden ab, griff nach der Flasche und füllte sein Glas erneut. Dann sah er Valisia an und fragte: »Auch noch einen?«

Valisia nickte. Der junge Mann schenkte ihr großzügig nach.

»Wie heißt du?«, fragte die Königin.

»León. Und du?«

»Val.« Sie wusste nicht, was sie mehr berauschte, der Kräuterlikör oder die Tatsache, dass sie nicht erkannt wurde. »Du bist nicht von hier, oder?«

»So sehr merkt man mir das an?«, fragte León lächelnd. Die Rothaarige tanzte dicht an ihnen vorbei und zog wieder seinen Blick auf sich, bis sie in der Menge verschwand. »Ich bin aus Melaira und heute erst angekommen.«

»Melaira ist schön.«

»Vor allem warm. Auf Melaira schneit es nie.«

»Ich bin vor Jahren einmal dort gewesen. Es hat mir sehr gut gefallen.«

»Ich stamme aus einem kleinen Dorf im Süden der Insel, aus Kimloh. Das kennst du wahrscheinlich nicht.«

Valisia schüttelte den Kopf. Sie hatte noch nie davon gehört.

»Bist du zum ersten Mal in Alessir?«

»Nein, ich war beruflich schon einmal hier, aber diesmal ist es für länger. Ich arbeite in der Abteilung Sicherheit.«

»Willst du tanzen?«, fragte die Königin, und zum ersten Mal in ihrem Leben erhielt sie auf diese Frage eine Abfuhr.

»Ich würde dir mit Sicherheit den Fuß brechen«, entschuldigte sich León. »Ich habe zu viel getrunken und tanze sowieso nicht besonders gut. Das sage ich nur zu deiner eigenen Sicherheit.«

Valisia lachte schallend. »Das Risiko gehe ich gerne ein«, konterte sie.

Die Rothaarige hatte aufgehört zu tanzen und kam ans Büfett, um sich zu stärken. Valisia spürte die Anspannung des jungen Mannes in Schwarz, aber die Rothaarige schien ihn nicht einmal zu bemerken.

»Du weißt nicht, was du da sagst, Val«, erwiderte León. »Aber ich habe dich gewarnt.«

Er fasste die Königin um die Taille und führte sie auf die Tanzfläche. Er war gar kein so schlechter Tänzer, wie er behauptet hatte, dafür tanzte Valisia nicht besonders gut, denn sie kannte die Volkstänze nicht, und der Likör war auch nicht gerade hilfreich, aber so war es viel lustiger. Beim Tanzen entspannte sich León und musste sogar mehrmals lachen. Er schien die Rothaarige vergessen zu haben und blickte geradewegs durch sie hindurch, wenn sie mit ihren diversen Tanzpartnern kurz aus der Menge auftauchte, doch bekam er dabei jedes Mal einen harten Zug um den Mund, der ihn verriet.

»Wollen wir uns ein bisschen ausruhen?«, fragte die Königin erhitzt; sie tanzten seit fast einer Stunde ohne Unterbrechung. León nickte, und sie gingen wieder zu den Getränken. Valisia stützte sich am Tischende ab. Vor lauter Tanzen taten ihr die Beine weh. »Wer ist die Rothaarige?«

León antwortete nicht sofort, stattdessen füllte er zwei Gläschen mit Likör, reichte Valisia eins und leerte das seine in einem Zug.

»Sie heißt Ksar und hält sich für unfehlbar«, antwortete er müde. Er hielt nach ihr Ausschau. »Ich werde in derselben Abteilung arbeiten wie sie, aber sie mag mich nicht.«

»Was beweist, dass sie nicht unfehlbar ist.«

León verzog das Gesicht und sah Valisia an. »Lass uns nicht über sie reden. Du hast mir gar nichts von dir erzählt. In welcher Abteilung arbeitest du?«

»Krone.«

»Im Ernst? Und, hast du die Königin schon einmal gesehen?«

»Natürlich, jeden Tag.«

»Und wie ist sie so?«

»Tja … ganz normal«, erwiderte Valisia. Sie musste sich ein Lachen verkneifen. »So wie du und ich.«

»Wie ich bestimmt nicht, aber wie du schon eher.«

»Wieso das?«, fragte Valisia beunruhigt. Ob er sie erkannt hatte?

León starrte das leere Glas an, das er in der Hand hielt.

»Ich bin ein Midrac und dann auch noch vom Land.« Er hob den Blick. Offenbar hatte er befürchtet, Val könnte ein entsetztes Gesicht machen. Ein Midrac zu sein galt gemeinhin als eine Art angeborene Krankheit, und wenn einer zur

Welt kam – was nicht allzu häufig geschah –, betrachtete es selbst die eigene Familie als Unglück. Die Sagen brachten sie mit den Drachen in Verbindung, und so wurden ihnen all deren schlechte Eigenschaften zugeschrieben, dabei hatten sie mit diesen Wesen nur das Fliegen und das Feuerspeien gemeinsam. »Du hingegen ... Ich weiß nicht, du hast Stil.« León zog eine Münze aus der Tasche und suchte das Porträt der Königin. Es war kaum anzunehmen, dass er sie anhand einer Münze erkennen würde, denn der Graveur hatte sie aus dem Gedächtnis porträtiert und dabei eher ihre Mutter im Sinn gehabt. León sah die Münze an, dann blickte er wieder auf zu Valisia. »Und du bist viel hübscher. Du hast schönere Augen und einen klareren Blick.«

Ohne Valisia aus den Augen zu lassen, steckte er die Münze weg, beugte sich langsam vor und küsste sie. Sein Mund schmeckte nach Kräutern.

»Komm«, flüsterte Valisia nach ein paar Sekunden. »Lass uns an einen ruhigeren Ort gehen.«

Sie nahm ihn an der Hand und führte ihn durch ein Labyrinth aus Gängen und Fluren bis zu ihren Gemächern. Er, neu im Palast, folgte ihr ahnungslos.

Wo er gelandet war, erfuhr er erst am nächsten Tag, als er mit belegter Zunge und Gänsehaut aufwachte. Im Winter mussten Midracs stets an gut beheizten Orten schlafen, als sie jedoch am vorigen Abend ins Zimmer gekommen waren, hatten sie nicht daran gedacht, Holz nachzulegen, und jetzt war es im Schlafzimmer eiskalt. Von dem prächtigen Bett aus schickte León mit einer einfachen Handbewegung einen Feuerball in den Kamin. Auch Valisia war schon wach und ganz begeistert, aus dem Nichts Flammen auflodern zu sehen.

»Wo sind wir, Val?« Erst jetzt kam León dazu, sich umzusehen. Das Bett hatte einen Baldachin und war mit feinen, bestickten Leintüchern bezogen. Es sah nicht gerade nach dem Schlafzimmer einer SP aus.

»Guten Morgen, León. Entschuldige, dass ich es dir gestern Abend nicht gesagt habe. Mein voller Vorname ist Valisia.«

Normalerweise hatte León seine Emotionen unter Kontrolle, aber jetzt flackerten vor Verblüffung zwei kleine Flammen in seinen Augen auf. Plötzlich war ihm nicht mehr kalt.

»Ist … ist dir klar …?« Er stockte. Ob er sie jetzt mit »Majestät« ansprechen musste? Aber nachdem sie bereits die Nacht zusammen verbracht hatten, wäre das wohl lächerlich. »Ist dir klar, was wir getan haben?«

»So ungefähr«, erwiderte Valisia grinsend. »Dieser Kräuterlikör hat es in sich.«

»Wenn jemand das hier erfährt … Alle haben uns gesehen …«

»Ich war inkognito da. Du hast doch gemerkt, dass mich niemand erkannt hat. Niemand braucht davon zu erfahren, wenn du es nicht herumerzählst.«

»Nein, natürlich nicht«, versicherte León hastig. »Mir würde sowieso niemand glauben … aber, wenn ich es gewusst hätte …«

»Was hättest du dann getan?«

»Dann hätte ich nicht gewagt, dich anzusehen.«

»Bereust du es?«, fragte die Königin flüsternd.

»Nein. Aber beim bloßen Gedanken daran wird mir mulmig.«

»Sieh es mal so: Du hast es geschafft, die Rothaarige zu vergessen, und ich bin einer Handvoll Verehrer entronnen, von denen ich nicht weiß, ob sie mir schmeicheln, weil sie mich wirklich mögen oder weil ich die Königin bin.« Sie setzte sich auf. »Hast du heute etwas zu tun?«

León riss die Augen weit auf. Wollte die Königin den Tag mit ihm verbringen? »Nein. Heute ist Feiertag, und ich kenne niemanden hier.«

»Sieh mal, es ist so… Es gibt etwas, das ich mir schon immer gewünscht, aber nie gewagt habe: inkognito durch Alessir spazieren. Wenn du mich begleitest… Du wirst es nicht glauben, aber obwohl ich mein ganzes Leben hier verbracht habe, kenne ich diese Stadt fast gar nicht. Anschließend geht jeder seiner Wege und wir vergessen, was vorgefallen ist. Einverstanden?«

Doch gegen alle Regeln der Vernunft traf sich die Königin auch nach diesem unvergesslichen Spaziergang durch Alessir noch mit ihm. Er versuchte es ihr auszureden, aber eher halbherzig – er hatte keine anderen Freunde in der Stadt, und nur wenn er bei Valisia war, gelang es ihm, nicht an Ksar zu denken.

»Was wir da tun, ist nicht in Ordnung, Val«, sagte er eine Woche später zu ihr.

Leóns Schlafzimmer war speziell für Midracs eingerichtet. Sie lagen im Bett, und um sie herum brannten lauter kleine Feuer.

»Ja, ich weiß.«

»Und es kann nicht gut gehen«, fügte León hinzu.

»Das weiß ich auch. Aber genau das macht es so reizvoll.«

»Also ich habe das dumpfe Gefühl, dass ich dich benutze.«

»Wenn es das ist, dann mach dir keine Gedanken«, beruhigte ihn die Königin. »Ich habe genau das gleiche Gefühl. Bei dir fühle ich mich wohl, weil ich ich selbst sein kann. Du bist der einzige Mensch, von dem ich weiß, dass er aufrichtig zu mir ist.«

»Auch ich fühle mich bei dir wohl. Wenn du nicht wärst…«
León sprach den Satz nicht zu Ende.

»Dann machen wir so weiter, bis deine Rothaarige merkt, was sie sich entgehen lässt.«

Valisia nannte sie immer »deine Rothaarige«.

»Das kann noch sehr, sehr lange dauern.« León verzog das Gesicht.

»Was ich nicht verstehe – wie hast du dich so plötzlich in sie verlieben können? Du hast sie doch gerade erst kennengelernt…«

»Nein, schon vor ein paar Monaten«, erklärte León, »und glaub nicht, dass ich damals lange gebraucht habe, um mich zu verlieben. Ksar ist… Ksar ist reines Feuer.« Aus dem Mund eines Midrac war das ein großes Kompliment. »Man könnte sogar sagen, dass ich ihretwegen nach Alessir gekommen bin.« Er schwieg gedankenverloren. »Auch wenn ich manchmal glaube«, fügte er nach einer Weile hinzu, »dass ich sie hasse. Als sie mir am Tag meiner Ankunft hier vorgestellt wurde und ich ihr sagte, dass wir uns bereits kennen, erinnerte sie sich nicht einmal an mich. Und sie schien auch alles andere als neugierig auf mich zu sein.«

»Ach wirklich…« Die Königin war von der Geschichte sichtlich beeindruckt. »Ich dachte, so etwas gibt es nur in Volksliedern. Ich bin ein eher nüchterner Mensch, ich habe noch nie starke Gefühle gehabt. Nicht einmal als mein Bruder starb und kurz darauf meine Eltern. Ich habe es natürlich bedauert, aber es hat mir nicht so zu schaffen gemacht, wie die Leute dachten.«

»Jeder empfindet auf seine Art und Weise, da gibt es keine Regeln.«

Wenn sie zusammen waren, unterhielten sie sich oft lange. Valisia erzählte ihm Dinge, über die sie noch nie mit jemandem gesprochen hatte, nicht einmal mit Syrca – wie einsam und verloren sie sich gefühlt hatte, als sie zur Kronerbin ernannt worden war und insbesondere als sie den Thron bestiegen hatte.

Dazu war eigentlich ihr Bruder ausersehen gewesen. Diese Rolle kam seinem Naturell entgegen, während Valisia sich lieber im Hintergrund hielt, nicht im Rampenlicht stehen mochte. Und da sie nie gedacht hätte, dass sie je Königin werden würde, hatte sie ihre Erziehung als mögliche Herrscherin auf die leichte Schulter genommen. Nach ihrer Krönung, als sie die anfängliche Panik und die Versuchung, sich herauszuhalten und alles dem Rat zu überlassen, überwunden hatte, übernahm sie ihre Pflichten und versuchte alles so gut wie möglich zu machen. Aber Gefallen fand sie nach wie vor nicht daran.

Ihr einziger schwacher Punkt war ihre Beziehung zu León. Sie fand ihre heimlichen Treffen aufregend. Er hingegen lebte in der ständigen Furcht, entdeckt zu werden.

Nachts erschien Valisia alles möglich, aber bei Tageslicht musste sie sich den Tatsachen beugen: León hatte recht. Wenn herauskäme, dass sie ein Verhältnis mit einem SP hatte, der außerdem noch ein Midrac war, würde ihr das mehr schaden als ihm.

Sie hatte von Anfang an gewusst, dass dies eine Beziehung auf Zeit war. Schwer zu akzeptieren war nur, dass diese Zeit bereits abgelaufen sein sollte.

Valisia warf Holz in den Kamin der Bibliothek, bis die Flammen so hoch schlugen und so intensive Hitze verbreiteten, dass ihr Gesicht zu glühen begann. Sie sah den Flammen gern beim Tanzen zu. Das erinnerte sie an Leóns Schlafzimmer, in dem überall Feuer brannte. Unterdessen wartete Ksar mit angehaltenem Atem darauf, dass die Königin endlich ihr Schweigen brach.

»Das Schlimme ist, Syrca«, sagte Valisia schließlich, »dass er recht hat. Und das Schlimme an mir ist, dass mich alles reizt, was mir verwehrt ist«, seufzte sie. »Es ist immer dasselbe.« Sie wollte nach dem nächsten Holzscheit greifen, aber es war keines mehr übrig. »Oh, das Holz ist alle.«

»Ich lasse welches bringen«, schlug Ksar vor, der jeder Vorwand recht war, um das Weite zu suchen.

»Lass nur. In der Ratsversammlung werde ich bestimmt vermisst. Es wird mir guttun, mich mit den Problemen der anderen zu beschäftigen. Bin ich salonfähig?« Sie stellte sich vor den Spiegel, zupfte sich das Haar zurecht und strich ihr Kleid glatt. »Komm, lass uns gehen.«

DER VERRÄTER

Mit weichen Knien folgte Ksar der Königin und suchte fieberhaft nach einer Ausrede, um sich abzusetzen. Die echte Syrca Nist saß wahrscheinlich im Rat, und sie konnte sich sowieso nicht ewig für sie ausgeben. Außerdem waren dieser Rock und diese engen, hohen Schuhe schrecklich unbequem. Sie bewegte sich ungeschickt und lief Gefahr, jeden Moment zu stolpern.

»O nein!«, rief Ksar plötzlich aus. »Ich habe etwas vergessen. Ich bin gleich wieder da.«

Noch bevor Valisia reagieren konnte, bog sie in einen anderen Gang ein und hastete im Laufschritt davon, so schnell es die hohen Hacken zuließen. Als sie das Gefühl hatte, mehrere Meilen nicht enden wollender Flure und Treppen hinter sich gebracht zu haben, blieb sie stehen und schnappte nach Luft. Was würde geschehen, wenn die Königin mit Syrca über ihre Unterhaltung in der Bibliothek sprach? Besser nicht daran denken.

In wen konnte sie sich verwandeln, der in diesem Teil des Palasts nicht so auffallen würde? Und vor allem, in welchem Teil des Palasts befand sie sich überhaupt? Sie hatte den Magiertrakt immer nur vom Geheimgang aus betreten. Wenn sie nur gewusst hätte, wie sie zur Bibliothek zurückkommen könnte … Aber was, wenn Syrca gar nicht in der Ratsversammlung war und sie ihr leibhaftig begegnete? Sollte sie

Valisias Aussehen annehmen? Ihr würde sie ganz bestimmt nicht noch einmal über den Weg laufen. Aber Ksar traute sich nicht und nahm stattdessen wieder ihr eigenes Aussehen an.

Ihr Orientierungssinn war noch nie besonders gut gewesen. Nur um nicht stehenzubleiben, irrte sie mehrere Minuten umher, ohne zu wissen, wo sie war, und als sie um die nächste Ecke bog, musste sie feststellen, dass der Flur an einer Wand endete. Sie würde kehrtmachen müssen. Da hörte sie in der Ferne Schritte, die näher kamen.

Wenn sie doch nur einen Zugang zum Geheimgang fände... Niemand außer ihr wusste davon. Vor einigen Jahren, als sie herauszufinden versucht hatte, wo Kims Mutter ihre Jungen bekommen hatte, war sie außer auf die kleinen Kätzchen auch auf einen der Zugänge gestoßen, und zwar in der Spülküche. Anfangs hatte sie sich nur selten in das Labyrinth von Geheimgängen gewagt, weil sie nicht wusste, ob es nicht auch von anderen benutzt wurde, aber die Einzigen, die sich dort herumtrieben, waren die Palastkatzen. Ksar musste sogar die Angeln mancher Türen ölen, denn sie schienen jahrelang nicht geöffnet worden zu sein.

Im Magiertrakt waren die Zugangsmechanismen zum Geheimgang alle gleich – oder zumindest ähnlich – und meist irgendwo am Kaminsims verborgen. Sie brauchte also bloß einen Kamin zu finden. Ksar verwandelte sich wieder in Syrca und klopfte nervös an eine Tür. Keine Reaktion. Sie klopfte noch einmal, dann drückte sie die Klinke nach unten. Abgeschlossen.

Sie sprach einen Öffnungszauber. Vor ihr lag ein großes, leeres Arbeitszimmer, in dem neben einem beachtlichen Schreibtisch auch noch Platz für zwei Sessel und einen Kamin war. Zwei oder drei Stufen führten zu einem angrenzenden Raum hinter einer schweren Eichentür.

Ksar nahm ihr eigenes Aussehen an, lief zum Kamin und betastete die Unterseite des Simses, wo der Öffnungsmechanismus verborgen zu sein pflegte. Doch dieser Kamin war anders als die, die sie kannte, und in ihrer Hast schürfte sie sich an einem rauen Vorsprung den rechten Handrücken auf. Vage registrierte sie den Schmerz, während sie hastig weiter nach der charakteristischen Ausbuchtung suchte. Schließlich fand sie nicht nur eine, sondern gleich zwei. Nervös drückte sie auf die erste. Die Schritte, die sie vorhin im Flur gehört hatte, kamen immer näher, und sie hatte in ihrer Eile vergessen, die Tür zu dem Arbeitszimmer wieder abzuschließen. Ksar überlegte, ob sie es schnell noch mit einem Zauber nachholen sollte. Lieber nicht, das Schließgeräusch würde draußen zu hören sein und die Aufmerksamkeit erst recht auf diesen Raum lenken.

Mit einem sanften Knarren tat sich in der Täfelung zwischen dem Kamin und der Tür zum angrenzenden Zimmer eine Öffnung auf. Ksar schlüpfte rasch hinein, und während sie noch im Dunkeln nach dem Schließmechanismus suchte, hörte sie, wie die Tür des Arbeitszimmers aufging. Zum Glück konnte sie den Zugang in letzter Sekunde schließen.

Es war stockfinster und roch muffig. Ksar leckte über den Rücken ihrer rechten Hand. Er schmeckte nach Blut. Dann sprach sie im Stillen einen Heilzauber aus, während sie mit der linken um sich tastete. Sie wagte es nicht, den Raum mit einem Zauber zu erhellen – womöglich wäre das Licht von draußen durch einen Spalt zu sehen.

Sie wollte gerade weiterlaufen und den Gang erkunden, nur um festzustellen, dass dies hier gar kein Gang war. Nach und nach gewöhnten sich ihre Augen an die Dunkelheit, und dank des schwachen Lichts, das durch einen Türspalt hereindrang, sah sie, dass der Gang zugemauert war. Sie befand sich in einem kleinen Kämmerchen, in dem allerhöchstens vier Personen Platz fanden.

»Fontyr ist nicht in seinem Büro«, war eine Männerstimme zu vernehmen.

Ksar war also tatsächlich in das Büro dieses Idioten geraten, der ihr seit einigen Monaten das Leben schwermachte! Sie nannte ihn »den Emporkömmling«, denn offenbar hatte er gute Kontakte nach oben: Er wurde bei allen Einsätzen zum Koordinator ernannt. Das Problem bestand darin, dass der Koordinator bestimmte, wer am jeweiligen Einsatz teilnahm, und Fontyr wählte sie nie aus. Gut daran war, dass sie so nie den Unterricht versäumte, aber wenn sie an keinem Einsatz teilnahm, konnte sie sich nicht bewähren, und wenn sie sich nicht bewährte, würde sie nie befördert werden.

Wie hatte es der Emporkömmling nur geschafft, so ein Büro zu bekommen, das um ein Vielfaches größer war als ihr eigenes und im oberen Teil des Palasts lag?

»Wenn er in der Abteilung ist, kann es eine Weile dauern, bis er zurückkommt«, erwiderte eine vertraute Stimme.

Ksar hatte Stimmen noch nie besonders gut unterscheiden können, und die der meisten Magier hörten sich für sie gleich an, aber diese hier erkannte sie sofort: Sie gehörte Meister Scopo. Seit Jahren nahm sie vom Geheimgang aus an seinem Unterricht teil.

»Die Tür war nicht abgeschlossen, also ist er vielleicht in der Nähe. Ich schlage vor, wir warten«, sagte der andere. »Das ist mir gar nicht so unrecht, denn ich wollte mich sowieso mit Euch unterhalten, Meister.«

»Es ist kalt hier«, wandte Scopo ein. »Und es ist kein Feuerholz da.«

»Ganz recht. Keine Sorge, ich hole gleich welches von nebenan.«

Er verließ das Büro und kehrte gleich darauf mit einer Ladung Holz zurück. Als er die Scheite auf die Feuerstelle geschichtet hatte, machte er eine schnelle Armbewegung und feuerte das Mistron ab, das im Ärmel seiner Tunika versteckt war. Es handelte sich um eine kleine Waffe, die sehr schwer zu handhaben war und die nur die hochrangigsten Magier tragen durften. Ksar hörte ein dumpfes Geräusch, dann begannen Flammen zu knistern.

»Danke, mein Junge, ich setze mich hierher.« Scopo machte es sich am Kamin bequem. »Für solche Nachrichten bin ich einfach zu alt. Arme Lusar! In der Hand dieser Barbaren! Wie konnte so etwas nur passieren?«

»Die Burg des Vergessens ist strategisch völlig uninteressant. Sie liegt mitten in einem Sumpf, und das Dorf ist bitterarm. Ich fürchte, hinter diesem Schachzug steckt etwas anderes: Sie wollen das Buch der Macht an sich bringen.«

Der Meister schüttelte den Kopf.

»Davon wissen die Agrier wahrscheinlich gar nichts«, versetzte er. »Und selbst wenn – was sollten sie damit anfangen? Es ist auf Altvekisch geschrieben, völlig unverständlich für sie. Sie wüssten auch gar nicht, wie sie es sich zunutze machen sollten.«

»Dieses Detail ist mir nicht entgangen, Meister. Ich habe es zum Ausgangspunkt meiner Überlegungen gemacht, und bin zu der unweigerlichen Schlussfolgerung gekommen, dass die Agrier Zugriff auf fortgeschrittene Magie haben.«

»Ausgeschlossen«, widersprach Scopo. »Sie haben keinerlei Kultur, ihre Zauberer sind ziemlich primitiv.«

»Meisterin Lusar ist eine Magierin der alten Schule, und doch ist sie in Gefangenschaft geraten. Ohne den Einsatz von Magie hätten die Agrier zwar die Burg belagern können, aber erstürmen konnten sie sie nur mit Hilfe eines ausgebildeten Magiers, eines Magiers aus Vekion.«

Es trat bleiernes Schweigen ein, das Meister Scopo erst nach einer ganzen Weile brach.

»Das ist ein schwerwiegender Vorwurf.«

»Aber die einzig logische Erklärung, fürchte ich, Meister.« Scopos Gesprächspartner ging beim Sprechen offenbar nervös auf und ab, denn Ksar hörte seine durch den Teppich gedämpften Schritte. »Nur ein Magier aus dem Königreich konnte die Zauberformeln kennen, mit denen die Burg des Vergessens gesichert ist. Und wie Ihr ganz recht sagt, Meister, können die Agrier keinerlei Interesse am Buch der Macht haben, aber ein Magier aus Vekion...« Der Satz hing unvollendet in der Luft.

»Lusar lässt sich lieber vierteilen als zu verraten, wo sich das Buch befindet«, erwiderte der Meister. »Nicht einmal die grausamste Folter kann sie zum Sprechen bringen.«

»Bedauerlicherweise«, sagte der andere ganz langsam, »müssen wir die Möglichkeit in Betracht ziehen, dass Folter nicht das einzige Mittel ist, über das sie verfügen. Wenn ihnen ein Magier aus Vekion zur Seite steht, genügt die Wahrheitsformel, um Lusar die gewünschten Informationen zu entlocken. Und Ihr wisst ja selbst, Meister, dass Widerstand gegen die Wahrheitsformel verheerende Folgen fürs Gehirn haben kann.«

»Wir sprechen über Lusar«, wandte Scopo ein, »nicht über eine einfache SP. Und meinst du, es gibt in Vekion so viele Magier, die diese Formel anwenden können?«

»Da habt Ihr recht, Meister. Nicht einmal ich selbst wäre dazu in der Lage«, räumte der andere ein.

»Dennoch«, meinte der Meister in zweifelndem Tonfall. »Mir fällt da jemand ein, der genügend Wissen dafür hat.

Und in letzter Zeit ist sein Verhalten… nennen wir es sonderbar.«

»Ihr habt es auch bemerkt?«

»Ja. Hast du deshalb all das bei deiner Wortmeldung im Rat nicht erwähnt?«, fragte der Meister zurück.

»Und deshalb wollte ich mit Euch unter vier Augen sprechen«, antwortete der andere. »Ihm soll nicht zu Ohren kommen, dass ich ihm misstraue.«

»Und was können wir tun?«

»Wir sollten ihm zuvorkommen.«

»Ja.« Scopo nickte. »Fontyr soll umgehend eine Rettungsaktion in die Wege leiten.«

Warum Fontyr?, stöhnte Ksar innerlich auf. *Warum werden die wichtigen Aufträge immer ihm anvertraut?*

»Selbstverständlich«, erwiderte der andere, »ich fürchte allerdings, er könnte zu spät kommen.«

»Nicht unbedingt. Lusar wurde von General Haetkutks Truppen gefangengenommen, und der wird nicht zulassen, dass jemand sich ihr in seiner Abwesenheit nähert, schon gar kein Vekier. Den Kundschaftern zufolge hält sich der General in der Eiswüste auf. Das gibt uns ein paar Tage Spielraum.«

»Es wird nicht so einfach sein, in die Burg des Vergessens vorzudringen, denn der einzige Zugang wird gut bewacht. Ich schlage außerdem noch etwas anderes vor.«

»Und zwar?«, fragte der Meister.

»Das Buch der Macht ist der Garant für unsere Zukunft. Wir sollten es hierherbringen, in der Schatzkammer bewachen und bis zur Ankunft des Weisen mit allen Mitteln verteidigen.«

Was meinte er mit der »Ankunft des Weisen«? Gab es in Vekion einen Weisen und sie wusste nichts davon? Der Weise war eine Art Magier mit außergewöhnlichen magischen Fähigkeiten. Früher hatte es mitunter mehrere Weise gleichzeitig gegeben, aber schon seit mehreren Jahrhunderten trat das Phänomen nur alle paar Generationen auf. Der letzte Weise war schon vor vielen Jahren gestorben, und angesichts des Niveaus von Scopos derzeitigen Schülern schien es eher unwahrscheinlich, dass es so bald einen neuen geben sollte. Doch wenn man bedachte, wie unerbittlich sich die Agrier Alessir, der Hauptstadt des Reichs von Vekion, näherten, war ein Weiser dringend nötig.

»Ich weiß nicht«, erwiderte Scopo skeptisch. »Das Buch nach Alessir zu holen ist riskant, und wenn dein Verdacht sich erhärtet, ist es hier vielleicht mehr in Gefahr als dort, wo es jetzt ist.«

»Die Schatzkammer ist uneinnehm…«

»Die Schatzkammer ist nicht sicher«, fiel ihm Scopo ins Wort, »das weißt du genauso gut wie ich.«

»Aber nur wir beide wissen von der Geheimtür und kennen den Zauberspruch, mit dem man sie öffnet. Dort wäre das Buch in Sicherheit.«

»Mag sein«, räumte Scopo ein. »Doch die Schatzkammer müsste Tag und Nacht bewacht werden. Und … wer sollte es herbringen? Wer wäre vertrauenswürdig genug?« Der Meister überlegte. »Und was ist, wenn sie genau darauf spekulieren? Sie könnten dieser Person folgen. Nein, dort, wo sich das Buch jetzt befindet, ist es am besten aufgehoben.«

»Wir können nicht einfach die Hände in den Schoß legen«, beharrte der andere. »Wenn die Agrier wirklich von einem Magier unterstützt werden und dieser in den Besitz des Buchs der Macht gelangt, bedeutet das Vekions Ende.« Nun wurden seine Worte wieder von nervösen Schritten begleitet. »Und da ist noch etwas anderes, das mir den Schlaf raubt.«

»Worum handelt es sich?«

»Sollte Meisterin Lusar sterben oder ihr Gehirn irreparabel geschädigt werden, bevor sie der Wahrheitsformel erliegt, seid Ihr der Einzige, der weiß, wo sich das Buch befindet. Nach meinem Dafürhalten solltet Ihr jemanden ins Vertrauen ziehen, um den unwiderruflichen Verlust des Buchs zu verhindern – für den bedauerlichen Fall, dass auch Euch etwas zustoßen sollte.«

Scopo antwortete nicht sofort. Der andere war offenbar stehengeblieben, denn jetzt war nur noch das leise Knistern der Holzscheite im Kamin zu hören.

»Wie ich sehe, hast du alles bedacht«, sagte der Meister schließlich. »In der Tat sollte man dafür sorgen, dass das Geheimnis nicht verlorengeht, falls der von dir geschilderte Fall eintritt. Was schwebt dir vor?«

»Ich hatte gedacht, Ihr könntet vielleicht jemanden einweihen, der Euer Vertrauen genießt, jemanden, der seine Treue zum edlen Volk von Vekion wiederholt unter Beweis gestellt hat.«

»Auch in diesem Punkt hast du recht«, bestätigte Scopo. »Vielleicht sollte ich das Geheimnis jemandem anvertrauen, der mutig, klug und loyal ist. Unter Umständen wäre Fontyr der Richtige. Er ist kein Magier, aber er hat mehr als einmal bewiesen, dass er mein vollstes Vertrauen verdient.« Ksar war überrascht, Scopo so über Fontyr reden zu hören. Wenn sie nur etwas sagen könnte! »Er bringt die nötigen Voraussetzungen mit…«

»Aber Meister«, unterbrach der andere entrüstet, »Ihr habt es doch selbst gesagt: Fontyr ist kein Magier. Und nicht nur das, er ist auch noch…« Er räusperte sich. »Nun ja, wir wissen doch beide um… seine besondere Veranlagung.« – Ksar wunderte sich erneut: *Seine besondere Veranlagung?* – »Es wäre nicht richtig, wenn ein SP ein Geheimnis von solcher

Tragweite kennen würde...« Er machte eine kurze Pause. »Ich... in aller Bescheidenheit... wenn Ihr mich damit ehren wollt, mir Euer Vertrauen zu schenken, dann würde ich mich dieser Ehre würdig erweisen, dessen könnt Ihr sicher sein. Vekions Sicherheit steht in meinem Leben an oberster Stelle, wie Ihr wisst.«

»Ich verstehe«, erwiderte Scopo trocken. »Ich bin zwar alt, aber auch ich mache mir Gedanken. Mir ging schon vor einiger Zeit die Möglichkeit durch den Kopf, dass Lusar und mir etwas zustoßen könnte. Daher habe ich gewisse Maßnahmen ergriffen.« Der Meister stand auf. »Fontyr kommt offenbar doch nicht so schnell zurück. Die Lage ist zu ernst, um die Zeit mit Warten zu vergeuden.«

»Moment mal!« Der andere schrie fast. »Was für Maßnahmen habt Ihr ergriffen? Wer kennt das Versteck des Buchs der Macht?«

»Ich habe an einem sicheren Ort eine Reihe von Hinweisen hinterlegt. Und im Moment ist das Buch gut aufgehoben. Und jetzt lass mich bitte vorbei...«

Ksar hörte einen dumpfen Schlag, ein Stöhnen und gleich darauf ein noch lauteres Geräusch, als wäre etwas Schweres zu Boden gefallen.

»Du hast gedacht, du könntest mich zum Narren halten, was?« Die Stimme von Scopos Gesprächspartner klang jetzt hart und kalt. »Du alter Narr!«

Ksar hörte Schritte auf dem Teppich, die Tür des Arbeitszimmers ging auf und wieder zu, dann hörte Ksar nur noch eine unheimliche Stille, lediglich unterbrochen vom Knistern des Kamins.

DER SUMPF DES VERGESSENS

Ksar spähte vorsichtig aus ihrem Versteck in der Hoffnung, sie habe sich getäuscht, aber sie fand ihre schlimmsten Befürchtungen bestätigt: Scopo lag nicht weit vom Kamin entfernt auf dem Teppich, neben ihm das blutbefleckte Holzscheit, mit dem sein Mörder ihm den Kopf eingeschlagen hatte.

Ksar untersuchte den Meister, aber es war nichts zu machen, er war tot. Sie trat an den Kamin und tastete nach der zweiten Ausbuchtung unter dem Sims. Mit zittrigen Fingern setzte sie den Mechanismus in Bewegung. Rechts vom Kamin tat sich spiegelbildlich eine weitere Öffnung auf. Dieser Gang war nicht zugemauert, und Ksar floh vom Tatort, so schnell sie konnte.

Bald wusste sie wieder, wo sie war, und sie suchte Zuflucht in einer Kammer, die sie die »geheime Bibliothek« nannte – sie musste einem von Meister Scopos Vorgängern zum Arbeiten gedient haben, denn sie barg uralte Zauberhandbücher und eine ganze Anzahl magischer Gegenstände.

Mit weichen Knien und klopfendem Herzen ließ sie sich auf einen Stuhl fallen, der unter ihrem Gewicht ächzte. Die Katze, die auf einem aufgeschlagenen Buch schlief, wachte auf und sah sie erschrocken an.

»Hallo Kim. Wenn ich dir erzähle, was alles passiert ist, glaubst du mir kein Wort. Scopo ist ermordet worden, und Lusar ist in Gefangenschaft.«

Das Tier schien den Neuigkeiten keine Bedeutung beizumessen, es gähnte, streckte sich kurz und schlief dann weiter. Ksar rief sich die Szene in Fontyrs Arbeitszimmer noch einmal in Erinnerung und versuchte zu verstehen, was genau vorgefallen war. Wer war Scopos Mörder? Während des Gesprächs hatte sie nicht besonders darauf geachtet, wer der Gesprächspartner des Meisters sein mochte. Sie hatte angenommen, dass sie den Betreffenden wahrscheinlich gar nicht kannte, schließlich kannte sie kaum Magier, und nie im Leben wäre sie auf die Idee gekommen, dass er Scopo ermorden würde.

Aber drei Dinge standen fest: Erstens handelte es sich um einen Magier, zweitens war er jünger als der Meister, denn dieser hatte ihn geduzt, während der Mörder ihn mit »Ihr« angesprochen hatte, und drittens hatte er sich an diesem Nachmittag aktiv an der Ratsversammlung beteiligt. Scopo hatte seine »Wortmeldung im Rat« erwähnt. Es konnte nicht schwer sein, den Kreis der Tatverdächtigen einzugrenzen.

Die Stimme des Mörders brachte sie nicht weiter. Von ihrem Versteck aus war sie nicht sehr deutlich zu hören gewesen, und mit diesen dunkel gefärbten Vokalen klangen die Stimmen der Magier alle ähnlich. Scopo hatte ihm misstraut, zumindest gegen Ende des Gesprächs, doch hatte er offensichtlich nicht damit gerechnet, in welcher Gefahr er tatsächlich schwebte.

Was, wenn der Mörder sich verwandeln konnte und Scopo in Wirklichkeit mit jemand ganz anderem gesprochen hatte, als er gedacht hatte? Doch Ksar glaubte nicht an diese Möglichkeit. Diese Magier konnten doch nur Formeln anwenden, sie hatten keinerlei Kenntnisse der Zaubersprache, die man fürs echte Zaubern benötigt. Nicht einmal Lusar. Und um sich zu verwandeln, musste man einen Zauber benutzen, für den es nie eine Formel gegeben hatte.

Sie konnte es immer noch nicht fassen. Scopo war ermordet worden. Lusar, die alte Meisterin, war Opfer einer Entführung und wurde in der Burg des Vergessens gefangengehalten. Vekion befand sich in einer sehr prekären Lage. Jetzt begriff Ksar, warum der Große Syndikus den Rat so plötzlich einberufen hatte, dass der Meister seinen Unterricht hatte abbrechen müssen. Was jedoch das Buch der Macht anging, so wusste sie nicht einmal, was genau es war, und sie hatte auch noch nie davon gehört, aber seinem Namen und der Gier des Mörders nach zu urteilen, musste es sich um eine sehr effektive Waffe handeln.

Scopo hatte sich lobend über Fontyr geäußert. Der hängte zwar sein Fähnchen nach dem Wind, war aber zumindest kein Verräter. Der Meister hatte sogar überlegt, ihn in das Geheimnis des Buchs einzuweihen – zum Entsetzen des Mörders. Hatte Scopo den Verräter in diesem Moment bereits durchschaut? Es sah ganz danach aus. In seinem Bestreben, den Meister dazu zu bringen, ihm anzuvertrauen, wo das Buch der Macht versteckt war, hatte sich der Mörder verraten, und als ihm das klar wurde, schlug er zu.

Scopo ermordet und Lusar gefangen!, sagte sich Ksar immer wieder. *Und ein Verräter im Palast, ein Magier aus dem Rat, der mit den Agriern zusammenarbeitet!* Sie konnte es einfach nicht fassen. Sie musste etwas unternehmen, aber was?

Ksar kannte sich in der geheimen Bibliothek sehr gut aus. Aus den alten Büchern dort hatte sie gelernt, richtig zu zaubern, und im Nu fand sie auch etwas über diese Wahrheitsformel. Es handelte sich um einen überaus komplexen Zauber, für dessen korrekte Anwendung man sehr fortgeschrittene Formeln beherrschen musste, die ihr ein Rätsel waren. Sie wirkten sich nicht nur auf die Person aus, auf die der Zauber gerichtet werden sollte, sondern auf alle Anwesenden, auch wenn die Wirkung mit zunehmender Entfernung abnahm. Es gab keinen Gegenzauber und man konnte nicht lügen. Nicht nur, weil es in der Tat sehr schwierig war, sondern weil es nichts nützte: Lügen waren sofort als solche erkennbar. Der einzige Ausweg war gar nichts zu sagen. Aber auch das war sehr schwierig und riskant, denn mit jeder Sekunde, die das Gehirn Widerstand leistete, wurde es stärker geschädigt, was im Extremfall zum Tod des Betreffenden führen konnte. Daher war die Anwendung der Wahrheitsformel streng verboten.

Meisterin Lusar musste so schnell wie möglich gerettet werden, sagte sich Ksar. Die Burg des Vergessens war ihr Wohnsitz und befand sich relativ nahe bei Alessir, nur durch eine Bergkette davon getrennt. Dass die Agrier die Burg eingenommen hatten, bedeutete, dass sie inzwischen noch weiter vorgerückt waren, und zwar schnell, viel zu schnell. Ksar zog ein weiteres Buch aus dem Regal. Demzufolge war die Burg mitten in einem magischen Sumpf errichtet worden, dem Sumpf des Vergessens, dessen Besonderheit darin bestand, dass man unweigerlich das Gedächtnis verlor, wenn man versuchte, ihn zu durchqueren. Sicher zum Burgtor gelangen konnte man nur, wenn man den Sumpf mittels einer Zauberformel mit einem festen Weg überbrückte. Darauf hatte Scopos Mörder angespielt, als er sagte, nur ein Magier könne den Agriern bei der Erstürmung der Burg geholfen haben.

In der geheimen Bibliothek gab es einen Bereich mit Plänen und Landkarten aus der Zeit vor den ersten Invasionen der Agrier. Bislang hatte Ksar nur einen Plan des Königspalasts studiert – und zwar den, auf dem die Geheimgänge verzeichnet waren – sowie einen von Alessir, der Hauptstadt des Reichs, in den auch die geheimen Tunnel eingezeichnet waren, die den Palast mit dem äußeren Teil der Wehrmauer und dem Hafen verbanden. Ob es wohl auch einen Plan der Burg des Vergessens gab?

Ksar wurde schnell fündig. Mit einer magischen Handbewegung machte sie sich eine Kopie auf einem unbeschrifteten Blatt, legte das Original an seinen Platz zurück und beugte sich über das Duplikat. Die Burg hatte zwei Eingänge: das Haupttor, das vermutlich von den Agriern bewacht wurde, sowie einen geheimen Zugang, zu dem man nur gelangte, wenn man den Sumpf durchquerte. Diesen Plan kannte garantiert niemand. Sie konnte nur hoffen, dass in den letzten Jahrzehnten keine Umbauten vorgenommen worden waren.

Ksar verstaute die Kopie in einer Tasche. Jetzt gab es nur noch zwei Dinge, über die sie etwas herausfinden musste: die Geheimtür der Schatzkammer und den seltsamen zugemauerten Gang hinter Fontyrs Arbeitszimmer. Sie nahm sich den Plan des Königspalasts von Alessir vor. Am einen Ende der Schatzkammer, an der Stelle, wo sie an den Thronsaal grenzte, standen ein paar Wörter, sehr klein geschrieben und fast unleserlich, deshalb hatte Ksar nie darauf geachtet. Sie holte eine Lupe und buchstabierte: »Uodib istae geaoh nia.« Vielleicht ein Zauberspruch?

Da schlug es fünf Uhr. Es war über eine Stunde vergangen, seit sie Fontyrs Arbeitszimmer verlassen hatte. Um Himmels willen – wie hatte sie nur so die Zeit vergessen können? Sie hätte auf der Stelle in ihre Abteilung zurückkehren müssen. In einer derart ernsten Lage arbeiteten sicher alle fieberhaft, und ihr Fehlen würde mit Sicherheit bemerkt werden. Je länger sie fort war, desto schwerer war zu erklären, wo sie gewesen war.

Sie lief zum nächstgelegenen Ausgang, der in die Speisekammer führte, spähte kurz durch den Spalt, um zu sehen, ob die Luft rein war, dann schlüpfte sie hinaus. Hastig eilte sie in ihre Abteilung hinauf und war überrascht, als sie dort niemanden antraf. Auch gut, so musste sie fürs Erste keine Erklärungen abgeben. Sie ging weiter ins Untergeschoss.

»Was gibt's, Laryl?«, begrüßte sie den Kollegen, der für den Telespiegel und den Transportpunkt zuständig war. »Wo sind denn die anderen alle?«

Laryl sah sie überrascht an. »Hallo Rooan, wieso bist du denn nicht in der Sitzung?«

»In welcher Sitzung?«

»Seine Exzellenz ist oben«, sagte Laryl in spöttischem Tonfall.

»Wer? Menron?«, fragte Ksar. Die Syndikusse wurden mit »Exzellenz« angesprochen.

»Wer denn sonst? Die Versammlung geht schon eine knappe Stunde.«

Eine knappe Stunde. Genau die Zeit, die sie in der geheimen Bibliothek verbracht hatte. Warum war sie nicht auf der Stelle in ihre Abteilung zurückgekehrt, als sie es hätte tun können? Sie hatte das Donnerwetter verdient, das sie erwartete.

»Wie, einfach so?«, fragte sie verdrossen.

Menron, der Sicherheits-Syndikus, besuchte seine Abteilung nie. Soweit Ksar sich erinnerte, hatte er sich in all den Jahren, in denen sie jetzt dort arbeitete, nicht mehr als vier oder fünf Mal blicken lassen. Und ausgerechnet heute musste er nicht nur herkommen, sondern auch noch eine Versammlung einberufen, und sie war nicht da.

»Ja, einfach so. Er sagte, es sei dringend. Ich konnte mich drücken, weil jemand die Nachrichten entgegennehmen muss. Bestimmt sind sie bald fertig.«

»Dann gehe ich besser nicht hin. Ich muss den Telespiegel benutzen. Ist er frei?«

»Nur zu.«

Ksar betrat einen winzigen Raum, in dem gerade einmal ein Tischchen und ein Stuhl Platz hatten. Die Tür ging nach außen auf, anders wäre es gar nicht möglich gewesen, den Raum überhaupt zu betreten. Ksar setzte sich, den Blick auf den Spiegel vor sich gerichtet, und legte ihre linke Hand mit gespreizten Fingern flach auf den Tisch. Dann sagte sie etwas, und nach ein paar Minuten verschwand ihr Spiegelbild, stattdessen tauchte ein fülliger Mann mit schütterem Haar auf. Es sah aus, als säße er am anderen Ende desselben Tischs. Dieses Kommunikationssystem war absolut sicher.

»Hallo Rooan«, begrüßte sie der Mann. »Wir sind schon in Zarria.«

»Hallo Barto. Das ging aber schnell.«

Barto lächelte. »Ich kenne mich hier aus, ich stamme schließlich von hier.«

»Erzähl mir alles, was du weißt.«

Barto berichtete ihr, dass die agrischen Truppen das Dorf Zarria in der Nähe der Burg des Vergessens an diesem Vormittag in einem Handstreich eingenommen hatten. Die Besetzung von Lusars Festung hatte zunächst nur als Gerücht die Runde gemacht, war jedoch bald bestätigt worden. Einige hatten erzählt, wie der Zauberer, der die agrischen Truppen begleitete, mit einer Formel den Sumpf bis zur Burg überbrückt hatte und Meisterin Lusar gefangengenommen worden war. Sie sei in eines der Burgverliese geworfen worden, hieß es.

»Gibt es seither etwas Neues?«, fragte Ksar.

Barto nickte. »Wir können bestätigen, dass sie auf General Haetkutk warten. Er ist ziemlich weit weg, in der Eiswüste. Niemand hatte damit gerechnet, dass die Erstürmung der Burg des Vergessens so schnell über die Bühne gehen würde.«

»Für wann wird er erwartet?«

»Keine Ahnung. Aber selbst wenn er sich beeilt, braucht er mindestens zwei Tage. Solange er nicht da ist, wird niemand es wagen, Lusar etwas anzutun. Aber dann …« Barto machte ein besorgtes Gesicht.

»Gibt es eine Möglichkeit, den Sumpf zu durchqueren, ohne das Gedächtnis zu verlieren?«

»Eigentlich nicht, nur ein einziges Mal, als ich klein war und dort gespielt habe, ist mir nichts passiert. Meine Eltern hatten es mir natürlich strengstens verboten, aber du weißt ja, wie Kinder sind. Wir waren ein ganzer Trupp, und dem einen oder anderen muss es wie mir gegangen sein, aber darüber redet keiner, schließlich hatten wir ein Verbot übertreten, da verrät sich keiner freiwillig.«

»Und was vergisst man genau?«

»Tja … alles. Wer man ist, was man eigentlich wollte, wo man wohnt …«

»Und kommen die Erinnerungen später zurück?«

»Ja, nach ein paar Tagen. Anfangs kommen sie in Schüben, es fällt einem irgendetwas Belangloses ein, das am Morgen davor passiert ist, aber nicht, wie man heißt. Irgendwann erinnert man sich dann wieder an alles. Na ja, nicht an alles, zum Beispiel nicht an die letzte Schulstunde, was ziemlich lästig war. Man musste den ganzen Stoff neu lernen. Davor hatten uns die Lehrer gewarnt, und sie behielten recht. Aber wenn man sich an eine bestimmte Lektion nicht erinnerte und behauptete, man sei im Sumpf gewesen, bekam man trotzdem zu hören, man habe sie nicht richtig gelernt.«

»Hast du dein Gedächtnis oft im Sumpf verloren?«

»Ziemlich oft.« Barto grinste.

»Woran kann es gelegen haben, dass es an diesem einen Tag anders war?«

»Das habe ich mich auch oft gefragt. Keine Ahnung.«

»Kann es eine Rolle spielen, ob man mit dem Wasser des Sumpfs in Kontakt kommt?«

»Schon möglich. Ich bin an diesem Tag nicht nass geworden, aber manche der anderen auch nicht, und trotzdem ...«

»Und was passierte mit denen, die ihr Gedächtnis verloren haben?«

»Mitten im Spielen antworteten sie plötzlich auf alles: ›Ich weiß nicht‹, oder sie fragten: ›Was machen wir hier?‹, ›Wer bist du denn?‹ und so weiter. Aber es gab nie einen konkreten Auslöser dafür.«

»Wie lange dauert es, bis dieser Effekt eintritt?«

»Ein oder zwei Minuten – man hat zu gar nichts Zeit, schon gar nicht, um zur Burg zu gelangen, selbst wenn man sich noch so beeilt. Mit einem Zauberboot braucht man eine gute halbe Stunde, aber man kommt wie gesagt ohne Gedächtnis an.«

»Danke, Barto.«

»Zu Diensten. Ich hab dich lange nicht gesehen, Rooan. Bist du zur Koordinatorin ernannt worden?«

Ksar schüttelte missmutig den Kopf.

»Schön wär's!«

FONTYR

»Welch Glanz in dieser bescheidenen Hütte!«, begrüßte Menron sie spöttisch und heftete seine kalten blauen Augen auf sie. »Wir haben Sie vermisst.«

Die Versammlung war zu Ende. Im Saal traf Ksar nur noch den Sicherheits-Syndikus an, der sich lebhaft mit Fontyr unterhielt. Was bedeutete, dass er auch diesmal zum Koordinator ernannt worden war.

Als Ksar zum ersten Mal aufgefallen war, dass der Emporkömmling ihr bei allen Einsätzen vorgezogen wurde, hatte sie mit ihrer unmittelbaren Vorgesetzten darüber gesprochen, aber die hatte nur ohnmächtig mit den Achseln gezuckt.

»Das war nicht meine Idee, Rooan, tut mir leid. Er wurde uns von oben aufgedrückt.« Sie deutete zur Decke.

»Menron?«, fragte Ksar.

»Eine Etage höher: Scopo. Da sind wir machtlos. Große Politik. Aber lass dich nicht verunsichern, du leistest hervorragende Arbeit und bekommst demnächst neue Aufgaben zugeteilt, du wirst schon sehen.«

Aber die Zeit verging, und jedes Mal, wenn bei einem wichtigen Auftrag ein Koordinator ernannt werden musste, fiel die Wahl unweigerlich auf Fontyr, was bedeutete, dass sie außen vor blieb und somit keine Punkte sammeln konnte für eine Beförderung.

Warum hatte Menron wohl ohne Vorankündigung eine

Versammlung einberufen? Und warum nur hatte sie sich so lange in der geheimen Bibliothek aufgehalten? Sie hatte dort fast eine Stunde verbracht, genau die Dauer der Versammlung. Wenn sie rechtzeitig hier gewesen wäre, hätte sie vielleicht ihre Teilnahme an Lusars Befreiung durchsetzen können. Aber jetzt…

Jetzt hatte sie den Sicherheits-Syndikus vor sich, den Big Boss. So eine Gelegenheit würde sich nie wieder bieten. Sie musste ihren Informationsvorsprung nutzen, um ihre Teilnahme an der Befreiung Lusars zu erkämpfen. Wenn sie den Syndikus überzeugen konnte, würde Fontyr es schlucken müssen.

»Tut mir leid, dass ich nicht rechtzeitig hier war, Exzellenz. Aber ich habe Informationen zusammengetragen, die sehr nützlich sein könnten.«

Ksar versuchte ihrer Stimme eine Sicherheit zu verleihen, die sie überhaupt nicht empfand.

»Ich verstehe ja, dass Sie sich zu gut sind für solche Formalitäten, Rooan«, erwiderte der Syndikus verächtlich, »aber wir anderen hatten heute Nachmittag eine Krisensitzung. Und soweit mir bekannt ist, sind Sie nicht eingeteilt worden.«

Menron war ein Idiot. Mit Argumenten erreichte man bei ihm gar nichts. Er berief eine Sitzung ein, um seine Leute auf bestimmte Fragen anzusetzen, aber wehe, man versäumte die Sitzung, weil man die Möglichkeit gehabt hatte, genau diese Informationen zu beschaffen.

Disziplinlosigkeit war Menron ein Greuel. Wie Ksar vom Geheimgang aus gehört hatte, hatte er sich in der letzten Versammlung der Abteilungsleiter, in der die Beförderungen beschlossen wurden, als Vorsitzender negativ über sie geäußert. Sie sei »zu sehr bestrebt, mit ihrem Verhalten gegen die Einhaltung der allgemeinen Bestimmungen zu verstoßen«, hatte er ihr in seiner gestelzten Ausdrucksweise zur Last gelegt, und Disziplinlosigkeit sei unter keinen Umständen zu dulden.

»Soweit ich weiß«, sprach Menron jetzt weiter, »sind Sie für die Überwachung der Übersetzung der abgehörten feindlichen Kommunikation zuständig. Diese Nachricht hier wurde soeben hereingereicht, wenn Sie sich also wirklich nützlich machen wollen, machen Sie sich unverzüglich an die Übersetzung ins Vekische.«

Auch wenn Ksar Agrisch sprach, umfasste ihre Arbeit keine Übersetzungstätigkeit – der »Auftrag« war die Strafe für ihr Fehlen bei der Versammlung. Und wenn sie die Übersetzungen überwachte, dann nur, weil ihr seit der Ankunft des Emporkömmlings keine ihrer Qualifikation gemäße Aufgabe übertragen worden war.

Am liebsten hätte sie Menron das Blatt in den Mund gestopft, aber sie nahm es wortlos an sich. Oben waren das Aktenzeichen und der Name des Koordinators vermerkt: L. Fontyr. Warum immer L. Fontyr? Auf allen Akten stand oben nur noch dieser eine Name. Als sie die Nachricht las, stellte Ksar zornig fest, dass sie nichts enthielt, was eine »unverzügliche Übersetzung« rechtfertigte, dennoch machte sie sich unter Menrons aufmerksamem Blick sofort an die Arbeit.

Als sie fertig war, hielt sie Menron das Blatt hin, aber dieser bedeutete ihr, es Fontyr zu geben. Ksar legte es auf den Tisch, der Emporkömmling griff danach, las es und steckte es in eine Mappe.

»Exzellenz, es tut mir leid, dass ich an der Versammlung nicht teilnehmen konnte«, entschuldigte sich Ksar erneut. »Dafür habe ich einiges herausgefunden.«

Sie hatte zwar keine Hoffnung mehr, eingeteilt zu werden, aber sie musste es trotzdem versuchen.

»Ach wirklich?«, fragte der Syndikus ohne jegliches Interesse. »Wenden Sie sich an Fontyr, er ist der Koordinator. Wenn er der Ansicht ist, dass er Sie in seinem Team noch unterbringen kann…«

»Ich bin besser als Koordinator geeignet«, beharrte Ksar. »Wie Eure Exzellenz wissen, wird in den nächsten zwei Tagen niemand es wagen, der Meisterin etwas anzutun, und ich habe einen Plan, sie bis dahin zu retten.«

»Wirklich beeindruckend«, erwiderte der Syndikus ironisch.

Ksar beschloss, das Risiko einzugehen, zu viel zu verraten. Sie musste unbedingt an dem Einsatz teilnehmen. »Fontyr würde das Buch der Macht nicht einmal erkennen, wenn es ihm auf einem Silbertablett serviert würde.«

»Und Sie schon?«, fragte Menron mit stechendem Blick. In seinem Ton mochte ein Anflug von Verwunderung liegen.

Ksar hielt seinem Blick stand. »Zumindest weiß ich, dass Meisterin Lusar wegen des Buchs gefangengenommen wurde und dass jemand bereit ist, über Leichen zu gehen, um es in seinen Besitz zu bringen.«

»Ich fürchte, Sie verbringen zu viel Zeit im Schlosskeller, Rooan, und Sie leiden an einer ausgeprägten Neigung, Fantasie und Wirklichkeit zu verwechseln. Der Posten des Koordinators ist bereits vergeben. Falls Sie also glauben, im Besitz von wichtigen Informationen zu sein, sind Sie verpflichtet, Fontyr darüber in Kenntnis zu setzen.« Der Syndikus ging zur Tür. Die Hand schon auf der Klinke, wandte er sich noch einmal an Fontyr. »Gute Arbeit. Halten Sie mich auf dem Laufenden.«

Damit verließ Menron den Sitzungssaal.

Fontyr lächelte Ksar kalt an. Wie immer, wenn sie vor dem Kerl stand, hätte sie ihn am liebsten geohrfeigt. Fontyr konnte nur eines, aber darin war er Spezialist: Posten wie den des Koordinators ergattern und andere für sich arbeiten zu lassen, ohne sich je selbst die Hände schmutzig zu machen. Die Erfolge schrieb er sich immer selbst zugute, aber die Folgen der Fehler fielen auf denjenigen zurück, der die Arbeit gemacht hatte.

Theoretisch standen Fontyr und sie auf einer Stufe, aber nachdem sie die Größe seines Büros und dessen Lage im Palast gesehen hatte, war klar, wer von beiden zuerst befördert werden würde.

»Ich habe eine Idee, wie man die Meisterin aus der Burg holen könnte«, sagte Ksar. »An der Burg selbst sind die Agrier gar nicht interessiert. Sie zurückzuerobern wird nicht schwer sein, sobald Lusar erst einmal in Sicherheit ist.«

»Du bist an der Aktion gar nicht beteiligt, Rooan«, erwiderte Fontyr sanft und eisig zugleich. So klang er immer, weshalb es schwierig war, auf seine Gefühle zu schließen. Er mochte verärgert sein, vielleicht war es ihm aber auch egal, oder er war sogar einigermaßen erfreut, sie zu sehen – Ksar wusste es nie. Doch diesmal hätte sie schwören können, dass es Fontyr nicht egal war, und erfreut war er mit Sicherheit auch nicht. »Du hast ja gehört, ich wurde zum Koordinator ernannt, also erzähl mir, was du weißt, falls du tatsächlich etwas weißt.«

Zähneknirschend breitete Ksar auf dem Tisch den Plan aus, den sie in der geheimen Bibliothek kopiert hatte.

»Das hier ist ein Plan der Burg des Vergessens. Ganz detailliert, mit allen Geheimgängen.«

Fontyr wirkte nicht beeindruckt, vertiefte sich jedoch mehrere Minuten darin.

»Sieht interessant aus«, befand er schließlich. »Wenn er echt ist, gehört er in die Akte.«

»Ich bestehe darauf, selbst teilzunehmen. Dieser Plan gehört mir.«

»Erzähl mir von deiner Idee«, sagte Fontyr nach kurzem Schweigen. »Nur aufgrund deiner Fantasien genehmige ich keinen Einsatz.«

Ksar ballte die Fäuste, ließ sich jedoch nichts anmerken. Den Gefallen wollte sie diesem Idioten nicht tun.

»Das Problem besteht nicht darin, in die Burg hineinzukommen, sondern wieder hinaus. Wie du sehen kannst, sind die verschiedenen Teile der Burg durch Geheimgänge miteinander verbunden. Zur Meisterin komme ich also ganz leicht. Aber um sie da herauszuholen, bleibt mir nur der Weg durch den Sumpf.«

»Und wie willst du hineinkommen? Man kann nicht in die Burg gelangen, ohne das Gedächtnis zu verlieren.«

»Das ist meine Sache«, erwiderte Ksar. Sie hatte nicht die geringste Absicht, dem Emporkömmling zu enthüllen, dass sie sich verwandeln konnte. »Den Transportpunkt der Burg des Vergessens haben die Agrier zerstört, vermute ich.«

»Lusar ist eher altmodisch. Sie hat gar keinen Transportpunkt.«

»Wie auch immer – ich weiß, wie ich zu ihr komme, aber für den Rückweg brauche ich Hilfe.«

»Welche Art Hilfe?«

»Ein Zauberboot, das hier auf mich wartet.« Ksar deutete auf den geheimen Ausgang der Burg. »Es muss mich an einen sicheren Ort bringen, auch wenn ich das Gedächtnis verliere und in eine andere Richtung zu rudern versuche. Und dort, wo das Boot uns hinbringt, muss uns jemand erwarten, um alles Weitere zu veranlassen.«

»Wir sollen das Risiko eingehen, dass Meisterin Lusar das Gedächtnis verliert?«

»Nur vorübergehend. Und wenn uns die Agrier abfangen, ist es besser, wenn sie vergessen hat, wo das Buch der Macht ist.«

»Was weißt du denn über das Buch der Macht?«

Ob Fontyr tatsächlich eingeweiht war, oder versuchte er nur, sie auszuhorchen? Jetzt musste sie bluffen.

»Genug, um nicht zu wollen, dass Lusar ihnen etwas verrät«, antwortete Ksar. »Und noch etwas. Die Rettungsaktion muss streng geheimgehalten werden, bis sie beendet ist.«

»Du brauchst mich nicht darüber zu belehren, wie ein Einsatz dieses Kalibers durchzuführen ist«, erwiderte Fontyr kalt.

»Ich meine nicht die üblichen Vorsichtsmaßnahmen. Es darf absolut niemand davon erfahren, insbesondere nicht die Magier, und ich möchte nicht, dass du diesen Plan hier in der Akte erwähnst. Ich weiß, dass Meister Scopo den Verdacht hat, einer unserer Magier könnte gemeinsame Sache mit den Agriern machen.« Sie sah Fontyr an, aber seine Miene war vollkommen ausdruckslos. »Sollte das stimmen und der Verräter von dem Plan erfahren, wären mein Leben und das unserer anderen Leute in Gefahr. Ganz abgesehen davon, dass wir Lusar nicht retten könnten.«

»Niemand hat dich um deine Mitarbeit gebeten, Rooan. Wenn du Angst hast, bleib zu Hause.«

»Ich habe nicht gehört, dass du dich freiwillig gemeldet hast«, gab sie bissig zurück.

»Vielleicht weil du nicht in der Sitzung warst. Alle anderen haben mich gehört.«

Ksar war überrascht, denn seit seiner Ankunft hatte Fontyr noch nie aktiv an irgendeinem Einsatz teilgenommen. Aber sie fing sich sofort wieder.

»Fontyr, wach auf. Wenn sich ein Magier aus Vekion mit

den Agriern verbündet hat, dann nicht aus Überzeugung, sondern weil er sich als Gegenleistung Macht verspricht, große Macht. Und dafür wird er über Leichen gehen. Deshalb will ich Lusar selbst befreien – ich weiß, wie ernst die Lage ist und was ich zu tun habe. Im Moment hängt unser Leben davon ab, dass Scopo und sie in Sicherheit sind.«

»Der Syndikus hat es im Spaß gesagt, Rooan, aber wahrscheinlich verbringst du wirklich zu viel Zeit im Schlosskeller.«

Jetzt hatte Ksar endgültig genug. Sie schlug Fontyr mit dem Handrücken ins Gesicht, und das so unglücklich, dass sie ihm mit ihrem Ring eine tiefe Schramme beibrachte. Als sie sich in Fontyrs Büro die Hand am Kaminsims aufgeschürft hatte, hatte sich die Fassung verbogen und der kleine Rubin war herausgefallen. Jetzt lief ein roter, blutender Striemen quer über Fontyrs bleiches Gesicht.

»Du bist zu impulsiv, Rooan«, sagte er leise, und seine Augen blitzten dabei seltsam auf. Zum ersten Mal wirkte er nicht gleichgültig, auch wenn sie trotzdem nicht wusste, was er dachte. »Du lässt dich immer von deinen Gefühlen hinreißen, und dieser Einsatz erfordert jemanden mit stärkeren Nerven.«

Ksar sah ihn scharf an. »Ganz recht, ich bin impulsiv, aber ich glaube nun mal an das, was ich tue.«

Die Tür zum Sitzungssaal schwang abrupt auf, und eine sehr nervöse Frau platzte herein.

»Fontyr, Menron will, dass …« Die Frau unterbrach sich. »Was hast du denn im Gesicht?«

»Nichts. Was ist?«

»Menron will dich sofort in deinem Büro sprechen. Meister Scopo wurde dort gefunden. Tot. Offenbar hat ihm jemand mit einem Holzscheit den Kopf eingeschlagen.«

Die Tür stand sperrangelweit offen. Dennoch, und obwohl dies sein eigenes Büro war, rief Fontyr von draußen nach dem Syndikus.

»Exzellenz?«

»Ah, kommen Sie rein, Fontyr«, forderte der Angesprochene ihn auf. Er musterte die Wunde auf seiner Wange, die zu bluten aufgehört hatte, sagte jedoch nichts dazu.

»Wo ist es passiert?«, fragte Fontyr.

»Hier.« Menron deutete auf den Teppich vor dem Kamin. Der Leichnam war bereits weggebracht worden.

»Was machte Meister Scopo in meinem Büro?«

»Das wissen Sie nicht?«, fragte der Syndikus.

»Nein, Exzellenz.«

»Wo haben Sie den Nachmittag verbracht?«

»In der Abteilung«, antwortete Fontyr. »Von zwei Uhr bis gerade eben. Dafür gibt es zahlreiche Zeugen. Darf ich Eure Exzellenz fragen, wer die Leiche gefunden hat?«

Da Fontyr kein Magier war, wirkte die Frage unhöflich. Menron antwortete dennoch.

»Der Große Syndikus und ich selbst. Ich dachte, Sie wären bereits aus der Abteilung zurück, wir wollten den Einsatz mit Ihnen besprechen.«

»Die Tür stand offen?«

Menron blickte ihn aus seinen blauen Augen kalt an. Die letzte Frage war keine Unhöflichkeit mehr, sie grenzte an Unverschämtheit.

»Sie war zu, aber nicht abgeschlossen. Deshalb gingen wir hinein«, erklärte der Syndikus streng. »Fontyr, Sie sind sehr tüchtig und haben mein vollstes Vertrauen. Ich weiß, dass auch der Meister so dachte, er hat sich immer wieder lobend über Ihre Arbeit geäußert. Tatsache ist jedoch, dass sein Leichnam in Ihrem Büro gefunden wurde, was den Schatten eines Verdachts auf Sie wirft.« Der Syndikus legte eine Pause ein. Wenn er erwartete, auf Fontyrs versteinertem Gesicht werde sich irgendeine Regung spiegeln, hatte er sich jedoch getäuscht. »Folglich bin ich dazu gezwungen, Sie Ihrer persönlichen Beteiligung an Meisterin Lusars Befreiung zu entheben. Wir werden darauf vertrauen müssen, dass Kollegin Rooans Plan so fundiert ist, wie sie behauptet.«

»Eure Exzellenz halten das für klug?«, fragte Fontyr. »Rooan ist zu impulsiv und verträumt.«

Menron sah ihn nachdenklich an.

»Korrekt«, bestätigte er nach kurzer Überlegung. »Es handelt sich um eine extrem undisziplinierte junge Frau mit einer ausgeprägten Tendenz, sich von ihrer blühenden Fantasie hinreißen zu lassen. Allerdings ist auch nicht zu leugnen, dass sie gelegentlich spektakuläre Erfolge erzielt hat. Wenn sie sich an die Bestimmungen hält, kann sie wirklich gute Arbeit leisten.«

»Wir haben andere Leute, die für eine derart heikle Aufgabe genauso oder noch besser geeignet sind.«

»Rooan ist überaus qualifiziert, und es spricht nichts dagegen, sie damit zu beauftragen ...«

»Gestattet mir, dass ich darauf bestehe, Exzellenz«, fiel Fontyr ihm ins Wort. »Ich glaube nicht, dass sie ...«

»Ich denke, ich habe mich klar genug ausgedrückt.« Der Syndikus sah sein Gegenüber stechend an. »Meiner Meinung nach ist Kollegin Rooan bestens für die Durchführung dieser Aufgabe geeignet. Und ich verbitte mir, dass Sie meine Entscheidungen in Frage stellen. Sagen Sie ihr Bescheid und halten Sie mich kontinuierlich auf dem Laufenden. Den Posten des Koordinators behalten Sie vorläufig«, fügte er mit einem drohenden Unterton hinzu. »Ich vertraue also darauf, dass Sie die junge Frau an die Kandare nehmen.«

Mit diesen Worten drehte sich der Syndikus um und verließ den Raum.

Fontyr ging langsam zur Tür und schloss sie. Erst jetzt, da er sich allein wusste, spiegelte sich in seiner Miene der Kummer, den der Tod des Meisters in ihm auslöste. Er war für ihn wie ein Vater gewesen. Wer hatte ihn ermordet?

Er trat an den Kamin und nahm den Tatort in Augenschein. Hier hatte ein Holzfeuer gebrannt, von dem nur noch die Glut übrig war. Wer in aller Welt hatte sein Arbeitszimmer aufgeschlossen und Holz geholt, um ein Feuer zu machen? Wenn er sich nicht täuschte, hatte er abgeschlossen – das tat er immer. Zwar konnten viele Magier Schlösser mit einem einfachen Zauber öffnen, aber in der Regel missbrauchten sie ihre Macht nicht. Ob der Mörder ein Magier war?

Was sollte er jetzt tun? Meister Scopo hatte den Verdacht gehegt, dass in Alessir etwas faul war, das hatte er mehrmals gesagt. Und offenbar hatte er recht gehabt. Aber wieso war Ksar im Bilde? Wie hatte sie vom Buch der Macht erfahren? Diese Frau war unglaublich, sie schien alles zu wissen. Warum war sie so versessen darauf, an dem Einsatz teilzunehmen? Jetzt hatte sie es tatsächlich geschafft.

Plötzlich machte ihn ein roter Punkt stutzig: ein funkelndes Steinchen zwischen zwei Bodenplatten, direkt vor dem Kamin. Ein Rubin? Fontyr bückte sich danach, aber er steckte fest. Er brauchte irgendetwas als Hebel. Als er sich gerade aufrichten wollte, entdeckte er ein langes, rotes, gelocktes Haar. Was hatte Ksar in seinem Büro gemacht? Ob es dieser Rubin war, der an ihrem Ring fehlte?

Nachdenklich strich sich Fontyr über die Schramme auf seiner Wange.

Wie hatte sie nur so dämlich sein können, fragte sich Ksar, als sie in ihrem Büro am Schreibtisch saß. Zunächst einmal, nicht zu merken, dass sie den Rubin in ihrem Ring verloren hatte. Ohne ihn war die Schürfwunde auf ihrem Handrücken nicht verheilt, nachdem sie den Heilzauber ausgesprochen hatte. Das war ihr gar nicht aufgefallen, weil es dunkel gewesen war, aber die Wunde hatte die ganze Zeit gebrannt. Warum bloß hatte sie nicht darauf geachtet? Und danach hatte sie einen ganzen Rattenschwanz von Dummheiten begangen, eine größer als die andere. Bestimmt gab es im gesamten Palast niemanden, der sich mehr verdächtig gemacht hatte, Scopo getötet zu haben, als sie: Sie war zum Tatzeitpunkt nicht an ihrem Arbeitsplatz gewesen, hatte herausposaunt – und zwar ausgerechnet Menron gegenüber –, dass sie von der Existenz des Buchs der Macht wusste, und hatte obendrein Fontyr mit der Nase darauf gestoßen, dass sie sich kürzlich die Hand aufgeschürft hatte und dabei der Stein aus ihrem Ring gefallen war. Wenn er den Rubin vor seinem Kamin fand, an der Stelle, wo Scopo erschlagen worden war, konnte er problemlos feststellen, wem er gehörte, und sie bald anzeigen.

Und noch etwas anderes ließ ihr keine Ruhe: Was, wenn der Rubin im Kamin verbrannt war, als der Mörder das Feuer entzündete? Diamanten waren brennbar, das wusste sie, aber Rubine? Gewiss, das wäre das kleinere Übel, verglichen damit, der Ermordung eines Magiers angeklagt zu werden, aber in dem Stein steckten ihre gesamten Ersparnisse, und sie konnte sich keinen neuen kaufen.

Es klopfte. Ohne ihre Reaktion abzuwarten, kam Fontyr mit einer roten Mappe unter dem Arm herein. Er richtete den Blick sofort auf ihre Hände, aber Ksar hatte den Ring abgenommen. Fontyr musterte die Schürfwunde auf ihrem Handrücken.

»Es gibt Neuigkeiten, Rooan. Mach dich bereit, deinen Rettungsplan in die Tat umzusetzen.«

Ksar starrte ihn halb ungläubig, halb freudig an. Gut, offenbar hatte er den Rubin bislang nicht gefunden.

»Danke, Fontyr.«

»Bedank dich nicht bei mir, sondern beim Syndikus.«

»Hör mal, ich… Das mit der Schramme tut mir wirklich leid.« Ksar deutete auf seine Wange. »Das wollte ich nicht.«

Fontyr zuckte die Achseln. »Das verheilt schon wieder.«

Es herrschte betretenes Schweigen, bis Ksar schließlich fragte: »Mit wem arbeite ich zusammen?«

»Irsia.«

Wie schön. Irsia war eine bewährte Mitstreiterin.

»Wo wird mich der Transportpunkt absetzen? Ginge es vielleicht im Dorf?«

Fontyr schüttelte den Kopf. Der Transportpunkt konnte einen nicht an einen bewohnten Ort bringen, außer man verfügte dort über ein identisches Gerät, das mit dem Apparat am Ausgangsort verbunden war. Aber wenn die Agrier ein Dorf oder eine Stadt eroberten, machten sie als Erstes die Transportpunkte ausfindig und zerstörten sie.

Das Risiko, die Transportpunkte zu benutzen, gingen sie seit einiger Zeit nicht mehr ein, denn die Vekier konnten sie manipulieren und das Ziel verändern. Auf diese Weise waren ihnen zu Beginn des Krieges einige hochrangige Agrier ins Netz gegangen, ohne dass deren Landsleute etwas dagegen hatten tun können.

»Er wird gerade programmiert. Er wird dich zum Schwarzen Turm bringen, einem kleinen verlassenen Turm am Ortsrand von Zarria, ganz in der Nähe des Sumpfes. Hier sind die Koordinaten.« Fontyr hielt ihr die Akte hin. Ksar bedeutete ihm mit dem Kinn, sie auf den Tisch zu legen. »Übrigens, ich bin nach wie vor der Koordinator. Ich erwarte dich morgen früh um acht im Sitzungssaal.«

Fontyr legte die rote Mappe auf den Tisch, drehte sich um und ging.

LEÓN

Ksar blieb bis Mitternacht in der geheimen Bibliothek. Mit Kim auf dem Schoß vertiefte sie sich in den Plan der Burg des Vergessens, der alles andere als leicht zu lesen war, und in eine Landkarte der Gegend. Als die SP Feierabend hatten und das Palastportal verriegelt wurde, war sie in den Geheimgang geschlüpft. Sie hätte den Palast auch später problemlos wieder betreten können, denn es gab eine geheime Verbindung mit der Außenwelt, aber dazu musste man endlose Stufen hinab- und wieder hinaufsteigen. Nein, lieber zog sie sich in die geheime Bibliothek zurück; außerdem war es von dort aus nicht weit zu Fontyrs Büro, wo sie später nach dem Rubin suchen wollte.

Doch bis dahin konzentrierte sie sich auf die Vorbereitungen für den nächsten Tag. Barto und seine Frau hatten in Zarria Posten bezogen, dem kleinen Dorf in der Nähe des Sumpfs des Vergessens. Von der Burg aus gesehen befand sich die schmalste Stelle zur Durchquerung des Sumpfs im Norden, auf dem Weg zum Schwarzen Turm, nicht weit vom Dorf. In südlicher Richtung zog sich der Sumpf hingegen bis zum Fuß der Zarria-Berge hin – eine unerforschte Gegend, denn sie war nur vom Sumpf her zugänglich. Soweit man wusste, war noch nie jemand mit heilem Gedächtnis so weit vorgedrungen.

Als es Mitternacht schlug, legte Ksar die Karten beiseite,

hob Kim hoch, um aufstehen zu können, und setzte die Katze dann wieder in den Sessel. Eigentlich schlief Kim gerne dort, aber jetzt suchte sie sich ein anderes Plätzchen.

»Kim, du Dummkopf, der Sessel ist doch noch warm. Komm her, ich leg dir die Decke hin.«

Kim schien davon nichts wissen zu wollen, und Ksar musste lächeln. Sobald sie fort war, würde sich die Katze wieder in den Sessel kuscheln, aber erst einmal tat sie beleidigt.

Ksar hatte sich den Ring wieder übergestreift, um den Stein einzusetzen, sobald sie ihn fand. Sie griff nach einem Kandelaber und zündete die Kerze an. Dann machte sie sich durch den Geheimgang auf den Weg zu Fontyrs Büro, langsam, ganz langsam, denn sie fühlte sich vollkommen schutzlos. Ohne den Rubin konnte sie nicht einmal den kleinsten Zauber ausführen, und zum ersten Mal seit langer Zeit war sie auf eine Kerze als Beleuchtung angewiesen.

Sie hatte sogar ein Fläschchen Öl dabei, damit die Geheimtür in der Stille der Nacht nicht quietschte. Ksar träufelte einige Tropfen auf die Angeln, betätigte den Öffnungsmechanismus und wartete: Es war kein Laut zu hören. Sie betrat Fontyrs Büro, ging zum Kamin und leuchtete mit der Kerze direkt unter die Stelle, wo sie sich die Hand aufgeschürft hatte. Beinahe hätte sie vor Freude aufgeschrien, als sie zwischen zwei Bodenplatten ein rotes Pünktchen aufblitzen sah, kleiner als eine Linse. Und sowie sich ihre Hand dem Rubin näherte, schien dieser lebendig zu werden und glitt an seinen Platz zurück. Die Fassung schloss sich um ihn, und der Ring war wieder, als wäre er nie beschädigt worden.

Ksar richtete sich auf und wollte gerade wieder in den Geheimgang zurückhuschen, als plötzlich zwei nicht gerade kleine Feuerzungen auftauchten und wie wild um sie herumzuwirbeln begannen. Ksar hatte so etwas noch nie gesehen. Sie versuchte auszuweichen, konnte sich jedoch nicht von der Stelle rühren, ohne sich zu verbrennen.

»Wer da?«, ertönte Fontyrs schlaftrunkene Stimme von nebenan.

Fontyr schlief im Palast?

Ksar schloss den Geheimgang mit einem Zauber und hatte gerade noch Zeit, Valisias Aussehen anzunehmen. Fontyr wäre mit Sicherheit zu erschrocken darüber, dass er die Königin in Gefahr gebracht hatte, um unbequeme Fragen zu stellen.

Die Tür öffnete sich, und gegen den hellen Lichtschein aus dem Schlafzimmer zeichnete sich die Silhouette des jungen Mannes ab, der nur mit einer weiten, weißen Hose aus dünnem Stoff bekleidet war. Er ging zu Ksar, dann schickte er die beiden Flammen mit einer ausgreifenden Armbewegung zum Kaminfeuer zurück.

»Du hast mich erschreckt.«

Seine Augen waren halb geschlossen, sein Blick finster wie bei jemandem, der gerade noch tief geschlafen hat. Seine muskulöse, behaarte Brust schimmerte im Zwielicht und verströmte eine intensive Hitze.

»Du mich auch«, erwiderte Ksar.

Fontyr sah sie lange an. Ksar wurde nervös. Wie konnte sie ihre Gegenwart hier rechtfertigen? Er hatte sie geduzt, was bedeutete, dass er sie selbst sah und nicht die Königin. Warum hatte der Verwandlungszauber nicht funktioniert?

»Entschuldige, Val«, sagte Fontyr schließlich. »Ich verstehe nicht, warum meine Feuerzungen dich nicht erkannt haben. Sie sollten Eindringlinge festhalten, aber dich natürlich nicht.«

Er nahm sie in die Arme und drückte ihr einen sanften Kuss auf die Lippen. Ksar wurde ganz heiß. In ihrer Verwirrung erwiderte sie seine Umarmung, ohne zu überlegen, was sie da tat. Absurderweise war sie erst einmal nur erleichtert darüber, dass ihr Zauber doch funktionierte. Und jetzt begriff sie auch, was das L. vor Fontyrs Nachnamen bedeutete. Er war León, der heimliche Liebhaber der Königin.

Ihr schwirrte der Kopf. Was sollte sie tun? Sich verdrücken? Sie wusste nicht, wie. Fontyr nahm bestimmt an, dass sie die Nacht mit ihm hatte verbringen wollen, und würde eine Erklärung verlangen, wenn sie plötzlich wieder fort wollte. Ihr fiel auch keine Ausrede ein.

Aber was tat sie denn da? Sie löste sich von ihm.

»León, ich…« Ksar bemühte sich, die Vokale möglichst dunkel zu färben. »Tut mir leid, ich hätte nicht herkommen sollen.«

»Hier ist es zu kalt. Komm, wir reden besser drüben.«

Fontyrs Schlafzimmer war der seltsamste Raum, den Ksar je gesehen hatte. Die Königin kannte ihn sicher längst, deshalb versuchte Ksar, ihre Überraschung zu überspielen. Tausende kleiner Flammen tanzten um ein weiß glühendes Bett herum und spiegelten sich in den weißen Wänden, die ebenfalls zu brennen schienen. Die hohe Decke, weiß wie der ganze Raum, war zu einer Kuppel gewölbt. Zu Ksars Verwunderung schien der Rauch an Wänden und Decke keine Spuren zu hinterlassen, was aber vermutlich daran lag, dass es sich um magisches Feuer handelte, das keinen Rauch entwickelte. Und irgendwo musste frische Luft herkommen, denn es war warm, aber nicht heiß oder stickig.

Fontyr war also ein Midrac. Darauf wäre sie nie gekommen. Ksar hatte zwar über diese Wesen gelesen, aber nie eines kennengelernt.

»Setz dich«, forderte León sie auf und deutete auf das Bett.

Ksar ließ sich zögernd nieder, aber das Bett war gar nicht

heiß – es war der Widerschein der Flammen, der es so aussehen ließ, als würde es glühen. Ksar nahm das königliche Cape ab, das sie über den Schultern trug – dafür war es hier zu warm. Fontyr holte einen Hocker, der ebenfalls zu brennen schien, und setzte sich direkt vor sie. Da sah Ksar, dass er um den Hals einen Lederriemen mit einem silbernen Anhänger trug. Sie glaubte das Wappen von Franzina zu erkennen, der Nachbarstadt von Scala, ihrem Geburtsort. Das überraschte sie, denn Fontyr stammte angeblich aus dem Süden und Franzina war eine Stadt im Norden.

Fontyr beugte sich ganz dicht an sie heran, und Ksar fiel zum ersten Mal auf, wie attraktiv er war. Warum hatte sie das nicht früher bemerkt? Andererseits hatte sie ihn auch noch nie mit nacktem Oberkörper gesehen.

»Tut mir leid, wenn ich heute Morgen etwas ruppig war«, entschuldigte sich Fontyr. »Das wollte ich nicht, Val, wirklich nicht. Ich hatte heute einen schlechten Tag. Er fing schlecht an, wurde immer schlimmer, und wie er zu Ende gegangen ist, weißt du ja.« Er verstummte, als warte er darauf, dass diejenige, die er für die Königin hielt, etwas sagte, aber Ksar fiel nichts ein. Unterdessen sprach León weiter: »Das Problem ist, dass wir es gar nicht erst so weit hätten kommen lassen dürfen.«

Ksar versuchte fieberhaft, sich an Valisias Worte in der Bibliothek zu erinnern. Sie war so verlegen gewesen, als die Königin ihr diese Dinge anvertraut hatte, dass sie nicht wusste, ob sie sie richtig behalten hatte. »Ja, aber vereinnahmend bin ich nicht«, sagte sie schließlich.

León lächelte. Er glich in nichts dem kalten, unnahbaren Fontyr, den sie kannte. Seine Miene war freundlich und sanft, seine Augen funkelten wie glühende Kohlen, und dieses Funkeln erinnerte sie an die Ohrfeige, die sie ihm gegeben hatte. Es war ihr peinlich, dass sie sich nicht besser unter Kontrolle gehabt hatte.

»Das ›vereinnahmend‹ nehme ich zurück, wenn du das andere zurücknimmst.« León lächelte immer noch.

Was wohl »das andere« war? Diesen Teil hatte Valisia ausgelassen. Ksar lächelte zurück.

»Na gut.« Um nicht in Einzelheiten gehen zu müssen, strich sie ihm über die Wunde auf der Wange und fragte: »Wie ist denn das passiert?«

Wenn sie sich seit dem Morgen nicht mehr gesehen hatten, war es nur natürlich, wenn die Königin ihn nach einer so auffälligen Verletzung fragte. Gleichzeitig nutzte Ksar die Gelegenheit für einen Heilzauber. Die Wunde schloss sich, und zurück blieb nur eine kleine Narbe, so fein wie das Barthaar einer Katze. Die konnte sie nicht wegzaubern.

»Das war Ksar.«

»Ksar?« Sie war so überrascht, dass sie fast schrie. Fontyr sprach mit der Königin über sie! Und außerdem nannte er sie beim Vornamen, wo er sie doch immer mit dem Nachnamen ansprach.

»Da sieht man mal«, erwiderte León und verzog das Gesicht. »So bringt sie ihre Zuneigung zum Ausdruck.«

»Und was wirst du machen?«, fragte Ksar.

Wenn Fontyr gegen sie vorgehen wollte, war es besser, gewappnet zu sein.

»Was meinst du damit, was ich machen werde?«

»Mit Ksar. Willst du gar nichts unternehmen?«

León verstand sie nicht. Was war mit Val los? War sie eifersüchtig? Das war nicht ihre Art, sie war nie eifersüchtig auf Ksar gewesen. Aber er merkte schon seit einer Weile, dass sie anders war als sonst und ihn mit einem seltsamen Ausdruck in den Augen ansah.

»Was soll das, Val? Ich habe meine Karten von Anfang an auf den Tisch gelegt, und du hast die Regeln aufgestellt. Versuch jetzt nicht, den Bogen zu überspannen.«

Was redete Fontyr da? Ksar verstand kein Wort. Zumindest schien er nicht an Bestrafung zu denken.

»Es ist nicht so einfach, León«, sagte Ksar und senkte den Blick. Es schien ihr die passendste Reaktion zu sein.

»Meinst du vielleicht, für mich wäre es einfach? Unsere Freundschaft ist das einzig Gute, das mir passiert ist, seit ich in Alessir bin, aber was sollen wir machen? Wir haben keine Zukunft. Deshalb fände ich es besser, wenn wir uns nicht mehr sehen würden. Wenn du eine SP wärst... Aber du bist die Königin, und ich bin und bleibe ein Midrac vom Land. Je früher wir uns trennen, desto weniger tut es weh.«

Ksar hob den Blick. Leóns Gesicht war immer noch ganz nah bei ihrem, und nun tat sie etwas, das sie niemals für möglich gehalten hätte, zumindest nicht bei klarem Verstand und im vollen Bewusstsein ihrer Handlungen.

Sie fühlte sich scheußlich. Wie hatte sie das nur tun können? Sie hatte sich nicht nur für eine andere ausgegeben, sondern gleich auch noch für die Königin. Und obendrein dem verhassten Fontyr gegenüber. Wie würde sie selbst es finden, wenn jemand so etwas mit ihr machte? Aber das war gar nicht das Entscheidende. Das Schlimmste von allem war, dass sie nichts gegen eine Wiederholung gehabt hätte.

Leise stand sie auf, um León nicht zu wecken, dann ging sie ins Arbeitszimmer hinüber. Diesmal folgten ihr die Flammen nicht. Überzeugt, dass sie die ganze Nacht kein Auge mehr zutun würde, schlüpfte sie in den Geheimgang und flüchtete sich in die geheime Bibliothek. Wie gerne hätte sie dort Kim auf den Schoß genommen, aber sie war nicht mehr da. Das Feuer im Kamin war erloschen und das Brennholz alle. Anders als in Leóns Schlafzimmer war es hier ungemütlich kalt.

Die Vorbereitungen für Lusars Befreiung würden sie ablenken, sagte sie sich. Bibbernd vor Kälte griff sie nach einem Buch mit dem Titel *Zaubersprüche für Tümpel und Sümpfe*, setzte sich in eine dicke Decke gewickelt in einen Sessel und kauerte sich zusammen. Kurz darauf war sie eingeschlafen.

DIE BURG DES VERGESSENS

Inmitten schwarzer Gewitterwolken ragte die Festung majestätisch und unheilvoll in den Himmel. Ksar war zu weit entfernt, um die agrischen Wachen auf dem befestigten Weg zu erkennen, der zum Haupttor führte. Von hier, vom Schwarzen Turm aus, wirkte der Sumpf klein und harmlos.

Ksar hatte auf Irsia gewartet, die gerade gekommen war.

»Wie weit kann man sich heranwagen, ohne das Gedächtnis zu verlieren?«, fragte Irsia.

»Bis zu diesen Bäumen«, antwortete Ksar. »Wo es Bäume gibt, besteht keine Gefahr. Hast du das Boot?«

»Ja, hier bei mir.«

»Lass uns losgehen. Ich erkläre dir inzwischen, was du zu tun hast.«

Sie gingen den Hügel hinab bis zu den Bäumen. Beide junge Frauen trugen Hosen und Jacken aus dunklem Leder. Ksar hatte ihre prächtige rote Mähne gebändigt und unter einer schwarzen Mütze verborgen, über den Augen trug sie eine Sonnenbrille mit blauen Gläsern, um sie vor dem blendenden Licht des Schnees zu schützen. Um den Sumpf herum lag jedoch gar kein Schnee, also nahm sie das schmale Metallgestell wieder ab und steckte es ein.

»Gib mir das Boot«, bat Ksar.

Irsia zog etwas aus der Tasche, das aussah wie ein Spielzeug.

»Mir wurde gesagt, es reagiert auf deine Stimme.«

Ksar erteilte dem Boot einige Anweisungen, dann gab sie es Irsia zurück.

»Fertig. Sobald es dunkel ist, kommst du hierher und setzt es aufs Wasser. Dann wächst es, bis es seine richtige Größe erreicht hat.«

»Wie witzig!«, bemerkte Irsia.

»Hast du noch nie ein Zauberboot benutzt?«

Irsia schüttelte den Kopf, dann warf sie einen skeptischen Blick auf den Sumpf. »Und du meinst wirklich, er ist tief genug? Es sieht so aus, als wäre es an manchen Stellen nicht mal ein halber Meter.«

»Keine Sorge. Ein Zauberboot kommt überall durch, wo es auch nur eine Handbreit Wasser gibt. Das hier fährt dorthin, wo wir es hinschicken. Wenn es seine normale Größe erreicht hat, sprichst du meinen Namen laut und deutlich aus, dann wird das Boot in der Nähe der Burg auf mich warten, bis ich es rufe. Denk daran, das Wasser nicht zu berühren und auch sonst nichts Nasses«, schärfte Ksar ihr ein.

»Ja, ich weiß Bescheid. Diese Lederkleidung ist wasserdicht.« Irsia deutete vage auf ihre dunkle Kleidung, die gleiche, wie auch die Einwohner von Zarria sie trugen. »Die Dorfleute haben es satt, das Gedächtnis zu verlieren.«

»Und sie hält warm, auch wenn sie nicht besonders schick aussieht. Was für ein scheußliches Wetter«, klagte Ksar mit einem Blick auf den Himmel, an dem schwarze, bedrohliche Gewitterwolken hingen.

»Ich sehne mich so nach dem Frühling. So eine Kälte ist in dieser Jahreszeit nicht normal«, stimmte Irsia mit ein. »Ich werde ein paar Decken ins Boot legen, denn heute Nacht wird es bestimmt noch viel kälter. Arme Lusar! Hoffentlich setzen diese Schufte ihr nicht so zu.«

Ksar ging auf das Gasthaus zu, aber nicht auf den Haupteingang, sondern zur Rückseite des Gebäudes.

»Ist Sermiola da?«, fragte sie einen Jungen, der dort gerade Holz hackte.

»Ja, oben in der Küche.«

Ksar stieg eine Holztreppe hinauf, bis sie in einen großen Raum mit vielen Fenstern gelangte, wo das Geschirr und die Wäsche des Gasthauses gewaschen und getrocknet wurden. Vom anderen Ende aus gelangte man über einen Flur zur Speisekammer und in die Küche, bevor er nach links zum Gastraum abbog.

Ksar warf einen Blick in die Küche, in der es intensiv nach gekochtem Blumenkohl roch. Sie entdeckte nur eine Person.

»Sermiola?«, rief sie.

»Hallo Ksar«, flüsterte eine dicke Frau in verschwörerischem Tonfall. Sie hatte kurze, blonde Locken und blassblaue Augen. Mit einer Schürze um die Hüften saß sie an einem derben Holztisch und las Linsen aus. Sie war Bartos Frau, und sie sprach immer so. »Meine Güte, wie dünn du bist!«, fügte sie schließlich in beinahe normalem Tonfall hinzu. Ihre Stimme war überraschend tief.

»Ich freue mich auch, dich zu sehen«, erwiderte Ksar lächelnd. »Wie ich sehe, seid ihr problemlos ins Gasthaus gekommen.«

»Bei den ganzen betrunkenen Soldaten hier waren die Wirtsleute ganz froh um ein bisschen Unterstützung. Hast du schon zu Mittag gegessen?«

»Nein, noch nicht.«

»Dann setz dich her. Ich habe Blumenkohl im Topf, das Beste, was man bei diesem Wetter essen kann.«

»Danke, Sermiola«, sagte Ksar, die Blumenkohl hasste –

schon von dem Geruch wurde ihr übel. »Vielleicht nachher. Zuerst muss ich mit dem Koordinator reden.«

Das hätte sie eigentlich vor ihrem Aufbruch aus Alessir tun sollen, hatte es jedoch nicht gewagt. Um acht, als León im Sitzungssaal eintraf, war Ksar bereits fort gewesen.

»Komm mit«, flüsterte Sermiola wieder verschwörerisch und führte sie über eine schmale, steile Holztreppe auf den Dachboden, wo sich ausrangierte, verstaubte Möbel türmten. Sermiola bedeutete ihr, in einen Kleiderschrank zu steigen, in dem gerade mal ein Hocker, ein schmaler Tisch und ein Spiegel Platz fanden.

Ksar wartete, bis Fontyr sich meldete. Das dauerte, denn Laryl musste ihn sicher erst holen. Ksar überlegte, was sie ihm sagen sollte, wenn er fragte, warum sie vor ihrem Aufbruch nicht mit ihm gesprochen hatte, wie er angeordnet hatte.

»Rooan?«

Ksars Herz machte einen Satz. So schnell hatte sie nicht mit ihm gerechnet und deshalb gar nicht gemerkt, dass er bereits auf der anderen Seite Platz genommen hatte. Sie wagte nicht, ihm in die Augen zu sehen.

»Alles bereit«, sagte sie nur knapp.

»Ich muss mich bei dir entschuldigen«, erwiderte León.

»Ich glaube, es ist eher umgekehrt.«

»Mach dir darüber keine Gedanken.« War Fontyrs Verhalten anders als sonst, oder war es Ksar, die ihn jetzt, da sie ihn auch von einer anderen Seite kannte, nicht mehr als so kühl und nüchtern empfand? »Ich wollte mit dir reden«, fuhr er fort. »Du hattest recht: Es gibt einen Verräter im Palast. Entschuldige, dass ich dir nicht geglaubt habe. Hast du jemanden im Verdacht?«

»Ich weiß nur, dass es ein Mann ist, ein Magier«, antwortete Ksar. »Weder besonders jung noch besonders alt. Er hat einen wichtigen Posten in Vekion inne und hat gestern an der Ratsversammlung teilgenommen. Er hat Scopo kaltblütig ermordet, weil der ihm nicht sagen wollte, wo das Buch der Macht ist.«

Woher wusste Ksar all diese Dinge, fragte sich León verblüfft. Aber wie immer ließ er sich nichts anmerken. »Und er hat noch etwas getan«, sagte León laut. »Was für Wetter ist bei euch?«

»Im Moment schneit es zumindest nicht.«

»Hier auch nicht, aber es ist kälter als gestern. Meister Scopo hatte den Verdacht, dieser lange Winter könnte mit einem Zauber zu tun haben, aber den Agriern traute er so etwas nicht zu. Er arbeitete daran, doch jetzt...«

»Und was sollte so ein Zauber bezwecken?«, fragte Ksar verwundert. »Wegen ein bisschen Schnee werden wir nicht gleich den Krieg verlieren.«

Aber noch während sie diese Worte aussprach, fiel ihr ein, dass Fontyr ja ein Midrac war und Kälte ihm sehr zu schaffen machte.

»Es geht um unsere Vorräte, Ksar. Wenn es in Vekion nicht Frühling wird, wie sollen wir dann säen? Das Viehfutter geht zur Neige, bevor die Felder bestellt werden können. Ich verstehe nichts von Landwirtschaft, aber wenn es so weitergeht, gibt es eine Katastrophe.«

Normalerweise hätte sie diese Demonstration, dass er besser informiert war und Meister Scopo ihm seine Befürchtungen mitgeteilt hatte, irritiert, aber jetzt sah sie Fontyr mit neuen Augen.

»Verstehe«, sagte Ksar. »Und niemand kann etwas dagegen tun?«

»Niemand außer dem Verräter weiß etwas über den Zauber. Und so ungewöhnlich ist Schnee im April nun auch wieder nicht. Mir werden sie nicht glauben. Scopo wurde in meinem Büro ermordet, und ich habe im Moment nicht viel zu melden.«

»Es wird immer komplizierter. Mal sehen, was ich tun kann.«

»Pass auf dich auf.«

»Danke, León«, erwiderte Ksar und beendete die Verbindung.

Fontyr hatte nicht einmal mit der Wimper gezuckt, als sie ihn beim Vornamen genannt hatte.

Am Fuß der Treppe wartete Sermiola auf Ksar.

»Komm, du solltest etwas essen. Du bist ja ganz blass.«

»Entschuldige, Sermiola, aber ich habe keinen Hunger. Vielleicht später. Wann haben die Soldaten in der Burg Dienstschluss?«

»Gestern kamen die ersten so gegen sieben.«

Ksar verzog das Gesicht. Sie wäre gern schon früher aktiv geworden.

»Ich lege mich eine Weile hin, ich habe heute Nacht kein Auge zugetan. Wenn ein Soldat kommt, um etwas zu trinken, dann weck mich sofort, spätestens aber um sechs.«

Die Straßen von Zarria, die um die Mittagszeit wie ausgestorben gewesen waren, hatten sich mit agrischen Soldaten in hässlichen Kettenhemden, Brustpanzern und nietenbesetzten Arm- und Beinschützern aus grobem Leder gefüllt. Alle waren bewaffnet, und Männer wie Frauen hatten wilde, ungepflegte Mähnen. Ihre ungeschlachten Körper wirkten etwas dicklich, aber unter der wettergegerbten Haut waren weit mehr Muskeln als Fett.

»Offizierin, sie muss in den Sumpf gefallen sein«, meldete

der Führer der Patrouille, die Ksar zum Burgtor gebracht hatte.

Ksar fühlte sich in dem ganzen Metall, das einen üblen Geruch verströmte, sehr unwohl. Der Panzer der agrischen Soldatin, in die sie sich verwandelt hatte, war ziemlich schwer und wärmte überhaupt nicht, denn Arme und Beine waren nicht bedeckt. Außerdem war sie klatschnass.

Die Soldatin, die ihr als Vorbild gedient hatte, lag bewusstlos und gefesselt im Keller des Gasthauses. Ksar hatte sich für die große, korpulente Agrierin entschieden, als diese am Ende ihrer Schicht etwas hatte trinken wollen, bevor sie in die Burg zurückkehrte.

»Die da, Barto, zieh sie für ein paar Stunden aus dem Verkehr.«

»Wenn du willst, schaffe ich sie ganz beiseite«, schlug der falsche Gastwirt vor.

»Nein, kipp ihr etwas ins Glas, ich brauche sie lebend«, erwiderte Ksar, auch wenn es nicht stimmte. Tot hätte die Soldatin zumindest nicht unvermittelt auftauchen können, solange Ksar sich für sie ausgab. Aber Ksar hatte noch nie jemanden kaltblütig ermordet, und sie wollte eine solche Tat auch nicht in Auftrag geben. Ein Soldat mehr oder weniger in den Reihen der Agrier würde den Verlauf des Krieges nicht beeinflussen, aber sie wusste, dass Barto sie nicht verstehen würde. »Wann schließt ihr das Gasthaus?«

»Um elf.«

»Dann bring sie anschließend in den Sumpf, damit sie ihr Gedächtnis verliert«, sagte Ksar.

Das einzig Schwierige war gewesen, Sermiola zu entkommen, die ihr partout einen Teller Blumenkohl aufdrängen wollte. Als die Köchin kurz abgelenkt war, flüchtete Ksar in einen der Ställe, wo sie sich in die hünenhafte Agrierin verwandelte. Anschließend übergoss sie sich mit einem Eimer Wasser, um vorzutäuschen, dass sie in den Sumpf gefallen war.

Die schwarzen Gewitterwolken vom Morgen hatten sich verzogen, und alles schimmerte im Schein eines prallen Vollmonds, aber die Temperatur war um mehrere Grad gesunken. Bibbernd vor Kälte war Ksar in Richtung Sumpf gegangen und ziellos umhergestreift, bis eine Patrouille sie aufgegriffen und zum Burgtor gebracht hatte.

»Gehört die zu euch?«, fragte der Patrouillenführer die diensthabende Offizierin.

Sie sah die Soldatin an.

»Wie heißt du?«

»Ich weiß nicht«, antwortete Ksar und machte ein möglichst dümmliches Gesicht. So wie die Soldatin, für die sie sich ausgab, aussah, war das nicht schwer. Ksar wollte nicht viel sagen, denn sie hatte seit Monaten kein Agrisch gesprochen, und das war ihr bestimmt anzuhören.

»Nichts zu machen«, meinte der Patrouillenführer. »Wenn sie so reden, haben sie das Gedächtnis verloren. Zusammen mit der hier sind es schon zwölf.«

»Ich kenne sie, meine Offizierin«, sagte eine Soldatin mit dem Körperumfang eines Bären. Neben ihr wirkte Ksar in ihrer neuen Gestalt geradezu schlank. »Sie heißt Mir. Sie ist aus meinem Regiment.«

»Gut, Mir. Geh mit Sinoc«, befahl die Offizierin. Als Ksar sich jedoch nicht rührte, wandte sie sich der Bärin zu. »Deine Schicht ist doch zu Ende, oder? Dann nimm sie mit nach unten.«

Sinoc salutierte vor ihrer Vorgesetzten und bugsierte Ksar stoßend und schubsend in die Burg. Drinnen war es genauso eisig kalt wie draußen, aber zumindest pfiff hier kein Wind.

Ihre Begleiterin schubste Ksar unsanft auf einen der Frauenschlafsäle zu. Dort war die Temperatur zwar etwas angenehmer, denn mehr als ein Dutzend Soldatinnen teilten ihn sich, aber dafür musste man den Geruch ertragen.

»Hey, du bist ja völlig neben der Kappe!«, krakeelte Sinoc und brach dann in schallendes Gelächter aus, offenbar weil sie ihren eigenen Ausspruch so witzig fand. Jetzt kamen auch andere Soldatinnen heran, um zu sehen, worüber sie lachte. »Seht euch nur Mir an, Leute!«, rief sie. »Sie ist in den Sumpf gefallen und jetzt ist sie völlig neben der Kappe.«

»Ja, sieht ganz so aus«, erwiderte eine der Soldatinnen. »Das Gleiche ist heute Morgen mit ein paar Jungs passiert. Die Offizierin hat uns gesagt, wir sollen uns vom Sumpf fernhalten. Sonst verliert man sein Gedächtnis.«

»Hey Mir, erinnerst du dich denn an gar nichts mehr?«, fragte eine andere.

»Wer bist du denn?«, fragte Ksar zurück.

»Sie weiß es nicht mehr.«

Alle starrten Ksar mit offenem Mund an.

»Warum nennt ihr mich Mir?«

»So heißt du nun mal.«

»Und wer seid ihr?«

Sie machten sich einen Spaß daraus, sich alle gleichzeitig vorzustellen.

»Und was machen wir hier alle zusammen?«, fragte Ksar.

»Wir sind Soldatinnen«, antwortete Sinoc. »Das weißt du doch noch, oder?«

»Und das hier ist unsere Kaserne? Die ist aber komisch.«

Alle lachten, dann erklärten sie ihr, dass sie nicht in ihrer Kaserne waren, sondern eine feindliche Burg erstürmt hatten.

»Das heißt, wir sind dabei, den Krieg zu gewinnen«, sagte Ksar.

»Es sieht nicht schlecht für uns aus, stimmt schon. Wir werden es diesen Waschlappen schon zeigen.«

»Und diese Burg gehörte ihrem General?«

»Also soweit ich weiß, gehört sie einer seiner Zauberinnen. Wir haben sie in ihr eigenes Verlies gesperrt.«

Noch mehrere endlose Stunden lang war Ksar der Mittelpunkt des Schlafsaals, nicht den kleinsten Moment blieb sie unbeobachtet. Irgendwann mussten sie doch genug haben von ihrem ständigen: »Ich weiß nicht« und »Ich erinnere mich nicht«, aber sie ließen sie erst in Ruhe, als zwei weitere Gedächtnislose eintrafen, die ihr die Schau stahlen.

Diesen Moment nutzte Ksar, um sich aus dem Schlafsaal zu stehlen. Sie musste sich erst einmal orientieren. Sie wusste nicht genau, wo sie war, aber wenn sie sich nicht sehr täuschte, musste der Waffensaal ganz in der Nähe sein, und dort gab es einen Zugang zu dem Geheimgang. Ksar trug den Plan zwar bei sich, wagte jedoch nicht, ihn herauszuholen.

»Was machst du denn hier?«, fragte ein Agrier in Offiziersuniform. Sein höherer Dienstgrad war daran zu erkennen, dass mehr Metallnieten in seine Lederschützer gestanzt waren.

Ksar salutierte, so wie sie es bei Sinoc gesehen hatte.

»Ich suche den Waffensaal«, antwortete sie beklommen und versuchte sich nicht anmerken zu lassen, dass sie zitterte. Die Agrier waren an raueres Klima gewöhnt, und diese Temperaturen machten ihnen nichts aus.

»Diese Treppe hier. Nach oben.«

Ksar salutierte wieder, dann stieg sie die Treppe hinauf bis zu einem breiten Korridor mit mehreren Türen, eine davon zweiflüglig. Sie drückte die Klinke nach unten, aber die Flügeltür war verschlossen. Als sie von drinnen nicht das geringste Geräusch hörte, beschloss sie, einen Öffnungszauber zu riskieren.

Der Saal war stockdunkel, und Ksar zauberte ein Licht: Es war tatsächlich der Waffensaal. Dann verschloss sie die Tür hinter sich und nahm wieder ihre eigene Gestalt an. In der zarrianischen Lederkluft fühlte sie sich gleich wohler. Plötzlich erklang hinter ihr ein Glockenschlag, der sie zusammenzucken ließ: eine Wanduhr, die halb elf schlug.

Auf einem großen Tisch in der Mitte des Saals breitete Ksar den Plan der Burg aus. Der Geheimgang begann zwar nicht am Kamin, so wie im Palast von Alessir, aber laut Plan führte er zumindest hinter der Feuerstelle vorbei. Also ging sie zum Kamin und probierte ihren Öffnungszauber aus, jedoch ohne Erfolg. Sie tastete die Wände und alle Dekorationselemente ab, und als sie auf ein Säulenrelief drückte, hörte sie ein Knacken, mit dem sich die hintere Kaminwand öffnete.

Ksar schickte ihr magisches Licht voraus, dann schlüpfte sie hinein. Drinnen entdeckte sie einen alten, halb verrosteten Mechanismus, mit dem sie die Geheimtür hinter sich schließen konnte. Der Gang war düster und roch streng, ganz anders als die Gänge im Palast von Alessir. Ksar verstärkte das Licht und ging weiter, bis sie zu einer schmalen, glitschigen Steintreppe ohne Geländer gelangte. Die Stufen waren kurz und hoch. Mit angehaltenem Atem stieg sie langsam hinunter, so dicht wie möglich an der Wand für den Fall, dass sie ausrutschte.

Sie hörte das Fiepen von Ratten, das unheimliche Heulen des Windes, begleitet von dem gleichmäßigen Rhythmus der Wassertropfen, die von der Decke fielen, und sonderbare Echos. Und darüber das Geräusch ihrer eigenen Schritte in den ungewohnten, schweren Lederstiefeln.

Schließlich waren die Stufen zu Ende, und vor ihr taten

sich zwei Wege auf. Hoffentlich kam das Wasser nicht aus dem Sumpf, sonst verlor sie womöglich ihr Gedächtnis, wenn sie damit in Berührung kam, und dann würde sie bis ans Ende ihrer Tage durch diese Tunnel irren, dachte Ksar noch, dann warf sie einen Blick auf den Plan. Sie befand sich ganz in der Nähe der Verliese. Sie nahm den breiteren der beiden Wege und trat ganz vorsichtig auf, um keinen Lärm zu machen, und vor allem, um sich nicht nasszuspritzen.

Nach ein paar Minuten hörte sie in der Ferne Stimmen, und je weiter sie ging, desto deutlicher wurden sie. Das war kein Agrisch, sondern Vekisch, mit dunkel gefärbten Vokalen, so wie es für die Magier typisch war. Als Ksar das Ende des Ganges erreichte, sah sie einen Spalt in der Wand und stellte sich davor. Die dicke Mauer dämpfte die Stimmen zwar, aber die Worte waren deutlich zu verstehen.

»Du verschwendest nur deine Zeit, Mad«, sagte eine weibliche Stimme.

»Das lass mal meine Sorge sein«, erwiderte der Mann. »Die Zeit arbeitet für mich. Was ich nicht verschwenden will, ist dein Leben, aber das kommt ganz auf dich an.« War das dieselbe Stimme, die sie gehört hatte, als Scopo getötet worden war? Ksar war nicht sicher. »Wenn du dich weiterhin sträubst, kommt es dich teuer zu stehen. Wo ist das Buch der Macht versteckt?«

Der Verräter hatte offenbar einen sehr mächtigen Zauber eingesetzt, denn auch Ksar spürte plötzlich den Drang, den Standort des Buchs preiszugeben, wenn sie ihn gekannt hätte. Lusar aber leistete Widerstand.

»Wie kannst du nur so niederträchtig sein, Mad. Ich schäme mich dafür, deine Meisterin gewesen zu sein. Nicht zu fassen, wofür du die Magie missbrauchst.«

»Wo ist das Buch der Macht?«

Ksar wurde von Panik ergriffen. Wenn sie doch nur wüsste, wo das Buch verborgen war! Der Magier wollte es unbedingt wissen, und sie, Ksar, konnte ihm nicht helfen. Die Entschuldigung, dass sie wirklich nicht wusste, wo es sich befand, kam ihr ziemlich armselig vor.

»Wo ist das Buch der Macht?«

Ksar musste sich regelrecht auf die Zunge beißen, um Lusar nicht zuzurufen, sie solle doch endlich reden und alles erzählen. Schließlich antwortete die Meisterin mit zittriger Stimme:

»Dort, wo das verschollene Vermächtnis des Weisen begraben liegt.«

»Was soll das heißen?«

»Dort, wo die Erinnerung an den alten Weisen ruht und der Geist des neuen Weisen geformt wird.«

»Wer ist der neue Weise?«

Keine Antwort.

»Wer ist der neue Weise?«

Schweigen.

Es waren einige Schläge zu hören, die Ksar nicht zuordnen konnte, dann folgte eine kurze Stille und schließlich das Geräusch einer zufallenden Metalltür.

»Sieht aus, als wären Sie ein bisschen zu weit gegangen, Exzellenz«, sagte eine tiefe, kehlige Stimme, die sich bisher noch nicht zu Wort gemeldet hatte.

»Nur keine Sorge, General Haetkutk«, erwiderte Mad. Was machte denn der agrische General schon hier? Wie hatte er es angestellt, so schnell zu reisen? »Ich glaube, was sie gesagt hat, genügt vollauf.« Er fügte noch etwas hinzu, aber die beiden Männer entfernten sich bereits, und Ksar verstand die Worte nicht.

Sie war zu spät gekommen, dachte sie niedergeschlagen.

Wie konnte sie bloß auf die andere Seite dieser Mauer gelangen, die sie von Meisterin Lusar trennte? Sie trommelte gegen die Steinquader, drückte mit ihrem ganzen Körpergewicht dagegen, suchte irgendeinen Öffnungsmechanismus. Nichts. Bis ihr am Boden, der an dieser Stelle fast trocken war, ein Metallgitter auffiel.

Sie hob es hoch und entdeckte einen dunklen, feuchten Tunnel, der so eng war, dass man darin nur kriechend vorwärtskam. Ihr blieb also nichts anderes übrig, als sich zumindest die Hände nasszumachen. Sie kroch ein paar Meter, dann endete der Tunnel plötzlich an einer Wand, aber über ihrem Kopf befand sich eine lose Steinplatte. Ksar stemmte sie mühsam nach oben und fand sich in einem breiten, dunklen Gang wieder.

Das war nicht mehr der Geheimgang, Ksar befand sich jetzt im Verlies. Hinter ihr führte eine Steintreppe hinauf in die Burg, und vor ihr versperrten ein halbes Dutzend Eisentüren den Zugang zu den dahinterliegenden Zellen. Ein Guckloch in der oberen Hälfte erlaubte einen Blick ins Innere.

Ksar trat an eins von ihnen und klappte es vorsichtig auf. Es war zu dunkel, um etwas erkennen zu können, also schickte sie ihr magisches Licht durch das vergitterte Loch in die Zelle. Sie war leer. Erst in der dritten Zelle glaubte Ksar auf einer Pritsche einen Umriss zu sehen.

»Was ist denn jetzt schon wieder?«, knurrte eine verärgerte Stimme auf Agrisch.

Ksar klappte das Guckloch schnell wieder zu und probierte es mit der nächsten Zelle. Dort lag jemand seltsam verkrümmt und vollkommen reglos auf dem Lager.

Ksar versuchte die Tür zu öffnen, aber sie war mit einem Zauber geschützt – ein simpler Schlüssel wäre für Meisterin Lusar kein Hindernis gewesen.

Ksar spürte, wie nervös sie jetzt war, denn jeden Moment konnte jemand ins Verlies herunterkommen. Sie begann, sämtliche Öffnungszauber durchzuprobieren, die sie kannte. Es schlugen zwar ein paar Funken aus dem Schloss, aber das war auch schon alles.

»So wird das nichts, Kindchen«, erklang plötzlich eine sanfte Stimme. »Du schließt nur noch fester zu. Versuch es mal in die andere Richtung.«

Von der Pritsche aus sah eine uralte Frau sie neugierig an.

»In welche Richtung?«, fragte Ksar.

»Die positive Eigenschaft des Schlosses ist schließen«, erwiderte sie belehrend. »Die negative ist öffnen. Du musst nur seine negative Eigenschaft verstärken oder die positive schwächen, wie du willst. Ich würde es ja selbst tun, aber sie haben mir meinen Saphir weggenommen.«

»So?«, fragte Ksar und verkehrte den Zauber, den sie gerade angewendet hatte, ins Gegenteil.

»Tadellos, Kindchen«, sagte die alte Frau anerkennend, während die Tür knarrend aufschwang. »Proscal hat mir schon erzählt, dass du sehr fleißig bist. Ich werde deinen Eltern sagen, dass du große Fortschritte machst.«

Ksar starrte die Frau verblüfft an. Machte sie sich über sie lustig?

»Ich bin Ksar Rooan, von der Abteilung Sicherheit. Ihr seid Meisterin Lusar, nicht wahr?«

»Ganz recht.«

»Ich bin gekommen, um Euch zu retten.«

»Das ist sehr freundlich von dir, Kindchen. Hier gefällt es mir ganz und gar nicht. Und ich vermisse meinen Saphir sehr.«

»Wer war der Magier, der Euch verhört hat?«

»Der Magier? Ich weiß nicht«, antwortete Lusar betreten.

»Ihr habt ihn Mad genannt.«

»Mad ist ein unartiger Junge. Wenn er fleißiger wäre, könnte er es weit bringen.«

»Wie heißt er mit Nachnamen?«, fragte Ksar.

»Wer?«

»Mad.«

Lusar wirkte verwirrt.

»Ich weiß es nicht, aber ich kann seine Eltern fragen.«

»Macht Euch keine Gedanken. Glaubt Ihr, Ihr seid in der Lage, Euch zu bücken, Meisterin?« Ksar deutete auf den Tunnel, durch den sie gekommen war.

»Ich kann sogar auf allen vieren kriechen, wenn es sein muss«, antwortete Lusar, während sie sich in die Öffnung gleiten ließ. »Ich konnte schon immer gut kriechen.«

Ksar folgte ihr und rückte die Steinplatte wieder an ihren Platz. Hoffentlich konnte man nicht sehen, dass sie bewegt worden war. Mit der Beweglichkeit eines kleinen Mädchens kroch die Meisterin vor ihr durch den Tunnel, und bald waren sie am Fuß der Treppe angelangt. Ksar hielt kurz inne, um auf dem Plan nach dem schnellsten Weg zu suchen, der sie zum Sumpf bringen würde.

»Wo gehen wir denn jetzt hin, Kindchen?«, fragte Lusar freundlich. »Müssen wir Treppen steigen?«

»Ich suche den Weg zu dieser Tür.« Ksar deutete auf den Plan. »Dort wartet ein Zauberboot, das uns durch den Sumpf bringen wird. Ich fürchte, wir werden unterwegs das Gedächtnis verlieren.«

Ksar wollte sie vorwarnen, auch wenn offensichtlich war, dass Lusar bereits mehr als nur das Gedächtnis verloren hatte. Der Verräter hatte ihr mit seinem Wahrheitszauber viel zu sehr zugesetzt.

»Unter uns gesagt, Kindchen«, erwiderte Lusar, »ich glaube

ja nicht, dass der Sumpf mir viel anhaben kann, ich habe heute nämlich noch fast nichts gegessen.«

Ksar sah sie traurig an. Arme Frau!

»Wusstest du das nicht? Je mehr man isst, desto mehr vergisst man, wenn man den Sumpf betritt. Aber mit leerem Magen hat man nichts zu befürchten. Und wenn wir nach Hause kommen«, fügte sie hinzu, »koche ich mir Kichererbsen. Ich habe schon so lange keine mehr gegessen, und jetzt habe ich großen Appetit darauf.«

DIE FLUCHT

Vor wenigen Minuten hatte es neun Uhr geschlagen, und León war sehr nervös. Er ließ es sich zwar nicht anmerken, aber er hatte das starke Gefühl, dass etwas nicht in Ordnung war.

Er befand sich im Untergeschoss des Palasts, das um diese Zeit vollkommen verwaist war. Seit der Mittagszeit hatte er nichts mehr von Ksar gehört.

Er musste Geduld haben, sagte er sich, es war noch zu früh, um sich Sorgen zu machen. Dennoch, Ksar hätte sich längst melden müssen. Er betrat mehrere Male den Telespiegel, um sich mit Sermiola oder Barto in Verbindung zu setzen, entschied sich aber jedes Mal doch wieder dagegen. Sie wussten bestimmt auch nichts, denn laut Plan sollten Ksar, die Meisterin und Irsia direkt zum Transportpunkt gehen, und der würde sie umgehend hierherbringen. Und wenn bis zum Gasthaus durchgedrungen wäre, dass etwas schiefgegangen war, hätten sich Sermiola oder Barto sofort gemeldet.

Schließlich benutzte León doch den Telespiegel, ließ die Tür aber vorsichtshalber offen, um den Transportpunkt im Auge behalten zu können. Dann sprach er mit Sermiola, und das wenige, das sie ihm zu berichten hatte, machte ihn nur noch unruhiger: Gegen sieben hatte Ksar sie gebeten, eine agrische Soldatin vorübergehend aus dem Verkehr zu ziehen, und als Sermiola ihr mitteilen wollte, dass der Auftrag ausgeführt war, war Ksar bereits verschwunden, ohne den Teller Blumenkohl anzurühren, den sie ihr hingestellt hatte. Seither hatten sie nichts mehr von ihr gehört.

Warum war Ksar aus dem Gasthaus verschwunden? Leóns Intuition sagte ihm, dass sie in Schwierigkeiten war, und seine Intuition trog ihn selten. Oder war er nur grundlos um sie besorgt, weil er bis über beide Ohren in sie verliebt war? Er hätte nicht zulassen dürfen, dass Menron sie bei einem derart riskanten Auftrag einsetzte, aber auf die Schnelle war ihm kein Hinderungsgrund eingefallen.

Während ihres Gesprächs gegen Mittag war Ksar weit weniger verächtlich gegenüber ihm gewesen als sonst, beim Abschied hingegen hatte sie in demselben respektlosen und spöttischen Tonfall mit ihm gesprochen wie eh und je, und sie hatte ihn beim Vornamen genannt, was sie sonst nie tat. Warum hasste sie ihn nur so? Er hatte ihr nie etwas getan. Und wie er jetzt wusste, hasste sie ihn sogar noch mehr, als er bisher angenommen hatte. Am Tag zuvor, im Sitzungssaal, war sie abfälliger und aggressiver gewesen denn je. Und dann hatte sie sich nicht einmal dafür entschuldigt, dass sie auf ihn losgegangen war, sondern nur dafür, dass sie ihm mehr wehgetan hatte, als sie gewollt hatte.

Außerdem, überlegte er, wusste Ksar erstaunlich viel über Scopos Tod, zu viel. Sie sprach von Verrat, wusste vom Buch der Macht und war gestern Nachmittag in seinem Büro gewesen. Sie hatte sich die Hand an der Stelle aufgeschürft, wo Scopo ermordet worden war, und dabei war der Rubin aus ihrem Ring gefallen. Woran sie sich wohl gestoßen hatte? Am Morgen hatte er den Edelstein zwischen den Bodenplatten hervorziehen wollen, aber er war nicht mehr dagewesen. Wie hatte er nur verschwinden können?

Fest stand, dass seit gestern Abend seltsame Dinge vor sich

gingen. Er hatte eigens seine Feuerzungen hinterlassen, damit sie jeden festhielten, der sich dem Stein näherte. Stattdessen hatten sie Val umzingelt, die sie bestens kannten und ihm nur ihr Eintreffen hätten signalisieren sollen. Der Gedanke, die Königin hätte Ksars Rubin an sich nehmen wollen, war absurd. Vor allem, da sie ihm zum ersten Mal gezeigt hatte, dass sie eifersüchtig auf Ksar war.

Wenn man es recht bedachte, war auch Vals Verhalten nicht normal gewesen. Erstens hatte sie sich nicht als SP verkleidet, sondern war in ihren königlichen Gewändern zu ihm gekommen, etwas, das sie noch nie getan hatte. Außerdem war sie eifersüchtig gewesen, gehemmt, wo sie sich doch sonst immer vergnügt und ungezwungen gab, in vollem Bewusstsein dessen, dass sie etwas Verbotenes, aber sehr Amüsantes tat. Außerdem war sie etwas zu leidenschaftlich gewesen. Okay, er hatte sie gedrängt, sich nicht mehr zu treffen, aber sonst war sie nie so.

Und da war noch etwas, das er sich nicht erklären konnte: Beim Schlafengehen hatte er auf der Wange diese Schramme gehabt, die Ksar ihm mit dem Ring zugefügt hatte. Doch am nächsten Morgen, beim Rasieren, war sie plötzlich restlos vernarbt. War das Val gewesen? Aber soweit er wusste, konnte sie nicht heilen, und wenn doch, warum hatte sie es ihm dann nicht gesagt? Sie selbst hatte sich vor einigen Wochen in den Finger geschnitten, und die Verletzung war ihr mehrere Tage hinderlich gewesen, bis sie endlich verheilt war.

León sah wieder auf die Uhr. Zehn nach neun. Wie langsam die Minuten vergingen! Der Telespiegel funktionierte, wie er gerade hatte feststellen können. Und der Transportpunkt? Er ging in die kleine Kabine und stellte entsetzt fest, dass die Koordinaten des Schwarzen Turms gelöscht waren.

94

Wie konnte das sein? Wer hatte sich am Transportpunkt zu schaffen gemacht? Und wann? Er selbst war seit dem Mittagessen hier, wenige Minuten bevor Ksar sich gemeldet hatte, und da war die Verbindung noch intakt gewesen. Seither hatte niemand etwas angerührt, dessen war er sich sicher.

Andererseits hing dieser Transportpunkt mit dem zentralen Transportpunkt in der Vorhalle zusammen, aber der war ausschließlich den Magiern vorbehalten, und da dieser gegen Abend geschlossen wurde, sollten Ksar, Irsia und Meisterin Lusar im Untergeschoss eintreffen.

Jemand hatte also vom zentralen Transportpunkt aus die Verbindung gekappt, und das konnte nur ein Magier gewesen sein. Doch wer würde dafür verantwortlich gemacht werden, wenn es herauskam? Natürlich kein Magier.

León wollte keine Zeit mehr verlieren, also flog er in sein Schlafzimmer hinauf – um diese Zeit waren die Palastflure wie ausgestorben, und das Fliegen in aller Öffentlichkeit wurde nicht gerne gesehen. Dort angekommen zog er sich eine dicke Lederjacke an, setzte sich eine Fellmütze auf und flog hinaus in die Nacht. Während er auf Zarria zusteuerte, versuchte er nicht daran zu denken, dass sein Aufbruch den Verdacht nur verstärken würde, er selbst hätte den Transportpunkt außer Gefecht gesetzt. Außerdem versuchte er so gut wie möglich die Tatsache zu ignorieren, dass er bald vollkommen ausgekühlt sein würde, wenn er in diesem Tempo durch die eisige Nacht flog.

Wie alle Midracs konnte León nicht nur fliegen, sondern er hatte auch einen ausgeprägten Orientierungssinn, der ihm ermöglichte, sein Ziel auch im Dunkeln zu finden. Er brauchte fast zwei Stunden bis Zarria. Je weiter er sich von Alessir entfernte, desto mehr lichteten sich die Wolken, und schließlich erstrahlte inmitten des silbrig glitzernden Sumpfs die mächtige Burg des Vergessens im Mondschein. Er musste einen großen Bogen darum machen, denn direkt über Wasser wirkte sein Zauber nicht. Doch da entdeckte er ein Boot, das aufs Ufer zusteuerte. Er glaubte nur eine einzige Person an Bord auszumachen, und das verhieß nichts Gutes.

Die Kälte machte ihm zu schaffen, aber noch konnte er fliegen. Zumindest regnete oder schneite es nicht, wie er bei seinem Aufbruch befürchtet hatte – kaltes Wasser machte die Fähigkeiten der Midracs zunichte. Er biss die Zähne zusammen und flog noch schneller.

León wusste, dass Irsia sich zwischen ein paar Bäumen versteckt halten würde, möglichst dicht bei dem Weg, der zum Schwarzen Turm führte. Er landete sanft an der Stelle, wo er selbst auf das Boot gewartet hätte. Dann sah er, wie im Mondlicht, das zwischen den kahlen Ästen der Bäume hindurchschien, etwas Weißes schimmerte: Es war Irsias leblose Hand. León ging darauf zu und beugte sich über das, was von Irsia übrig war. Das war nicht das Werk gewöhnlicher Agrier, die hätten sich damit begnügt, Pfeile abzuschießen. Jemand hatte ein Mistron auf Irsia abgefeuert, eine Waffe, die schwer zu bekommen und nicht gerade einfach zu handhaben war – sie war dem hohen Adel von Vekion vorbehalten.

Erschrocken erhob sich León ein Stück in die Luft. Er war zu abgelenkt, um darauf zu achten, dass er sich jetzt über dem Sumpf befand, und gerade noch rechtzeitig sah er, wie am Ufer etwas aufblitzte: die Kettenhemden eines Trupps agrischer Soldaten, die ihre Armbrüste gerade auf das Boot richteten. Sofort bündelte er alle Midrac-Energie, die ihm nach der eisigen Reise noch geblieben war, zu einem riesigen Feuerball und schleuderte ihn auf sie. Dann waren seine Reserven erschöpft, er konnte sich nicht mehr in der Luft halten und fiel in den Sumpf.

Ksar verstand die Welt nicht mehr. Obwohl das Wasser spiegelglatt und die Strecke von der Burg nicht lang war, war ihr schlecht. Sie konzentrierte sich gerade darauf, die Übelkeit zu unterdrücken, als etwas gegen die Bootsplanken trommelte, und noch bevor sie erkennen konnte, dass es sich um agrische Pfeile handelte, flammte am Ufer plötzlich ein Feuerball auf. Es folgte lautes Stimmengewirr, und dann brachte ein weiterer Schlag das Boot zum Kentern.

An dieser Stelle war der Sumpf zwar nicht tief, das Wasser reichte ihr nur bis zur Brust, aber es war eiskalt. Im hellen Schein der Flammen am Ufer bemerkte sie nicht weit von ihrem Boot entfernt eine Gestalt in Schwarz.

»Ksar!«, rief die Gestalt. »Zurück ins Boot mir dir, schnell!«

Es war León. In dem Durcheinander fiel Ksar gar nicht auf, dass er sie beim Vornamen genannt hatte.

Das Geschrei am Ufer wurde lauter. Ein weiterer Trupp Agrier kam herbeigelaufen und schoss seine Pfeile ab. Meisterin Lusar war unterdessen schon wieder an Bord geklettert. Ksar kämpfte sich mit triefnassen Kleidern und ihren Stiefeln voller Wasser bis zum Boot durch, dann kletterte sie mit Leóns Hilfe hinein. Doch als er sich gerade selbst hinaufstemmen wollte, traf ihn ein Pfeil in die Seite. Mit dem Oberkörper lag er im Boot, seine Beine hingen schlaff ins Wasser. Ksar war unterdessen vollauf damit beschäftigt, den Kurs des Bootes zu ändern und ihre Übelkeit in Schach zu halten, und registrierte nur, dass das Boot Schlagseite hatte. Es gelang ihr, das Boot zu wenden und wieder hinaus in den Sumpf zu fahren.

»Du bist sehr geschickt, Kindchen. Du hast gesagt, du heißt Ksar, nicht wahr?«, sagte Lusar plötzlich in einem Tonfall, als würde sie mit einer neuen Schülerin sprechen. »Aber so bist du im Nu erschöpft. Denk daran, du musst die positive Eigenschaft verstärken, dann übernimmt das Boot die Arbeit für dich. Wenn ich meinen Saphir hätte ...«

Obwohl Ksar wusste, dass die Meisterin recht hatte, konzentrierte sie sich weiterhin auf den Zauber, den sie gerade anwendete. Sie mussten so schnell wie möglich fort, jetzt war keine Zeit für Experimente. An einer flachen Stelle waren die Agrier schon mit großen Schritten in den Sumpf hineingelaufen – anscheinend fürchteten sie sich nicht vor dem Vergessenszauber – und schossen weitere Pfeile auf sie ab.

Ob sie die Verfolgung aufgeben würden, wenn sie das Gedächtnis verloren? Andererseits waren sie so beschränkt, dass Ksar ihnen durchaus zutraute, auch dann noch auf sie zu schießen – ohne zu wissen, warum. Außerdem wurde möglicherweise der eine oder andere ihrer Feinde verschont, und der konnte dann den anderen befehlen, Jagd auf sie zu machen. Wenn Lusar allerdings recht hatte, dass der Trick darin bestand, nichts zu essen, hatten sie vielleicht Glück: Ksar hatte im Gasthaus gesehen, wie sie sich wie die Scheunendrescher die Mägen vollgeschlagen hatten. Sie selbst hingegen hatte seit dem kleinen Frühstück keinen Bissen mehr zu sich genommen.

Nach einigen Minuten stellte sie fest, dass sie sie abgeschüttelt hatte. Aber die Meisterin hatte recht, diese Anstrengung würde sie nicht mehr lange durchhalten. Wie war das noch gleich gewesen? Sie sollte die positive Eigenschaft verstärken? Während sie sich darauf konzentrierte, verlangsamte sich das Tempo des Bootes zunächst, doch dann rasten sie plötzlich über die Wasseroberfläche, ohne dass es Ksar im mindesten anstrengte.

»Ich will dich ja nicht stören, Kindchen, aber diesem Jungen hier geht es nicht gut.«

In der Tat war León ganz blass, und er hatte Schüttelfrost.

Lusar hatte ihn vollends an Bord gezogen und ihn mit einer der beiden dicken Decken zugedeckt, die Irsia bereitgelegt hatte. Sie selbst hatte sich in die andere gewickelt.

»Er wurde angeschossen«, sagte Lusar. »Er hat viel Blut verloren. Du solltest den Pfeil herausziehen.« Ksar sah sie erschrocken an. Wie sollte das gehen? Aber die Meisterin war schon dabei, sie anzuleiten. »Zieh ihn nicht einfach mit einer Bewegungsformel mit einem Ruck heraus, so zerstörst du nur noch mehr Gewebe. Du musst die Formel des Schusses ins Gegenteil verkehren. Dann tut der Pfeil, was er beim Eindringen getan hat, aber in umgekehrter Richtung. Wenn er beim Eindringen kein Gewebe verletzt hat, wird er es auch dann nicht tun, und die Wunde bleibt sauber. Aber das verlorene Blut ist nicht zu ersetzen. Der arme Junge.«

Ksar setzte die Anweisungen der Meisterin in die Tat um. Sie kannte die Schussformel nicht, aber sie baute auf Lusars Erklärungen zunächst einen Zauberspruch auf, der dieselbe Wirkung hatte, dann sprach sie ihn verkehrt herum aus. Prompt schnellte der Pfeil zurück und fiel in den Sumpf, und León wurde ohnmächtig, ohne einen Laut von sich zu geben. Jetzt konzentrierte sich Ksar auf den Heilzauber, den sie kannte. Bislang hatte sie ihn nur bei kleineren Wunden eingesetzt.

»Das ist der richtige Zauber, Kindchen«, meinte die Meisterin, »aber so kannst du nur Kratzwunden heilen und verausgabst dich außerdem dabei. Du arbeitest mit deiner Energie statt mit den positiven Eigenschaften des Gewebes. Denk daran: Du musst seine Eigenschaften verstärken. Ganz genau. So ist es gut«, gratulierte sie. »Eine tadellose Heilung. Jetzt fehlt nur noch ein heißer Umschlag mit wundheilenden Wurzeln, dann würde er nicht einmal eine Narbe zurückbehalten. Aber ich fürchte, so etwas haben wir hier nicht. Trotzdem hast du ausgezeichnete Arbeit geleistet, Kindchen.«

»Wir sind völlig durchnässt«, sagte Ksar. »Wie kann ich unsere Kleider trocknen?«

»Ganz einfach. Geh deine Formeln durch. Wenn du fragst, hast du nicht aufgepasst.«

»Aber es ist wichtig, Meisterin«, beharrte Ksar. »Fontyr wird krank, wenn er noch lange so frieren muss. Und wir auch.«

»Es ist natürlich die Formel des Wassers. In umgekehrter Richtung. Und wenn wir es recht bedenken, Kinder, können wir in diesem Fall auch die Wärmeformel anwenden, und zwar im positiven Sinn, um die Eigenschaften unserer Kleidung zu verstärken, das heißt, damit sie uns schön wärmen.«

Die Meisterin begann die Formeln aufzusagen, und Ksar wendete sie an. In dieser Nacht lernte sie mehr Magie als sonst in einem Monat. Zuerst trocknete sie Leóns Kleider, dann die von Lusar und schließlich ihre eigenen, wobei sie zu ihrer großen Überraschung feststellte, wie schnell ihr wieder warm wurde und wie wenig Mühe es sie kostete, ihre Temperatur auf diesem Level zu halten.

Die Meisterin hatte sich unterdessen wieder in ihre Decke gewickelt und summte mit leerem Blick vor sich hin. León schlug die Augen auf. Er zitterte wieder wie Espenlaub.

»Fontyr, wie geht es dir?«, fragte Ksar besorgt.

»Was?«

»Wie geht's dir?«

»Mir ist kalt.«

»Und die Wunde? Hast du Schmerzen?«

»Welche Wunde?«

Ksar befühlte seine Seite.

»Hier.«

»Ich habe keine Wunde«, versicherte er. »Wo bin ich?«

»Im Sumpf des Vergessens. Weißt du noch, wie du heißt?«

»Nein.« León runzelte verblüfft die Stirn. »Ich kann mich nicht erinnern.«

»Du heißt León Fontyr. Das hier ist Meisterin Lusar, ich bin Ksar Rooan.«

»Sehr erfreut«, erwiderte er mechanisch. »Was machen wir hier? Mir ist schrecklich kalt.«

»Das erkläre ich dir später. Und mach dir keine Sorgen wegen deines Gedächtnisses, das ist ganz normal. In ein paar Tagen fällt dir alles wieder ein.«

Sie konnten keines der bekannten Ufer des Sumpfes ansteuern, um zum Schwarzen Turm zu gelangen. Die Agrier würden ihnen entgegengehen, wenn sie es nicht bereits getan hatten. Ksar erinnerte sich, auf der Karte gesehen zu haben, dass es in südlicher Richtung ein unerforschtes Gebirge gab. Das war der einzige Ausweg.

Nach einer knappen Stunde waren sie dort. In der Dunkelheit waren nur Bäume zu sehen. Als sie von Bord gegangen waren, reduzierte Ksar den Kahn auf eine Größe, die es erlaubte, ihn in eine Tasche zu stecken.

»Kennt Ihr Euch hier aus?«, fragte sie die Meisterin.

Schließlich lebte sie hier und wusste, wie man den Sumpf durchquerte, ohne das Gedächtnis zu verlieren.

»Nein, Ksar, aber es ist sehr schön hier«, antwortete Lusar freundlich. »Und jetzt wollen wir uns ein bisschen ausruhen, Kinder. Morgen frage ich euch zu der Lektion ab, die wir heute gelernt haben.«

Mit diesen Worten ging sie entschlossen zwischen den Bäumen hindurch, als wolle sie zu einem ihr wohlbekannten Ort. Als sie auf einer kleinen Lichtung anlangte, bog sie ein paar Sträucher auseinander, die den Eingang zu einer Höhle verbargen. Alle drei gingen sie hinein, und drinnen zündete Ksar ein Licht an. Die Höhle war nicht groß und bestand aus zwei getrennten Bereichen, die durch einen kurzen Tunnel miteinander verbunden waren. Lusar kroch auf allen vieren bis nach hinten. Dann drehte sie sich um und streckte ihren Kopf heraus. »In der Höhle hier schlafe ich«, verkündete sie. »Es ist schon spät, ihr solltet nicht mehr spielen. Legt euch gleich hin und macht das Licht aus.«

Fest in ihre Decke gewickelt, machte sie es sich mit dem Rücken zu dem kleinen Tunnel auf dem Boden bequem.

Ksar sah León an. Die einzige Decke, die ihnen noch blieb, trug León um die Schultern. Er streifte sie ab und hielt sie ihr hin.

»Und du? Willst du kein Feuer machen?«, fragte sie.

León schüttelte den Kopf. »Mein Feuer ist alle.«

»Dann komm, leg dich hier zu mir.« Es gab nicht allzu viel Platz, um sich auszustrecken, also setzte Ksar sich, halb in die Decke gewickelt, auf den Boden und lehnte sich an die Höhlenwand, dann winkte sie León zu sich. Der sah sie unentschlossen an.

»Ihr seid eine Magierin, und ich bin ein Midrac.«

Wenn du dich erinnern würdest, wie oft du sonst mit einer Magierin im Bett liegst, wärst du nicht so zimperlich, dachte Ksar.

»Ganz genau«, erwiderte sie. »Du brauchst jetzt alle Wärme, die du kriegen kannst, und das ist immer noch zu wenig. Und sprich mich nicht mit ›Ihr‹ an. Ich bin keine Magierin, sondern nur eine SP, die ein wenig zaubern kann.«

León wickelte sich in die andere Hälfte der Decke. Er zitterte. Ksar verstärkte die positiven Eigenschaften der Decke, ihrer Kleider und sogar der Höhle, so gut sie konnte. León hatte sich ganz klein zusammengerollt und drückte sich an sie. Ksar fühlte sich, als liege sie neben einer Eisscholle.

»Was ist hier eigentlich los?«, fragte León. »Ich verstehe überhaupt nichts mehr.«

»Das weiß ich auch nicht genau, aber auf jeden Fall hast du der Meisterin und mir das Leben gerettet«, erwiderte Ksar. Dann erzählte sie ihm in wenigen Worten, wer sie waren, von ihrem Auftrag – Lusars Befreiung – und seinem plötzlichen Auftauchen im Sumpf. Aber sie ließ ihn vorerst in dem Glauben, die Meisterin hätte der Wahrheitsformel widerstanden.

»Sie sind sehr mutig.«

»Siez mich nicht, wir arbeiten zusammen in der Abteilung Sicherheit, in derselben Abteilung.«

»Wie schön! Das heißt, dass ich dich noch öfter sehen werde.«

Ksar spürte, wie sich ihr das Herz zusammenschnürte, aber sie durfte nichts sagen. In ein paar Tagen würde sein Gedächtnis zurückkehren, und dann würde er in ihr wieder nichts als eine Fliege in seiner Suppe sehen.

»Sobald du dich wieder an alles erinnerst, glaube ich … Also, wir beide vertragen uns nicht besonders gut.«

»Nein? Warum denn nicht?«

Ksar zuckte die Achseln. »Ich weiß nicht, es ist eben so.«

»Schade.«

Dann verfiel León in Schweigen, und nach einer Weile merkte Ksar, dass er eingeschlafen war. Er zitterte nicht mehr, und sein Kopf kippte langsam zur Seite, bis er schließlich in ihrer Halsbeuge ruhte. Ksar legte ihm einen Arm um die Schultern. Sie war erschöpft und hungrig, alles tat ihr weh, und Leóns Gewicht drückte ihr zusätzlich auf den Rücken, dennoch wünschte sie sich, dieser Augenblick möge nie vergehen. Sie drückte ihn noch fester an sich und küsste ihn auf die Stirn, während sich zwei Tränen zwischen ihren Lidern hindurch nach draußen zwängten.

AUF DER LICHTUNG

Ksar wurde von köstlichem Bratenduft geweckt. Vor lauter Hunger hatte sie schon Bauchschmerzen und ihr war, als hätte sie seit Jahren nicht mehr etwas so Wunderbares gerochen. Sie war allein in der Höhle und lag immer noch in die wunderbar warme Decke eingewickelt. Durch die Büsche hindurch fielen ein paar bleiche Sonnenstrahlen in die Höhle. Endlich wieder einmal Sonne! Das fand Ksar ein gutes Omen.

Sie ging hinaus. Es war sehr kalt, und am Himmel ballten sich zusehends graue Regenwolken zusammen; von der Sonne würden sie nicht lange etwas haben. Wenige Schritte vom Höhleneingang entfernt unterhielt sich León mit Lusar, während er auf einem Feuer ein kleines Wildschwein briet. Die Meisterin bearbeitete das Fell des Tiers und wendete Zauberformeln an, um es zu gerben.

»Guten Morgen«, grüßte Ksar. »Bin ich wach oder träume ich?«

»Hallo Ksar. Ich habe einen Frischling gefangen«, verkündete León stolz. »Die Meisterin erklärt mir gerade, wie er zubereitet wird.«

»Guten Morgen, Ksar, Kindchen. Dieser Junge hat einen Frischling gefangen.«

»Grandios, Fontyr! Und wie gut der Braten riecht.«

»Er kam gerade in die Höhle, als ich aufgewacht bin«, erklärte León. »Es war nicht schwer.«

Zusammen ließen sie sich das Frühstück schmecken und vertilgten alles. Ein kühler Gebirgsbach lieferte ihnen Trinkwasser und eine Waschgelegenheit. Als sie fertig waren, löschte León das Feuer nicht, sondern er saugte es in sich auf. Ksar fielen fast die Augen aus dem Kopf. So etwas hatte sie noch nie gesehen.

»Ksar, zauberst du mit diesem Rubin?« Die Meisterin deutete auf ihren Ring, während sie sich wieder dem Frischlingsfell zuwandte.

Ksar nickte nervös. Würde die Meisterin etwas dagegen haben, dass eine SP zaubern konnte?

»Mit einem so kleinen Stein ist es sehr schwer, die Zauber richtig anzuwenden, und ich habe gesehen, dass du nur selten die Formeln benutzt. Gratuliere, du wirst es weit bringen.«

Ksar wurde röter als ihr eigenes Haar. »Meisterin, ich wollte Euch um etwas bitten.«

»Ja, Kindchen?«

»Ich dürfte eigentlich gar nicht zaubern können, aber wie Ihr seht, habe ich es gelernt. Wenn jemand davon erfährt, bekomme ich wahrscheinlich Schwierigkeiten.«

Lusar sah sie überrascht an.

»Schwierigkeiten?« Sie warf ihr ein mütterliches Lächeln zu. »Nein, mach dir keine Gedanken. Weißt du was? Wir sagen es einfach niemandem, dann bekommst du keine Schwierigkeiten.«

Ksar lächelte zurück.

»Danke, Meisterin. Wie kommt es, dass Ihr ohne Euren Saphir zaubern könnt?«, fragte Ksar. Sie meinte die Arbeit der Meisterin mit dem Frischlingsfell.

»Ich benutze meine Ohrringe. Es sind zwar keine Edelsteine, nur Perlen, aber für solche Kleinigkeiten reichen sie.

Ich will einen Wasserschlauch daraus machen. Ich trinke dieses kalte Wasser nicht gern aus den Händen. Hier, siehst du? Das sind ganz einfache, aber sehr wirksame Formeln für Tierfelle.«

»Ich wollte Euch noch etwas anderes fragen«, sprach Ksar weiter. »Wir haben April, aber das Wetter ist noch so winterlich, und es ist gut möglich, dass jemand das in böser Absicht mit einer Zauberformel bewirkt hat. Könntet Ihr den Zauber lösen?«

»Wie sollte ich das denn anstellen, Kindchen?«

»Wenn es daran liegt, dass Ihr Euren Saphir nicht habt, könnt Ihr meinen Rubin benutzen.«

Lusar lächelte.

»Du meinst es gut, Ksar, aber selbst dann geht es nicht.«

Als der Wasserschlauch fertig war, kündigte die Meisterin an, sie gehe jetzt Kräuter sammeln. Ksar und León machten sich daran, ihre Spuren auf der Lichtung zu verwischen. Dabei blieb Leóns Blick an Ksars Handrücken hängen, an dem keine Verletzung mehr zu erkennen war.

»Wie ich sehe, ist dein Ring jetzt wieder ganz.«

Ksar blickte ihn verblüfft und zugleich verlegen an. Wenn es nach ihr gegangen wäre, hätte León ruhig noch ein paar Tage ohne Gedächtnis bleiben können.

»Ich habe dir ja schon gesagt, dass es mir leidtut«, versetzte sie. Jetzt war ihre übliche Anspannung ihm gegenüber wieder da. »Dein Gedächtnis funktioniert also wieder.«

»Nicht so ganz. Es gibt da noch einige weiße Flecken. Was genau tut dir leid?«

»Es wird dir schon noch einfallen.«

»Wie kommt es, dass du zaubern kannst?«

Ksar zuckte verlegen die Achseln. »Ich habe es ganz einfach gelernt. Also … mir wäre lieber, wenn es sich nicht herumspricht. Ich habe bereits Lusar gebeten, es für sich zu behalten...«

»Keine Bange«, unterbrach León, »von mir wird niemand etwas erfahren. Ich bin heilfroh darüber. Heute Nacht hatte es unter null, die Sumpfränder sind noch gefroren. Wenn du die Decken und Kleider nicht verzaubert hättest, damit sie Wärme abgeben, wäre ich jetzt tot.«

Jetzt war Ksar noch verlegener.

»Weißt du, ob es im Palast einen Magier namens Mad gibt? Ich habe gestern Abend gehört, wie er die Meisterin verhört hat, und sie hat ihn Mad genannt. Das Dumme ist, dass sie sich nicht mehr erinnert.«

»Nie gehört. Wie gesagt, mein Gedächtnis ist noch nicht ganz wiederhergestellt, aber soweit ich mich erinnere, kenne ich die Magier nur beim Nachnamen.«

»Mir geht es genauso«, erwiderte Ksar. »Wenn wir zurück sind, müssen wir es herausfinden. Aber erst einmal müssen wir überhaupt nach Alessir zurückkommen. Der Transportpunkt befindet sich auf der anderen Seite des Sumpfs. Und wir haben volle Mägen.«

»Zum Schwarzen Turm brauchen wir erst gar nicht zu gehen«, sagte León. »Der Transportpunkt ist abgestellt. Gestern, in Alessir, habe ich entdeckt, dass jemand die Koordinaten gelöscht hat. Ich musste herfliegen.«

»Fliegen?«

»Ja, durch die Luft.«

León berichtete kurz, wie er den Ausfall des Transportpunkts bemerkt hatte, von seinem Flug nach Zarria und Irsias Tod.

Ksar wurde blass.

»Arme Irsia!«, sagte sie. Sie setzte sich auf einen Felsen. »Und armer Seitar!«

»Seitar?«, fragte León überrascht. »Der aus dem Archiv?«
Ksar nickte. »Das ist mein Bruder. Sie waren verheiratet.«
»Das wusste ich nicht. Mein Beileid.«
Ksar erwiderte nichts. In Gedanken war sie weit weg, viele
Jahre in der Vergangenheit.

Als sie noch ganz klein gewesen war, überfielen die Agrier
Scala, ihr Heimatdorf. Wenige Tage zuvor hatten sie in Franzina, der benachbarten Stadt, ein Blutbad angerichtet, deshalb ergaben sich Scala und alle anderen Dörfer der Gemar-
kung bedingungslos. Bei dem Blutbad in Franzina waren
auch Ksars Eltern umgekommen. Sie und ihr Bruder kamen
danach bei Verwandten unter, wobei man fast sagen konnte,
dass ihre Verwandten bei Ksar untergekommen waren: Meistens hatten sie nur etwas zu essen, weil das Mädchen etwas
hatte stehlen können.

Sie hatte ein Loch in einer Mauer entdeckt, durch das sie
sich – dünn und gelenkig, wie sie war – in den Hof des größ-
ten Gebäudes von Scala zwängte, wo die Agrier ihr Hauptquartier errichtet hatten. Von dort konnte sie in den Keller
schlüpfen, wo alles gelagert wurde, was die Soldaten auf den
umliegenden Bauernhöfen beschlagnahmten. Eine Stange in
einem der Gitter war lose.

Seitar, genauso rothaarig wie sie, war damals drei Jahre alt
und empfand für seine Schwester eine Bewunderung, die an
Verehrung grenzte. Sie, zwei Jahre älter und aus Seitars Sicht
also fast schon erwachsen, versuchte ihm die Angst vor den
Agriern zu nehmen: »Halt meine Hand ganz fest und stell
dir vor, ich wäre eine Lanze, dann kann dir niemand etwas
tun, weil du bewaffnet bist.« Seitar hatte nie wieder Angst,
und an Ksar blieb für immer der Spitzname »Lanze« hängen.
Auch Irsia nannte sie so.

Jahre später, in dem Sommer als Ksar zwölf wurde, begann ihr Körper ein Problem zu werden. Bald würde sie nicht mehr durch das Loch in der Mauer passen, und ihre sich abzeichnenden Rundungen zogen die begehrlichen Blicke der Besatzungssoldaten auf sich. Ksar beschloss, mit ihrem Bruder in die Hauptstadt zu fliehen. Aber nicht Hals über Kopf, sondern mit einem Plan. Der Mond musste hell genug sein, damit sie nachts gehen und tagsüber gut versteckt schlafen konnten. Um sich keinem bewohnten Ort nähern zu müssen, wo jemand sie verraten konnte, mussten sie genug Essen dabei haben. Und um die Strecke planen zu können, brauchten sie eine Landkarte.

Eines Nachts wagte Ksar sich noch einmal ins Hauptquartier der Agrier. In einem der Räume fand sie außer einer Landkarte auch Unterlagen über weitere Invasionspläne. Wenn sie diese Informationen nach Alessir schmuggeln konnte, sagte sich Ksar, hätten sie einen besseren Start. Aber die Agrier durften nicht bemerken, dass sie die Pläne gestohlen hatte, denn dann würden sie sie ändern, und der Diebstahl wäre umsonst gewesen. Ksar verbrachte die ganze Nacht damit, sie abzuschreiben, in winziger, enger Schrift auf der Rückseite der Landkarte, für die sie sich entschieden hatte. Als sie fertig war, sagte sie sich: Wenn sie die aus Alessir beeindrucken wollte, mussten diese verstehen können, was sie ihnen da brachte, und wer weiß, ob sie Agrisch sprachen. Wieder zu Hause, übersetzte sie den Text daher vorsichtshalber ins Vekische und ließ nur die Wörter auf Agrisch stehen, die sie nicht kannte. Irgendwie würden die in der Hauptstadt sie schon herausbekommen.

Ksar weckte ihren Bruder, und zusammen überlegten sie sich die Strecke. In den folgenden Tagen stellten sie ihren Schlafrhythmus um. Am Abend des geplanten Aufbruchs, als

Ksar gerade die Taschen mit dem Proviant packte, tauchte Seitar mit einem Mädchen auf, das zehn Jahre alt war, so wie er selbst.

»Lanze, das hier ist Irsia. Sie kommt mit«, verkündete er. Das war eine Feststellung, er suchte nicht die Zustimmung seiner Schwester.

Ksar fiel aus allen Wolken. Sie sah dieses Mädchen zum ersten Mal, und dabei hatte sie immer gedacht, sie wüsste alles über Seitar. Noch mehr erstaunte sie seine Initiative, denn er hatte sich nie gegen sie durchzusetzen versucht. Irsia sah sie bange an, ohne Seitars Hand loszulassen.

»Weiß noch jemand davon?«, fragte Ksar. Beide Kinder schüttelten den Kopf. »Was ist mit deinen Eltern?«

»Ich habe keine Eltern. Ich lebe bei meinem Onkel und meiner Tante, aber sie werden nicht merken, dass ich nicht mehr da bin. Ich habe viele Cousins und Cousinen. Vierzehn.«

»Was wir vorhaben, wird nicht leicht«, warnte Ksar das Mädchen. »Wir haben nicht viel Essen dabei und müssen die ganze Nacht zu Fuß gehen.«

»Das kann ich«, erwiderte Irsia schlicht.

Sie konnte nicht nur laufen, am Ende hatten sie ihr sogar zu verdanken, dass sie überhaupt ans Ziel kamen. Irsia aß wenig, ging, ohne zu klagen, und sie hatte einen außergewöhnlich guten Orientierungssinn, sodass sie nachts im Schutz des Waldes weitergehen konnten, ohne sich zu verirren. So erreichten sie, bevor ihr Proviant zu Ende war, ein Lager des vekischen Heeres.

Der Regimentskommandeur, voller Bewunderung für die Hartnäckigkeit der Kleinen, denen es gelungen war, die feindlichen Linien zu überqueren, ließ sie nach Alessir bringen. Erst dort händigte Ksar den Behörden ihre Übersetzung der agrischen Invasionspläne aus, und als Überbringer von so wichtigen Unterlagen wurden sie alle mit Freuden aufgenommen.

Dann fiel Ksar die einzige Meinungsverschiedenheit ein, die sie mit der ansonsten immer sehr gefügigen Irsia gehabt hatte. Es war in der ersten Nacht, mehrere Stunden nach ihrem Aufbruch. Ksar ging voran und traf alle Entscheidungen. Als sie an eine Kreuzung kamen, warf Ksar einen Blick auf die Landkarte und entschied sich nicht recht überzeugt für einen der beiden Wege. Irsia richtete zum ersten Mal das Wort an sie.

»Das ist nicht der richtige Weg.«

Ksar, nicht daran gewöhnt, dass jemand ihr widersprach, funkelte sie wütend an. »Laut Landkarte schon.«

»Alessir liegt dort drüben«, sagte Irsia leise und deutete in die andere Richtung.

»Woher willst du das wissen?«

»Ich weiß es eben.«

Ohne stehenzubleiben, um zu sehen, ob Ksar ihr folgte, ging Irsia mit Seitar an der Hand in die Richtung, in die sie gedeutet hatte. Nach kurzem Zögern folgte Ksar ihnen, bereit, allen beiden die Ohren lang zu ziehen, falls sich die Kleine geirrt haben sollte. Aber als es hell wurde, konnte Ksar am Stand der Sonne zweifelsfrei feststellen, dass Irsia recht gehabt hatte.

Ksar holte tief Luft und versuchte die Gedanken an Irsia beiseite zu schieben. Sonst würden ihr unweigerlich die Tränen kommen, und jetzt war nicht der richtige Moment für Schmerz und Trauer. Dazu hätte sie noch genug Zeit, wenn sie erst wieder in Alessir waren. Doch zunächst musste sie überlegen, wie sie von hier wegkamen.

»Hör mal, Fontyr, du hast gesagt, du bist hierher geflogen. Könntest du auch zurückfliegen und eine Expedition organisieren, die uns hier rausholt?«

León schüttelte den Kopf.

»Ich fürchte, nein. Ich kann ein bisschen abheben und ein paar Meter flattern, aber das ist auch alles. Ich kann nicht einmal Feuer machen. Meine ganze Kraft ist für das Erlegen des Frischlings draufgegangen. Fürs Braten musste ich Holz benutzen«, erklärte er, als würde er sich dafür schämen.

»Aber könntest du dich bis Zarria durchschlagen und Barto und Sermiola um Hilfe bitten?«

León blickte zum Sumpf hinüber. Von hier sah die Burg sehr klein aus, und Zarria lag noch dahinter. Er schüttelte den Kopf.

»Das Dorf ist zu weit weg, und selbst wenn ich es schaffen würde – sobald ich über den Sumpf fliege, verliere ich wieder das Gedächtnis, und dann für länger, wegen des reichlichen Frühstücks.«

»Ich frage mich, was die Agrier wohl denken, was aus uns geworden ist«, sagte Ksar.

»Sie denken bestimmt, wir hätten das Gedächtnis verloren und irren im Sumpf umher.«

»Aber sie werden sich wundern, dass wir nicht wiederkommen.«

»Was sollen sie denn schon unternehmen?«, fragte León. »Sie können sich nicht auf die Suche nach uns machen. Viele von denen, die sich in den Sumpf gewagt haben, sind nie wieder aufgetaucht.«

»Ich weiß nicht. Ich glaube nicht, dass der Verräter sich damit zufriedengibt. Er wird auf Nummer sicher gehen wollen. Wie auch immer«, sagte Ksar, »hier können wir nicht bleiben.«

»Wir müssen über die Berge. Dahinter ist das Schloss von Palamyr. Bis dorthin sind die Agrier noch nicht vorgedrungen.«

»Zu Fuß?«

»Hast du eine andere Idee?«

»Diese Berge sind sehr hoch«, wandte Ksar ein. »Wir haben weder Wasser noch Proviant, und Lusar ist eine alte Frau. Und gegen die Kälte haben wir nur das, was wir anhaben, und zwei Decken.« Sie überlegte kurz. »Ich rede mit ihr. Sie ist von hier und kennt die Gegend. Mag sein, dass sie ein bisschen verwirrt ist, aber sie findet sich immer noch zurecht.«

Lusar hatte ein Seidentuch über einen flachen Stein gebreitet und war dabei, die Kräuter und Wurzeln zu sortieren, die sie gesammelt hatte.

»Meisterin, gibt es eine Möglichkeit, über die Berge zum Schloss von Palamyr zu gelangen?«, fragte Ksar.

»Natürlich, Kindchen. Du glaubst doch wohl nicht, dass ich außen herumgehe, wenn ich nach Palamyr will? Der Weg durch die Minen ist viel kürzer.«

»Die Minen ziehen sich durch die Berge?«

Lusar nickte.

»Ich gehe oft nach Palamyr, vor allem, um die Königin zu besuchen. Wir sind gute Freundinnen, wir waren zusammen in der Schule.«

»Die Königin?«, sagte León überrascht.

»Königin Darca?«, fragte Ksar nach. Darca war Valisias Großmutter und Palamyr die frühere Hauptstadt des Reichs.

»Ganz recht. Aber seit sie geheiratet hat und nach Alessir gezogen ist, sehe ich sie kaum mehr.«

Ksar schloss die Augen. Darca war vor ihrer Geburt gestorben. Ob diese Minen überhaupt noch existierten? Hier gab es häufig Erdbeben, und es war gut möglich, dass sie nach so langer Zeit verschüttet waren.

»Meisterin, bitte bringt uns zu den Minen«, bat sie. »Wir müssen nach Palamyr.«

Lusar blickte sie streng an. Sie schien zu überlegen.

»Na gut, Kinder«, erwiderte sie schließlich, »aber ihr dürft in den Tunneln nicht spielen. Ihr könntet euch verlaufen.« Sorgfältig packte sie ihre Kräuter und Wurzeln zusammen und füllte im Gebirgsbach ihren neuen Wasserschlauch. Fest in ihre Decke gewickelt, die sie auch als Cape benutzte, setzte sie sich in Bewegung und führte sie mit sicherem Schritt durch den Wald, bis eine Felswand ihnen den Weg versperrte.

»Das hier ist der Eingang«, erklärte Lusar. »Das Öffnen musst du übernehmen, Kindchen.«

Ksar konzentrierte sich und sprach den Zauber laut aus, doch nichts geschah.

»Was mache ich denn falsch?«

»Hört mal her, Kinder. Wer weiß, warum die Höhle nicht aufgeht? Keiner? Passt gut auf: Ksar hat einen Zauber benutzt, der gut zum Öffnen von Schlössern geeignet ist. Aber hier gibt es keine Schlösser. Weiß jemand, welche Formel man für eine verschlossene Höhle benutzt?«

»Die Höhlenformel?«, mutmaßte León, als er begriff, dass Lusar tatsächlich auf eine Antwort wartete.

»Die Bergformel«, berichtigte die Meisterin. »Und … was noch?«

»Ins Negative gewendet?«, fragte Ksar. Allmählich verstand sie, warum manche Zauber ihr nie gelangen.

»Richtig!«, bestätigte Lusar und sagte die Formel auf.

Ksar wendete sie an, doch wieder geschah nichts.

»Befindet sich der Eingang auch wirklich hier, Meisterin?«

»Ich weiß nicht, woran es liegen könnte, Kinder. Der Eingang ist hier, ganz sicher.«

León hatte unterdessen die Felswand in Augenschein genommen.

»Es sieht so aus«, sagte er, »als wäre ein Stück Fels heruntergefallen und würde den Eingang blockieren.« Er stemmte sich gegen den Felsbrocken und brachte ihn ins Wanken. »Allein schaffe ich es nicht«, sagte er, rot vor Anstrengung.

»Ich helfe dir«, bot Ksar an.

Sie sprach einen Zauber aus, erreichte aber auch nicht mehr als León.

»Da ist mehr Kraft nötig. Wir bräuchten noch jemanden, der schieben kann«, sagte León kopfschüttelnd.

»Erschreckt nicht«, warnte Ksar. »Ich werde mich verwandeln, aber das bin immer noch ich.«

Vor Leóns ungläubigen Augen nahm Ksar die Gestalt von Mir an, der agrischen Soldatin, für die sie sich in der Burg ausgegeben hatte.

»Gut gemacht, Kindchen«, gratulierte Lusar. »Ich habe schon lange keine Verwandlung mehr gesehen. Schon sehr lange.«

Ksar und León stemmten sich gegen den Felsen, und bald lag der Eingang zur Höhle frei.

Es handelte sich um einen von Menschenhand angelegten Stollen, hoch und breit genug für eine Kutsche und teilweise sogar gepflastert. Es war jedoch nicht zu übersehen, dass er schon viele Jahre nicht mehr benutzt wurde. Drinnen war es stockfinster. Ksar zauberte ein Licht, und sie gingen hinein.

Bevor Ksar wieder ihre eigene Gestalt annahm, bat sie León, ihr zu helfen, den Felsen wieder zurückzurollen, damit der Eingang so gut wie möglich getarnt war. Dann verschloss sie den Berg mit einem anderen Zauber wieder.

»Wie lange brauchen wir bis Palamyr?«, fragte León.

»Etwa zwei Stunden«, antwortete Lusar, »aber ich sehe die Zauberkutsche nicht.«

»Welche Zauberkutsche?«, wunderte sich Ksar.

»Die, die sonst immer hier steht. Darcas Vater ließ sie herbringen, damit wir uns besuchen können. Warum hat er sie bloß entfernt?«

DIE MINEN

Der Stollen verlief sehr unregelmäßig. Mal wurde er enger und zwang sie, hintereinander zu gehen, mal weitete er sich zu einer riesigen Höhle, deren Seitenwände nicht mehr zu sehen waren. Der Weg war auch nicht immer eben, doch ging es nie steil bergab oder bergauf. Streckenweise führte er ins Freie, und eine ganze Weile gingen sie auf einem verschneiten Trampelpfad an einem Abgrund entlang. An einer Stelle waren die Reste eines Holzzauns zu sehen.

Warum wurden in dem Buch über diese Gegend, das Ksar konsultiert hatte, diese Minen nicht erwähnt? Die Bände der geheimen Bibliothek waren natürlich sehr alt, vielleicht älter als all diese Stollen …

Lusar kannte den Weg gut, an Abzweigungen entschied sie sich ohne Zögern. Ksar versuchte zu überschlagen, wie lange sie zu Fuß nach Palamyr unterwegs sein würden. Mit der Zauberkutsche dauere es zwei Stunden, hatte die Meisterin gesagt. Seitdem es die Transportpunkte gab, wurden die Kutschen kaum mehr benutzt, aber Ksar hatte einmal noch eine in Gebrauch gesehen – es waren sehr schnelle Fortbewegungsmittel, was wiederum bedeutete, dass sie zu Fuß zwei oder drei Tage brauchen würden. Sie hatten keinen Proviant, aber Wasser schien zumindest kein Problem zu sein, immer wieder gab es natürliche Becken mit geschmolzenem Schnee, der von draußen hereingeweht war.

So sehr Ksar sich beim Gehen auch bemühte, nicht an Irsia zu denken, es wollte ihr nicht gelingen. Ständig kamen ihr Erinnerungen an ihre Schwägerin in den Sinn, Kleinigkeiten, die sie längst vergessen hatte. Bald würde sie den Schmerz nicht mehr verdrängen können. Sie versuchte sich mit trivialeren Themen wie den Zauberkutschen abzulenken. Warum wurden sie nicht mehr benutzt? Sie waren nach wie vor nützlich, denn nicht überall gab es Transportpunkte, und dann musste man auf Pferde und gewöhnliche Kutschen zurückgreifen. Das Problem war, so hatte ein Kollege ihr erklärt, dass kaum jemand mehr eine Zauberkutsche reparieren konnte. Wie war es möglich, dass derart wertvolles Wissen verlorenging, ohne dass jemand etwas dagegen unternahm? Das betraf nicht nur die Kutschen, sondern auch zahlreiche andere magische Gegenstände, die nicht mehr in Gebrauch waren.

Im Dämmerlicht des Stollens in ihre Gedanken versunken, verlor Ksar jegliches Zeitgefühl. Irgendwann taten ihr die Beine weh, aber sie wagte nicht sich zu beklagen, da die anderen es auch nicht taten. Stattdessen spähte sie durch eine der zahlreichen Öffnungen nach dem Himmel, aber wegen des dichten Schneefalls war fast nichts zu erkennen.

Alle drei gingen stumm weiter, Meisterin Lusar voraus voran. Sie sah aus, als ginge sie spazieren, und manchmal summte sie sogar vor sich hin. León, in die zweite Decke gehüllt, ging als Letzter. Bestimmt war sein Gedächtnis weitgehend zurückgekehrt. Er war wieder so kühl und wortkarg wie immer, und die wenigen Male, als er sie direkt ansprach, nannte er sie Rooan und nicht mehr Ksar, wie am Morgen, als er gerade den Frischling gebraten hatte.

Schon seit einer ganzen Weile gingen sie auf einem breiten Pfad, der sich an einem Abgrund entlangschlängelte.

Draußen hatte es anscheinend aufgehört zu schneien, nur der Wind pfiff immer noch eisig durch die Öffnungen in der Felsendecke über ihnen, und es war dunkel, aber der hereingewehte Schnee leuchtete hell im Mondschein. Mehrmals mussten sie den Abgrund über alte Hängebrücken aus Seilen und Holzbrettern überqueren.

Plötzlich brach der Weg ab: Eine der Brücken war gerissen. Die Entfernung, die zu überbrücken war, war nicht sehr groß, vielleicht acht oder neun Schritte.

León trat zu Lusar.

»Ich kann Euch hinüberbringen, Meisterin. Wenn Ihr mir gestattet…«

Er hob sie vorsichtig hoch, schwang sich in die Luft, und kurz darauf landeten sie auf der anderen Seite. Ksar beobachtete, wie sie miteinander sprachen. Lusar griff in ihre Tasche und gab ihm etwas, das León dann in den Mund steckte. Schließlich trat er an den Rand des Abgrunds und sah zu ihr herüber.

»Kommst du?«, fragte sie, als sie bemerkte, dass er zögerte.

»Rooan, wie hast du das heute Vormittag angestellt, wie eine Agrierin auszusehen?«

»Ich habe einen Verwandlungszauber benutzt.«

»Du hast dich in eine riesige Agrierin verwandelt und bist stärker geworden. Könntest du dich in einen Midrac verwandeln und herüberfliegen?«

Ksar war gekränkt. Er wollte sie nicht tragen, er wollte sie sich vom Leib halten.

»Ich weiß nicht«, antwortete sie kühl. »Ich glaube nicht, dass das geht.«

»Ich merke schon, die Vorstellung ist dir zuwider, aber es ist auch nicht schlimmer, als wie eine Agrierin auszusehen.«

»Es ist mir nicht zuwider«, protestierte Ksar. »Der Punkt ist, dass ich ein Modell brauche. Ich kann mich nur in jemanden meines Geschlechts verwandeln, den ich kenne, aber ich kenne nun mal keine weibliche Midrac.«

»Aha.« León klang skeptisch. »Kennst du Shelay, das Küchenmädchen? Versuch's mal mit ihr.«

Sich in Shelay zu verwandeln, fiel ihr nicht schwer, das Fliegen hingegen schon. Zum Glück war die Entfernung gering, denn sie schlingerte ziemlich, und viel länger hätte sie sich nicht in der Luft halten können. Beim Landen rutschte sie aus und rollte durch den Schnee. Mit dem unschönen Gefühl, dass Fontyr sie insgeheim auslachte, stand sie rasch auf und nahm wieder ihre eigene Gestalt an.

»Gut, Kinder«, sagte Lusar, »wenn wir wieder im Stollen sind, suchen wir uns einen Schlafplatz.«

Wenig später blieb die Meisterin in einer großen Höhle stehen.

»Hier gefällt es mir. Wir sollten etwas essen, bevor wir uns hinlegen.«

Lusar setzte sich auf einen Felsen, zog das Seidentuch hervor, in das sie ihre Kräuter gepackt hatte, und schlug es auf. Jetzt waren keine einzelnen Kräuter und Wurzeln mehr zu sehen, sondern eine kompakte, dunkle und unförmige Masse. Lusar teilte sie in drei Teile und begann ihren genüsslich zu verspeisen. Wortlos griff León nach dem zweiten Stück und verschlang es mit wenigen Bissen. Aus seiner Miene war nicht zu schließen, ob es ihm schmeckte oder nicht.

»Was ist denn das?«, fragte Ksar.

»Greif zu, es schmeckt gut«, ermunterte sie Lusar. »Das ist Calcox. Es bringt verbrauchte Kraft zurück und ist auch sonst gut für dich.«

Der Geschmack war schwer zu definieren: warm und tröstend, süß, aber nicht aufdringlich. Ksar schlang ihren Anteil hinunter. »Köstlich!«

An León gewandt fragte Lusar: »Willst du mehr?« Er nickte. Das Seidentuch raschelte, und die Meisterin brachte einen weiteren Brocken zum Vorschein. Diesmal brach Lusar nur ein kleines Stück ab und hielt es León hin. »Das reicht dann. Wenn ich dir noch mehr gebe, kannst du nicht schlafen.« Sie steckte den Rest weg, stand auf und ging ans Ende der Höhle. Dort legte sie sich in ihre Decke gewickelt hin. »Geht bald schlafen, es ist schon spät. Gute Nacht, Kinder.«

Ksar sah León an. Warum hatte Lusar ihm ein zweites Stück Calcox gegeben? Warum bekam er immer eine Extrawurst? Inzwischen hatte er sich ebenfalls hingelegt und ließ neben sich einen Platz unter der Decke für Ksar frei.

»Benutz die ganze Decke, Fontyr, du brauchst sie dringender als ich.«

»Hier zieht es ziemlich kalt«, entgegnete er. »Und wenn du direkt auf dem Boden schläfst, spürst du jeden einzelnen Stein. Die Decke polstert ein bisschen und ist groß genug für uns beide, meinst du nicht?«

»Nicht nötig«, erwiderte Ksar, auch wenn der Boden tatsächlich sehr ungemütlich war.

»Wie du willst, ich habe keine Kraft zum Streiten«, erwiderte León matt. »Wenn du es dir anders überlegst, hier hast du einen Platz. Macht es dir etwas aus, das Licht anzulassen? Im Dunkeln wird mir kalt.«

Obwohl Ksar todmüde war, konnte sie nicht schlafen. Sie spürte jede noch so kleine Unebenheit in ihrem Rücken, und ihr war kalt, obwohl sie die Eigenschaften ihrer Kleidung magisch verstärkt hatte. Es lag am Licht, dass sie kein Auge zutat, sagte sie sich. Sie wollte warten, bis León eingeschlafen war, um es schwächer zu machen, und sah immer wieder ungeduldig zu ihm hinüber.

Irgendwann bemerkte sie, dass er lachte. »Sei nicht dumm und komm unter die Decke. Ich bin nicht ansteckend. Da draußen frierst du dich zu Tode.«

Sie zögerte, halb wütend, halb überrascht. Es war das erste Mal, dass sie León lachen hörte, und es klang sehr sympathisch. Schließlich lächelte sie.

»Na gut, mach mir Platz, Fontyr«, bat sie. Er hob die Decke hoch, und Ksar legte sich neben ihn. »Du bist ja eiskalt!«

»Völlig durchgefroren.«

»Ich dachte, du wärst wieder fit«, sagte Ksar verwundert.

»Um fit zu werden, brauche ich Feuer. Und zwar rings um mich herum, mehrere Stunden lang. Ohne Lusars Calcox hätte ich schon schlapp gemacht.«

»Hast du mich deshalb nicht über den Abgrund geholt?«

»Natürlich, warum denn sonst? Nachdem ich Lusar hinübergeflogen hatte, die …« – León stockte kurz –, »… die eigentlich federleicht ist, war ich fix und fertig.«

»Ach, und ich dachte, du hättest keine Lust«, erklärte Ksar. Warum dachte sie immer schlecht über ihn? Lusar hatte ihm mehr Calcox gegeben, weil er es brauchte, nicht weil er besser behandelt werden wollte. Und warum verglich sie sich immer mit ihm? »Gestern hast du mich gefragt, warum wir uns nicht vertragen, und ich wusste nicht, was ich dir antworten sollte. Wahrscheinlich bin ich neidisch auf dich«, gestand sie. »Du bist seit vier Monaten in Alessir, und seitdem bin ich nie mehr zur Koordinatorin ernannt worden. Ich kriege bloß noch Papierkram und lauter Lappalien auf den Tisch. Du hingegen wirst bei allen spannenden Einsätzen zum Koordinator ernannt. Du hast dir in kürzester Zeit Scopos Vertrauen erworben.«

»Ich habe mir sein Vertrauen nicht erst jetzt erworben. Er hat mich kommen lassen, weil er mir bereits vertraute. Das ist etwas anderes. Aber ich habe immer gesagt, dass du in dieser Arbeit besser bist als ich. Du kommst an Informationen, an die sonst niemand kommt.«

»Jetzt kennst du ja mein Geheimnis: die Magie«, erwiderte Ksar. »Ich finde, jeder sollte in der Schule darin unterrichtet werden. Es stimmt nicht, dass nur Magier sie erlernen können. Es würde die Arbeit der Abteilungen erheblich erleichtern.«

»Ich wüsste gar nicht, wie ich das anstellen sollte. Ich höre Lusar und dich über Formeln und Zaubersprüche reden und verstehe kein Wort.«

»Die Magier auch nicht«, erwiderte Ksar. »Sie begnügen sich damit, Formeln anzuwenden, die sie auswendig gelernt haben. Wirklich zaubern können sie nicht. Ich glaube, genau das ist unser Problem in Vekion. Unsere Macht basiert auf der Magie, aber sie entgleitet uns, weil sie einigen wenigen vorbehalten ist, die sie nicht zu schätzen wissen. Jeder, der nur eine einzige Formel mehr kennt als wir oder uns mit Waffen angreift, zu denen wir die Zauberformel vergessen haben, bringt uns in die Bredouille.«

»Wenn die Magier dich hören könnten …«, sagte León. »Du packst da ein heißes Eisen an.«

»Was nicht heißt, dass ich nicht recht habe.«

Doch natürlich würden sich die SP, wenn sie erst einmal das Zaubern beherrschten, nicht damit begnügen, es bei ihrer Arbeit anzuwenden. Nein, sie würden wichtigere Posten besetzen wollen, und um sich keine Konkurrenz heranzuzüchten, hielten die Magier sie lieber unwissend. Auch wenn das verantwortungslos war. Lieber sollte die Magie erlöschen, als dass die Magier auf ihre Vorrechte verzichteten – dass sie damit an dem Ast sägten, auf dem sie selbst saßen, merkten sie nicht einmal.

»Eins verstehe ich nicht, Ksar«, sagte León unvermittelt. »Ich bin noch nicht ganz klar im Kopf, aber ich weiß, dass du an dem Nachmittag, als Scopo getötet wurde, in meinem Büro warst.«

Ksars Herz setzte aus. Wie hatte er das in Erfahrung gebracht?

»Stimmt«, gab sie zu. »Ich hatte mich in einen Teil des Palasts verirrt, den ich nicht kenne, und auf der Suche nach einem Ausgang geriet ich in dein Büro, ohne zu wissen, dass es deins war. Ich hörte Schritte und versteckte mich, schließlich wusste ich nicht, wo ich war, und wollte mich nicht rechtfertigen müssen. Im Grunde genommen wurde ich Zeugin von Scopos Ermordung, aber ich konnte das Gesicht des Täters nicht sehen. Ich habe nur seine Stimme gehört, genau wie bei Lusars Verhör.«

»Daher wusstest du also, dass es ein Magier aus dem Rat war? Mit dieser Information hast du mich schwer beeindruckt. Was hast du genau gehört?«

»Es ging um dich. In diesem Gespräch habe ich erfahren, dass du ein Midrac bist«, log Ksar. Die Wahrheit konnte sie ihm schlecht sagen. »Bis dahin hatte ich keine Ahnung.«

»Im Ernst? Ich dachte, du hättest es von Anfang an gewusst und würdest mich deshalb verachten.«

»Wenn du wüsstest, was für einen Ruf die Midracs bei den Frauen von Alessir haben …«

»Bei den Frauen?«, rief León entrüstet aus. »Was für einen Ruf denn?« Aber als er Ksars verklärtes Lächeln sah, beruhigte er sich wieder. »Was haben Scopo und der Verräter über mich gesagt?«

»Scopo hat sich sehr lobend über dich geäußert«, sprach

Ksar weiter, »er hat sogar überlegt, dir anzuvertrauen, wo das Buch der Macht versteckt ist. Den Verräter hat schier der Schlag getroffen. Er sagte empört, du wärst ein SP und ein Midrac, und ein derart bedeutendes Geheimnis müsse einem Magier anvertraut werden, ihm zum Beispiel. Scopo antwortete ihm, er habe Vorsichtsmaßnahmen getroffen für den Fall, dass ihm etwas zustoßen sollte. Daraufhin hat der andere zugeschlagen. Aber ich habe falsch angefangen. Ich sollte es dir besser der Reihe nach erzählen.«

Ksar rief sich alles ins Gedächtnis, was sie von ihrem Versteck aus gehört hatte. Es tat ihr gut, es jemandem anzuvertrauen.

»Armer Scopo!«, sagte León. »Er hatte schon seit einiger Zeit den Verdacht, dass im Palast etwas faul ist. Und wie du sagst, der Verräter ist jemand von hohem Rang, jemand, der wusste, dass du den Sumpf mit einem Boot durchqueren würdest.«

»Wer kann mitbekommen haben, dass ich ein Zauberboot angefordert habe?«

»Es stand in der Akte. Das geht bei magischen Gegenständen nicht anders. Vom vorigen Einsatz war grade eines zurückgegeben worden, und ich hatte es noch in meinem Büro, also musste ich keines anfordern, sondern machte nur einen Vermerk. Ich habe es Irsia persönlich ausgehändigt.«

»Irsia war sehr verschwiegen. Das bedeutet, dass der Verräter es aus der Akte wusste. Und ich glaube, der Einzige, der Zugang dazu hat, ist Menron.«

»Es gibt noch einen anderen Magier mit Akteneinsicht«, erinnerte León sie. »Den Großen Syndikus.«

Daran hatte Ksar gar nicht gedacht. Es folgte ein längeres Schweigen. Schließlich überlegte Ksar laut: »Das wäre absurd, er verfügt ja bereits über alle Macht, die er will. Im Grunde ist er der Herrscher über Vekion.«

»Nicht ganz, er kann nichts gegen den Willen des Rates und der Königin tun. Und Macht ist wie Geld: Manche können nie genug davon bekommen.«

»Lass uns einen kühlen Kopf bewahren und nicht leichtfertig die Magier verdächtigen!«, rief Ksar. »Sonst bekommen wir nur Ärger. Außerdem ist der Große Syndikus zu alt, als dass Scopo ihn ›Junge‹ nennen würde. Wir wissen nicht, ob nicht noch ein anderes Ratsmitglied Zugang zu den Akten hat.«

»Wenn wir wieder in Alessir sind, suchen wir nach einem Magier namens Mad«, schlug León vor. »Dann sehen wir weiter.«

»Du hast recht. Und jetzt sollten wir schlafen, sonst sind wir morgen nicht ausgeruht.«

Sie verharrten mehrere Minuten lang stumm und versuchten einzuschlafen.

»Ksar, bist du wach?«, fragte León flüsternd.

»Ja.«

»Hast du das mit dem Ruf der Midracs ernst gemeint?«

Ksar lächelte. »Nun, ich habe da so Sachen gehört…«

ABSCHIED

Als Ksar am nächsten Morgen aufwachte, spürte sie etwas Kaltes neben sich. Es war León.

»Fontyr, alles in Ordnung?«, fragte sie erschrocken und rüttelte ihn wach.

León schlug die Augen auf, rührte sich jedoch nicht. Er war leichenblass, und seine Lippen hatten die Farbe von Sand. Als Lusar, die bereits auf war, Ksar hörte, kam sie herbei.

»Armer Junge, er ist ja völlig durchgefroren!« Sie zog ein Stück Calcox aus der Tasche. »Hier, Fontyr, das wird dir guttun. Nur Mut, der Vulkan ist nicht mehr weit. Dort hast du so viel Feuer, wie du willst.«

Sie brach auch für Ksar und für sich selbst etwas ab und reichte León kleine Brocken, bis wieder etwas Farbe ins Gesicht des Midrac zurückkehrte.

»Jetzt geht's mir schon besser«, sagte er mit matter Stimme. »Gibt es hier wirklich einen Vulkan?«

»Aber sicher, Jungchen. Das hier waren Schwefelminen. Er wurde aus dem Vulkan abgebaut. Kannst du aufstehen?«

León nickte. Er setzte sich auf, nahm noch ein Stück Calcox und stand auf. »Lasst uns aufbrechen. Beim Gehen wird mir warm.«

Sie waren schon drei Stunden unterwegs, als sich die Nähe des Vulkans bemerkbar machte: Je wärmer es wurde, desto besser fühlte sich León und desto schneller schritt er aus.

Der Weg wurde gefährlich schmal, links eine hohe Felswand, rechts ein steiler Abgrund. Wieder gingen sie hintereinander, Lusar vorneweg. Als sie die schmale Stelle hinter sich gelassen hatten, blieb die alte Meisterin stehen.

»Jungchen, dort unten ist die Lava.« Sie deutete darauf. »Kannst du fliegen?«

Die Frage war überflüssig, León war bereits in der Luft. »Ich bleibe ein paar Stunden unten. Sobald ich wieder fit bin, fliege ich euch nach.«

Damit tauchte er ab. Lusar und Ksar gingen langsam weiter.

»Du magst den Jungen, habe ich recht?« Es war mehr eine Feststellung als eine Frage. Ohne Ksars Antwort abzuwarten, fügte Lusar hinzu: »Das wundert mich gar nicht, Kindchen. Wenn ich so alt wäre wie du, würde ich ihn mir auch angeln.«

»Das Problem ist, dass ich ihm nicht gefalle, Meisterin«, erwiderte Ksar bedrückt.

»Unsinn!«

»Außerdem liebt er eine andere.«

»Wenn du meinst … Aber den Eindruck hat er mir nicht gemacht. Ein Versuch kostet schließlich nichts, oder?«

Ksar erwiderte nichts. Sie wünschte sich inbrünstig, die Meisterin möge recht haben.

Warum eigentlich nicht? León hatte ganz befremdet reagiert, als sie in Gestalt von Valisia hatte wissen wollen, ob er wegen der Verletzung mit dem Ring gegen sie vorgehen wolle. Und er hatte die Königin gedrängt, ihre Beziehung zu beenden. Zu der vermeintlichen Syrca hatte Valisia gesagt, sie verstehe nicht, warum León sie nicht mehr sehen wolle, und dann hinzugefügt: »Wenn es allerdings wegen der anderen ist …« Damals hatte Ksar nicht einmal gewusst, wer

León war, und dem Satz keine Bedeutung beigemessen, aber er konnte bedeuten, dass der Königin klar war, dass er sich zu einer anderen Frau hingezogen fühlte.

Aber das konnte nicht sein. Sie hatte von Anfang an einen Konkurrenten in ihm gesehen, und die Zeit hatte ihr recht gegeben. León hatte sie systematisch von allen Einsätzen ausgeschlossen. Lusars Befreiung war die erste richtige Aufgabe, mit der sie seit seiner Ankunft beauftragt worden war, und das hatte sie nicht gerade ihm zu verdanken. Und er hatte sie immer äußerst kühl abgefertigt.

Etwas anderes hatte sie mit ihrem Verhalten ihm gegenüber allerdings auch nicht gerade gefördert. Sie hatte ihn offen provoziert, ihm widersprochen, wo es nur ging, und ihn ihre Verachtung spüren lassen. Nein, sie hatte ihm keine Chance gegeben, sich anders zu verhalten. Das wurde ihr erst jetzt richtig klar. Und er hatte die Auseinandersetzung fast immer gemieden, was sie nur noch mehr irritierte, weil sie es stets als Zeichen von Missachtung gedeutet hatte.

Ksar wünschte sich, er würde endlich vom Vulkan zurückkommen, aber die Zeit verging, ohne dass er auftauchte. Als Lusar verkündete, es sei Mittag, machten sie eine Rast und aßen ein wenig Calcox. Konnte Lusar wirklich wissen, wie spät es war, oder tat sie einfach nur so?

»Meisterin«, sagte Ksar, nachdem sie ihre Portion vertilgt hatte, »was meint Ihr, ist mit Fontyr alles in Ordnung? Er ist schon so lange weg.«

»Mach dir keine Gedanken um ihn, Ksar, er muss auftanken, und das braucht seine Zeit. Er ist ins eiskalte Wasser gestürzt, nachdem sein ganzes Feuer aufgebraucht war, und er hat viel Blut verloren, als er angeschossen wurde. Und dann hat er zwei Nächte hintereinander ohne Feuer geschlafen. Es ist ein Wunder, dass der Junge überhaupt noch lebt.

Er ist zäh, das sieht man. So, Kindchen, jetzt müssen wir weiter.«

Beim Gehen tauchte Ksar wieder in ihre Gedanken ab. Wie hatte León derart leichtsinnig sein können, wo er doch seinen schwachen Punkt genau kannte? Erst war er auf dem schnellsten Wege durch die kalte Nacht vom Palast zum Sumpf geflogen, und dann hatte er seine gesamten Feuerreserven gegen die Agrier verbraucht, bis er nicht einmal mehr Kraft zum Weiterfliegen gehabt hatte und ins Wasser gestürzt war, das Schlimmste, was einem Midrac passieren konnte. Ob er das getan hatte, um Lusar zu retten? Oder war da noch etwas anderes? Seit ihrem Zusammentreffen im Sumpf nannte León sie Ksar, nicht mehr Rooan. Und er hatte mit der Königin über sie gesprochen und sie dabei auch Ksar genannt.

Am späten Nachmittag – oder zumindest nahm Ksar an, dass es später Nachmittag war – legte die Meisterin erneut eine Pause ein.

»So, Kindchen. Bald sind wir am Ausgang, aber jetzt warten wir erst einmal auf Fontyr, meinst du nicht?«

»Wie weit ist es noch?«

Lusar legte den Wasserschlauch auf den Boden, faltete die Decke zweimal, legte sie vor die Wand und ließ sich darauf nieder. Ksar, die die andere Decke trug, tat es ihr gleich.

»Eine halbe Stunde Weg«, antwortete Lusar, »immer geradeaus durch diesen Stollen, aber weiter vorn wird er enger, das ist mühsam. Bald wird es dunkel, und zwischen dem Ausgang und dem Schloss von Palamyr gibt es keinen Unterschlupf.«

»Meisterin, verzeiht, wenn ich es noch einmal anspreche. Wisst Ihr, wer jemand namens Mad sein könnte?«

»Mad? Das ist ein frecher Bengel, an den kann ich mich gut erinnern.«

»Ist Euch eingefallen, wie er mit Nachnamen heißt?«

»Tut mir leid, Kindchen. Die Nachnamen kann ich einfach nicht behalten.«

»Aber Fontyr nennt Ihr beim Nachnamen«, wunderte sich Ksar.

»Wirklich? Aber nur, weil du es tust. Wie heißt er mit Vornamen?«

»León.«

»Ah, *das* ist León? Proscal hat mir von ihm erzählt. Das ist ein sehr schöner Vorname. Warum nennst du ihn nicht so?«

»Ich habe ihn schon immer Fontyr genannt«, antwortete Ksar verlegen. »Dann ist Euch Mads Nachname also immer noch nicht eingefallen?«

»Tut mir sehr leid, Kindchen. Ist das wichtig?«

»Keine Sorge, Meisterin, wenn wir wieder in Alessir sind, finde ich ihn heraus. Ich bin nur so gespannt. Es handelt sich um denjenigen, der den …« Ksar unterbrach sich. Sie wollte Lusar nicht sagen, dass Scopo ermordet worden war, das würde sie schon noch früh genug erfahren. »Der den Winterzauber verhängt hat. Er hat sich mit den Agriern gegen Vekion verbündet, aber wir wissen nur, dass er Mad heißt und hinter dem Buch der Macht her ist«, sagte sie vorsichtig.

»Sei unbesorgt, Ksar. Das Buch der Macht wird vom Weisen Lesper, dem Meister und Berater der Königin, gut bewacht.« Lusar meinte ihren eigenen Vorgänger. Als Lesper sich zur Ruhe setzte, war sie an seine Stelle gerückt, und später war ihr Scopo gefolgt. »Er überreicht es dem neuen Weisen erst, wenn der so weit ist.«

»Was ist das Buch der Macht?«

»Weißt du das nicht?«, fragte Lusar erstaunt.

»Bis vor drei Tagen wusste ich nicht einmal von seiner Existenz.«

»Dann hast du im Unterricht nicht aufgepasst«, sagte Lusar tadelnd.

»Meister Scopo fürchtet, das Buch könnte dem Verräter in die Hand fallen.«

»Ich weiß nicht, wer dieser Meister ist, dabei dachte ich, ich kenne sie alle. Aber wenn er das befürchtet, dann hat er bestimmt Grund dazu«, sagte Lusar nachdenklich. »Oh! Da kommt León.«

Als Ksar aufblickte, war er noch nicht zu sehen, doch kurz darauf kam er um die Ecke geflogen. Sogleich wurde die Luft um sie herum wärmer.

»Tut mir leid, dass ich euch habe warten lassen.« Er hatte eine viel gesündere Gesichtsfarbe und strahlte Tatkraft und Dynamik aus. »Warum habt ihr hier Halt gemacht?«

Lusar erklärte ihm, dass sie sich jetzt ganz in der Nähe des Ausgangs befanden, und deutete auf den Stollen, den sie bereits Ksar gezeigt hatte.

»Dort geht es weiter. Wenn ihr morgen früh aufbrecht, seid ihr mittags im Schloss von Palamyr.«

Ksar wunderte sich über den Gebrauch der zweiten Person. »Ihr meint bestimmt, ›wenn *wir* morgen früh aufbrechen‹, Meisterin.«

»Nein, Kindchen. Ich bleibe hier, in den Bergen. Oder vielleicht gehe ich wieder in meine Burg«, überlegte sie.

»Aber Meisterin …« Ksar konnte es nicht fassen.

»Lass sie, Ksar«, mischte sich León ein. »Wenn sie …«

»Also wirklich, Fontyr«, unterbrach sie. »Wir sind hergekommen, um sie zu befreien, sie kann nicht in die Burg zurück.«

Bis zu diesem Moment hatte Lusar sie willig begleitet, ohne Fragen zu stellen oder sich zu sträuben. Warum wollte sie auf einmal umkehren?

»Verstehst du es immer noch nicht, Kindchen?«, fragte Lusar. »Ich kann nirgendwo mehr hin, ich bin an die Berge und meine Burg gebunden.«

»Aber ... Ich verstehe kein Wort. Wir brauchen Euch in Alessir, und in Eurer Burg seid Ihr in Gefahr.«

Lusar lächelte freundlich und wiegte den Kopf hin und her. »Mir kann niemand mehr etwas anhaben, Kindchen. Für mich ist all das vorbei. Als es zu Ende ging, kam Proscal vorbei. Das war kurz bevor du aufgetaucht bist.«

»Proscal?«, fragte Ksar verwundert.

»Sie meint Scopo«, erklärte León. »Proscal ist sein Vorname.«

Die Meisterin wandte sich ihm zu, neigte den Kopf und lächelte. »Mein lieber Junge, Proscal hat mir viel von dir erzählt. Er schätzt dich sehr, und jetzt, wo ich das Vergnügen hatte, dich kennenzulernen, verstehe ich auch, warum.«

»Aber er ... er ist ... tot«, wandte Ksar ein.

»Ja«, pflichtete Lusar bei, »der Ärmste, er hat es mir erzählt. Er war kurz vor dir bei mir und hat mich gebeten, ins Verlies zurückzukehren, um dir zu helfen. Er kann sich nicht mit den Lebenden verständigen, und ich habe es getan, so gut ich kann, aber weiter darf ich nicht fort, sonst wäre ich verloren.«

»Aber ...«, sagte Ksar mit ohnmächtiger Stimme, »das heißt, ich bin zu spät gekommen und Ihr seid ebenfalls ...« Sie konnte den Satz nicht zu Ende sprechen.

»Ja, Kindchen, ich bin auch tot, aber das war nicht deine Schuld. Um ehrlich zu sein, ich habe meine Ruhe gefunden.« Sie stand auf, strich ihr Kleid glatt, und zum ersten Mal seit zwei Tagen ließ sie den Wasserschlauch und die Decke liegen. »Also, Kinder, seid artig. Ich muss zurück. Sobald ich zu Hause bin, setze ich Kichererbsen auf. Mir läuft schon das Wasser im Mund zusammen.«

Mit diesen Worten ging sie davon. Ksar wollte ihr folgen, aber León hielt sie am Arm fest. Sie machte sich sogleich wieder los, doch die Meisterin löste sich nach ein paar Schritten in Luft auf. Ksar blieb hilflos stehen. Sie wäre am liebsten in Tränen ausgebrochen, hätte alles herausgelassen, was sich in ihr aufgestaut hatte, aber stattdessen funkelte sie León wütend an.

»Du wusstest, dass sie …?«

León nickte langsam. »Ich habe es geahnt, als ich sie über den Abgrund geflogen habe. Sie war viel zu leicht. Aber ich war mir nicht sicher. Es tut mir leid.«

Er schloss sie in die Arme, und so verharrten sie mehrere Minuten. Ohne groß zu überlegen, begann León ihr übers Haar zu streichen und sie zu küssen, und auf einmal bemerkte er, dass sie die Küsse erwiderte.

Die Ereignisse nahmen ihren natürlichen Verlauf, aber León machte sich keine falschen Hoffnungen. Sobald Ksar ihren emotionalen Tiefpunkt überwunden hatte – sobald sie in ihren Alltag zurückkehrten, an die Orte, wo sie ihn seit jeher mit Verachtung gestraft hatte, fern von dieser seltsamen Welt, in der sie allein zu sein schienen –, würde sie bestimmt vergessen, was für sie nur ein Abenteuer gewesen war. Für ihn hingegen gab es kein Zurück mehr.

DIE UNTERREDUNG

Genau wie Lusar vorhergesagt hatte, erreichten sie am nächsten Tag gegen Mittag das Schloss von Palamyr. Sie mussten die Erlaubnis abwarten, den Transportpunkt zu benutzen, und konnten am Nachmittag nach Alessir weiterreisen.

León war unruhig, weil er sich über die Anweisung des Syndikus hinweggesetzt und an Lusars Befreiung teilgenommen hatte, und dann auch noch, ohne in der Abteilung Bescheid zu sagen oder jemanden über den abgestellten Transportpunkt zu informieren. Außerdem kehrten sie ohne die Meisterin und mit der Nachricht von Irsias Tod zurück.

Bei ihrer Ankunft hieß es, Menron habe sie beide in sein Büro bestellt. Es war das erste Mal, und das war kein gutes Zeichen, denn sonst gingen die Berichte immer an den Abteilungsleiter, zuerst mündlich und später schriftlich.

Sie hatten sich abgesprochen, welche Version der Ereignisse sie geben würden: Sie hatten im Sumpf das Gedächtnis verloren und waren irgendwie auf die Südseite der Berge geraten, nicht weit von Palamyr entfernt. León hatte sich noch keine Antwort auf die Frage zurechtgelegt, warum er überhaupt in den Sumpf aufgebrochen war.

»Rooan, Fontyr, herein«, sagte Menron. Er wirkte nicht schlecht gelaunt. León und Ksar betraten ein prächtiges Arbeitszimmer mit weichen Teppichen, Wandbehängen und reich verzierten Holzmöbeln. »Meines Wissens haben Sie das

Ziel des Einsatzes nicht erreicht. Was mich angeht, so habe ich seinerzeit bereits auf die Gefahr hingewiesen, eine derartige Aktion ohne einen gründlich durchdachten und abgesegneten Plan durchzuführen. Aber unter den gegebenen Umständen ist es nicht an mir, über Ihre Vorgehensweise zu urteilen, sondern Sie werden einer höheren Instanz Rechenschaft ablegen müssen.« Der Syndikus sah sie lange an, zuerst Ksar, dann León. Schließlich räusperte er sich. »Ich habe Ihre Majestät über Ihre Ankunft informiert. Sie wird Sie im Sitzungssaal empfangen. Ich halte es allerdings für geboten und auch zweckmäßig, dass nur einer von Ihnen vor die Königin tritt. Angesichts der Sachlage bin ich der Meinung, Fontyr, dass die Verantwortung für den Einsatz auf Ihren Schultern lastet. Sie sollten Ihre Majestät nicht warten lassen.«

Kurz darauf standen sie zu ihrer Verblüffung schon wieder im Flur.

»Tut mir leid, Ksar«, sagte León, »ich weiß nicht, warum er nur mich schickt. Das ist absurd.«

Im Grunde genommen war es Ksar nur recht. Sie wollte sich vergewissern, dass León seine Beziehung zu Valisia tatsächlich beendete, und von hier bis zur Bibliothek war es nur ein Katzensprung. Dann konnte sie vom Geheimgang aus das Gespräch mithören.

»Macht nichts, Fontyr. Ich muss dringend zu meinem Bruder. Mal sehen, wie ich es ihm beibringe.« Sie berührte ihn an der Hand und drückte ihm einen Kuss auf die Lippen. »Viel Glück.«

León stieg die Treppe zum Sitzungssaal hinauf. Unterdessen ging Ksar, nachdem sie sich vergewissert hatte, dass niemand sie sah, zur Bibliothek, die wie zu erwarten leer war. Im Geheimgang lief sie bis zur Wand des Sitzungssaals.

»…Gelegenheit, dir zu sagen, dass es mir wirklich leid

tut«, sagte Valisia gerade, als Ksar ihren Horchposten einnahm. Durch einen Spalt konnte sie die Königin im Profil sehen, wie sie vor dem Kamin stand. León, ebenfalls stehend, lehnte sich ungezwungen an den Konferenztisch.

»Danke. Ich muss dir etwas sagen, Val.« Er räusperte sich. Ksar bemerkte, dass León genau wie vor einigen Tagen in seinem Schlafzimmer Valisia gegenüber keinen Hehl aus seinen Gefühlen machte. Sie waren deutlich an seinem Gesicht abzulesen, während er sie, Ksar, sogar nach allem, was sie zusammen durchgemacht hatten, selten hinter die Fassade blicken ließ. »Ich weiß nicht, ob du weißt, dass Ksar an diesem Einsatz teilgenommen hat ...«

Valisia sah ihn durchdringend an. »Du bist endlich am Ziel, nicht wahr?« Die Königin lächelte, sie schien sich aufrichtig zu freuen. León nickte ein wenig verlegen. »Es ist dir anzusehen«, fügte sie hinzu. »Du strahlst richtig.«

»Val, ich ...«

»Mach dir keine Gedanken, León«, unterbrach Valisia. »Mir war von vorneherein klar, dass das irgendwann passieren würde, und ich habe dir ja gesagt, ich würde es akzeptieren. Auch wenn du mich anders erlebst – ich bin ein sehr vernünftiger Mensch. Im Grunde habe ich mein ganzes Leben nichts anderes getan, als vernünftig zu sein. Und irgendwann« – sie seufzte, dann legte sie den Kopf zur Seite und lächelte –, »irgendwann werde ich ganz zur Vernunft kommen und Trens heiraten. Aber ich wollte auch aus einem anderen Grund mit dir sprechen. Und zwar bist du neulich nachts auf sehr sonderbare Weise verschwunden, und am nächsten Tag waren Gerüchte über dich im Umlauf. Der harmloseste Vorwurf lautete, du hättest den Einsatz sabotiert. Ich ging zu Menron und sagte ihm, ich hätte dir im Zusammenhang mit Lusars Entführung einen Auftrag erteilt, der dich zum sofortigen Aufbruch veranlasst hätte. Ich gab Anweisung, von eurer Rückkehr benachrichtigt zu werden und persönlich Bericht erstattet zu bekommen, da es sich um etwas Vertrauliches handle. Dass du allein kommst, war Menrons Idee, aber umso besser, so können wir offen reden.«

León lächelte. »Danke, Val, das hätte mich sonst den Kopf kosten können. Ich habe gemerkt, dass etwas schiefging, und bin sofort los. Aber ich kam zu spät. Was erzählt man sich hier über Proscals Tod?«

Wie kam es, dass Fontyr Scopo beim Vornamen nannte? Schon in den Minen war Ksar überrascht gewesen, dass er ihn überhaupt kannte.

Valisia schnaubte auf wenig königliche Weise. »Uff, jede Menge Blödsinn. Sie wollen es als Unfall hinstellen. Er sei Feuerholz holen gegangen, um sich aufzuwärmen, während er auf dich wartete, und dabei unglücklich gestürzt. Natürlich können sie nicht erklären, wie sein Hinterkopf von einem Scheit getroffen worden sein soll, aber da er ein Magier war … Feige Bande! Es ist sonnenklar, dass er ermordet wurde.«

»Wer hat diese Erklärung abgegeben?«

»Licquart. Aber sie sind alle gleich. Sie wollen nicht wahrhaben, dass wir in Gefahr sind, und klammern sich an jeden Strohhalm.«

»Und wer wird jetzt den Posten des Meisters und königlichen Beraters übernehmen?«

»Das ist ein anderes Problem. Er hat keinen Nachfolger ernannt, weil er gerade dabei war, den neuen Weisen auszubilden. Aber wir wissen nicht, wer es ist und wo er sich aufhält. Hat er dir etwas gesagt?«

Ein neuer Weiser!, jubelte Ksar im Stillen. Dann stimmte es also.

León nickte. »Ja, aber er ist noch nicht so weit«, erklärte er.

»Proscal dachte natürlich nicht, dass er sterben würde, bevor der Weise bereit ist. Ich weiß nicht, wer ihn ermordet hat, aber alles deutet auf einen Magier aus dem Rat hin.«

Die Königin blieb einige Sekunden lang stumm. »Das ist ein sehr schwerwiegender Vorwurf.«

»Das ist noch nicht alles. Er hat auch Lusar ermordet und arbeitet den Agriern in die Hände.«

»Woher weißt du das?«, fragte Valisia überrascht.

»Das ist eine lange Geschichte«, antwortete León ausweichend, »aber es stimmt. Die Lage ist sehr ernst. Ich wollte dich noch etwas anderes fragen.«

»Nur zu.«

»Kennst du jemanden namens Mad?«

»Mad?« Die Königin überlegte. »Nein, warum?«

»So nannte Lusar ihren Mörder, bevor sie starb. Kennst du die Vor- und Zunamen aller Magier im Rat?«

Die Königin nickte. »Natürlich. Es ist kein Mad dabei.«

»Könntest du mir helfen, eine Liste aufzustellen?«

»Von den Magiern im Rat? Aber sicher.«

»Nur von den Männern.« León trat an einen Sekretär, nahm Papier, Feder und Tinte und setzte sich damit an den Konferenztisch. »In erster Linie interessieren mich die Magier, die jünger als Proscal sind und an der Versammlung vor vier Tagen teilgenommen haben, als Lusars Gefangennahme bekannt wurde. Der Mörder war in dieser Sitzung.«

»Alle Syndikusse sind jünger als er. Außer Licquart, der in seinem Alter ist, Mitte sechzig. Ich glaube, sie haben zusammen studiert. Fangen wir mit dem Vater von Trens an, Bormad Turtels. Er ist der Kronen-Syndikus.«

»Bormad?«, fragte León überrascht. »Wird er Mad gerufen?«

Die Königin schüttelte den Kopf. »Nicht dass ich wüsste.

Alle nennen ihn Turtels, Bormad oder Borm. Der Finanz-Syndikus heißt Bomiro Lintose. Ich habe gerade ein leidenschaftliches Gespräch über Finanzen mit ihm geführt.«

»Was für ein Name! Bomiro.«

»Ja, der Ärmste«, sagte die Königin schmunzelnd.

»Den habe ich noch nie gehört. Wie schreibt er sich?«

»Wie man ihn spricht. Dann haben wir den Kriegs-Syndikus. Er und Lintose liegen sich immer in den Haaren. Er heißt Moorseny Sepa.« Sie buchstabierte ihn.

»Auch kein Name, den ich meinem Sohn geben würde. Und Menron?«

»Menron kommt schon seit Monaten nicht mehr zu den Versammlungen«, erwiderte Valisia.

»Aber er ist der Sicherheits-Syndikus!«, sagte León entrüstet. »Und bei dieser Versammlung ging es um Lusars Gefangennahme.«

Ksar war nicht nur empört, sondern schäumte geradezu vor Wut: Am selben Tag hatte Menron sie zusammengestaucht, weil sie bei einer Versammlung gefehlt hatte, von der sie nicht einmal gewusst hatte.

»Meistens geht seine Tochter für ihn«, erklärte die Königin.

»Wie heißt sie?«

»Roysar. Aber an diesem Tag kam sie auch nicht, weil sie im Schnee ausgerutscht war und sich einen Knöchel gebrochen hatte. Falls es dich interessiert, Menrons Vorname lautet Gicquel.«

»Ich notiere ihn vorsichtshalber. Und auch den des Großen Syndikus, auch wenn der so alt ist wie Proscal. Wie heißt er?«

»Rolo.«

»Im Ernst?« León lachte.

»Fast niemand kennt seinen Vornamen.«

»Kein Wunder.«

Valisia hob eine Braue. »Warum findest du den Namen so witzig?«

»Rolo ist ein Käse von den Inseln im Süden«, erklärte León. »In Melaira wird er viel gegessen. Wenn dort bekannt wird, dass der Große Syndikus Rolo heißt, lachen sie sich tot.«

»Den muss ich nächstes Mal, wenn ich in Melaira bin, unbedingt probieren.«

»Vielleicht schmeckt er dir nicht«, warnte León. »Es ist eine Sorte mit Maden.«

»Ich bin die Königin«, erwiderte Valisia. »Niemand würde es wagen, mir so etwas anzubieten. Die Leute essen sie mit?«, fragte sie interessiert. »Und ist er gut?«, schob sie nach, als León nickte.

»Und wie! Ein Gaumenschmaus«, antwortete er lächelnd.

»Dann werde ich ihn probieren.«

»Zurück zum Thema. Wie heißen die anderen Syndikusse?«

»Alle anderen sind Frauen«, erwiderte Valisia.

»Hat eine von ihnen eine besonders tiefe Stimme?«

»Nein, keine.«

»Sag mir trotzdem ihre Vornamen, es schadet nichts, wenn ich sie weiß«, bat León, und Valisia diktierte sie ihm. »Sind die Syndikusse gute Magier?«, fragte er schließlich.

Die Königin verzog das Gesicht. »Verglichen mit mir natürlich schon, und wenn man ihren eigenen Worten glauben könnte … Aber man sagt, in die Politik gehen nur diejenigen, die zu nichts anderem taugen.«

»Im Fall von Menron bin ich ganz deiner Meinung«, erwiderte León. »Die anderen kenne ich nicht. Wer außer den Syndikussen nimmt an den Sitzungen teil?«

»Scopo, aber der zählt nicht. Normalerweise niemand.«

»Und hat an diesem Tag jemand teilgenommen, den wir nicht erwähnt haben?«

Valisia schüttelte den Kopf. »Manchmal kommt auch Syrca, aber an diesem Tag ist sie ausgerissen, als wir schon auf dem Weg waren. Was ich nicht verstehe, ist, warum der Verräter die beiden Meister umgebracht hat.«

León steckte die Liste der Ratsmitglieder in die Tasche, stand auf und lehnte sich wieder an den Konferenztisch.

»Proscal hat er getötet, weil der ihn durchschaut hatte«, antwortete er, »und Lusar, weil sie ihm sagen sollte, wo sich das Buch der Macht befindet.«

»Und hat sie es ihm gesagt?«

»Nein, deshalb musste sie ja sterben. Er wendete die Wahrheitsformel an, aber sie sträubte sich und hielt dem Druck nicht stand.«

»Arme Lusar! Sie war eine wundervolle Frau. Sie war eng mit meiner Großmutter befreundet und hat meinen Eltern immer mit Rat und Tat zur Seite gestanden. Sie versuchte mir das Zaubern beizubringen, aber dazu habe ich nie getaugt. Jetzt, da sie tot ist, weißt nur du, wo das Buch ist.«

Ksar zuckte zusammen. Scopo hatte es Fontyr gesagt! Dann hatte er also wirklich Vertrauen zu ihm gehabt.

»Woher weißt du das?«, wunderte sich León.

»Von ihm selbst. Irgendwann bat er mich, dir voll zu vertrauen, wenn ihm etwas zustoßen sollte, selbst wenn du Dinge tun solltest, die ich nicht verstehen könne. Er bat mich auch um die schriftliche Erlaubnis, dich zum Hüter des Buchs der Macht zu ernennen.«

»Im Grunde«, erklärte León, »hat Proscal mir nur ein paar Zauberworte beigebracht, mit denen ich es sichtbar machen kann. Die muss ich dort aussprechen, wo es versteckt ist. Ich weiß aber gar nicht, wo es sich befindet. Das weiß jemand anderer.«

»Wer denn?«, fragte Valisia überrascht.

»Der neue Weise.«

»Aha, er hat das Geheimnis also aufgeteilt. Umso besser, das macht es dem Mörder noch schwerer«, befand die Königin. »Da ist noch etwas, das ich dir nicht gesagt habe. Morgen Vormittag um zehn tritt der Rat zusammen. Licquart will eine Abordnung auf das Buch der Macht ansetzen. Es soll in den Palast geholt und an einem sicheren Ort aufbewahrt werden.«

Ksar bekam eine Gänsehaut. Genau dazu hatte der Verräter Scopo zu bewegen versucht, doch dieser war nicht darauf hereingefallen. Doch jetzt war Scopo nicht mehr da, und Licquart schien nicht dieselbe Hellsichtigkeit wie der Meister zu besitzen. Auch die Königin wirkte nervös.

»Sei unbesorgt, Val«, beruhigte León sie. »Ich bezweifle sehr, dass die Abordnung es findet. Bestimmt wissen sie nicht einmal, wo sie mit der Suche anfangen sollen. Da wäre noch etwas, worum ich dich bitten wollte, das Letzte.«

»Nur zu, León«, erwiderte die Königin lächelnd. »Es ist nur nicht gesagt, ob ich es dir gewähren kann.«

»Es geht um die Kollegin, die umgekommen ist, Irsia. Könnte man ihr postum irgendeine Auszeichnung verleihen? Sie wurde ebenfalls von dem Verräter ermordet, mit einem Mistron. Ich kam zu spät und fand nur noch ihren Leichnam. Er war … völlig zerfetzt. Dann habe ich das Gedächtnis verloren, aber diesen Anblick hatte ich immer noch vor Augen, sogar als ich vergessen hatte, wer sie überhaupt war. Es gibt andere Dinge in meinem Leben, die ich wegstecken konnte, aber das hier … wenn ich nur ein bisschen früher gekommen wäre …«

»In Ordnung«, sagte die Königin. »Bei solchen Dingen hören sie auf mich. Bei allem anderen habe ich weniger Macht und Freiheit als selbst die niedrigsten SP.«

»Danke.«

»Hast du deiner Rothaarigen gesagt, dass wir …?« Valisia ließ den Satz in der Schwebe.

León schüttelte den Kopf. »Nein. Von mir wird es nie jemand erfahren.«

»Danke, es wäre mir sehr peinlich, wenn sie es wüsste.« Sie ging zu ihm. »Wir sehen uns vermutlich nicht wieder.« Sie küsste ihn auf die Lippen. »Ich hoffe, deine Rothaarige weiß ihr Glück zu schätzen.«

Er umarmte sie. »Pass auf dich auf, Val.«

»Lebwohl, León.«

Ksar spionierte sogar noch, als León den Sitzungssaal verlassen hatte. Sie wollte wissen, wie Valisia reagieren würde, wenn er fort war. Aber die Königin trat ans Fenster, sah eine Weile hinaus und brach dann auf, ohne dass man aus ihrer Miene oder ihrem Verhalten schließen konnte, was sie dachte.

DER ÜBERFALL

Ksar hatte León gesagt, sie würde zu ihrem Bruder gehen, also lief sie los, ohne auch nur nach Kim zu suchen. Sie war nirgends zu sehen, aber das war nichts Ungewöhnliches: Immer, wenn Ksar mehrere Tage fort gewesen war, strafte die Katze sie mit Nichtbeachtung. Die Dauer der Strafe hing von der Dauer ihrer Abwesenheit ab.

Sie wollte den Palast nicht durch das Portal der SP verlassen, um nicht womöglich León in die Arme zu laufen, der sich wundern würde, weshalb sie immer noch hier war. Deshalb entschied sie sich für den geheimen Ausgang, auch wenn der ziemlich unbequem war. Sie musste eine schier endlose Treppe hinuntersteigen, bis auf die Ebene der Verliese, von dort führte ein langer, langer Tunnel zu einem Brunnenschacht mit einer Eisenleiter, über die sie in den Hof einer verlassenen Villa gelangte. Draußen ging sie schließlich auf den nördlichen Teil der Wehrmauer zu, wo, nicht weit von ihrem eigenen Zuhause, Seitar und Irsia wohnten.

Mit ihrem Bruder über den Tod seiner Frau zu sprechen war einer der schwierigsten Momente ihres Lebens. Bartos und Sermiolas Bericht lag seit ein paar Tagen vor, und die Nachricht war ihm bereits übermittelt worden, auch wenn er nicht zu wissen schien, dass seine Frau mit einem Mistron getötet worden war. Besser so. Seitar kannte Irsias Arbeit und wusste, dass sie nicht ohne Risiko war. Der Verlust an sich war schon schmerzhaft genug, und er hatte nichts davon, wenn er erfuhr, dass ihr Tod nicht einem Trupp feindlicher Soldaten anzulasten war, die ihre Pflicht erfüllt hatten, sondern dass einer der Ihren sie ermordet hatte, um seine persönlichen Machtgelüste zu befriedigen.

Als Ksar Seitars Haus verließ, war es bereits sehr spät. Sie wusste nicht, was sie tun sollte. Nach den Ereignissen der letzten Tage war sie sehr erschöpft, und ihr Zuhause war gleich um die Ecke, doch nach diesem Gespräch war ihr schwer ums Herz, und sie wollte nicht alleine sein. Sie sehnte sich nach León, aber um diese Zeit war das Palastportal bereits verschlossen, und sie würde nicht erklären können, wie sie hineingekommen war. Und sie hatte nicht die Kraft, denselben Weg mit den vielen hundert Stufen noch einmal zu gehen. Sie war müde und trug seit Tagen dieselben Kleider – zwar hatte sie sie mit Magie gereinigt und geglättet, aber sie wollte sich gern frische Sachen anziehen. Dann würde sie León eben erst morgen sehen.

Langsam ging sie nach Hause. Es hatte seit mehreren Tagen nicht mehr geschneit, und alles war voller Matsch und zugefrorener Pfützen. Ksar achtete auf ihre Schritte, um nicht auszurutschen, konnte jedoch kaum etwas sehen. Der Mond hatte seit der Nacht im Sumpf abgenommen, außerdem waren die Gassen zu eng, um von seinem bleichen Licht erhellt zu werden, und nur an wenigen Häusern hing eine Öllampe über der Tür. Ksar wagte es nicht, ein magisches Licht zu entzünden – denn das würde verraten, dass sie zaubern konnte –, stattdessen schärfte sie alle ihre Sinne, indem sie deren positive Eigenschaften verstärkte.

In ihrer Straße angelangt, war sie dankbar für die Laterne, die irgendein Nachbar an die Fassade gehängt hatte. Als sie auf der Höhe des Lichts war, hörte sie Geflüster.

»Da kommt sie.«

»Endlich.«

Ihr blieb gerade noch Zeit, sich in Mir zu verwandeln, bevor sich ein dunkler Schatten auf sie stürzte und ihr ein scharfes Messer in die Rippen stieß. Der Angreifer hatte auf ihre Kehle gezielt, aber als er merkte, dass er sich im Opfer geirrt und eine viel größere Person vor sich hatte, stieß er in seiner Verblüffung kopflos zu. Zum Glück hatte die agrische Soldatin mehr Fleisch auf den Rippen und dickere Muskeln als Ksar, weshalb die Verletzung nicht so gefährlich war.

Ksar drehte sich zu dem Messerstecher um, der einen Kopf kleiner war als sie, und packte ihn mit der Linken am Kragen, während sein Begleiter die Flucht ergriff. Sie schüttelte ihn, das Messer fiel zu Boden, und sie trat mit ihrem riesigen Fuß darauf.

»Wer bist du?«

»Tu mir nichts!«, flehte der Kerl vor Schreck, an eine agrische Soldatin geraten zu sein, die aus dem Nichts aufgetaucht war.

»Und warum nicht?« Ksar schüttelte ihn noch fester und drückte ihm dabei leicht die Kehle zu.

»Tu mir nichts!«, wiederholte der Messerstecher krächzend.

Während sie ihn mit der Linken festhielt, durchsuchte sie ihn mit der anderen Hand. Sie fand ein Säckchen mit Münzen und steckte es ein. Da sie sich nicht nach dem Messer bücken konnte, beförderte sie es mit einem Zauber in ihre Hand. Sein Besitzer starrte sie mit vor Schreck geweiteten Augen an.

Ksar schleifte den Attentäter in eine dunkle Gasse, in der es nur eine halb verfallene Mauer und ein verlassenes Haus gab. Hier waren sie ungestört. Sie setzte ihm das Messer an den Hals und drückte gerade so fest zu, dass er nicht blutete.

»Wie heißt du?«

»Queiro.«

»Und dein Freund?«

»Er heißt Lencio, aber alle nennen ihn den Raben.«

»Warum hast du mich angegriffen?«

»Ich wollte Euch nicht angreifen, wirklich nicht«, versicherte Queiro. »Ich weiß nicht, wie das passieren konnte, wir haben jemand anderen erwartet.«

»Wen denn?«

»Ich weiß nicht, wie sie heißt. Eine Rothaarige.«

»Wer hat dich für diesen Auftrag bezahlt?«

»Ich weiß nicht. Ein Magier, aber seinen Namen kenne ich nicht, das schwöre ich.«

Ksar sah ihm tief in die Augen und sagte dann mit vollkommen ruhiger Stimme: »Das glaube ich dir nicht.«

Sie verstärkte den Druck mit dem Messer, ganz allmählich, bis die Haut aufplatzte.

»Ich weiß es wirklich nicht.« Queiro quiekte wie eine Ratte. »Er hatte sich ganz in seinen Umhang gehüllt und den Hut tief ins Gesicht gezogen. Aber es war ein Magier, ganz sicher. Er gab uns das Geld und die Adresse und sagte, irgendwann würde eine junge Frau mit rotem Haar dieses Haus betreten. Wir sollten sie aus dem Weg räumen.«

»Wann war das?«

»Heute Nachmittag.«

»Und wie kam er auf euch beide?«

»Er sprach mit Mass, dem Gastwirt. Der hat ihn zu uns geschickt.«

»Wie heißt das Gasthaus?«

»*Zur Sirene*. Am Hafen.«

Der Hafen war etwa zwei Meilen von ihrem Zuhause entfernt, und Ksar musste sich erst einmal um ihre Stichverletzung kümmern.

»Ist gut, du kannst gehen.« Das ließ sich Queiro nicht zweimal sagen.

Noch in Mirs Gestalt und ohne das Messer wegzustecken, vergewisserte sich Ksar, dass niemand mehr in der Nähe war, dann schloss sie ihre Haustür auf.

An ihrem eigenen Körper schmerzte die Wunde zwar noch mehr, aber die Verwandlung aufrechtzuerhalten war viel zu anstrengend. Ksar sprach einen Heilzauber aus, der jedoch nicht anschlug. Sie versuchte Lusars Anweisungen zu beherzigen, aber so sehr sie sich auch bemühte, es fruchtete nichts.

Die Meisterin hatte auch einen heißen Breiumschlag erwähnt, der die Narbenbildung unterstützte. In einem Buch über Heilpflanzen fand Ksar ein Rezept für einen Brei aus zerstoßenen Wurzeln und einem Sud aus Ulmenrinde. Zum Glück hatte sie alle Zutaten im Haus.

Unter anderen Umständen hätte sie Magie angewendet, aber sie war zu müde und zu geschwächt, um sich ausreichend konzentrieren zu können. Als der Brei fertig war, zog sie sich nicht einmal aus, sondern packte ihn auf die Wunde und ließ sich auf ihr Bett sinken. Warum war sie überfallen worden? Sie hatte nicht mehr die Kraft, sich den Kopf zu zerbrechen.

Entgegen ihrer Befürchtung, die schmerzende Wunde würde sie die ganze Nacht lang wach halten, schlief sie durch und wachte am nächsten Morgen sogar später auf als sonst. Sofort las sie die Anleitung für den Heilzauber noch einmal durch und fand auch den Fehler. Als sie ihn erneut aussprach, verschwand die Wunde, ohne eine Narbe zu hinterlassen.

Wie immer nach einem Einsatz hatte Ksar den Tag frei, sie hatte also Zeit. Während sie ein nahrhaftes Frühstück zu sich nahm, inspizierte sie das Säckchen mit Münzen, das sie ihrem

Angreifer abgenommen hatte. An dem Säckchen selbst war nichts Auffälliges. Es war aus Leder und wurde mit einem Riemen zusammengehalten, der ebenfalls aus Leder war. Darin steckten achthundert Vek in Goldmünzen. Das war viel Geld. Wer hatte so viel dafür bezahlt, sie aus dem Weg zu räumen? Und war das der gesamte Betrag, oder hatten die beiden Gauner ihn bereits unter sich aufgeteilt? Nein, es war zu viel, um nur die Hälfte zu sein, überlegte sie. Und wer wusste, wo sie wohnte? Zu viele Leute. Die Adresse stand in zu vielen Unterlagen im Palast – jeder konnte sie sich besorgen, ohne aufzufallen.

Um mehr in Erfahrung zu bringen, würde sie in die *Sirene* gehen müssen, aber nicht in ihrer wahren Gestalt. Sie machte einen neuen Versuch, sich in einen Mann zu verwandeln. Fehlanzeige. Dabei hatte Scopo gesagt, es sei möglich, sich in jemanden des anderen Geschlechts zu verwandeln, erst dann gelte man als ausgebildeter Magier. Ksar suchte in den Büchern, die sie zu Hause hatte, und das waren nicht viele, denn sie gehörten ja nicht ihr, sondern der geheimen Bibliothek. Normalerweise lernte sie im Palast, nur ab und zu nahm sie eins der Bücher mit nach Hause, um vor dem Einschlafen noch ein wenig zu lesen. Sie fand nichts, das ihr weiterhalf, und dachte an Lusar: Was hätte sie wohl gesagt? Bestimmt, sie solle den Zauber umkehren. Aber welchen Teil dieses komplexen Zaubers musste man umkehren?

Sie probierte so lange vor dem Spiegel über dem Waschbecken in ihrem Schlafzimmer, bis es ihr schließlich gelang, Leóns Aussehen anzunehmen. Ksar lächelte zufrieden, und aus dem Spiegel strahlte ihr Leóns sympathisches Lächeln entgegen. Wie gut er aussah! Sie musste in den Palast, sie wollte ihn sofort sehen.

Ksar probierte noch andere Verwandlungen aus, und alle

gelangen ihr. Jetzt war sie eine richtige Magierin! Wieder in Leóns Gestalt versuchte sie zu fliegen. Es gelang ihr, sich ein paar Fingerbreit vom Boden zu erheben, aber sie konnte sich nicht lange in der Luft halten. Das Schwerste war, nicht die Balance zu verlieren, und je höher sie sich aufschwang, desto schneller plumpste sie wieder zu Boden. Dann versuchte sie Feuer zu erschaffen, aber das war noch viel schwieriger als fliegen. Ksar brachte nicht ein einziges winziges Flämmchen zustande.

Tja, man konnte eben nicht alles auf einmal haben.

HÜTER DES BUCHS

Ksar lief zum Palast und suchte nach León, fand ihn jedoch weder in seinem Arbeitszimmer noch in der Abteilung. Er war wie vom Erdboden verschluckt. Gleich würde die Ratsversammlung beginnen, und die wollte Ksar nicht verpassen, denn sie wollte unbedingt wissen, was über das Buch der Macht beschlossen wurde. Dann würde sie León eben später sehen.

Von der Stelle im Geheimgang, von der sie am Vortag León und die Königin bespitzelt hatte, spähte Ksar durch einen waagrechten Spalt zwischen zwei Lagen Ziegelsteinen und ließ sich kein Detail entgehen. Sie hatte noch nie eine Ratssitzung miterlebt und dachte, es würde ganz feierlich zugehen, auch vor Beginn der Sitzung, die Syndikusse würden ernste Gesichter machen und jeder nur sprechen, wenn er an der Reihe war. Aber zu ihrer Überraschung konnte sie ihnen kaum folgen, da sie alle durcheinanderredeten, und das, was sie verstand, war absolut belanglos, fast schon frivol.

Dann kam die Königin und setzte sich an die schmalste Stelle des ovalen Konferenztisches. Die Syndikusse bildeten auf der gegenüberliegenden Seite in gebührendem Abstand einen Halbkreis. Einer der Sessel blieb leer, wahrscheinlich der von Scopo.

Licquart, der Große Syndikus, war pünktlich und nahm genau gegenüber der Herrscherin Platz, in der Mitte des

Halbkreises. Die Syndikusse trafen in Schüben ein, so wie Meister Scopos Schüler. Es dauerte eine gute halbe Stunde bis alle da waren. Die Königin hatte sich ihre Brille aufgesetzt und las konzentriert diverse Unterlagen, bis Syrca Nist eintrat und sich neben sie setzte. Die beiden jungen Frauen begannen lebhaft zu tuscheln.

Diesmal nahm auch Menron an der Sitzung teil. Als der Große Syndikus ihn eintreten sah, grüßte er ihn: »Ah, Gicquel. Ich danke dir, dass du uns mit deiner Gegenwart beehrst, und hoffe, deine Pflichten gestatten es dir, bis zum Ende der Versammlung bei uns zu bleiben.« War das ironisch gemeint? Ksar war sich nicht sicher. Diese dunkel gefärbten Vokale ließen alles ironisch klingen. »Wie geht es deiner Tochter?«

»Ich fürchte, bei dem Sturz neulich hat sie sich nicht nur den Knöchel gebrochen, sondern auch das Handgelenk. Es geht ihr zwar schon besser, aber es wird vermutlich geraume Zeit dauern, bis sie wieder in der Lage ist, normal zu laufen und beide Hände zu benutzen.«

Ksar staunte. Menron war ein Magier – konnte er keine Brüche heilen? Sie hatte es noch nie versucht, aber wenn man Lusars Anweisungen berücksichtigte, konnte es nicht allzu schwer sein, jedenfalls leichter als das Kurieren einer Stichverletzung wie der, die der Attentäter ihr letzte Nacht beigebracht hatte.

Ksar musterte die Anwesenden eingehend. Einer dieser Magier war ein Verräter und Mörder.

Der Große Syndikus war in Scopos Alter, hatte Valisia gesagt, aber er sah älter aus. Er war fünfundsechzig Jahre alt und hager, hatte schlohweißes Haar und trug einen langen, schmalen, ebenso weißen Bart. Der Meister hätte ihn wohl kaum »mein Junge« genannt oder sich ihm gegenüber als alt bezeichnet. Menron war einundfünfzig, das wusste Ksar. Er war stämmig, aber nicht dick. Was die drei anderen Syndikusse anging, so wusste Ksar nur, dass sie Bormad Turtels, Bomiro Lintose und Moorseny Sepa hießen, konnte die Namen jedoch nicht den Gesichtern zuordnen. Einer von ihnen, der Jüngste, war ein großer, attraktiver Mittvierziger. Die beiden anderen hatten Übergewicht, wenn auch nicht so viel, dass sie als Täter nicht in Frage gekommen wären.

Ob Bormad Turtels dieser Mad war? Und wenn ja, was sollte sie dann tun? Dass Lusar ihren Peiniger Mad genannt hatte, reichte als Beweis nicht aus. Damit allein würde sie im Rat keine Unterstützung bekommen, sondern ernsthafte Probleme. Ksar schloss die Augen und lauschte auf die Stimmen der Männer. Vielleicht würde sie diejenige, die sie mit Scopo und Lusar sprechen gehört hatte, wiedererkennen, aber sie wurde enttäuscht; es hätte jede sein können. Von den Frauen kannte sie nur die Kultus-Syndika, und als sie sich auf deren Stimmen konzentrierte, musste sie Valisia recht geben: Keine davon war mit der eines Mannes zu verwechseln.

Sie bekam nicht mit, wann die Versammlung offiziell begonnen hatte, nur dass der Große Syndikus plötzlich über das Buch der Macht sprach. Die Privatunterhaltungen verstummten, und alle hörten ihm zu.

»Wir wissen, dass der neue Weise sich in der Ausbildung befindet und bald so weit sein wird. Das könnte bedeuten, dass er sich hier, in Alessir, aufhält.«

»Nicht unbedingt«, meldete sich der jüngste und attraktivste Syndikus zu Wort. »Der Meister hatte einen privaten Transportpunkt und konnte sich nach Belieben an jede Stelle des Reichs versetzen, wenn er die entsprechenden Koordinaten eingab. Im Grunde könnte der Weise überall sein.«

Nun begannen wieder alle gleichzeitig zu sprechen, doch

die mächtige Stimme des Großen Syndikus übertönte sie alle.

»Wie auch immer, irgendwann wird er nach Alessir kommen, um seinen Platz einzunehmen. Das Problem besteht darin, dass wir weder wissen, wer der neue Weise ist noch wo sich das Buch befindet, und die beiden Personen, die uns dahingehend hätten aufklären können, sind tot. Nichtsdestotrotz«, fuhr Licquart mit erhobener Stimme fort, um das wieder einsetzende Gemurmel zu ersticken, »gibt es einen Weg, das Buch aufzuspüren.« Es trat tiefes Schweigen ein. Der Große Syndikus zog eine versiegelte Pergamentrolle hervor und legte sie auf den Tisch. »Meister Scopo hat für diese missliche Situation Vorsorge getroffen und uns... sagen wir, Anweisungen hinterlassen, wo es zu finden ist.« Im Saal schwoll das Gemurmel wieder an. »Dieses Pergament ist verzaubert und kann nur vor dem versammelten Rat gelesen werden sowie vor einer Person, die der Meister bestimmt hat. Es handelt sich um jemanden aus der Abteilung Sicherheit, sein Name ist Fontyr, und ich habe ihn rufen lassen. Er wartet draußen.«

León wurde hereingebeten. Der strenge Haarschnitt und seine schlichte, dunkle Kleidung standen in krassem Gegensatz zu den farbenfrohen Gewändern und raffinierten Frisuren der Syndikusse. Er verneigte sich höflich vor der Königin und blieb einige Schritte vor dem Großen Syndikus stehen, ohne einen einzigen Blick mit Valisia zu wechseln. Diese hatte sich ebenfalls nichts anmerken lassen, als Licquart seinen Namen genannt und León den Sitzungssaal betreten hatte. Die übrigen Anwesenden hingegen hatten sofort zu tuscheln begonnen, als sie hörten, dass jemand zur Versammlung hinzugerufen werden würde.

»Gut«, fuhr der Große Syndikus fort. »Das hier sind die

Anweisungen, die der Meister und königliche Berater für den jetzt eingetretenen Fall hinterlassen hat. Wenn Sie den Zustand des Siegels überprüfen würden...«

Er übergab die Rolle an León, der sie nach einem flüchtigen Blick wieder dem Großen Syndikus überreichte. Licquart brach den Siegellack und rollte ein Pergament auseinander, auf dem Ksar die sorgfältige Handschrift des Meisters erkennen konnte.

»›Werte Freunde‹«, las Licquart laut vor, nachdem er sich seine Brille aufgesetzt hatte, »›die Sorge um Vekions Zukunft drängt mich dazu, diese Zeilen zu Papier zu bringen. Ihr alle wisst, dass ich dabei bin, einen neuen Weisen auszubilden. Das ist das Beste, was unserem Königreich in diesen schweren Zeiten passieren kann, doch zu dem Zeitpunkt, da ich dieses Dokument abfasse, ist er noch nicht so weit, und eine große Gefahr braut sich über Vekion zusammen. Dabei handelt es sich nicht nur um die Agrier, die unerbittlich Richtung Alessir vorrücken und auf ihrem Weg eine Spur der Zerstörung hinterlassen. Uns droht eine noch viel größere Gefahr. Im Palast gibt es einen Verräter, der sich unseren Feinden angeschlossen hat mit dem schändlichen Vorsatz, die Einsetzung des neuen Weisen zu verhindern und das Buch der Macht an sich zu bringen.‹«

Bei der Erwähnung eines Verräters erhob sich erneut Gemurmel unter den Syndikussen. Licquart legte eine Pause ein, sah sie über seinen Brillenrand hinweg an und räusperte sich.

»›Vermutungen habe ich viele‹«, las er weiter, »›aber überführen kann ich den Verräter nicht. Sicher bin ich mir nur, dass es sich um einen Magier handelt, dass er in Alessir wohnt und jeden Preis zu zahlen bereit ist. Ich stehe vor einem Dilemma. Wenn ich preisgebe, wo das Buch versteckt ist, könnte der Verräter es anstelle des neuen Weisen finden, und ich muss nicht erklären, was es bedeuten würde, wenn es einer ehrgeizigen, skrupellosen Person in die Hände fiele. Ich könnte es natürlich auch so verstecken, dass niemand es jemals findet. Dann könnte der Verräter keinen Nutzen daraus ziehen, aber auch der neue Weise hätte keinen Zugang dazu, und ohne das Buch kann er seine Ausbildung nicht abschließen und unsere Feinde nicht in die Flucht schlagen. Dann müsste Vekion sich damit begnügen, die Agrier ohne seine Unterstützung zu bekämpfen, und bevor wir ihnen Einhalt gebieten können, können noch Jahre vergehen. Ich zweifle nicht daran, dass es uns irgendwann gelingen wird, aber um welchen Preis? Wie viel Leid könnte vermieden werden? Aus diesem Grund muss ich genügend Hinweise hinterlassen, damit das Buch gefunden und bewacht werden, jedoch keinesfalls demjenigen in die Hände fallen kann, der nichts Gutes damit im Sinn hat. Als Unterstützung in diesem Kampf habe ich aus dem Süden unseres Reichs einen jungen Mann kommen lassen, der schon bei früheren Gelegenheiten sein großes Talent, seinen unerschöpflichen Mut und seine unerschütterliche Loyalität unter Beweis gestellt hat.‹«

Im Saal erhob sich erneut Gemurmel, doch diesmal las Licquart ungerührt weiter.

»›Mit Zustimmung Ihrer Majestät ernenne ich daher León Fontyr zum Hüter des Buchs der Macht und erhebe ihn hiermit auf ein Amt, das schon länger nicht mehr besetzt war, das jedoch der Meister und königliche Berater schon seit geraumer Zeit ausübt. Für diejenigen, denen es entfallen ist: Der Hüter des Buchs der Macht untersteht direkt der Krone und ist nur Ihrer Majestät gegenüber Rechenschaft schuldig. León Fontyrs Mission wird darin bestehen, das Buch zu suchen, es nach Alessir zu bringen und notfalls unter Einsatz seines

Lebens zu beschützen. Ich weiß, das ist keine leichte Aufgabe, und ich wünsche ihm alles Glück der Welt. Zu ihrer Durchführung wird er alle nötigen Mittel sowie jede erdenkliche personelle Unterstützung erhalten, wobei er lediglich der Kontrolle der Königin untersteht. Alle übrigen Anweisungen werden nur für seine Augen zu lesen sein.‹«

Der Große Syndikus verstummte und sah León über den Brillenrand hinweg an.

»Das ist alles, was ich lesen kann. Hier, Fontyr, übernehmen Sie.« Er ließ das Pergament los, das sich von allein wieder zusammenrollte, und gab es ihm. »Ich überreiche Ihnen auch das königliche Siegel, das Ihr hohes Amt symbolisiert und verbürgt, dass Sie nur an Weisungen Ihrer Majestät gebunden sind.« Licquart zog aus einem mit Samt ausgeschlagenen schwarzen Kästchen einen goldenen Ring. »Fordern Sie alles an, was Sie für Ihre Suche benötigen, und brechen Sie unverzüglich auf. Die Zukunft Vekions liegt in Ihren Händen.«

León rollte das Pergament auf und las mehrere Minuten lang stumm. Im Saal herrschte Grabesstille. Alle erwarteten eine Offenbarung, sobald er zu Ende gelesen hatte.

»Majestät, Exzellenzen«, sagte León schließlich, »der Meister empfiehlt mir, mich nicht allein auf die Reise zu machen, aber die Wahl meiner Mitstreiter überlässt er mir. Als Begleiter wünsche ich mir eine einzige Person, meine Kollegin Ksar Rooan, und ich bitte lediglich um einen einzigen Gegenstand: den Edelstein, den der Meister zum Zaubern zu benutzen pflegte.«

»Es ergeht Befehl an Ksar Rooan, Sie zu begleiten«, bestätigte der Große Syndikus. »Was den Edelstein des Meisters betrifft, Fontyr, den habe ich selbst in Verwahrung. Wenn Sie mit mir kommen, händige ich ihn Ihnen aus.«

Wie auf ein geheimes Zeichen begannen alle gleichzeitig zu sprechen.

Als León sein Büro betrat und Ksar dort warten sah, erstrahlte sein Gesicht regelrecht. Sofort lief er auf sie zu und umarmte sie.

»Ksar!«, rief er. »Ich muss dir so viel erzählen.«

Zum ersten Mal war er ihr gegenüber völlig entspannt und brachte seine Gefühle offen zum Ausdruck, so wie Valisia gegenüber. Er zeigte ihr die Liste der Syndikusse, wenn auch ohne zu sagen, wie er dazu gekommen war, und berichtete, dass er in den Rat gerufen worden war und Scopo einen Brief hinterlassen hatte, in dem er ihn zum Hüter des Buchs ernannte und ihn damit beauftragte, das Buch der Macht zu suchen.

»Gratuliere, Fontyr. Mir war immer klar, dass du bald aufsteigen würdest, aber dass du es so weit bringst, hätte ich nie gedacht«, sagte Ksar. »Hüter des Buchs der Macht – das klingt wirklich nicht schlecht.«

»Als Licquart mir mein Gehalt nannte, dachte ich, er macht sich über mich lustig. Ich wäre fast vom Hocker gefallen. Er sagte auch nicht ›Gehalt‹, sondern benutzte ein eleganteres Wort, aber ich habe es vergessen. Er war sehr freundlich, muss ich sagen. Er gab mir auch … wie sagte er gleich? ›Reisespesen‹. Ich weiß noch nicht, wie viel es ist, aber der Beutel ist ziemlich schwer. Ich habe mich nicht getraut, ihn vor seinen Augen aufzumachen.«

Er zog ein Säckchen aus der Tasche und kippte den Inhalt auf den Schreibtisch. Sie zählten zweitausend Vek in Goldmünzen sowie weitere zweitausend in Silber. Ein Vermögen. León war beeindruckt. »Damit kann ich für den Rest meines Lebens reisen.«

Ksar beschloss, den Überfall am Vorabend für sich zu behalten. Sie hatte schon zu oft durchblicken lassen, dass sie ihn um seine Erfolge beneidete, und wollte nicht, dass es so aussah, als wolle sie sich wichtigmachen. Sie würde ihm später davon erzählen. Als León fragte, warum sie zum Übernachten nicht zu ihm gekommen sei, antwortete sie nur, die Palasttore seien nach dem Besuch bei ihrem Bruder bereits geschlossen gewesen. Das stimmte sogar.

»Ich habe verlangt, dass du mich begleitest«, sagte León, »und ich habe sie auch um Scopos Edelstein gebeten. Es wurde alles genehmigt.« Er reichte Ksar den Stein. »Hier, benutz du ihn. Vielleicht lässt es sich damit leichter zaubern.«

»Aber Fontyr…« Ksar hatte nicht erwartet, dass der Stein für sie war. »Das kann ich nicht annehmen.«

»Du sollst ihn ja nicht behalten. Wir haben einen schwierigen Einsatz vor uns, und es wäre hilfreich, wenn dir die Zaubersprüche so gut wie möglich gelängen. Sobald alles vorbei ist, gibst du ihn zurück.«

Ksar sah den Stein fasziniert an, einen glasklaren Diamanten von der Größe einer Mandel. Er war nicht in einen Ring gefasst wie ihr Rubin, sondern hing an einer Goldkette. Ksar streifte sie sich über den Kopf und sah den Stein lange an, bevor sie ihn unter ihre Bluse gleiten ließ.

»Er ist traumhaft. Das Dumme ist nur, dass ich mich an ihn gewöhnen werde, und dann wird es mir schwerfallen, ihn zurückzugeben.«

»Mir wurde das königliche Siegel ausgehändigt, aber wir sollten es besser nicht herumzeigen. Wir müssen diskret sein.«

León streifte sich den Siegelring vom Finger und fädelte ihn auf den Lederriemen um seinen Hals, zu dem silbernen Wappen von Franzina.

»Hör mal, Ksar, weißt du vielleicht, woher diese Narbe stammen könnte?« León deutete auf die Stelle, wo ihn der agrische Pfeil getroffen hatte. »Ich bin sicher, dass ich sie früher nicht hatte. Auch wenn sie nicht frisch aussieht. Und diese hier auch nicht.« Er deutete auf seine Wange.

»Das hier ist im Sumpf passiert. Die Agrier haben dich mit einem Pfeil getroffen. Das mit der Narbe tut mir leid, aber damals wusste ich noch nicht so viel wie jetzt und ich hatte auch keinen heißen Breiumschlag. Das hat Lusar mir beigebracht.«

»Und die andere Narbe?«

Ksar wurde rot. Warum es ihm verheimlichen? Irgendwann würde es ihm doch wieder einfallen, und dann wäre es nur noch peinlicher.

»Die hast du mir zu verdanken«, gestand sie leise. »Es war keine Absicht«, fügte sie noch schnell hinzu.

León dachte eine Weile nach.

»Ja, jetzt weiß ich es wieder«, sagte er schließlich. Sein Gesicht hatte sich verdüstert. »Hast du die auch geheilt?« Ksar nickte. »Die Schramme stammt von deinem Ring, oder? Von der Fassung.«

»Tut mir leid«, entschuldigte sich Ksar noch einmal. »Ich hatte nicht gemerkt, dass der Stein herausgefallen war. Später fand ich ihn und habe ihn wieder eingesetzt. Ohne den Stein kann ich nicht zaubern.«

»Da hast du aber Glück gehabt. Es ist ein Rubin, oder?«
Ksar nickte.

»Er hat meine ganzen Ersparnisse aufgefressen.« Das Thema Ring machte sie nervös, und sie versuchte das Gespräch in eine andere Richtung zu lenken. »Wann brechen wir auf?«

»Morgen früh, dachte ich.«

»Das ist ein bisschen überstürzt, oder? Dann bleibt uns kaum Zeit, die Syndikusse unter die Lupe zu nehmen«, gab Ksar zu bedenken. »Nur noch heute.«

»Das kann warten, bis wir zurück sind. Das Buch ist jetzt wichtiger. Die Agrier rücken uns auf die Pelle.«

»Ist es nicht gefährlich, das Buch jetzt zu holen? Auf eine Leiche mehr oder weniger kommt es dem Verräter bestimmt nicht an.«

»Eben weil es gefährlich ist, habe ich darum gebeten, dass du mitkommst und Scopos Stein trägst«, erwiderte León.

»Die Ratsmitglieder werden es sicher in die Schatzkammer schaffen wollen, und wir wissen, dass das kein sicherer Ort ist«, wandte Ksar ein.

»Der Verräter weiß nicht, dass wir das wissen, und außerdem bestimme ich, wo das Buch aufbewahrt wird, schließlich wurde ich zu seinem Hüter ernannt. Hör mal, du sagtest doch, du hättest dich in meinem Arbeitszimmer versteckt«, erinnerte sich León, »und so das Gespräch zwischen Scopo und dem Mörder belauschen können. Was ich nicht verstehe – von wo aus? Hier kann man sich nirgends verstecken.«

Mit dieser Frage hatte Ksar schon gerechnet. Sie ging zu der Holztäfelung, hinter der sich das Kämmerchen verbarg, und öffnete sie mit einem Zauber. León machte große Augen.

»Woher wusstest du …?«

»Ich wusste es nicht. An dem Tag habe ich vor lauter Verzweiflung aufs Geratewohl gezaubert, und da ging diese Tür auf.«

Das stimmte nicht, man konnte nichts öffnen, von dem man gar nichts wusste, aber Ksar vertraute darauf, dass León sich mit diesen Dingen nicht auskannte.

León schlüpfte in die Kammer und entdeckte den Schließmechanismus, den er sogleich mehrmals betätigte. »Wozu diese Nische wohl gut ist?«

Ksar fiel ein, dass sie das im Plan vom Palast hatte nachsehen wollen, dann jedoch vergessen hatte. »Keine Ahnung. In dem Moment war ich viel zu erschrocken, um der Sache nachzugehen. Ich wusste nicht einmal, wo ich war, und das bringt mich auf eine Frage: Wie kommt es eigentlich, dass du im Palast wohnst? Und warum hast du so ein riesiges Arbeitszimmer? Meins ist nicht viel größer als dieses Kabuff hier.«

León lächelte. »Wirst du denn nie aufhören, einen Konkurrenten in mir zu sehen? Kannst du dich nicht einfach für mich freuen?«

Ksar errötete bis zu den Haarwurzeln. »Du hast recht. Ich kann's einfach nicht lassen, stimmt's? Ja, natürlich freue ich mich für dich.«

»Das hier war das Arbeitszimmer des Weisen Lesper, Lusars Vorgänger. Er war ein Midrac.«

»Der Weise war ein Midrac?«, wunderte sich Ksar. »Aber er war doch ein Magier!«

»Tja, ein Midrac kann in jede Familie hineingeboren werden, sogar in eine von Magiern«, erklärte León. »Das finden sie nicht besonders witzig, deshalb wird es totgeschwiegen. Als ich nach Alessir kam, quartierte Scopo mich hier ein, um mir etwaige Probleme zu ersparen. Die Leute halten uns immer noch für gefährlich, deshalb stecken sie uns in feuersichere Räume wie diese hier.«

Ksar, die nur sehr wenig über Midracs wusste, war überrascht. »Ich habe euch auch immer für gefährlich gehalten. Kann es nicht sein, dass du mal aus Versehen Feuer machst?«

»Wohl kaum. Ich habe noch nie etwas unfreiwillig in Brand gesteckt, nicht einmal als kleiner Junge.« León nahm die kleine Kammer und ihre Umgebung noch einmal in Augenschein. »Die Tür hier muss sich auch von außen öffnen lassen, ohne Magie. Sonst gäbe es innen auch keinen entsprechenden Mechanismus.«

»Den äußeren Mechanismus gibt es vielleicht nicht mehr.« Ksar wollte nicht, dass León ihn fand, denn dann würde er auch den Gang finden, und dieses Geheimnis wollte sie mit niemandem teilen, nicht einmal mit ihm. Der Geheimgang gehörte ihr ganz allein. »Zu irgendetwas war das Kabuff bestimmt einmal gut, aber offensichtlich wird es nicht mehr benutzt.«

»Ja, schon möglich, aber seltsam ist die Sache trotzdem.«

Ksar setzte sich in einen der Sessel vor dem Schreibtisch. »Du hast mir gar nicht erzählt, woher du die Liste der Ratsmitglieder hast«, sagte sie, um ihn abzulenken.

Die Strategie schien zu funktionieren. Jetzt war León an der Reihe, über unangenehme Themen zu sprechen.

»Ich habe auch meine Tricks, um an Informationen zu kommen«, erwiderte er. Er setzte sich in den Sessel neben Ksar, die das Kämmerchen mit einem Zauber wieder verschloss. »Einer der Syndikusse heißt Bormad.«

»Ach! Das könnte Mad sein.«

»Mir wurde gesagt, niemand nennt ihn Mad, aber das muss nichts heißen.«

»Nein, natürlich nicht. Er könnte es sein. Und die anderen?«, fragte Ksar.

León holte die Liste hervor und vertiefte sich erneut in die Namen darauf.

»Es gibt zwei, über die ich rein gar nichts weiß. Bomiro Lintose und Moorseny Sepa. Kennst du sie?«

Ksar schüttelte den Kopf.

»Menrons Vorname lautet Gicquel, und er hat an Scopos

Todestag nicht an der Ratssitzung teilgenommen«, fuhr León fort und berichtete ihr, was ihm die Königin darüber erzählt hatte. Ksar tat, als höre sie es zum ersten Mal. »Ich habe auch herausgefunden, dass der Große Syndikus genauso alt ist wie Scopo. Anscheinend haben sie zusammen studiert.«

»Dass er zu alt ist, um von Scopo ›mein Junge‹ genannt zu werden, wussten wir ja bereits. Und der Mörder hat den Meister gesiezt.« Ksar legte eine kurze Pause ein. »Da fällt mir noch etwas ein: Derjenige, der Lusar in der Burg des Vergessens verhörte, hat sie geduzt, und sie hat ihn nicht nur Mad genannt, sondern auch gesagt, sie schäme sich, seine Meisterin gewesen zu sein, weil er die Magie missbrauche.«

»Bis wann war Lusar für die Ausbildung der jungen Magier zuständig?«, fragte León.

»Vielleicht bis vor fünfundzwanzig oder dreißig Jahren, schätze ich. Das lässt sich herausfinden, und damit könnten wir das Alter des Verräters nach unten begrenzen. Bis jetzt wissen wir nur, dass er deutlich unter fünfundsechzig sein muss.«

»Im Moment ist unser bester Kandidat Bormad Turtels«, fasste León zusammen. »Im Grunde der einzige.«

»Der Verräter muss die Akte über Lusars Befreiung gelesen haben, um zu wissen, dass ich den Sumpf in einem Zauberboot überqueren würde. Man müsste herausfinden, wer alles Zugang zu den Akten hat.«

»Seitar, dein Bruder, arbeitet im Archiv, oder?«, erinnerte sich León. »Könntest du ihn fragen, ob ein Syndikus einer anderen Abteilung …?« Er ließ die Frage unvollendet.

»Ich weiß nicht, aber ich kann's mal versuchen. Er ist ziemlich mitgenommen wegen der Sache mit Irsia. Wollen wir uns hier um halb eins zum Mittagessen treffen?«

»Gute Idee. Ich werde dich voller Ungeduld erwarten.«

»Und ich werde pünktlich sein.«

Ksar stattete ihrem Bruder erneut einen Besuch ab. Die Ringe um seine Augen waren noch dunkler als am Tag zuvor, was bedeutete, dass er kaum geschlafen hatte, auch wenn er einen besseren Eindruck machte als noch am Abend.

»Seitar, ich weiß, dir ist nicht danach zumute, aber ich muss wissen, wie das Archiv funktioniert.«

Ihr Bruder sah sie an, als hätte sie ihm vorgeschlagen, auf ein Fest zu gehen.

»Das Archiv?«, fragte er entgeistert. »Wozu, Lanze? Du kennst es doch.«

»Ich wüsste gerne, wer Zugang zu den Akten der Abteilung Sicherheit hat.«

»Warum?«

Genau diese Frage hatte Ksar befürchtet.

»Du weißt doch, ich habe im Sumpf das Gedächtnis verloren.« Hoffentlich schluckte ihr Bruder diese Ausrede, flehte Ksar im Stillen. Es war ihr unangenehm, ihn hinters Licht führen zu müssen, aber sie sah keinen anderen Weg. »Es gibt Dinge, an die erinnere ich mich einfach nicht, und das will ich in der Abteilung nicht zugeben, es ist mir peinlich.«

»Im Ernst?«

Seitar erklärte seiner Schwester die Grundzüge des Archivs. Als er fertig war, fragte Ksar: »Und wenn ich eine fremde Akte lesen wollte, was wäre dann?«

»Unmöglich. Selbst wenn du sie in die Hand bekämst, was schon schwierig genug ist, würdest du nur weiße Blätter sehen. Ich sehe normalerweise nur den Namen des Einsatzes, wer der Koordinator ist und welche Kollegen teilnehmen, damit ich weiß, wo ich die Akte ablegen soll und sie später wiederfinden kann. Aber alles andere kann ich nicht sehen. Und du kannst nur den Teil einer Akte lesen, der dich betrifft.«

»Wer entscheidet, welche Teile sichtbar sind und welche nicht?«, fragte Ksar, auch wenn sie die Antwort kannte.

»Der Koordinator. Das Papier, mit dem wir hier arbeiten, ist magisch präpariert, und der Koordinator stellt vor jeden Abschnitt ein Kürzel. F. Z. heißt ›freier Zugang‹, K.V. bedeutet ›dem Koordinator vorbehalten‹, A.V. ›absolut vertraulich‹ und so weiter. Hinter dem Kürzel steht der Name der Person, die den darauffolgenden Abschnitt lesen kann. Lanze, du bist doch schon oft Koordinatorin gewesen und hast ein Sicherheitskürzel angeben müssen, weißt du das nicht mehr?«

»So ungefähr«, log Ksar. Natürlich erinnerte sie sich an die Kürzel. »Und wer ist autorisiert, eine als A.V. klassifizierte Akte zu lesen, außer den ausdrücklich genannten Personen? Die Magier?«

Seitar schüttelte den Kopf. »Der Vertraulichkeitszauber gilt für alle, auch für die Magier. Nur die Königin und die Ratsmitglieder sind davon ausgenommen. Sollte einer von ihnen nach der Krönung oder der Amtseinführung ausgetauscht werden, hat der Nachfolger automatisch dieselben Vorrechte. Aber normalerweise kommen die Ratsmitglieder nicht ins Archiv. Na ja, doch, Scopo kam hin und wieder und manchmal auch Menron, aber der hat uns nur Vorträge gehalten. Einmal tauchte der Große Syndikus auf, aber das ist schon lange her, auch für einen Vortrag.«

»Und die anderen Syndikusse?«

»Die haben sich nie blicken lassen«, antwortete Seitar. »Ich weiß gar nicht, wie sie aussehen. Aber da die Magier nie ins Archiv kommen, nehme ich an, dass die Syndikusse auch nie dorthin gekommen sind.«

»Und wenn ein Magier nachts hineinwollte, wenn das Archiv geschlossen ist?«

»Die Tür ist mit einer bewährten Formel gesichert. Nur die Königin und die Ratsmitglieder können sie außerhalb der Öffnungszeiten öffnen.«

»Danke, Seit. Ich muss mich auf den neuen Einsatz vorbereiten und wollte mich nicht lächerlich machen.«

»Musst du schon wieder fort?« Seitars Stimme klang traurig.

»Ich breche morgen auf. Keine Ahnung, für wie lange. Es wird länger dauern, fürchte ich.«

»Sei bitte vorsichtig, Lanze. Das bist du immer, ich weiß, aber …« Er musste schlucken. »Ich bitte dich einfach darum.«

»Ich werde vorsichtiger denn je sein, Seit. Es wird mir nichts zustoßen, das verspreche ich dir.«

Sie drückte ihm einen Kuss auf die Wange, und er umarmte sie fest.

Als Ksar das Haus ihres Bruders verließ, hatte sie einen Kloß im Hals. Es war das erste Mal, dass Seitar vor einem Einsatz durchblicken ließ, dass er besorgt um sie war.

Ksar kehrte in den Palast zurück, aber anstatt in Leóns Arbeitszimmer hinaufzugehen, stieg sie ins Archiv hinunter. Es war fast zwölf, gleich waren sie zum Mittagessen verabredet.

Ich brauche nur eine Angabe aus der Akte Lusar. Dauert keine fünf Minuten, dachte Ksar.

Sie brauchte genau eine Minute. León hatte die gesamte Akte als A.V. gekennzeichnet.

TRENS

Trens Turtels war froh, dass die Ratsversammlung endlich vorbei war. Wie gut, dass der Midrac auf die Suche nach dem Buch der Macht geschickt wurde! Je weiter weg er von Alessir war desto besser. Trens wusste zwar, dass Valisia mit ihm gebrochen hatte, aber trotzdem war es ihm lieber, wenn er fort war.

Trens, der sich im Zauberunterricht nie besonders hervorgetan hatte, hatte vor Jahren eine seltsame Fähigkeit entwickelt: Er konnte sich unsichtbar machen. Seines Wissens gab es in den Büchern keine Formel dazu, mehr noch, dieser Zauber wurde nicht einmal erwähnt, und er hätte auch nicht erklären können, wie er funktionierte, wenn ihn jemand danach gefragt hätte. Allerdings konnte ihn gar niemand danach fragen, denn niemand wusste etwas von dieser Fähigkeit.

Es begann, ohne dass er es selbst merkte, in seiner Jugend, in der Zeit, als Valisia ihn ständig fortschickte, wenn sie ihn nicht brauchte. Er wollte ihr jeden Wunsch von den Augen ablesen und wusste, dass sie ihn im Grunde trotzdem immer gern in der Nähe hatte. Also bemühte er sich so sehr, da zu sein, ohne sie zu belästigen, zu vermeiden, dass sie ihn sah und wütend auf ihn wurde, dass er irgendwann unsichtbar wurde.

Beim ersten Mal merkte er es gar nicht. Valisia, Syrca und

er waren in den Palastgärten. Er war vierzehn, die beiden Mädchen dreizehn. Die junge Valisia, noch keine Thronerbin, hatte ihn gerade fortgeschickt, so wie immer.

»Trens, verschwinde, ja?«

Er zog sich zurück, aber nicht weit.

»Trens, du tust, als wärst du mein Schatten«, beharrte Valisia.

»Hier störe ich dich nicht. Wenn du willst, gehe ich noch ein Stück weiter weg.«

»Hast du mich nicht gehört? Ich will dich nicht sehen!«

Daraufhin wurde er unsichtbar, ohne es zu merken.

»Endlich ist er fort!«, rief Valisia.

»Der Ärmste«, sagte Syrca. »Du behandelst ihn unmöglich.«

Syrca war mit ihrer Familie ein paar Wochen zuvor nach Alessir gezogen. In kurzer Zeit waren die beiden Mädchen enge Freundinnen geworden.

»Zum Glück ist er fort. Du kannst dir nicht vorstellen, was es heißt, ihn immer am Rockzipfel hängen zu haben.«

Trens blickte sich um. Von wem sprach sie? Außer ihnen war niemand hier, und er war immer noch da, er war nicht fortgegangen.

»Ich finde ihn richtig süß«, meinte Syrca.

»Trens?«, fragte Valisia ungläubig. »Mich bringt er auf die Palme. Wenn du ihn seit Jahren ertragen müsstest, so wie ich…«

Trens sah sie gekränkt an. Sie sprach über ihn, als wäre er gar nicht da.

»He! Ich bin hier!«, protestierte er.

Keine Reaktion.

»Schon«, räumte Syrca ein, »aber du benutzt ihn, wenn es dir passt. Das finde ich nicht in Ordnung.«

»Ich benutze ihn nicht.«

»Und ob. Wenn du allein sein willst, schickst du ihn fort, so wie grade eben, aber wenn du etwas brauchst, selbst wenn du nur wissen willst, wie spät es ist, siehst du dich nach ihm um, lächelst ihn an und sagst: ›Ach, Trens‹« – Syrca ahmte Valisia nach –, »›könntest du nicht schnell im Thronsaal nachsehen, wie spät es ist?‹«

»Schon, aber das liegt daran, dass er mir immer Gefälligkeiten erweisen will«, rechtfertigte sich Valisia.

»Ja, weil er glaubt, dass er damit irgendetwas erreicht. Wenn du nichts von ihm willst, zeig es ihm deutlich und lass nicht zu, dass er sich falsche Hoffnungen macht.«

»Also…« Valisia stockte. »Wie soll ich ihm das beibringen? Ich will ihm schließlich nicht wehtun. Und er hat mir nie gesagt, dass er etwas von mir will.«

»Kann es nicht vielleicht sein, dass du ihn magst?«

»Was redest du denn da!«, wehrte Valisia schnell ab. »Er ist viel zu… weich.«

»Jetzt reicht's aber!«, mischte Trens sich ein. »Das ist überhaupt nicht witzig.«

»Er ist nicht zu weich«, erwiderte Syrca, ohne Trens zu hören. »Na ja, dir gegenüber vielleicht schon. Nein, er hat ein gutes Herz, und das ist nicht dasselbe.«

»Hör mal, kann es nicht vielleicht sein, dass *du* ihn magst?«

»Bist du eifersüchtig?«

»Ich?« Etwas an Valisias Ton klang aufgesetzt. »Wenn du ihn haben willst, schenke ich ihn dir.«

Trens starrte die beiden Mädchen fassungslos an. Warum machten sie sich so grausam über ihn lustig?

»Meinst du das wirklich ernst?«, wollte Syrca wissen.

»Aber sicher«, antwortete Valisia.

»Dann musst du ihm sagen, dass er keine Chance bei dir

hat«, riet ihr Syrca. »Solange du zulässt, dass er sich Hoffnungen macht, wird er keine Augen für andere Mädchen haben und immer so weitermachen wie bisher.«

»Ist gut, ich werd's ihm sagen«, willigte Valisia ein.

Sie unterhielten sich weiter über andere Dinge, ohne ihn zu bemerken, bis Valisia kalt wurde und sie ihr Cape vermisste. Trens bemerkte, wie sie sich umsah, als suche sie ihn. Da wollte er, dass sie ihn sah, und merkte, dass er instinktiv einen Zauber anwendete, den er nie bewusst erlernt hatte, der ihm jedoch ganz leicht fiel.

»Wo kommst du denn her?«, fragte Valisia.

»Ich war die ganze Zeit hier.«

»Ach so. Kannst du mir dann einen Gefallen tun? Bringst du mir mein Cape? Ich habe es im Arbeitszimmer meines Bruders liegen gelassen.«

Zum ersten Mal in seinem Leben widersetzte sich Trens ihren Wünschen.

»Geh doch selbst. Ich habe was anderes zu tun.«

Er drehte sich um und ging davon, zu Valisias Verblüffung und zu Syrcas Freude.

Tatsache war, dass Valisia ihm nie sagte, er solle sich keine Hoffnungen bei ihr machen, wie Syrca sie gebeten hatte. Sie schickte ihn weiterhin fort, wenn sie ihn nicht brauchte, aber von diesem Tag an tat sie es viel freundlicher als davor. Und Syrca machte trotz ihres Eingeständnisses nie einen Annäherungsversuch oder zeigte sich interessiert, wie Trens anfangs befürchtet hatte, doch sie verteidigte ihn weiterhin, und mit der Zeit erreichte sie, dass Valisia eine bessere Meinung von ihm bekam. Valisia fragte ihre Freundin einmal, warum sie ihn immer in Schutz nehme, und Syrca antwortete: »Weil er ein gutes Herz hat.«

Dafür war Trens ihr unendlich dankbar, und Jahre später, als er erfuhr, dass Syrca sich zu Erdel hingezogen fühlte, überredete er ihn dazu, sie zu einem Ball einzuladen, der wenige Tage später stattfinden sollte.

An dem Nachmittag, als er Valisia und Syrca im Garten zurückgelassen hatte, hatte Trens Meister Scopo aufgesucht und ihn gefragt, ob man zaubern könne, ohne die entsprechende Formel zu kennen.

»Um ohne Formeln zu zaubern«, hatte Scopo geantwortet, »muss man eine sehr komplexe Zaubersprache beherrschen, die nicht einmal ich selbst kenne. Sie ging vor mehreren Generationen verloren.«

Trens war enttäuscht, dass er keine Erklärung bekommen hatte für das, was ihm gerade widerfahren war, und wandte sich bereits zum Gehen um, als der Meister hinzufügte: »Es gibt allerdings Beschreibungen von Fällen instinktiver Magie in Extremsituationen, auch wenn dieses Phänomen sehr selten ist. Zum Beispiel eine Mutter, die ihr Kind beschützt.«

»Und jemand, der verliebt ist?«

»Das ist nicht ausgeschlossen, aber dieser Verliebte müsste schon sehr selbstlos sein.«

Seine Unsichtbarkeit war wirklich eigenartig: Niemand konnte ihn sehen oder hören, ganz gleich, was er tat. Er konnte sprechen, husten, beliebige Geräusche machen, einen Raum betreten und verlassen, selbst wenn er dazu eine Tür auf- oder zumachen musste – es wurde von niemandem bemerkt. So konnte er immer in Valisias Nähe sein, falls sie ihn brauchte. Aber aus Achtung vor ihrer Intimsphäre hielt er stets eine gewisse Distanz. Er wollte ihr nur nahe sein, nicht ihr nachspionieren.

Seine Fähigkeit kam ihm sehr gelegen in der Zeit, als Valisias großer Bruder starb und sie zur Thronerbin ernannt wurde. Die neue Situation behagte ihm gar nicht. Er liebte sie um ihrer selbst willen, nicht weil sie einmal Königin werden würde, bemerkte jedoch, dass nicht alle wie er dachten und Valisia zum Mittelpunkt des Palasts wurde. Jung, schön und Thronerbin von Vekion, dauerte es nicht lange, bis sie ständig einen Schwarm von Verehrern um sich herum hatte, manche davon durch und durch verachtenswert. Trens entdeckte sie sofort und versuchte Valisia zu warnen. Anfangs hörte sie nicht auf ihn, merkte jedoch schnell, dass Trens sich nie irrte, ihr nie Vorwürfe machte und ihr nie unter die Nase rieb, er habe sie ja gewarnt.

Nur einmal war Trens so kurz davor gewesen aufzugeben, dass er weit fort von Alessir wollte, um seine Angebetete zu vergessen. Valisia, die zu der Zeit bereits den Thron bestiegen hatte, hatte gerade eine große Enttäuschung erlebt und Trens war in ihrer Nähe, so wie immer, bereit, ihr zuzuhören.

»Du bist ein guter Freund, Trens. Immer wenn ich dich brauche, bist du hier.«

Das bedeutete, dass sie nie mehr in ihm sehen würde als einen Freund. Erst da begriff Trens, was Syrca eigentlich gemeint hatte, als sie Valisia gebeten hatte, keine falschen Hoffnungen bei ihm zu schüren, damit er nicht länger seine Zeit vergeudete. Aber sein Kummer über diese Erkenntnis dauerte nicht lange. Valisia war zwar stark und über Enttäuschungen schnell hinweg, aber wenn sich diese Zeitspanne mit seiner Hilfe noch verkürzen ließ, hatte sein Leben einen Sinn.

Nach einigen ernüchternden Erfahrungen hatte Valisia gelernt, den Schmeichlern zu misstrauen, und begann Trens vorzuschieben. Aber nach ein paar Monaten war sie verändert. In ihrer Freizeit mied die Königin die anderen und wollte am liebsten alleine sein.

Argwöhnisch machte sich Trens eines Tages unsichtbar

und folgte ihr. Zu seinem Entsetzen entdeckte er, dass Valisia, wenn sie sich unbeobachtet glaubte, das Aussehen einer SP annahm und einen Midrac-SP besuchte, der im Palast wohnte, in einem Trakt mit Arbeitsräumen.

Diese Beziehung verwirrte Trens. Mit weniger Skrupeln als sonst belauschte er, was Valisia Syrca anvertraute. So erfuhr er, dass der Midrac ihr eröffnet hatte, er sei in eine Rothaarige verliebt, die sich aber nicht für ihn interessierte, und dass die Königin zwar nicht in den Midrac verliebt war, diese Beziehung jedoch aufregend fand, weil sie geheim bleiben musste und außerdem keine Zukunft hatte. Je länger Trens zuhörte, desto weniger verstand er.

Aber jetzt war es endlich aus. Am Tag zuvor war der Midrac mit der Rothaarigen von einem Einsatz hinter den feindlichen Linien zurückgekommen, und als Trens die beiden gesehen hatte, war ihm klar geworden, dass die Rothaarige ihre Meinung über ihren Kollegen geändert hatte. Aus Furcht, der Midrac könne Valisia etwas vormachen wollen, belauschte er dessen Unterredung mit der Königin im Sitzungssaal. Zu Trens' Überraschung verheimlichte der Midrac ihr nichts, und Valisia nahm sein Geständnis erstaunlich gut auf. Aber im Verlauf des Gesprächs sagte sie etwas, das Trens völlig verwirrte: Sie sei ein sehr vernünftiger Mensch, und irgendwann werde sie vollends zur Vernunft kommen und ihn, Trens, heiraten.

Wie sollte er diese Worte verstehen? Betrachtete sie ihn wirklich als vernünftige Perspektive? Oder sah sie in ihm nur eine Art Notnagel, falls alles andere schiefging und ihr nichts anderes mehr übrig blieb, als ihn zu nehmen? Seitdem hatte er keine Gelegenheit gehabt, allein mit Valisia zu sprechen, und konnte kaum erwarten, bis es endlich so weit war. Der Midrac würde sich mit der Rothaarigen weit vom Palast entfernen, und die Königin schien keinen Trost zu brauchen – genau der richtige Moment, um in Erfahrung zu bringen, was sie wirklich über ihn dachte.

Die Versammlung war zwar zu Ende, aber niemand verließ den Sitzungssaal. Trens ging hinaus, wo Erdel auf Syrca wartete, und machte sich sichtbar.

»Hallo Erdel.«

»Ah, hallo Trens.« Trens' plötzliches Auftauchen schien Syrcas Verlobten nicht stutzig zu machen. Eben war er zwar noch nicht da gewesen, aber jetzt war er es, was Erdel ganz einfach so deutete, dass Trens gerade gekommen war. »Diese Versammlungen sind endlos. Ich weiß nicht, warum Syrca diesmal hingegangen ist. Hinterher beschwert sie sich immer, wie sehr sie sich gelangweilt hat.«

»Ich glaube, sie ist gerade vorbei. Lass uns hineingehen.«

»Wie, einfach so?«, fragte Erdel überrascht.

»Ja.«

Trens machte die Tür auf und ging gefolgt von Erdel hinein, der verblüfft feststellte, dass die Sitzung tatsächlich vorbei war, auch wenn alle noch dasaßen und sich angeregt unterhielten. Trens ging zur Königin.

»Was ist? Warum geht niemand?«, fragte er.

»Wir warten, dass Licquart zurückkommt«, erklärte Valisia.

Der junge Magier erwiderte nichts. Wenn sie auf den Großen Syndikus warteten, dann um alle zusammen unten zu Mittag zu essen, was bedeutete, dass er vorerst nicht unter vier Augen mit Valisia sprechen konnte. Dann eben später.

Licquart ließ auf sich warten, und als er schließlich eintraf, verließen alle nach und nach den Sitzungssaal, ohne ihre Gespräche zu unterbrechen.

»Ich bringe die Unterlagen in mein Büro«, sagte die Kultus-Syndika. »Geht schon vor, ich bin gleich wieder da.«

Sie ging durch den Flur davon, gefolgt von einem weiteren Ratsmitglied, die übrigen gingen weiter in Richtung Treppenhaus.

»Oh«, rief Valisia plötzlich. »Ich habe meine Brille im Sitzungssaal liegen lassen.«

»Soll ich sie dir holen?«, bot Trens an. Vor ein paar Monaten hätte er gar nicht erst gefragt, sondern gesagt, er gehe schon, und sich sofort in Bewegung gesetzt. Aber seit Valisia sich mit dem Midrac traf, »vergaß« sie oft etwas, um sich unauffällig absetzen zu können, und Trens hatte sich angewöhnt, zuerst zu fragen, ob sie seine Hilfe überhaupt wollte.

»Nicht nötig, Trens. Ich bin gleich wieder da.«

»Ah, Trens«, bat sein Vater, »wärst du so nett und würdest das hier in mein Büro bringen?« Ohne die Antwort abzuwarten, drückte Bormad Turtels ihm seine gesamten Unterlagen in die Hand. Trens war kurz davor sich zu weigern, um vor Valisia nicht als Schwächling dazustehen, aber stattdessen zuckte er lediglich die Achseln. Er war nun einmal, wie er war, und Valisia kannte ihn mittlerweile zur Genüge.

»Danke. Wie ich gerade sagte, Licquart…«, sprach Trens' Vater an den Großen Syndikus gewandt weiter.

Valisia machte auf der Treppe kehrt, die anderen gingen weiter hinunter. Trens beschloss, die Papiere nicht in das Büro seines Vaters zu bringen – es war zu weit weg, und er wollte da sein, wenn die Königin zurückkam. So blieben sie alle in der Vorhalle des Speisesaals stehen, um auf die anderen zu warten.

In seine Gedanken vertieft, achtete der junge Magier nicht auf die Gespräche um ihn herum. Was wollte er Valisia eigentlich genau sagen? Alle wussten, was er für sie empfand, aber genau genommen hatte er es ihr noch nie gesagt. Er legte sich Sätze zurecht, aber sie klangen alle geschwollen und lächerlich. Schließlich betraten sie den Speisesaal. Trens setzte sich jedoch noch nicht, schließlich war Valisia noch nicht zurück. Ob sie wohl mit dem Midrac durchgebrannt war? Er legte die Mappe seines Vaters auf seinen Stuhl und machte sich unsichtbar. Wie immer bemerkte niemand etwas.

Trens nahm zwei Treppenstufen auf einmal. Irgendetwas zog ihn zum Sitzungssaal. Dort konnte die Königin zwar nicht mehr sein, auch wenn sie tatsächlich ihre Brille holen gegangen war, und er sollte eigentlich zum Arbeitszimmer des Midrac gehen. Dennoch lief er zum Sitzungssaal und riss die Tür auf.

SCHACH DER KÖNIGIN!

Es klopfte dreimal hektisch an der Bürotür, und noch bevor León reagieren konnte, weitere dreimal, entschlossener. Das war vermutlich nicht Ksar, die wäre einfach hereingekommen. León öffnete die Tür und stand vor einem jungen Magier in einer eleganten Tunika. Er war Mitte zwanzig, groß, blond, hatte blaue Augen und einen sorgfältig gestutzten Spitzbart. Nervös blickte er nach rechts und links und warf einen raschen Blick ins Büro.

»Sind Sie allein?«, fragte er. Als León nickte, trat er ein und wartete, bis dieser die Tür hinter ihm wieder geschlossen hatte. »Ich nehme an, Sie haben von mir gehört. Ich bin Trens Turtels.«

Das hier war also Valisias Freund. Was konnte er nur wollen?

»Was kann ich für Euch tun?«, fragte León.

Der junge Magier wurde noch nervöser. »Es geht um Valisia. Im Sitzungssaal wurde ein Mordanschlag auf sie verübt. Mit einem Messer. Ich habe sie in Sicherheit gebracht, aber es geht ihr sehr schlecht.«

Trens war sichtlich erregt, aber León traute der Sache nicht. Warum kam er ausgerechnet zu ihm? Was, wenn es eine Falle war, damit er sein Verhältnis mit Valisia zugab?

»Es tut mir sehr leid, aber ich bin kein Arzt. Ihr solltet jemanden holen, der besser ausgebildet ist«, erwiderte León.

Trens wirkte verzweifelt. »Ich weiß, dass es unter den Magiern einen Verräter gibt und dass es sich möglicherweise um ein Ratsmitglied handelt. Im Moment glaubt er, er hätte Valisia getötet, also wird er erst einmal nichts mehr unternehmen, und deshalb möchte ich noch niemanden einweihen. Was, wenn er nur so tut, als würde er sie behandeln, und sie stattdessen tötet? Ich habe sie an einen sicheren Ort gebracht, wo sie erst einmal nicht gefunden werden kann, aber sie braucht dringend einen Arzt. Ich weiß, dass die SP gute Ärzte haben. Sie setzen keine Magie ein, aber sie sind gute Heiler.«

León war beeindruckt. Trens musste schon sehr verzweifelt sein, um das Leben der Königin einem SP anzuvertrauen.

»Woher wisst Ihr, dass der Verräter ein Magier ist?«, fragte er.

»Das hat Valisia mir erzählt«, log Trens. Er konnte León schlecht sagen, dass er ihre gestrige Unterredung belauscht hatte.

»Und warum wendet Ihr Euch jetzt an mich?«

»Im Moment geht es nur darum, ihr Leben zu retten. Ich weiß, dass Valisia und Sie …« Trens verstummte abrupt und fing noch einmal neu an. »Ich weiß, dass Sie sie schätzen, und ich traue den anderen Magiern nicht über den Weg. Aber ich kann keinen SP-Arzt holen, ohne aufzufallen. Ich wüsste nicht einmal, an wen ich mich wenden müsste.«

León zögerte. Es konnte eine Falle sein, aber das Risiko musste er eingehen.

»Wie spät ist es?«, fragte er.

»Es hat gerade zwölf geschlagen«, antwortete Trens.

»Ich kenne jemanden, der mit Sicherheit weiß, was zu tun ist. Aber derjenige kommt erst um halb eins.«

Genau in diesem Moment ging die Tür auf, und Ksar trat

ein. Noch während sie ihr erklärten, was vorgefallen war, eilten sie schon zu Trens' Gemächern. Niemand sah sie, denn alle saßen beim Mittagessen, und die Flure waren menschenleer. Außerdem hatte Trens seinen Unsichtbarkeitszauber heimlich auf Ksar und León ausgedehnt, so wie er es auch mit Valisia getan hatte, um sie unbehelligt in seine Gemächer bringen zu können. Noch vor einer Stunde hätte er nicht gewusst, wie er das hätte bewerkstelligen sollen, denn dieser Zauber war erheblich komplexer als der, den er sonst immer benutzte – schließlich waren sie nur für die anderen unsichtbar, gegenseitig konnten sie sich sehr wohl sehen –, aber Valisias Leben hing davon ab, und wenn er sie retten wollte, konnte er Berge versetzen.

Noch im Gehen öffnete Trens die Tür mit einem Zauber und verschloss sie anschließend wieder genauso. Er hatte mehrere prächtig eingerichtete Räume zu seiner persönlichen Verfügung.

»Ich habe mich nicht getraut, das Messer herauszuziehen«, erklärte er. »Ich weiß, dass das eine Blutung auslösen kann.«

Die Königin lag im Schlafzimmer bäuchlings auf dem Bett. Das Messer steckte in ihrem Rücken. Ksar trat neben Valisia und untersuchte sie. Sie war bleich und kalt, und ihr Puls war sehr schwach. Wie hatte Trens es geschafft, sie hierher zu bringen?

»Ihr habt gut daran getan, es nicht zu entfernen«, sagte sie schließlich. »Fontyr, mach Feuer, aber nicht zu heiß.«

León tat wie geheißen, und Ksar konzentrierte sich auf Valisias Verletzung. Die Klinge steckte zwischen den Schulterblättern, ganz nah am Herzen – es glich einem Wunder, dass sie noch am Leben war. Diesmal zögerte Ksar nicht. Sie sprach die Zauber langsam und deutlich aus, und während das Messer ganz sacht aus der Wunde herausglitt, stoppte sie die Blutung mental. Sie spürte die Macht von Scopos Diamant: Die Zauber vollzogen sich mit absoluter Präzision.

Schließlich fiel das Messer zu Boden, und Trens hob es auf. Es war ein Militärmesser mit einem Holzgriff und einer langen, zweischneidigen Klinge. Daran klebte Valisias Blut. Er wischte es nicht ab, sondern wickelte die Waffe in ein Stück Leinen und steckte sie in seine Tunika.

»Die Wunde ist sauber und verschlossen«, verkündete Ksar nach einigen Minuten. »Jetzt müsste man einen heißen Breiumschlag aus Ulmenrinde, Schwarzwurz und Eibischwurzel auflegen, damit sie vernarbt. Das Problem ist, dass ich diese Zutaten nicht besorgen kann.«

Letzteres stimmte nicht, aber sie konnte keinesfalls zugeben, dass sie freien Zugang zu Scopos Laboratorium hatte, wo es alle möglichen Substanzen zur Herstellung von Heilmitteln gab.

»Ich hole sie«, bot Trens an. »Ulmenrinde, Schwarzwurz und Eibischwurzel«, wiederholte er. »Ich bin gleich wieder da.«

Er ging hinaus, entfernte sich aber offenbar nicht weit, denn er kehrte nach wenigen Minuten mit einer schweren Holzkiste voller Kräuter und Wurzeln zurück.

»Ich brauche auch Wasser und Apfelessig«, bat Ksar. »Und eine Bettflasche mit heißem Wasser.«

»In diesem Schrank«, sagte Trens, »muss irgendwo eine Bettflasche sein. Und Wasser ist in diesem Krug hier.« Trens ging wieder hinaus, währenddessen füllte León die Flasche und erhitzte das Wasser, ohne den Kamin zu Hilfe zu nehmen.

»Halte es auf dieser Temperatur, Fontyr«, bat Ksar, während sie die Kräuter mit einem Zauber zerpflückte. »Jetzt bring das restliche Wasser zum Kochen, für den Sud aus Ulmenrinde.«

Trens kam mit dem Essig wieder. Ksar kippte ihn in die Waschschüssel und fügte die zerkleinerten Wurzeln und einen Teil des Suds hinzu. Als alles sich zu einem dicken Brei verbunden hatte, wickelte sie ihn in ein Stück Stoff, das sie auf die Wunde legte. Die gefüllte Bettflasche ließ sie über dem Umschlag schweben, damit er warm blieb, die Bettflasche aber auch nicht auf die Wunde drückte.

Nach einigen Minuten schlug Valisia die Augen auf. Sie sah alle an, einen nach dem anderen, sagte jedoch nichts. Ksar beobachtete León aus den Augenwinkeln, aber der blieb ungerührt.

»Wie geht's, mein Feldwebel?«, fragte Trens und strich ihr über die Wange.

»Was ist passiert?«

»Du darfst dich nicht anstrengen. Hier bist du in Sicherheit. Ruh dich aus.«

Die Königin ließ die Lider wieder sinken, und gleich darauf war sie eingeschlafen. Ksar trat neben Trens.

»Der Umschlag sollte warm bleiben«, erklärte sie ihm leise, um Valisia nicht aufzuwecken. »Es wäre gut, wenn Ihr die Wasserflasche austauschen würdet, sobald Ihr merkt, dass diese hier zu kalt ist. So könnt Ihr sie zum Schweben bringen.«

Sie erklärte ihm den Zauber, und Trens lernte ihn fast auf Anhieb. Ksar sagte ihm auch, was er Valisia zu essen geben sollte, sobald sie wieder etwas zu sich nehmen konnte.

»Flößt ihr hin und wieder ein wenig von diesem Kräutertee ein. Mit einem Löffel Honig. Sie ist sehr geschwächt, sie hat viel Blut verloren und muss essen und sich ausruhen, aber es besteht keine Lebensgefahr mehr.«

Trens wirkte erschöpft. Zum ersten Mal setzte er sich hin.

»Vielen Dank«, stammelte er. »Ich weiß nicht, was ich ohne Sie hätte tun sollen.« Er sah Ksar an. »Sie können fantastisch zaubern.«

»Herr Turtels, ich möchte Euch inständig bitten, es nicht weiterzuerzählen. Niemand wäre begeistert, wenn eine SP ...«

Aber Trens beruhigte sie sogleich. »Wenn Sie nicht wollen, dass es bekannt wird, behalte ich es für mich, keine Sorge. Ich sollte auch nicht herumerzählen, dass ich zwei SP geholt habe, um die Königin zu heilen. Aber für mich ist die Tatsache, dass Sie beide Valisias Leben gerettet haben, Grund genug, Ihnen auf ewig dankbar zu sein.«

»Danke«, erwiderte Ksar ein wenig verlegen.

»Ich fürchte jedoch ...« Trens stockte. »Ich fürchte jedoch, dass es nicht in Ordnung ist, wenn ich mich allein mit ihr in meinen Gemächern aufhalte. Könnten Sie nicht hierbleiben, bis sie gesund ist?«

»Tut mir wirklich leid«, sagte Ksar. »Fontyr und ich müssen uns morgen auf die Suche nach dem Buch der Macht machen. Das lässt sich nicht ohne triftigen Grund aufschieben. Aber da fällt mir etwas ein ... Vielleicht könnten wir Frau Nist einweihen. Ich weiß, dass sie das absolute Vertrauen Ihrer Majestät genießt.«

»Syrca?«, fragte Trens überrascht. Wieso war er nicht selbst darauf gekommen? »Ja, natürlich, sie sind eng befreundet.«

»Habt Ihr eine Ahnung, warum jemand einen Anschlag auf die Königin verübt haben könnte?«, fragte León, der bisher geschwiegen hatte.

Trens schüttelte den Kopf. »Sie hat nie jemandem etwas zuleide getan.«

Für einige Sekunden blieben alle drei stumm.

»Vermutlich soll das Königreich destabilisiert werden«,

meinte León schließlich. »Der Verräter versucht es auf mehrere Arten gleichzeitig.«

»Wenn das wirklich seine Absicht ist«, erwiderte Trens, »dann ist ihm mit Valisias Abwesenheit fast genauso gedient wie mit ihrem Tod. Irgendwann werden sich alle fragen, wo die Königin ist, schließlich hat sie offizielle Verpflichtungen. Und was dann? Wenn wir bekanntgeben, dass es ihr gesundheitlich schlecht geht, werden alle wissen wollen, was genau passiert ist, und irgendeiner der Magier wird anbieten, sie zu heilen. Aber ich will niemanden zu ihr lassen.«

»Wir könnten ihnen vorgaukeln, dass Ihre Majestät wohlauf ist«, schlug Ksar vor.

»Wie denn?«, fragte Trens.

»Vielleicht geht Euch mein Vorschlag zu weit, aber ich könnte ihr Aussehen annehmen und mich den Ratsmitgliedern zeigen, gesund und munter.«

Sie verwandelte sich in Valisia, um Trens zu zeigen, was sie meinte, doch überkam sie sogleich ein derart heftiges Schwindelgefühl, dass sie sich an der Wand abstützen musste, um nicht hinzufallen. Sofort nahm sie ihr eigenes Aussehen wieder an.

»Was ist mit dir?«, fragte León erschrocken.

Ksar schnappte nach Luft. Der Schreck war ihr deutlich anzumerken.

»Nichts, keine Sorge. Ich habe mich in Valisia in ihrem jetzigen Zustand verwandelt. Sekunde.«

Sie rief sich die Königin in Erinnerung, so wie sie sie vor ein paar Tagen in der Bibliothek gesehen hatte, dann unternahm sie einen neuen Versuch. Diesmal ging alles gut.

»Seht Ihr, was ich meine?«, fragte sie Trens.

Vorsichtshalber verwandelte sie sich schnell wieder zurück, falls Trens unangenehm berührt war, aber der sah sie begeistert an: »Das war eine Verwandlung? Ich habe noch nie eine gesehen, ich dachte immer, so etwas wäre unmöglich.«

»Was haltet Ihr von der Idee?«

»Sie ist nicht schlecht, aber was ist morgen?«, meinte Trens. »Sie müssen fort, und ich glaube nicht, dass Valisia ihr normales Leben dann schon wieder aufnehmen kann.«

»Außerdem«, warf León ein, »weiß der Verräter, dass sie zumindest verletzt sein muss.«

»Tja.« Ksar überlegte. »Es gibt noch eine andere Lösung: ihm vorzugaukeln, dass die Verletzung nur halb so schlimm ist. Ich kann Valisias Aussehen annehmen, mit einer ähnlichen Wunde aber nicht so tief, und mich von den Magiern im Rat behandeln lassen. Danach sage ich ihnen, dass ich die Vorfälle erst einmal verarbeiten muss und nicht gestört werden will, dass ich Ruhe brauche.«

»Gute Idee«, sagte Trens.

»Ihr könntet mich zum Großen Syndikus bringen«, schlug Ksar vor, »und ihn bitten, mich zu heilen. Ich glaube nicht, dass er der Verräter ist, aber wenn er versuchen sollte, mir etwas anzutun, werde ich es merken und mich entsprechend schützen. Ich bin ja gesund, mir kann also nichts passieren. Auf diese Weise würden wir der Königin einen Vorwand verschaffen, sich zurückzuziehen, ohne dass wir dabei ihre Sicherheit aufs Spiel setzen, und niemand wird erfahren, wie angeschlagen sie ist.«

»Kommen Sie, ich bringe Sie in Valisias Gemächer. Sie bleiben dort, und ich sage Licquart Bescheid. Danach gehe ich Syrca holen.« Dann wandte Trens sich an León: »Es wäre gut, wenn Sie hier Wache halten, bis ich wieder da bin.«

»Ihr könnt mir vertrauen«, erwiderte León.

Es musste Trens sehr schwerfallen, ausgerechnet ihn um Hilfe zu bitten.

Sobald León mit der Königin allein war, befahl er den Feuerzungen, die im Kamin brannten, niemanden außer Ksar, Syrca und Trens hereinzulassen, dann setzte er sich ans Bett der Königin.

Trens ließ auf sich warten, und León überprüfte in regelmäßigen Abständen die Temperatur der Bettflasche. Als sie schließlich zu kühl war und er sie gerade wieder aufwärmen wollte, bemerkte er, wie Valisia ihn ansah.

»Was ist passiert?«, fragte die Königin erneut. Es schien ihr besser zu gehen.

»Auf dich wurde ein Anschlag verübt, Val. Hast du irgendeine Idee, wer es gewesen sein könnte?«

»Ich kann mich an nichts erinnern.«

León erzählte ihr alles, was er wusste: dass jemand ihr ein Messer in den Rücken gestoßen hatte, dass Trens ihn geholt hatte, obwohl er von ihrem Verhältnis wusste, und dass Ksar zaubern konnte und sie behandelt hatte.

»Was für eine vertrackte Situation, nicht wahr?« Die Königin lächelte matt. »Trens wendet sich ausgerechnet an dich, und du holst deine Rothaarige.«

Vals Worte weckten eine Erinnerung in Leóns immer noch lückenhaftem Gedächtnis. »Deine Rothaarige«, hatte sie gesagt, so wie immer. Nie nannte sie sie Ksar. Nur in einer einzigen Nacht hatte sie Ksar beim Vornamen genannt und sich überhaupt ganz anders benommen als sonst. Sie war sogar eifersüchtig gewesen. Sonderbar.

»Ich bin verwirrt, dass Trens in dieser Situation gerade dich geholt hat«, sprach Valisia weiter. »Irgendwie gibt mir das zu denken.«

»Ich lasse dich von meinen Feuerzungen bewachen«, erklärte León und deutete auf den Kamin. »Sie werden drei Tage brennen und dir in allem gehorchen. Wenn du allein bist, werden sie jeden einkreisen, der sich dir nähert, und wenn du es ihnen befiehlst, töten sie ihn.«

»Aber wenn Syrca und Trens kommen…«

»Ihnen werden sie nichts tun. Und wenn sie in Begleitung anderer Personen sind, werden sie niemanden davon angreifen, außer, du befiehlst es ihnen. Auf diese Weise kannst du sogar Besuch empfangen. Solltest du in deine Gemächer umziehen wollen, sobald es dir besser geht, ist das auch kein Problem, die Feuerzungen werden dir folgen. Aber sei vorsichtig, wenn sie jemanden umzingeln. Reagiere rasch, denn ein guter Magier – was der Verräter zweifellos ist – könnte in der Lage sein, sie zu löschen.«

»Danke, León, du bist ein wahrer Schatz.«

Dann schloss die Königin ihre Augen wieder und schlief ein.

Auch wenn in dem Zustand, in dem Valisia sich befand, ein glasiger Blick mehr als gerechtfertigt war, hielt Ksar die Augen lieber halb geschlossen und versuchte, so wenig wie möglich zu sprechen. Teils, weil die Wunde schmerzte, teils, weil sie einige der mächtigsten Magier des Königreichs vor sich hatte – unter ihnen auch Menron, ihren Vorgesetzten, der sogleich davon sprach, eine Untersuchung einzuleiten.

In den letzten Jahren hatte Ksar Vekions Adlige oft genug sprechen gehört, um ihre sprachlichen Eigenheiten zu kennen, aber nicht oft genug, um diese Eigenheiten perfekt nachahmen zu können. Jeder für eine SP typische Ausdruck konnte sie verraten, weshalb sie das Sprechen Trens überlassen hatte. Dieser hatte erklärt, wie er Valisia bewusstlos mit einem Messer im Rücken gefunden und hierher in ihre Gemächer gebracht hatte. Dann war er losgegangen, um Syrca zu holen. Als Ksar gefragt wurde, ob sie ihren Angreifer gesehen habe, schüttelte sie nur den Kopf.

Alles lief wie geplant. Wie sich herausstellte, waren die hochrangigsten Magier stets von Scopo selbst behandelt worden, und jetzt war es Licquart, der sich erbot, eine Heilformel anzuwenden. Die anderen zogen sich zurück, und Ksar war allein mit Licquart und einer Syndika, deren Namen sie nicht kannte. Der Große Syndikus konzentrierte sich auf Ksars vorgetäuschte Wunde, dann sprach er den Heilzauber, doch war er bei weitem nicht so geschickt wie sie selbst, und das Ergebnis ließ zu wünschen übrig. Die Syndika sprach daraufhin noch eine andere Formel aus, die aber auch nicht viel nützte.

Ksar war froh, dass ihre Wunde nicht echt war, und vor allem war sie erleichtert, dass sie sich selbst um die Königin gekümmert hatte. Mit der Behandlung, die diese beiden ihr angedeihen ließen, hätte es bei einer so tiefen Wunde wie der von Valisia lange gedauert, bis sie verheilt wäre; selbst ihre eigene, die ja nur vorgetäuscht war, schmerzte nach wie vor. Ksar hatte den Eindruck, dass Licquart im Heilen von Wunden besonders ungeschickt war, und auch die Winterformel war ihm kaum zuzutrauen.

Nach einigen Minuten klopfte es an der Tür. Trens war wieder zurück und trat unaufgefordert ein, aber Syrca war nicht bei ihm. Vermutlich hatte er sie direkt in seine Gemächer geschickt.

»Wie geht's, mein Feldwebel?«

»Schon besser«, antwortete Ksar.

»Ist sie schon wieder gesund?«, fragte Trens den Großen Syndikus.

»Die Wunde hat sich bereits fast geschlossen«, antwortete Licquart. »Aber du bist hier fehl am Platz, Trens.«

»Mir ist es lieber, wenn er bleibt«, sagte Ksar schnell.

»Danke, mein Feldwebel.«

»Sie braucht unbedingt Ruhe«, warf die Syndika ein. »Valisia, du musst dich jetzt schonen.«

»Ich habe Syrca Bescheid gesagt«, meinte Trens. »Sie kommt gleich. Vor der Tür haben sich etliche Leute eingefunden. Sie wünschen dir gute Besserung.«

»Danke, Trens. Sag ihnen, ich weiß es sehr zu schätzen.«

Trens ging kurz hinaus, um den Dank der Königin zu übermitteln.

Ksar sah Licquart und die Syndika an. Natürlich musste sie ihnen für ihre Bemühungen danken, aber sie wusste nicht, ob die Königin sie duzte. Bestimmt, schließlich wurde sie von ihnen ebenfalls geduzt. Wie sie in den letzten Tagen festgestellt hatte, war der Umgangston der Magier untereinander recht locker, außer in Gegenwart von SP. Doch Ksar beschloss, lieber nicht zu viel zu sprechen.

»Vielen Dank für alles.«

Und um nicht mehr sagen zu müssen, bedachte sie die beiden mit einem matten Lächeln.

»Du hast uns einen schönen Schrecken eingejagt, Vali«, sagte Licquart liebevoll. »Wir schnappen den Täter, darauf hast du mein Wort.«

Trens betrat das Schlafzimmer wieder.

»Ich habe ihnen gesagt, dass du Ruhe brauchst. Sie sagen, sie kommen morgen wieder, um sich nach dir zu erkundigen.«

»Danke, Trens, ich bin schrecklich müde. Wimmle bis morgen bitte alle weiteren Besucher ab, nur Syrca nicht. Aber sonst lass niemanden herein.«

»Zu Befehl, mein Feldwebel.« Trens wandte sich dem Großen Syndikus zu. »Licquart, die Wachen, die Sie angefordert haben, haben vor der Tür bereits Posten bezogen.«

»Gut, Trens. Dann bin ich beruhigt. Und du, Vali, werd wieder gesund.«

»Morgen sehen wir wieder nach dir«, verabschiedete sich die Syndika, und an Trens gewandt fügte sie hinzu: »Du weißt ja, wenn irgendetwas ist, ruf uns sofort.«

Damit verließen die beiden den Raum.

DIE SYNDIKUSSE

Ksar sah Trens unruhig an. Die Sache mit den Wachen vor der Tür gefiel ihr gar nicht.

»Wie soll ich denn hier rauskommen, ohne von den Wachen gesehen zu werden?«

»Machen Sie sich um die keine Sorgen. Wir werden sie einfach fortschicken.«

»Aber sie stehen auf Anweisung des Großen Syndikus hier.«

»Und glauben, Sie wären die Königin«, gab Trens zurück. »Was meinen Sie, wessen Wort mehr gilt?«

»Ach, wie dumm von mir!«, erwiderte Ksar beschämt. »Daran hatte ich gar nicht gedacht.«

»Geben Sie ihnen ein kleines Trinkgeld«, schlug Trens vor. »Hier.«

Er reichte ihr ein paar Münzen und erklärte ihr, wie sie die Wachen ansprechen musste. Also blieb Ksar noch in Valisias Gestalt, öffnete die Tür zum Flur und rief die Wachen zu sich. Sie dankte ihnen für ihre Dienste, gab ihnen das Trinkgeld und befahl ihnen, zu ihrer gewohnten Tätigkeit zurückzukehren.

»Wer war die Syndika, die mich behandelt hat?«, fragte Ksar, während sie wieder ihre wahre Gestalt annahm.

»Tonnack, von der Abteilung Gesundheit«, antwortete Trens. »Sie hat keine Ahnung von Medizin, fühlte sich aber verpflichtet, einen Beitrag zu leisten.«

»Habt Ihr gesagt, Frau Nist würde herkommen?«

Trens nickte. »Sie ist bestimmt gleich da. Sie war nicht allein, deshalb konnte ich ihr nicht erklären, was los ist, und sie auch nicht bitten, in meine Gemächer zu kommen. Ich habe ihr gesagt, Valisia lasse sie umgehend in ihre Gemächer bitten.«

»Bis sie hier ist, würde ich gern ein paar Dinge mit Euch besprechen, wenn Ihr nichts dagegen habt«, bat Ksar vorsichtig. Ihr war aufgefallen, dass Trens im Gespräch mit ihr oder León die Magier schlicht beim Nachnamen nannte, ohne das Wort »Herr« oder »Frau« voranzustellen, was vielleicht bedeutete, dass er ihnen – in Anbetracht der Tatsache, dass sie lediglich SP waren – ungewöhnlich großes Vertrauen entgegenbrachte. Sogar von der Königin sprach er nur mit ihrem Vornamen.

»Nein, natürlich nicht«, erwiderte Trens.

»Wie hat sich alles abgespielt? Wo genau wurde die Königin angegriffen?«

»Im Sitzungssaal.«

»Ich bitte Euch, mir alles zu erzählen, was Ihr wisst.«

»Das ist nicht viel, fürchte ich«, klagte Trens. »Für heute Vormittag war eine Ratsversammlung angesetzt. Ich habe nicht daran teilgenommen und kam erst dazu, als sie zu Ende war. Alle saßen noch da und unterhielten sich, niemand machte Anstalten, aufzubrechen.« Er legte eine Pause ein, um seine Erinnerungen zu ordnen. »Sie warteten auf Licquart, der einen Diamanten oder so etwas holen wollte. Als er wieder da war, brachen wir zum Mittagessen auf und waren schon auf der Treppe, als Valisia einfiel, dass sie ihre Brille im Sitzungssaal vergessen hatte. Wir anderen gingen weiter zum Speisesaal. So etwas« – dieser Teil war Trens offenbar peinlich – »macht sie manchmal, um ... na ja, um mich abzuschütteln: Sie bittet mich, ihr etwas zu holen, oder sie sagt, sie hätte etwas vergessen, um dann unauffällig zu verschwinden. Ich bot ihr an, die Brille für sie zu holen, aber sie wollte selbst gehen. Die anderen achteten nicht darauf, aber ich … ich weiß nicht, irgendetwas war anders als sonst. Als sie nicht zurückkam, ging ich nach oben und fand sie … auf dem Boden … mit dem Messer … Sie haben ja selbst gesehen, wie sie zugerichtet war.«

Ksar nickte. »Wer ging alles zum Speisesaal hinunter?«

»Die Syndikusse. Und Syrca natürlich. Und auch Erdel, Syrcas Verlobter.«

»Gingen sie alle zusammen? Hat sich niemand abgesetzt, und sei es nur für einen Moment?«

»Ich weiß es nicht … Ja, schon möglich, ich habe nicht darauf geachtet. Es ging alles ziemlich durcheinander. Manche brachten ihre Unterlagen in ihre Büros, um sie nicht in den Speisesaal mitnehmen zu müssen.«

»Wer?«

Trens überlegte kurz, schüttelte dann jedoch den Kopf. »Tut mir leid, aber das weiß ich nicht mehr.«

»Waren sie lange weg?«

»Ich weiß es nicht.«

»Versuchen wir es anders herum: Gab es jemanden, der die ganze Zeit anwesend war?«

Trens dachte nach. »Licquart. Er war ja schon vorher in sein Büro gegangen, um den Diamanten zu holen. Mein Vater auch – er drückte mir seine Mappe in die Hand, deshalb brauchte er sie nicht wegzubringen. Und er unterhielt sich die ganze Zeit mit Licquart. Was die anderen angeht, bin ich überfragt. Ich habe nur auf Valisia geachtet.«

»Vielleicht fällt Euch ja später noch etwas ein«, erwiderte Ksar. »Wie ich gehört habe, hatte Meister Scopo einen privaten Transportpunkt.«

»Ja sicher.«

»Hat sonst noch jemand einen?«

»Nein, nur der Meister.«

»Bis wann hat Meisterin Lusar unterrichtet?«

Trens überlegte. »Meisterin Lusar hat den Nachwuchs auf die Universität vorbereitet, aber mein Vater machte diesen Kurs bei Scopo, weil Lusar sich bereits zur Ruhe gesetzt hatte. Da war er siebzehn, das ist jetzt also dreißig Jahre her. Und nachdem die Agrier die Universität zerstört hatten, kümmerte sich der Meister um diejenigen, die weiterstudieren wollten, aber jetzt…«

Bormad Turtels, Trens' Vater, war also der jüngste Syndikus. Ja, die Ähnlichkeit war unverkennbar, nur dass Trens besser aussah als sein Vater. Bormad war aber nicht Lusars Schüler gewesen, also konnte er kaum dieser Mad sein.

»Hatte Euer Vater jemals Unterricht bei Meisterin Lusar?«

»Nein, nie.«

»Und die anderen Syndikusse?«

»Vermutlich schon«, antwortete Trens. »Sie sind alle älter als mein Vater.«

Es klopfte leise.

»Das ist bestimmt Syrca.« Trens war schon auf dem Weg zur Tür.

»Halt, bitte macht noch nicht auf«, bat Ksar. Trens hielt inne. »Ich wollte Euch noch um etwas bitten. Ich würde gerne auch mit Frau Nist sprechen, um die Vorfälle zu klären, aber dazu fehlt mir die nötige Befugnis. Könntet Ihr sie bitten, meine Fragen zu beantworten? So als wäre es Eure Idee.«

Ksar fürchtete, da könne Trens nun endgültig zu weit gehen, doch der Magier fühlte sich keineswegs auf den Schlips getreten – im Gegenteil, er schien erfreut über Ksars eifrige Unterstützung bei der Aufklärung des Vorfalls.

»Ja, selbstverständlich.«

»Vielen Dank.«

Trens machte die Tür auf, und Syrca trat ein. Sie war überrascht, Trens in Valisias Gemächern mit einer SP anzutreffen, aber der junge Magier erklärte ihr in wenigen Worten, dass auf die Königin ein Anschlag verübt worden sei und er Ksar beauftragt habe, diskrete Ermittlungen anzustellen, weil er überzeugt sei, einer der Magier aus dem Palast stecke dahinter.

»Das konnte ich dir unmöglich vor allen anderen erzählen«, fügte er noch hinzu. »Es muss streng geheim bleiben. Du darfst es niemandem verraten, nicht einmal Erdel.«

»Schon gut, Trens«, sagte Syrca beschwichtigend. »Lass mich zu ihr, ja?«

»Ich hätte gerne, dass du Frau Rooan von der Abteilung Sicherheit vorher einige Fragen beantwortest.« Ksar fiel auf, dass Trens sie »Frau Rooan« genannt hatte, obwohl sie nur eine SP war. »Ich habe dir ja schon gesagt, dass ich sie gebeten habe, den Vorfall zu untersuchen.«

Syrca sah Ksar überrascht, aber nicht missbilligend an. »In Ordnung.«

»Für mich gibt es hier nichts mehr zu tun«, sagte Trens noch, »ich gehe zu Valisia. Sie ist in meinen Gemächern, ich erwarte dich dann dort, Syrca.«

Damit verließ er den Raum.

»Ist es Euch recht, wenn wir das Gespräch hier führen?«, fragte Ksar. »Hier sind wir ungestört.«

»Sicher«, erwiderte die Freundin der Königin noch ganz verwirrt über die Neuigkeiten, die sie soeben vernommen hatte.

Ksar wusste nicht recht, wo sie anfangen sollte. Trens hatte ihr zwar eine gewisse Befugnis für ein Verhör erteilt, aber nichtsdestotrotz war Syrca eine Magierin und sie selbst eine SP. Die Freundin der Königin benahm sich, als wäre sie in ihren eigenen Gemächern, setzte sich in einen der Sessel und bot Ksar an, sich ebenfalls zu setzen, was sie jedoch ablehnte: Es wäre nicht richtig gewesen, das Angebot anzunehmen, genau wie es von Syrca nicht richtig gewesen wäre, es ihr nicht anzubieten.

»Vielen Dank, ich stehe lieber. Wie Herr Turtels Euch bereits gesagt hat, heiße ich Ksar Rooan und arbeite in der Abteilung Sicherheit. Ich handle nicht im Auftrag meiner Abteilung, sondern inoffiziell auf Bitte von Herrn Turtels, um den Vorfall aufzuklären und herauszufinden, wer hinter dem Anschlag auf Ihre Majestät steckt.« Sie holte tief Luft. »Seine Exzellenz, der Sicherheits-Syndikus, hat bereits angekündigt, dass unverzüglich eine offizielle Untersuchung in die Wege geleitet werden wird«, fügte sie schnell hinzu.

»Entscheidend ist, dass die Untersuchung zum Ziel führt, nicht, dass sie offiziell ist«, ermunterte Syrca sie. »Sprechen Sie weiter.«

»Der Anschlag fand heute Mittag statt, und zwar in der Zeit, nachdem die Ratsmitglieder den Sitzungssaal verlassen und sich zum Speisesaal aufgemacht hatten, bis Herr Turtels, der dort vergeblich auf Ihre Majestät wartete, auf der Suche nach ihr wieder nach oben ging. Könnt Ihr mir sagen, wer genau in diesem Moment alles vor dem Speisesaal wartete?«

Syrca überlegte.

»Also: alle, die bei der Sitzung waren, das heißt Ihre Majestät, die Syndikusse und ich. Außerdem Herr Turtels und mein Verlobter, Herr Medatif. Die beiden kamen später dazu, um mit uns zu Mittag zu essen.«

»Wie haben Sie das Ende der Sitzung in Erinnerung?«

»Nicht besonders genau, ehrlich gesagt. In der Sitzung ging

es um heikle Themen, und wir debattierten im Saal noch eine Weile in Grüppchen weiter, bis Essenszeit war. Dann gingen wir hinaus …« Syrca verstummte kurz. »Da fällt mir ein, dass wir auf Herrn Licquart warteten, der etwas zu erledigen hatte. Dann gingen wir in den Speisesaal hinunter.«

»Wie lange dauerte es vom Verlassen des Sitzungssaals bis zur Ankunft im Speisesaal?«

»Ziemlich lang«, erwiderte Syrca. »Alle waren im Gespräch, keiner hatte es eilig. Sogar vor dem Speisesaal standen wir noch herum, weil wir auf die Ehepartner der Syndikusse warteten. Ihre Majestät hatte etwas im Sitzungssaal vergessen, deshalb machte sie kehrt, kam aber nicht zurück.«

»Habt Ihr Euch darüber nicht gewundert?«

»Ehrlich gesagt nein. Sie« – Syrca stockte – »isst oft lieber allein und zieht sich meist diskret zurück.« Ksar wusste, worauf sie anspielte: die vielen Male, die Valisia verschwunden war, um zu León zu gehen. »Und ich habe nicht einmal bemerkt, dass Herr Turtels fortging.«

»Jetzt werde ich Euch eine Frage stellen, die Euch vielleicht unangenehm ist«, kündigte Ksar behutsam an, »aber ich muss sämtliche Möglichkeiten in Betracht ziehen. Welche Syndikusse zogen sich zurück zwischen dem Zeitpunkt, als Ihre Majestät wieder in den Sitzungssaal hinaufging, und dem Zeitpunkt, als sich alle zum Essen hinsetzten?«

»Schon gut«, erwiderte Syrca lächelnd. »Die Frage ist mir nicht unangenehm. Könnte es einer von ihnen gewesen sein?«

»Ich habe niemand Besonderen im Verdacht. Am liebsten wäre mir, wenn ich alle ausschließen könnte.«

Syrca dachte nach.

»Ich weiß nur, wer in dieser Zeitspanne dablieb. Herr Sepa, der Kriegs-Syndikus, und Herr Lintose, der Finanz-Syndikus, haben die ganze Zeit leidenschaftlich debattiert. Immer wenn sie zusammentreffen, liefern sie sich einen Schlagabtausch, bis sie rote Köpfe haben – irgendwann wird sie noch der Schlag treffen. Sie diskutierten beim Verlassen des Sitzungssaals, sie diskutierten auf dem Weg zum Speisesaal, und während des ganzen Essens diskutierten sie munter weiter.« Syrca überlegte kurz. »Mehrere Syndikusse gingen sich umziehen oder brachten ihre Unterlagen ins Büro, aber ich weiß nicht genau, wer. Sicher bin ich mir nur bei Frau Lornel, der Landwirtschafts-Syndika.«

»Wie lange brauchte sie?«

Syrca schüttelte den Kopf.

»Schwer zu sagen. Vielleicht zehn oder fünfzehn Minuten. Ich habe nicht auf sie geachtet. Ich weiß nur, dass sie in einer anderen Tunika zurückkam. Andere gingen auch, aber ich könnte nicht sagen, wer.«

»Wisst Ihr noch, ob die Herren Licquart, Turtels und Menron fortgingen?«

»Nein, sie waren hinter uns, und ich weiß nicht, was sie gemacht haben«, erwiderte Syrca nach kurzem Überlegen. »Herr Medatif und ich gingen ziemlich weit vorne. Vor uns befanden sich nur noch die Herren Sepa und Lintose, deshalb weiß ich, dass sie ununterbrochen diskutiert haben.«

»Eine letzte Frage: Bis wann war Meisterin Lusar für die Ausbildung der Magier zuständig?«

Der plötzliche Themenwechsel überraschte Syrca, aber sie versuchte sich zu erinnern.

»Bis vor etwa dreißig Jahren«, antwortete sie.

»Hat sie die Syndikusse unterrichtet?«, fragte Ksar.

»Ja, vermutlich schon …« Sie stockte. »Aber nicht alle. Herr Turtels, Trens' Vater, war einer der ersten Schüler von Meister Scopo. Das haben die anderen mehrmals erwähnt, als sie von ihrer Schulzeit erzählten.«

Damit war erwiesen, dass Bormad Turtels nicht der Mad war, der Lusar getötet hatte.

»Dann«, schlussfolgerte Ksar, »haben alle anderen bei der Meisterin studiert?«

»Ganz recht«, pflichtete Syrca bei.

»Vielen Dank für Ihre Hilfe, Frau Nist«, sagte Ksar. »Ihr könnt es bestimmt kaum erwarten, zu Ihrer Majestät zu gehen, aber ich wollte Euch gerne um einen letzten Gefallen bitten, wenn ich damit Eure Freundlichkeit nicht überstrapaziere: Könntet Ihr Herrn Medatif bitten, diese Fragen ebenfalls zu beantworten?«

Syrca setzte eine skeptische Miene auf.

»Frau Rooan, ich möchte Ihnen nicht zu nahe treten, aber ich fürchte, er kann nicht … wir können ihm nicht erklären, in was für einer besonderen Situation wir uns befinden, und er wird sich nicht von einer …« Sie stockte und machte einen neuen Anlauf: »Er wird sich nicht auf ein inoffizielles Verhör einlassen.«

Zumindest hatte Syrca sie »Frau« genannt und damit klargestellt, dass sie die Bedenken ihres Verlobten nicht teilte.

»Das verstehe ich vollkommen«, erwiderte Ksar. »Und ich danke Euch unendlich für Eure Mitarbeit.«

Das war ein Jammer – sie hätte gerne eine weitere Zeugenaussage gehabt.

ZUR SIRENE

Und jetzt? Sollte sie León suchen? Wenn sie am nächsten Tag aufbrechen wollten, hatte sie nur noch den restlichen Nachmittag und Abend, um Nachforschungen anzustellen, und sie wollte gerne noch einmal in der *Sirene* vorbeischauen. Nach dem Anschlag auf die Königin wollte sie León nicht damit behelligen, dass sie ebenfalls überfallen worden war. Es würde nur so aussehen, als versuche sie sich wichtigzumachen. Das war ihre Sache, beschloss sie, und sie würde sie auf ihre Weise erledigen.

Nachdem sie sich vergewissert hatte, dass niemand in der Nähe war, schlüpfte sie in den Geheimgang und lief in die Küche hinunter. Seit dem Frühstück hatte sie nichts mehr gegessen und sie hatte einen Bärenhunger. Um diese Zeit – es war schon kurz vor vier – war fast niemand da, das nutzte sie aus, um einiges einzustecken. Zum Essen ging sie in die Geheimbibliothek hinauf, um dabei ihre Gedanken zu ordnen.

Es wunderte sie, dass der Essensduft ihre Katze nicht anlockte, und noch auffälliger fand sie, dass Kims Napf immer noch voll Milch war, so wie Ksar ihn hinterlassen hatte, bevor sie nach Zarria aufgebrochen war. Offenbar nahm die Katze ihr ihre Abwesenheit diesmal wirklich sehr übel. Es kam durchaus vor, dass Kim die Milch verschmähte, denn genauso, wie sie meist laut miauend danach verlangte, gab es auch Zeiten, in denen sie sie demonstrativ ignorierte. Seltsam war nur, dass keine der anderen Katzen, die sich in den Geheimgängen herumtrieben, sie getrunken hatte. Die wurden immer zimperlicher, dachte Ksar.

Nachdem sie gegessen hatte, beschloss sie, eine Runde durch alle Abteilungen zu drehen, bevor sie sich zum Hafen aufmachte, damit alle sehen konnten, dass sie noch am Leben war. Sie fädelte es so ein, dass alle Syndikusse, Männer und Frauen, tatverdächtig oder nicht, sie zu Gesicht bekamen, und hielt Ausschau nach Anzeichen, ob einer von ihnen überrascht reagierte, konnte jedoch nichts entdecken.

Dann bediente sich Ksar wieder des Geheimgangs, um zu Scopos Laboratorium zu gelangen, und inspizierte seinen privaten Transportpunkt. Er war eine Sonderanfertigung, schneller als die anderen. Die letzten Koordinaten waren gelöscht worden, zu sehen war nur noch, wann er zum letzten Mal benutzt worden war: vor vier Tagen, also am Tag nach Scopos Tod. Der Verräter musste ihn benutzt haben, um zum Sumpf zu gelangen und wieder zurück, und vielleicht auch, um General Haetkutk so überraschend schnell in die Burg des Vergessens zu holen.

»Gut, Freundchen«, murmelte Ksar, »du willst spielen, also spielen wir.«

Sie belegte den Transportpunkt mit einem Zauber, wobei sie darauf achtete, dass es so aussah, als wäre er rein zufällig kaputt gegangen. Der Verräter musste schon eine ganze Menge von Magie verstehen, wenn er den Apparat wieder in Ordnung bringen wollte, aber es würde ihm nicht gelingen, da war Ksar sicher, denn dafür gab es keine Formel. Mit einem echten Zauber war er leicht wieder instand zu setzen, aber die beherrschten die Magier ja zum Glück nicht.

Damit war Ksars Arbeit im Palast beendet, und sie machte

sich zum Hafen auf. Sie wollte den geheimen Tunnel benutzen, der bis zum Strand führte, um nicht womöglich León über den Weg zu laufen – sie würde nur eine Menge Erklärungen abgeben müssen, und dazu hatte sie keine Lust.

Vor ihr lagen zwei Meilen Fußweg. Um ihre Kräfte zu schonen, verwandelte sie sich in Milesco, einen großen, stämmigen Kerl mit kräftigen Armen und langen Beinen, dick wie Säulen, den sie einmal bei einem Einsatz kennengelernt hatte. Milesco war nie in Alessir gewesen, und außerdem war er tot. Nachdem sie bereits Syrcas und Valisias Gestalt angenommen hatte, wollte sie sich lieber in jemanden verwandeln, den niemand in der Stadt kannte.

Beim Gehen dachte sie über Syrcas und Trens' Aussagen nach. Es sah so aus, als könnte keines der Ratsmitglieder der Mörder sein.

Fest stand, dass die Frauen nicht in Frage kamen.

Der Große Syndikus war in Scopos Alter, aber sein Mörder musste deutlich jünger sein.

Was Menron betraf, so hatte er an der Versammlung an Scopos Todestag nicht teilgenommen, wohingegen der Verräter sogar einen Redebeitrag geleistet hatte.

Bormad Turtels, Trens' Vater, hatte zwar einen Vornamen, der sich zu Mad abkürzen ließ, war aber nie Schüler von Lusar gewesen, und seinem Sohn zufolge, dessen Aussage glaubwürdig sein mochte oder auch nicht, hatte er sich nicht von der Gruppe entfernt, während sie zum Mittagessen hinuntergegangen waren.

Auch die beiden anderen, Sepa und Lintose, waren in diesem Zeitraum nirgendwo hingegangen, wie Syrca versichert hatte.

Aber vielleicht gab es ja mehrere Verräter? Einer hatte Scopo ermordet, ein anderer Lusar und Irsia getötet, und einer der beiden oder ein Dritter hatte den Anschlag auf die Königin verübt.

Wer war bloß dieser Mad? Bormad Turtels nicht: Lusar hatte zu dem Verräter gesagt, sie schäme sich, seine Meisterin gewesen zu sein, und sie hatte ihn mit »Mad« angesprochen. Nach dem, was Ksar im Verlies der Burg des Vergessens mitangehört hatte, sprach er wie die Adligen von Vekion, konnte die Wahrheitsformel auf Lusar anwenden, und General Haetkutk nannte ihn »Exzellenz«. Das deutete eigentlich darauf hin, dass es einer der Syndikusse war oder zumindest ein bedeutender Magier. Aber Valisia hatte ihr versichert, kein Ratsmitglied namens Mad zu kennen.

Der Geheimweg zum Strand endete an einem Felsen, den man mit einem Zauberspruch zur Seite wälzen konnte, und mündete dann in eine Höhle, in der die Fischer manchmal ihre Boote vertäuten. Durch ein Guckloch vergewisserte sich Ksar, dass die Höhle leer war, dann schlüpfte sie hinaus. Im Hafen schlenderte sie, nach wie vor in Milescos Gestalt, langsam an den Piers auf und ab, scheinbar mit Blick auf die Boote, in Wirklichkeit hielt sie jedoch nach der *Sirene* Ausschau.

Es war die verkommenste Kaschemme im ganzen Hafen. Als Ksar die Tür aufmachte, schlug ihr ein übler Geruch von schwerem Wein und vermodertem Holz entgegen. Sie stieg eine enge Holztreppe hinunter, die unter ihrem Gewicht ächzte, und fand sich in einem schummrigen Halbsouterrain mit ein paar Fensterluken unter der Decke als einziger Belüftung wieder. In einem vergeblichen Versuch, das Lokal zu schmücken, hatte jemand ein paar Seesterne und ein altes, kaputtes Schiffssteuerrad an die Wand genagelt.

Ksar stützte sich auf die Theke und bestellte ein Bier. Es wurde ihr von einem untersetzten, zahnlosen Glatzkopf serviert, den einer der Gäste Mass nannte. Während sie trank, ließ sie ihren Blick über die Gäste schweifen. Sie entdeckte weder Queiro noch Lencio, besser bekannt als »der Rabe«, aber es war logisch, dass sie sich nach dem Fiasko und dem Verlust ihres Goldes hier nicht mehr blicken ließen.

Sie bezahlte, nahm ihr Glas und zog sich in eine stille Ecke zurück. Der Nachmittag verging, ohne dass jemand anderes als Seeleute, Hafenarbeiter und ein paar halbseidene Gestalten die Kneipe betraten.

Als es dunkel wurde, war der Verräter immer noch nicht aufgetaucht. Ksar glaubte schon, er wisse womöglich gar nicht, dass sie noch am Leben war, oder er werde sich sein Gold auf andere Weise zurückholen. Pech, sagte sie sich. Ob sie Mass auf den Zahn fühlen sollte? Vielleicht konnte er ihr ja eine Beschreibung des Mannes liefern, der Queiro und den Raben angeheuert hatte; aber wahrscheinlich war es nicht. Ein Magier, der es fertigbrachte, den Winter zu verlängern, konnte sein Aussehen stark genug verändern, um nicht erkannt zu werden, selbst wenn er sich nicht komplett verwandeln konnte.

Ksar wollte gerade aufstehen, als ein Mann in einem Umhang aus gutem Tuch die Treppe herunterkam. Sein Kopf war mit einem breitkrempigen Hut bedeckt, und das wenige, das von ihm zu sehen war, hatte keinerlei Ähnlichkeit mit einem der Syndikusse. Unter dem Umhang lugte der Saum einer golddurchwirkten Tunika hervor – ein Zeichen dafür, dass es sich um einen Magier handelte. Der Mann ging zu Mass und fragte ihn etwas. Der Wirt schüttelte den Kopf, woraufhin der Magier einen ziemlich ungehaltenen Eindruck machte. Die übrigen Gäste schienen sich nicht im mindesten für das Geschehen an der Theke zu interessieren. Sie würden wohl kaum etwas unternehmen, um Mass zu retten, wenn der andere ihn angriff, und Mass, dem das klar war, begann immer hastiger zu sprechen und wild zu gestikulieren. Der Magier wirkte wieder zufrieden, drehte sich um und ging wieder hinaus, die Treppe hinauf.

Ksar heftete sich an seine Fersen. Der Magier entfernte sich mit großen Schritten durch eine finstere Hafengasse von der *Sirene*. Was jetzt? Sollte sie ihn mit dem Messer bedrohen, das sie Queiro in der Nacht zuvor abgenommen hatte? Soweit sie wusste, trug dieser Mann höchstwahrscheinlich ein Mistron bei sich und konnte auch damit umgehen. Außerdem war sie nicht hundertprozentig sicher, dass es sich um den Verräter handelte – es mochte noch andere Personen geben, die ein Hühnchen mit Mass zu rupfen hatten.

»Hallo!«, rief Ksar. Der Magier drehte sich langsam um, den rechten Arm leicht vom Körper abgewinkelt. Ksar dachte noch einmal an das Mistron, schob den Gedanken jedoch schnell beiseite. »Ich glaube, das hier gehört Ihnen.«

Sie hielt ihm den Beutel mit Goldmünzen hin, den sie Queiro abgenommen hatte. Hoffentlich war das die gesamte Summe, die der Verräter für ihren Tod bezahlt hatte. Der Mann kam ganz langsam auf sie zu und musterte den Beutel, nahm ihn jedoch nicht an sich. Ksar versuchte sein Gesicht zu erkennen, aber es lag im Schatten.

»Schon möglich«, erwiderte er. »Wie ist es in Ihre Hände gelangt?«

Beim Sprechen färbte er die Vokale dunkel, so wie alle Magier, aber seine Stimme ähnelte keiner von denen, die sie im Rat gehört hatte. Sie war viel tiefer. Tja, vielleicht konnte er nicht nur sein Aussehen, sondern auch seine Stimme verändern.

»Ich habe es von jemandem, der sich nicht getraut hat, einen kleinen Auftrag auszuführen«, erklärte Ksar. »Er hat mich gebeten, ihn zu übernehmen, aber leider hat er vergessen, mir genauere Anweisungen zu geben. Ich weiß nur, dass es sich um eine Rothaarige handelt.«

»Wir wollen uns ein wenig unterhalten. Mit welchem Namen ruft man Sie für gewöhnlich?«, fragte der Magier. Ksar tat, als habe sie ihn nicht verstanden. »Wie Sie heißen«, erklärte der Magier.

»Ah, ich heiße Urx«, erfand Ksar, »aber alle nennen mich den Agrier. Ich bin aber gar kein Agrier, ich bin von hier. Im Hafen kennt mich jeder.«

»Gut, Urx, begleiten Sie mich. Sollten wir zu einer befriedigenden Übereinkunft kommen, würde ich Ihnen diese Summe hier überlassen. Es ist sogar nicht ausgeschlossen, dass ich sie verdopple.«

»Was?«, rief Ksar. Ein grobschlächtiger Kerl wie Urx konnte die gestelzte Ausdrucksweise des Magiers natürlich nicht verstehen.

»Wir wollen über Geschäftliches reden«, erklärte der Vermummte in ungeduldigem Ton.

Sie gingen in die *Sirene* zurück und setzten sich an einen Tisch.

»Was wollen Sie trinken?«, fragte der Verräter.

»Bier«, antwortete Ksar.

»Sie haben ja gehört«, sagte er zu Mass. Für sich selbst bestellte er nichts.

Der Magier hatte seine Züge so weit verändert, dass Ksar ihn nicht erkennen konnte. Er trug einen buschigen, dunklen Bart, unter dem bereits der größte Teil seines Gesichts verschwand, und die Hutkrempe tauchte den Rest in Schatten. Unauffällig versuchte sich Ksar alles einzuprägen, was sie sehen und man nicht durch Zauberei verändern konnte: die Wangenknochen, das Kinn, die Anordnung der Zähne.

Alles andere – die Größe der Nase, die Form der Ohren, der Brauen, die Farbe von Haar und Augen – konnte ein Magier beliebig abwandeln.

»Das Ziel ist jetzt ein anderes«, erklärte der Verräter, sobald Mass fort war. »Die Rothaarige ist nicht mehr von Belang.« *Die Rothaarige interessiert ihn nicht mehr? Warum dann vorher?* »Morgen früh werden zwei Personen eine Reise zu Pferd unternehmen: die Rothaarige und ein junger Mann mit kurzen, dunklen Haaren. Zwei SP. Sie werden vom Palast von Alessir aus aufbrechen, und ich will wissen, wo sie hinwollen. Folgen Sie ihnen unbemerkt, bis Sie sicher sind, dass sie ein ganz bestimmtes Ziel haben und keine Haken schlagen, um Sie abzuschütteln.«

»Und wenn sie mich entdecken?«

»In diesem Beutel steckt eine beträchtliche Summe. Wenn alles zu meiner Zufriedenheit verläuft, erhalten Sie noch einmal so viel. Heuern Sie jemanden an, wenn es sein muss, und wechseln Sie sich ab, sodass die beiden nicht die ganze Zeit dieselbe Person hinter sich sehen.« Der Verräter zog etwas unter seiner Tunika hervor, das wie eine Kiefernnadel aussah. »Und sollten Sie Gelegenheit dazu haben, versuchen Sie dem Mann diesen Apparat an die Kleidung zu heften.« Er gab ihn Ksar und fixierte sie einen Moment lang. Dabei sah Ksar seine Augen. Sie waren kastanienbraun und kamen ihr nicht bekannt vor, aber zumindest war sein Blick nicht glasig, weshalb sie ausschließen konnte, dass der Magier sich verwandelt hatte. Sie vertraute darauf, dass der Schirm ihrer Mütze ihren eigenen Blick kaschierte. »Allein das entlohne ich Ihnen mit achthundert Vek in Gold. Aber lassen Sie sich vor allem nicht ertappen. Sobald Sie etwas Konkretes herausgefunden haben, kehren Sie hierher zurück und nageln einen Seestern neben die anderen da.« Er deutete auf die

Wand. »Dann setze ich mich unverzüglich mit Ihnen in Verbindung.«

In diesem Moment kam Mass mit Ksars Bier. Der Magier warf ein paar Kupfermünzen auf den Tisch, stand auf und ging. Ksar blieb sitzen, trank ihr Bier und musterte die Kiefernnadel. Sie wusste, was das war, denn sie hatte es auch schon einmal eingesetzt: ein Melder. Wenn man ihn jemandem an die Kleidung hängte, tauchte auf einer magischen Landkarte ein roter Punkt auf, der anzeigte, wo der Betreffende sich aufhielt. So konnte man ihm folgen, ohne dass er es merkte.

Nachdenklich spielte Ksar mit dem Melder herum. Sie durfte ihn nicht kaputtmachen, sonst bekam der Magier es mit und dachte sich eine andere Methode aus, ihren Weg zu verfolgen. Sie durfte jetzt keinen Fehler machen. Möglicherweise hatte der Verräter die magische Landkarte bereits aktiviert, folglich musste der Melder die ganze Nacht im Hafen bleiben, morgen früh im Palast sein und zur selben Zeit wie sie aufbrechen. Aber nicht in dieselbe Richtung.

Wenn sie ihn über Nacht hier irgendwo versteckte, müsste sie zum Hafen zurückkommen, um ihn zu holen, aber dazu würde sie bestimmt keine Gelegenheit haben. Und jetzt war es schon zu spät, um in den Palast zurückzugehen. Nachdem sie León am Morgen erklärt hatte, dass sie nicht mehr hineinkam, sobald die Portale verschlossen waren, konnte sie nicht plötzlich auftauchen und sagen, auf wundersame Weise sei es ihr jetzt doch gelungen. Außerdem würde León sie garantiert fragen, wo sie den ganzen Nachmittag und Abend über gewesen war, und sie wollte keine Erklärungen abgeben müssen. Nein, sie würde im Hafen übernachten, morgen früh nach Hause gehen, um rasch ihre Sachen zu packen, und von dort gleich weiter in den Palast.

»Wissen Sie, wo ich ein Zimmer mieten kann?«, fragte sie Mass.

»Gleich hier im Haus, wenn Sie wollen. Macht zweieinhalb Vek im Voraus.«

DIE REISE

Ksar wachte in aller Frühe auf und kehrte auf dem öffentlichen Weg in die Stadt zurück. Die Genauigkeit des Melders hing davon ab, welche Landkarte man benutzte. Vermutlich würde der Verräter keinen detaillierten Plan von Alessir und Umgebung einsetzen, aber sie wollte nicht riskieren, dass ihn auch nur der Hauch eines Verdachts beschlich, es könne einen Geheimtunnel geben. Als sie schon fast da war und sich vergewissert hatte, dass niemand sie sehen konnte, ging sie in den Wald und nahm wieder ihre wahre Gestalt an.

Sie wagte sich mit dem Melder auch nicht nach Hause, deshalb versteckte sie ihn vorübergehend in einem Mauerloch, um ihn danach wieder mitzunehmen. In Windeseile packte sie ihre Sachen zusammen, darunter ein kleines Zauberhandbuch, auch wenn sie vermutlich kaum zum Lesen kommen würde. Dann lief sie in den Palast. Als Ausrede hatte sie sich zurechtgelegt, sie sei noch einmal bei ihrem Bruder vorbeigegangen und darüber sei es wieder spät geworden, aber León stellte ihr keine Fragen. Er war im Gegenteil ziemlich einsilbig, und Ksar wusste nicht recht, ob wegen der Reisevorbereitungen oder ob er morgens womöglich nie besonders gesprächig war.

Der Verräter war ganz offensichtlich besser informiert als sie selbst, denn er hatte bereits gewusst, dass sie Pferde benutzen würden. Er habe sich gegen den Transportpunkt entschieden, so erklärte León, damit man nicht nachvollziehen konnte, wohin sie wollten. Bevor sie aufsaßen, vergewisserte sich Ksar unauffällig mit einem kleinen Apparat, den sie aus der Abteilung hatte mitgehen lassen, dass sie keinen anderen Melder bei sich trugen.

Um mögliche Verfolger abzuschütteln, schlugen sie mehrere Haken. Dabei kamen ihnen einmal Bauern auf einem Leiterwagen entgegen, und Ksar nutzte die Gelegenheit, um ihnen den Melder unauffällig ins Stroh zu stecken.

Schließlich durchquerten sie Wälder und Wiesen in Richtung Südosten. Gegen Mittag rasteten sie auf einer kleinen Waldlichtung an einem kalten Bach, nahmen ihren Pferden die Sättel ab und ließen sie in der Nähe des Wassers an einer Stelle mit frischem, zartem Gras weiden. Sie selbst gingen mit dem Proviantbeutel den Bach ein Stück aufwärts zu einer Stelle, von der sich der Schnee schon zurückgezogen hatte. Ksar musste die Erde aber erst mit einem Zauber trocknen, bevor sie sich hinsetzen konnten.

Sie war froh über die Rast, nicht nur weil sie müde war – sie hatte in ihrem Zimmer am Hafen nur vier Stunden geschlafen –, sondern weil sie Leóns Gesellschaft genießen wollte. Während des Ritts hatten sie kaum gesprochen. Es pfiff ein scharfer, unangenehm kalter Wind, der sie dazu zwang, sich brüllend zu verständigen, und das strengte ihre Stimme zu sehr an.

»Wo reiten wir hin?«, fragte sie.

»Das wirst du früh genug sehen. Erst einmal an diesem Bach entlang bis zu den Bergen. Wir müssen bewohnte Orte meiden. Ich wette, der Verräter hat überall Informanten.« Er griff in den Proviantbeutel.

»Fontyr, es gibt da etwas, das ich dir nicht erzählt habe. Die Meisterin hat sehr wohl etwas gesagt, als der Verräter die

Wahrheitsformel bei ihr angewendet hat«, gestand Ksar. Sie sah León an. Seine Miene war wieder einmal undurchdringlich. Ksar fasste das als Vorwurf auf. »Versteh mich nicht falsch, du hattest das Gedächtnis verloren, und ich dachte, Lusar wäre noch am Leben.«

»Was hat sie gesagt?«

»Etwas sehr Merkwürdiges. Das Buch befinde sich ›dort, wo das verschollene Vermächtnis des Weisen begraben liegt‹. Der Verräter verstand es auch nicht und fragte, was das heißen soll. Aber zur Erklärung sagte sie nur: ›Wo die Erinnerung an den alten Weisen ruht und der Geist des neuen Weisen geformt wird.‹ Verstehst du das?«

León dachte nach. »Vielleicht. Ich bin mir nicht sicher.«

»Gibt es einen neuen Weisen?«, fragte Ksar.

León hatte sie nicht in die Details von Scopos Auftrag eingeweiht. Er hatte ihr nur gesagt, dass er das Buch der Macht holen, es nach Alessir bringen und dort bewachen solle.

»Ja, Scopo hat ihn unterrichtet. Aber seine Ausbildung ist noch nicht abgeschlossen, und solange das nicht der Fall ist, ist er in Gefahr. Wenn der Verräter ihn vorzeitig aufspürt, wird er versuchen, ihn auszuschalten.«

»Und du weißt, wie er heißt und wo er sich aufhält?«

»Ja.«

»Und warum weiß es sonst niemand?«

»Um ihn vor dem Verräter zu schützen«, erklärte León. »Laut Scopo ist es so: Je mehr Wissen der Weise erwirbt, desto verletzlicher wird er, weit mehr als jeder andere Magier. Um das Zaubern zu erlernen, legt er einen sehr empfindlichen Teil seiner selbst offen, den er noch nicht zu schützen versteht. Das wird ihn erst das Buch der Macht lehren. Ein Magier wie der Verräter kann diese Schwachstelle nutzen: mit einem bösen Zauber, der weder jemandem etwas anhaben kann, der nicht zaubern kann, noch einem gewöhnlichen Magier, der sich langsam entwickelt und bei dem dieser Punkt niemals wirklich exponiert ist. Ein normaler Magier lernt unmerklich im Lauf seiner Ausbildung, ihn abzuschirmen. Deshalb wollte Scopo niemandem sagen, wo der neue Weise ist, und hat ihn heimlich unterrichtet, getrennt von allen anderen.«

»Eins verstehe ich nicht: Du sagst, das Buch der Macht lehrt ihn, sich zu schützen. Warum hat Scopo ihm das Buch dann nicht gleich zu Anfang gegeben?«

»Das weiß ich nicht. Vermutlich gibt es bei diesen Dingen eine bestimmte Reihenfolge. Zuerst muss er die Vorbereitungsphase abschließen und beweisen, dass er wirklich der neue Weise ist. Stell dir vor, er wäre es gar nicht, bekäme aber das Buch...«

»Hör mal, wenn keiner weiß, wer der neue Weise ist, wären wir dann nicht besser im Palast geblieben und hätten den Verräter zu entlarven versucht?«, fragte Ksar. »Ich bin noch gar nicht dazu gekommen, dir von meinen Nachforschungen zu erzählen.«

Sie berichtete ihm alles, was Syrcas und Trens' Aussagen zufolge zwischen dem Verlassen des Sitzungsraums und dem Betreten des Speisesaals geschehen war.

»Wenn wir diesen Aussagen glauben«, schlussfolgerte León, »könnte es keines der Ratsmitglieder sein, nicht einmal Bormad Turtels, Trens' Vater. Bist du sicher, dass Scopo dem Verräter gegenüber erwähnt hat, er habe an dem Tag an der Versammlung teilgenommen?«

»Ohne den geringsten Zweifel«, versicherte Ksar. »Der Mörder wollte ihm einreden, der Verräter wäre ein anderer. Er sagte, er habe einen Magier im Verdacht, der außer Scopo der Einzige mit genügend Wissen sei, um den Wahrheitszauber anzuwenden. Scopo wusste, wen er meinte, und sagte, er habe ebenfalls den Eindruck, dass dieser Magier sich sonderbar verhalte.«

»Um wen ging es?«

»Sie nannten seinen Namen nicht. Scopo fragte ihn auch, ob er seinen Verdacht im Rat nicht geäußert habe, um den Verräter nicht zu warnen. Im Verlies der Burg des Vergessens nannte General Haetkutk ihn ›Exzellenz‹. Und bevor du mich fragst, ob ich sicher bin, dass er Schüler von Lusar war: Sie hat klipp und klar gesagt, sie schäme sich, seine Meisterin gewesen zu sein. Und sie nannte ihn ›Mad‹. Zweimal.«

»Syrca und Trens können sich irren«, überlegte León. »Ich meine nicht absichtlich, aber ihre Erinnerung könnte sie täuschen. Oder der Mörder kann sich verwandeln, so wie du, und dann…«

»Daran habe ich auch schon gedacht, aber das ist eher unwahrscheinlich. Um den Verwandlungszauber zu beherrschen, muss man richtig zaubern können, und Scopo sagte, er kenne niemanden, der das kann. So etwas lässt sich nicht so einfach aus dem Ärmel schütteln.«

»Aber … die Magier können zaubern«, wandte León ein.

»Nein. Sie können nur Formeln anwenden, keine richtigen Zauber.«

»Das hast du neulich schon mal gesagt, aber ich verstehe nicht, worin der Unterschied besteht.«

Ksar erklärte es ihm. »Um sich zu verwandeln, muss man den entsprechenden Zauber erschaffen können, weil es dafür nie eine Formel gegeben hat.«

»Und wieso kannst du es dann?«, fragte León.

»Ich habe mein Wissen aus alten Zauberbüchern, die sonst keiner kennt. Und ich habe Jahre gebraucht. Die Magier lernen anders, und nicht einmal Lusar konnte Zauber erschaffen.«

»Aha.«

»Ich habe auch mit meinem Bruder gesprochen«, fuhr Ksar fort. »Alle Ratsmitglieder haben Akteneinsicht und Zugang zum Archiv, auch wenn es geschlossen ist. Seitar sagt, zu den normalen Öffnungszeiten seien nur Menron und der Große Syndikus einmal im Archiv gewesen, aber sie haben keine Akten konsultiert, und außerdem sei es schon lange her. Abgesehen von den beiden und Scopo hat er dort nie einen anderen Magier gesehen.« Ksar machte eine Pause. »Fontyr, ich glaube, es war ein Fehler, den Palast zu verlassen. Wir hätten uns weiter mit den Syndikussen beschäftigen sollen. Oder wir hätten versuchen sollen, herauszufinden, ob sonst noch jemand an der fraglichen Ratssitzung teilgenommen hat.«

»Das hier ist wichtiger«, beharrte León.

»Wichtiger, als den Verräter zu entlarven? Er hat bereits ein Attentat auf die Königin verübt, um damit unser Land ins Chaos zu stürzen. Was ist, wenn er es noch einmal versucht?«

»Das glaube ich nicht. Es ist schiefgegangen, und er weiß, dass jetzt alle auf der Hut sind. Außerdem habe ich in Valisias Gemächern ein Schutzsystem eingerichtet, das jeden Eindringling festhält.«

»Deine Feuerzungen?«, fragte Ksar.

León sah sie mit einem stechenden Blick an. Sein Gesicht wurde ausdrucksloser denn je, und Ksar begriff, dass sie sich verplappert hatte.

»Was weißt du über meine Feuerzungen?«, fragte León scharf.

»Gar nichts. Wahrscheinlich habe ich irgendwo davon gelesen.«

»Ich wüsste nicht, wo. Meine Feuerzungen sind einzig und allein meine Sache«, erwiderte er in eisigem Ton. Jetzt war er wieder wie vor einer Woche. Er hörte auf zu essen und sah sie lange an, stumm und reglos, dann brach er unvermittelt das unangenehme Schweigen. »Vor ein paar Tagen bekam ich einen Besuch, den meine Feuerzungen nicht hätten festhalten sollen, und doch haben sie es getan. Es hat mich gewundert, aber in diesem Moment hielt ich es nicht für wichtig. Aber das war noch nicht alles: Diese Person verhielt sich nicht wie sonst, nichts Auffälliges, nur Kleinigkeiten.«

»Fontyr, ich...«

»Da ist noch etwas«, unterbrach León kalt. »Einige Stunden zuvor hatte ich in meinem Arbeitszimmer einen kleinen roten Stein entdeckt, vor dem Kamin, dort, wo Proscal getötet wurde.« Er war so aufgebracht, dass er nicht einmal merkte, dass er Scopo beim Vornamen genannt hatte. »Er steckte zwischen zwei Bodenplatten fest, deshalb konnte ich ihn nicht an mich nehmen. Aber am nächsten Tag war er verschwunden, und in dieser Nacht haben meine Feuerzungen nur eine einzige Person festgehalten, die wohl kaum an deinem Rubin interessiert war. Am nächsten Morgen bist du ganz früh nach Zarria aufgebrochen und hattest ihn bei dir. Und du benutzt ihn, um das Aussehen anderer Personen anzunehmen.«

Er sprach nicht weiter.

»Entschuldige, Fontyr.« Ksar senkte den Blick. »In dem Moment wollte ich mich mit dieser Verwandlung lediglich schützen. Ich dachte, ich könnte mich schnell wieder aus der Affäre ziehen. Ich hätte mir nie träumen lass...«

»Du hättest dich jederzeit aus der Affäre ziehen können«, schnitt León ihr das Wort ab. Seine Augen funkelten, wie Ksar es noch nie gesehen hatte. »Ich habe dich nicht zurückgehalten. Ich habe sogar davon gesprochen, diese Beziehung zu beenden, du hättest also nur zu gehen brauchen. Ich verstehe es einfach nicht, Rooan, wie konntest du nur? Du meinst, bloß weil du die« – er unterbrach sich, sprach aber gleich weiter –, »weil du zaubern kannst, könntest du tun und lassen, was du willst und alle um dich herum nach Belieben manipulieren. Wolltest du herausfinden, ob an dem Ruf der Midracs was dran ist? Ich habe dich bestimmt enttäuscht.«

»Es ist nicht...«

León ließ sie nicht zu Wort kommen. »Ich habe mich oft gefragt, wie du es anstellst, immer so gut informiert zu sein, aber ehrlich gesagt, möchte ich es lieber nicht wissen.«

Er stand auf, tauchte die Hände in den Bach und fuhr sich damit durch die Haare. Ksar blieb wie gelähmt sitzen. Genau dieselben Vorwürfe hatte sie sich schon x-mal selbst gemacht, aber es war noch viel schmerzhafter, sie aus Leóns Mund zu hören. Ksar packte das restliche Essen wieder in den Beutel. Bestimmt war León der Appetit vergangen, genau wie ihr. Dann ging sie zu den weidenden Pferden zurück, hängte den Beutel über einen Ast und sattelte ihr Reittier.

»Was tust du da?«, rief León alarmiert.

Er kam herbeigeflogen.

»Ich reite nach Alessir zurück«, erwiderte Ksar kalt. »Was ist mit deinem Pferd? Wenn du die restliche Strecke fliegen willst, kann ich es mitnehmen.«

»Du kannst jetzt nicht fort.«

Das war keine Bitte, sondern eine Feststellung.

»Warum nicht?«, fragte Ksar, über seinen Ton verwundert.

»Wir haben einen Auftrag, und du kannst nicht mittendrin alles hinwerfen. In Kriegszeiten gilt das als schweres Vergehen.«

Ksar schnaubte und zuckte die Achseln. »Zeig mich doch an.«

»Außerdem gehört es zu Scopos Anweisungen«, beharrte León.

»Was denn? Dass ich dich begleite? Ach komm schon!«

Ksar fiel ein, dass León nach der Lektüre der geheimen Botschaft dem Rat erklärt hatte, Scopo empfehle ihm, die Reise nicht allein zu unternehmen, aber er überlasse ihm die Wahl seiner Begleiter.

»Wir suchen nicht nur das Buch, wir müssen auch den neuen Weisen begleiten, und dazu brauche ich deine Hilfe.«

»Du brauchst also meine Hilfe!«, brach es aus Ksar heraus. »Das ist ja nicht zu fassen! Meine Hilfe! Seit du nach Alessir gekommen bist, wirst du bei allen wichtigen Einsätzen zum Koordinator ernannt, und nie, nicht ein einziges Mal, hast du mich dazugeholt. Du hast mich nicht einmal für eine indirekte Beteiligung vorgeschlagen. Seit vier Monaten versauere ich über dem Papierkram und den Übersetzungen, aber jetzt, wo du weißt, dass ich zaubern kann, kommst du mir damit, dass du meine Hilfe brauchst.«

Sie hielt seinem Blick stand, ohne noch ein Wort hinzuzufügen. Schließlich lenkte León ein.

»Tut mir leid, dass ich die Nerven verloren habe.« Er klang nicht besonders glaubwürdig. »Ich bitte dich, den Auftrag zu Ende zu führen.«

»Nein, Fontyr, ich muss dich um Verzeihung bitten.« Ksars Ton, noch wütend, passte nicht recht zu ihren Worten. Sie machte eine Pause und holte Luft, dann fuhr sie ein wenig ruhiger fort: »Ich weiß nicht, was ich dir sagen soll. Es ist einfach mit mir durchgegangen. Am nächsten Tag konnte ich dir nicht mal ins Gesicht sehen, deshalb bin ich nach Zarria aufgebrochen, ohne mit dir zu reden.«

»Lassen wir das jetzt«, beschwichtigte León sie. »Gehen wir, vor uns liegt ein weiter Weg.«

Sie ritten weiter durch den Wald, ohne das Schweigen zu brechen. Als es dämmerte, machte León auf einer Lichtung Halt und schlug ein Zelt auf. Aus seinem Gepäck zog er auch einen Midrac-Ofen, einen kleinen Behälter aus einem speziellen Material, das nicht heiß wurde, aber einen Raum innerhalb von Minuten erwärmte und die Temperatur stundenlang hielt, selbst wenn das Feuer darin erloschen war. Er hatte mehrere Klappen, und wenn sie aufgestellt waren, diente der Ofen auch als Laterne. León stellte ihn ins Zelt, um es aufzuheizen, während sie an einem Lagerfeuer zu Abend aßen. Während des Essens sprachen sie wenig und beim Schlafengehen noch weniger.

Ksar wusste, dass sie kein Auge zumachen würde. Sie legte sich hin und bemühte sich, an etwas anderes zu denken, doch vergeblich. Der Druck auf ihrer Brust war so groß, dass sie kaum Luft bekam, und die Hitze des Ofens machte ihr zu schaffen. Wenn sie sowieso nicht schlafen konnte, ging sie lieber an die frische Luft, auch wenn es draußen eisig kalt war. Sie würde lesen.

Sie griff sich eine Decke und das kleine Zauberhandbuch, das sie von zu Hause mitgenommen hatte, und ging hinaus. Sie schuf ein Licht, verstärkte die Eigenschaften ihrer Kleidung und der Decke und suchte eine Stelle, wo sie sich hinsetzen konnte. Mit einem Zauber befreite sie ein Stück Erde vom Schnee und setzte sich mit dem Rücken an einen Baumstamm, das zugeklappte Buch auf dem Schoß.

Warum hatte sie dieser Verlockung nachgegeben? León hatte es ihr schon einmal gesagt: Sie war zu impulsiv, ließ sich immer von ihren Gefühlen hinreißen. Selbst der wildeste Agrier hatte sich besser unter Kontrolle als sie. Was wäre schon dabei gewesen, wenn sie sich in jener Nacht beherrscht hätte?

Doch im Grunde, das merkte sie jetzt, hatte sie sich von Anfang an zu León hingezogen gefühlt. Aber sie hatte ihre Gefühle falsch gedeutet und gedacht, sie würde ihn hassen.

Sie hatte immer nur gesehen, dass sie seit seiner Ankunft in der Abteilung nichts mehr zu melden hatte, und wollte sich nicht eingestehen, dass sie sich von der Person angezogen fühlte, die ihr ihren Posten streitig machte. Wie dumm sie war! Und sie hatte auch nicht bemerkt, dass León in sie verliebt war, stattdessen hatte sie alles kaputt gemacht. Er musste sehr enttäuscht gewesen sein, als er sie besser kennenlernte. Zum Glück wusste er nicht, dass sie ihn im Sitzungssaal ausspioniert hatte und, in Syrcas Gestalt, Valisias Vertraulichkeiten zu hören bekommen hatte. Es lief ihr kalt über den Rücken bei der Vorstellung, was er von ihr denken würde, wenn ihm einfiele, dass Ksar in jener Nacht, als er seinen Streit mit der Königin erwähnte, zu ihm gesagt hatte, sie wäre nicht vereinnahmend … Damit hatte sie eindeutig bewiesen, dass sie wusste, wovon er redete.

Ihre Beziehung zu León war auf Heimlichkeiten und Lügen aufgebaut. Verglichen damit war Leóns Verhältnis mit der Königin geradezu rührend. Sie verstanden sich gut und waren gerne zusammen, das war ihnen anzusehen. Natürlich war da das Problem des Standesunterschieds, aber das verstärkte den Reiz des Verbotenen nur noch. Und mittlerweile gab es dieses Problem vielleicht gar nicht mehr. León war zum Hüter des Buchs ernannt worden, offenbar ein sehr angesehener Posten, der ihm das Recht gab, das königliche Siegel zu benutzen. Er war und blieb zwar ein Midrac, aber wenn er mit dem Buch der Macht nach Alessir zurückkehrte und dem neuen Weisen damit ermöglichte, die Agrier zu vertreiben, würde niemand der Königin einen Vorwurf machen, wenn sie ihn heiraten wollte. Und dann würde León einer so fremden Welt angehören, dass es wäre, als lebten sie in verschiedenen Städten.

Sie würde ihn nie wiedersehen.

Dieser letzte Gedanke entfesselte einen Strom von Tränen, die Ksar lange zurückgehalten hatte. Sie weinte um Irsia und um ihren Bruder, um Scopo und um Lusar. Sie weinte über alles, was in den letzten Tagen geschehen war, über sich selbst und ihr Elend. Die Tränen wollten gar nicht versiegen. Aus Angst, León könnte sie hören und glauben, sie wolle ihm eine Szene machen oder sein Mitleid erregen, ging sie in den Wald hinein, ihr Buch unter dem Arm, um ungestört zu sein.

Sie weinte ohne Unterbrechung fast bis zum Morgengrauen – manchmal lautlos und still, dann wieder laut schluchzend. Um sich zu beruhigen, versuchte sie ein wenig zu lesen, aber es war sinnlos, sie konnte sich nicht konzentrieren. Jedes Mal, wenn sie kurz vor dem Einschlafen war, dröhnten ihr Leóns Worte in den Ohren, und die Tränen quollen mit neuer Macht hervor. Erst gegen Morgen döste sie zwischen den Wurzeln eines uralten Baumes ein. Sie schlief nicht richtig, merkte aber auch nicht, als es hell wurde, denn ihr war ein wenig schlecht und ihre Augen brannten.

Plötzlich hörte sie León rufen. Ksar sprang auf. Sie hatte die ganze Nacht kaum geschlafen. Wie sie wohl aussah? Bestimmt waren ihre Augen geschwollen. Sie tastete sich über die Lider und sprach einen Zauber aus, um das Brennen zu lindern, aber sie konnte nicht einmal zaubern. Beim zweiten Versuch verspürte sie ein wenig Erleichterung, aber vorsichtshalber zog sie aus der Innentasche ihrer Jacke ihre Sonnenbrille mit den blauen Gläsern hervor und setzte sie auf. Sie war nicht sicher, ob es schon hell genug war, um deren Gebrauch zu rechtfertigen, aber León war vermutlich nicht in der Stimmung, sie darauf anzusprechen. Sie setzte sich wieder hin, schlug das Buch auf und tat, als läse sie.

Plötzlich stand León vor ihr.

»Guten Morgen. Was machst du denn hier?«

Sein Ton war nach wie vor ernst.

»Ich bin früh aufgestanden, um ein bisschen zu lernen.«

»Aha. Kommst du frühstücken?« León schien nichts bemerkt zu haben.

»Ja, gleich.«

Nach dem Frühstück machten sie sich wieder auf den Weg. Ksar fielen unweigerlich die Augen zu, sie kämpfte noch dagegen an, aber schließlich nickte sie auf dem Hals ihres Pferdes kurz ein.

»Ab jetzt müssen wir auf der Hut sein. Diese Gegend ist von den Agriern besetzt.«

Das war das Einzige, was León den ganzen Vormittag über sagte. Ksar erwiderte nichts.

Die Zeit bis zum Mittagessen wollte nicht vergehen. Sie ritten immer durch Wald oder auf schmalen Pfaden zwischen zwei Bergen hindurch und so wenig wie möglich über offenes Gelände. Als sie endlich Rast machten, fiel Ksar regelrecht aus dem Sattel. Ihr tat alles weh.

Sie suchte sich ein bequemes Plätzchen, das von ein paar matten Sonnenstrahlen erhellt wurde, befreite es wie immer von Schneeresten und Feuchtigkeit und setzte sich mit dem Rücken an einen Baumstamm. León hatte sich ein ganzes Stück entfernt niedergelassen und bereitete das Essen zu. Sollte er doch wütend werden, weil sie ihm nicht half; es war ihr egal, was er über sie dachte.

Aber León sagte nichts. Er schnitt Wurst und Käse ab, wärmte den Inhalt eines Glases vorgekochter Hülsenfrüchte und verteilte sie auf zwei Schalen. Als alles fertig war, rief er Ksar.

»Kommst du zum Essen?«

Irritiert darüber, keine Antwort zu bekommen, ging er nachsehen.

Sie war eingeschlafen, die Ärmste.

León wusste, dass Ksar die Nacht davor im Wald verbracht hatte. Als er sie aus dem Zelt hatte gehen sehen, hatte er ihr eine seiner Feuerzungen hinterhergeschickt. Das winzige Flämmchen hatte sich an das Licht gehängt, das Ksar geschaffen hatte, und war die ganze Nacht bei ihr geblieben, sodass León jederzeit gewusst hatte, wo sie sich befand.

Warum hatte er sich so über Ksar aufgeregt? Viel mehr als über ihre Ohrfeige. Das war eine klare Sache gewesen: Er hatte sie provoziert, und ihr, die ihn hasste, war die Hand ausgerutscht. Er hätte sich etwas Schöneres vorstellen können, aber er verstand es. Was er hingegen einfach nicht verstehen konnte, war ihr Verhalten in der darauffolgenden Nacht.

Sein Gedächtnis war nach wie vor lückenhaft, aber er meinte sich zu erinnern, dass Ksar in seinen Streit mit Val eingeweiht gewesen war. Wie sie das angestellt hatte, war ihm ein Rätsel, aber es bedeutete, dass sie von seinem Verhältnis mit der Königin wusste und für ihre Verwandlung deshalb diese Gestalt gewählt hatte. Und sie wusste auch, dass er ein Midrac war. Hatte sie herausfinden wollen, ob es stimmte, was man sich über Midracs erzählte? Und sich nebenbei über ihn lustig machen? Oder warum sonst hatte sie ihn am nächsten Tag spöttisch beim Vornamen genannt?

Er erinnerte sich auch, dass Ksar ihm in dieser Nacht entlockt hatte, was er für sie empfand. Und seitdem manipulierte sie ihn. Jetzt verstand er besser, was in der letzten Nacht in den Minen vorgefallen war. Nach drei Tagen aufgestauter Anspannung und Müdigkeit, nachdem sich herausgestellt hatte, dass Lusar in Wirklichkeit tot war und Ksar über seine Gefühle zu ihr Bescheid wusste, hatte sie einen emotionalen Tiefpunkt gehabt. Aber genau wie er es erwartet hatte, war sie nach ihrer Rückkehr nach Alessir abgetaucht. Die längste Zeit, die sie dort zusammen verbracht hatten, waren die Stunden gewesen, als Ksar Val behandelte. Danach war sie bis zum nächsten Tag wieder verschwunden. Ohne Erklärung. Und während des ganzen ersten Vormittags ihrer Reise hatte sie kaum ein Wort gesagt. Als sie gegen Mittag endlich den Mund aufmachte, dann nur, um ihm zu sagen, sie hätten Alessir nicht verlassen sollen. Dort hätte sie ihm natürlich leichter aus dem Weg gehen können, denn sie konnte ihn nicht länger als ein paar Minuten ertragen, das lag auf der Hand. Sie hatte ihn noch nie ertragen können.

Sie hatte ihm gesagt, sie wäre in beruflicher Hinsicht neidisch auf ihn, und in diesem Moment hatte er ihr geglaubt. Aber warum in aller Welt sollte die berühmte Ksar Rooan auf ihn neidisch sein? Sie arbeitete seit Jahren in dieser Abteilung, und ihr Ruhm war bis zur Abteilung Sicherheit von Melaira durchgedrungen. Jeder hatte von der klugen, unerschrockenen, attraktiven Ksar Rooan gehört. Hasste sie ihn wirklich nur deshalb, weil er sie nie zu den Einsätzen mitnahm? Nein, das konnte nicht der wahre Grund sein. Am Tag seiner Ankunft in Alessir hatte Ksar noch nicht wissen können, wie oft er zum Koordinator ernannt werden würde, und auch nicht, wie oft er sie an den Aktionen beteiligen würde, aber bereits da hatte sie ihn abschätzig angesehen.

León schlief schlecht in dieser Nacht. Gegen Morgen, noch vor Tagesanbruch, hatte er einen Albtraum nach dem anderen. Im letzten gab Ksar ihm eine Ohrfeige und sagte, sie würde lieber mit einem Agrier zusammenleben als mit ihm. Der Traum war so real, dass León lieber wach blieb.

Er stand auf und trat aus dem Zelt. Es war eiskalt und noch stockdunkel, bis zum Sonnenaufgang würde es noch eine ganze Weile dauern. Wollte Ksar denn gar nicht mehr ins Zelt zurückkommen? Er schwang sich ein Stück in die

Luft und flog seiner kleinen Feuerzunge nach. Zwischen den Bäumen erspähte er Ksars Licht und sah sie zwischen die Wurzeln eines Baumes gekauert, in eine Decke gewickelt, den Kopf auf eine dicke Wurzel gebettet. Ihre Augen waren rot und geschwollen. Sie weinte.

Erst als es hell wurde, versiegten ihre Tränen, und León wurde ganz weich ums Herz. Vielleicht tat er ihr unrecht, vielleicht war sie doch nicht die eiskalte, berechnende Circe, die er in ihr sah. Wenn etwas für Ksar bezeichnend war, dann nicht gerade ihre emotionale Kälte – sie ließ sich leicht von ihren Impulsen und Anwandlungen hinreißen. Was, wenn sie sich wirklich zu ihm hingezogen gefühlt hatte? Nach dem Angriff der Agrier im Sumpf war sie die ganze Zeit sehr nett zu ihm gewesen: Sie hatte alles getan, damit ihm wieder warm wurde, hatte ihre Gedanken mit ihm geteilt und ihm alles erzählt, was sie über den Verräter wusste. Später hatte sie ihm auch anvertraut, was Syrca und Trens gesagt hatten und was ihr Bruder ihr über die Funktionsweise des Archivs erklärt hatte.

Aber warum mied sie ihn, seit sie nach Alessir zurückgekehrt waren?

León flog zum Zelt zurück und begann von dort aus nach ihr zu rufen.

Als Ksar aufwachte, sah sie zu ihrem Erstaunen, dass es bereits wieder dunkel wurde. Wie lange hatte sie geschlafen? Und warum hatte León sie nicht geweckt? Im Gegenteil, er hatte eine Decke über sie gebreitet und ihr eine weitere, zu einem Kissen gefaltete Decke unter den Kopf geschoben. Ihre Sonnenbrille lag zusammengeklappt daneben. Sie stand auf und sah sich um. Keine Spur von León oder von den Pferden. Nichts.

Ksar erschrak. Es konnte nicht sein, dass er sie hier allein gelassen hatte, selbst wenn er noch so wütend auf sie war. Außerdem hätte er sich dann nicht die Mühe gemacht, ihr die Sonnenbrille abzunehmen und sie zuzudecken. Erst jetzt fiel ihr auf, dass der Proviant wild über den Boden verstreut lag und es Kampfspuren gab: verkohlte Äste, ein Stück Leder mit Nieten – wahrscheinlich Reste eines Armschützers – und überall Fußabdrücke. Wie konnte es nur sein, dass sie nichts gehört hatte?

Das Herz schlug ihr bis zum Hals, so stark, dass es regelrecht wehtat. Ksar befürchtete, plötzlich auf Leóns leblosen Körper zu stoßen. Doch zumindest in dieser Hinsicht hatte sie Glück: Sie hatten ihn mitgenommen, und das bestimmt lebend. Das wollte sie sich zumindest einreden. Es war nicht sehr wahrscheinlich, dass er davongeflogen war, denn dann wäre er zurückgekommen, sobald die Agrier fort waren. Warum war er nicht davongeflogen?

Ksar fand jede Menge Hufabdrücke, die die Richtung wiesen, die sie genommen hatten. Sie packte alles Essen zusammen, das noch zu gebrauchen war, säuberte es und verstaute es in ihrem Beutel. Sie fand auch den Wasserschlauch, den Lusar aus dem Frischlingsfell gemacht hatte, und steckte ihn ebenfalls in den Beutel. Dann verwandelte sie sich in Milesco, warf sich eine der Decken über die Schultern, klemmte sich die andere unter den Arm und machte sich auf die Suche nach León.

GEFANGEN

Entweder hatten die Agrier sie nicht entdeckt oder sie war ihnen einfach egal. Sie gaben sich jedenfalls nicht die geringste Mühe, ihre Spuren zu verwischen, und hinterließen alle möglichen Anhaltspunkte: kaputte Gebrauchsgegenstände, Überreste von Lagerfeuern und Essen… Um die Stelle herum, wo sie zu Abend gegessen hatten, fand Ksar Fußabdrücke, auf dem Weg hingegen nur Hufspuren. Das konnte bedeuten, dass sie León nicht zu Fuß hinter sich herlaufen ließen. Das hoffte sie zumindest.

Das Lagerfeuer war heruntergebrannt, aber noch nicht ganz erloschen, also konnten sie nicht viel Vorsprung haben, wobei sie mit ihren Pferden natürlich schneller waren als sie zu Fuß. Ksar vertraute darauf, dass sie bald eine längere Rast machen würden, um zu schlafen und den Pferden eine Ruhepause zu gönnen, aber diese Hoffnung trog. Irgendwann konnte Ksar nicht mehr, sie musste sich hinsetzen, weil ihr die Beine nicht mehr gehorchten. Sie nutzte die Pause, um zu essen, was noch im Beutel war, dann ging sie weiter.

Im Morgengrauen wurde ihr klar, wo die Agrier hingewollt hatten: Vor ihr thronte auf einem Hügel ein beeindruckender Prachtbau, den einst die Vekier errichtet hatten, doch lag er in einem Teil des Landes, den die Agrier bereits vor ein paar Jahren erobert hatten.

Schon aus der Ferne machte die ganze Anlage einen verwahrlosten Eindruck, doch Ksar wusste sofort, was das hier war: die Universität. Sie war einmal mit einer Delegation der Kultus-Syndika hier gewesen, vor zwei Jahren, wenige Monate vor dem Einmarsch der Agrier. Sie war entsetzt, als sie erfuhr, dass die Agrier sie eingenommen und alle getötet hatten, derer sie habhaft werden konnten, Lehrkräfte und Studenten! Was hatten sie nur aus dem Gebäude gemacht? Eine Kaserne?

Zu diesem ehrwürdigen Prachtbau aus der Blütezeit Vekions gab es keine geheimen Zugänge, oder zumindest wusste Ksar nichts davon. Anders als der Königspalast von Alessir war er nicht darauf ausgelegt, verteidigt zu werden.

Was wusste sie sonst noch von der Universität? Sie konnte sich erinnern, dass der Zugangsweg durch drei Tore hindurch den Hügel hinaufführte. Innerhalb der Einfriedung war der Grund uneben, sodass die Gebäude, die die Universität bildeten, auf verschiedene Ebenen verteilt waren. An der höchsten Stelle erhob sich ein großer, viereckiger Turm, der jetzt ein wenig heruntergekommen aussah. Dort hatte der Festakt anlässlich des Besuchs der Syndika stattgefunden.

Ksar erinnerte sich auch noch, wie fasziniert sie gewesen war von dieser sinnlichen, friedvollen Atmosphäre, den prächtigen Gärten, den plätschernden Wasserläufen, den Wänden mit den eindrucksvollen Fresken, auf denen Szenen aus der vekischen Mythologie abgebildet waren – kurzum, dass sie sich voll und ganz für die Mühen der Reise entschädigt gefühlt hatte. Die Delegation der Syndika war zu groß gewesen, um den Transportpunkt zu benutzen, und so waren sie per Schiff von Alessir bis zum Hafen von Forien gesegelt, am Fuß des Hügels, auf dem sich die Universität erhob. Ksar, die sich zum ersten Mal in ihrem Leben an Bord eines Schiffes befunden hatte, war während der Überfahrt so seekrank geworden, dass sie glaubte, ihr letztes Stündlein habe geschlagen.

Doch vor allem eines würde Ksar nie vergessen: Sie hätte alles darum gegeben, hier studieren zu können. Die Universität stand den SP offen, die es sich finanziell leisten konnten, was nicht viele waren. Sie durften alles studieren außer Magie, aber genau dafür interessierte sich Ksar nun mal.

Ob die Agrier León hierhergebracht hatten? Und wie sollte sie das herausfinden? Mirs Gestalt anzunehmen würde ihr nicht weiterhelfen, man würde sie nicht ohne einen guten Grund durch die Tore lassen, und außerdem bestand immerhin die Möglichkeit, dass jemand Mir kannte und sich fragte, was sie so fern von ihrem Regiment machte.

Da hatte Ksar eine Idee: Sie nahm die Gestalt des Magiers an, der sie angeheuert hatte, um León zu folgen. Die Torwachen würden ihn nicht kennen, ihr Vorgesetzter jedoch vermutlich schon, falls der Verräter den Agriern in derselben Gestalt gegenübertrat wie den Gaunern im Hafen.

Wahrscheinlich hatten die Agrier ihm Leóns Ergreifung bereits mitgeteilt, aber wenn ihr kleiner Zauber an Scopos Transportpunkt funktionierte, würde der Verräter sich damit erst einmal nicht mehr fortbewegen können. Er konnte natürlich jederzeit auf den öffentlichen Transportpunkt zurückgreifen, aber dort waren die Koordinaten für alle sichtbar und warfen die Frage auf, wer sich zur ehemaligen Universität aufgemacht hatte und warum. Und er ging das Risiko ein, dass jemand sie vor seiner Rückkehr löschte.

Entschlossenen Schrittes und auf ihr Ziel anstatt auf die Schwachstellen ihres Plans konzentriert, steuerte Ksar auf die Wachen am ersten Tor zu, die sie zum Halten zwangen.

»Ich will mit eurem Vorgesetzten sprechen. Es ist dringend!«, sagte sie auf Agrisch. Soweit sie wusste, sprachen die

Syndikusse zwar kein Agrisch, aber sie wollte keine Zeit verlieren.

Wie sie vermutet hatte, war den Wachen jemand, der gekleidet war wie ein vekischer Magier, nicht geheuer, trotzdem wollten sie ja keinen Fehler machen.

»Wer bist du?«

»Ruf deinen Vorgesetzten«, herrschte Ksar den Wachposten an. »Nicht den Offizier vom Dienst, sondern den obersten Offizier.«

Die Wachen sahen sich an und wechselten so schnelle Worte, dass Ksar sie nicht verstand. Sie riefen einen Dritten, der in der Nähe war.

»Sag dem Offizier vom Dienst, hier ist ein Vekier, der mit Majorin Drenka sprechen will.«

Es schien ewig zu dauern, bis der Dritte zurückkam, und Ksar sah sich ungeduldig um. Ihr erster Eindruck bestätigte sich. Die einstmals gepflegten Gärten waren von Unkraut überwuchert, die Zierpflanzen voller Ungeziefer, Statuen und Brunnen zerstört. Traurig machte sie auch, dass keine einzige Katze zu sehen war. Vor zwei Jahren hatte es auf dem ganzen Gelände von ihnen gewimmelt, gesunde Tiere mit glänzendem Fell. Die Barbarei der Agrier kannte keine Grenzen.

Schließlich wurde Ksar zu einer Agrierin geführt, die so groß war wie sie selbst in ihrer eigenen Gestalt, aber drei oder vier Mal so breit. Sie hatte ein Gesicht wie ein bissiger Hund und trug das Rangabzeichen eines Majors. Sie befanden sich in einem großen Büro, wahrscheinlich dem des Rektors, aus dem jedes Zeichen von Zivilisiertheit entfernt worden war: Bücher, Gemälde, selbst Tinte, Feder und Papier. Übrig waren nur ein fast leerer Tisch, ein paar alte, halb in Wachs ertrunkene Kerzenhalter sowie mehrere Sessel. Die Wandfarbe war an vielen Stellen abgeblättert und verfärbt.

»In Ihrer letzten Nachricht schrieben Sie, Sie würden uns in nächster Zeit nicht mehr aufsuchen können«, sagte die Majorin auf Vekisch. Selbst ihre Stimme hatte etwas von dem Bellen eines bissigen Hundes.

Ksar atmete auf. Hätte die Majorin in ihr nicht den Verräter-Magier erkannt, hätte sie nicht gewusst, was sie hätte tun oder sagen sollen.

»Ich habe ein anderes Transportmittel ausfindig gemacht«, erwiderte Ksar. »Sie haben den Gefangenen?«, fragte sie dann.

»Zuerst die Belohnung«, forderte Drenka.

»Als Allererstes«, widersprach Ksar, »will ich mich überzeugen, dass es sich wirklich um die gesuchte Person handelt. Dann reden wir weiter.«

»Nun gut.«

Die Majorin rief eine Soldatin, die sie mit einer Fackel in der Hand hinunter ins Verlies führte. Schließlich kamen sie an eine schwere Metalltür, die Soldatin schloss auf und führte sie in ein hohes, feuchtkaltes Kellergewölbe hinab.

Ketten, die in die Wand eingelassen waren, schlossen sich um Leóns Handgelenke. Von der obersten Treppenstufe aus versuchte Ksar, die Lage einzuschätzen. Es gab mehrere Fensterluken, alle direkt unterhalb der Decke, vergittert und mit einem tiefen Schacht davor. Ksar konzentrierte sich auf eines der Gitter, bis die Stäbe so verbogen waren, dass man hindurchschlüpfen konnte – mit Scopos Diamant schienen sich ihre Fähigkeiten potenziert zu haben. Jetzt musste sie León nur noch in die Lage versetzen, zu fliegen.

Sie ging hinunter. Wenige Schritte von León entfernt stand ein Fass voll Wasser, daneben ein Kübel. Seine Kleidung und sein Haar trieften. León sah sehr blass aus, sein Blick wirkte ruhelos. Als er die Gegenwart eines Magiers bemerkte, schien er wieder Mut zu fassen, und seine Miene wurde härter, er sagte jedoch nichts.

»In der Tat«, sagte Ksar, »das ist der Mann.«

»Wie Sie sehen, halten wir uns an Ihre Anweisungen und haben ihn mit Wasser übergossen. Es stimmt, das mag er gar nicht.«

Ksar ging zu León und musterte ihn von Kopf bis Fuß. »Scopo hat dir also alles erzählt, hm? Das hat der Alte gut gemacht. Wo ist das Buch der Macht?« Wie zu erwarten, antwortete León nicht. Ksar zwinkerte ihm zu und konzentrierte sich auf die Eisen um seine Handgelenke. Hoffentlich bemerkte niemand, dass sie sie aufbog. »Glaub ja nicht, dass du noch einmal davonkommst. Ich verfüge über Mittel und Wege, dich zum Sprechen zu bringen.« Ksar ging wieder zu Drenka zurück. Die Majorin schien nicht zu wissen, dass León ein Midrac war, aber ganz sicher war Ksar nicht. Das Risiko musste sie jedoch eingehen. »Der Kerl hat nicht nur eine Abneigung gegen Wasser, sondern auch gegen Feuer. Er wird diese erfrischenden Duschen noch vermissen. Lassen Sie das Fass forttragen und den ganzen Keller mit Strohballen füllen. Am besten übergießen Sie sie auch noch mit Öl, dann zünden Sie sie an. Das wird ihn ein wenig zum Nachdenken bringen. Aber nicht vergessen, der Herr hat uns allerlei zu erzählen, rücken Sie ihm mit dem Feuer also nicht zu sehr auf den Leib. Andererseits« – Ksar setzte ein grausames Lächeln auf –, »die eine oder andere Brandwunde könnte ihn umso schneller gesprächsbereit machen, und unterdessen werden wir beiden uns handelseinig.«

Ksar drehte sich auf dem Absatz um und ging unter Leóns fassungslosem Blick die Treppe wieder hinauf. Die Majorin bellte ihren Soldaten etwas zu, woraufhin diese eilends mehrere Fuhren Stroh herbeischafften. Ksar schlug vor, in Drenkas Büro weiter zu verhandeln.

»Es gibt nichts zu verhandeln«, bellte die Majorin, als sie dort angelangt waren. »Wir haben eine Vereinbarung.«

»Gewiss, meine liebe Majorin. Aber da müssen Sie mir schon ein wenig auf die Sprünge helfen. Ich bin ein vielbeschäftigter Mann und kann mir nicht alles merken.«

»Sie wissen es ganz genau«, erwiderte Drenka. »Ich will die Zauberformeln zur Überquerung der Verlorenen Berge.«

Ksar hatte sich schon so etwas gedacht, dennoch war sie bestürzt. Wenn es den Agriern gelang, diese Berge zu überqueren, blieb Vekion nur wenig Hoffnung. Soweit sie wusste, hielten nur noch dieser Bergzug und seine Zauber die Feinde davon ab, bis nach Alessir vorzurücken. Und wenn die Hauptstadt fiel, würde auch der Rest des Königreichs fallen.

»Sie werden verstehen, dass ich sie nicht bei mir trage. Ich habe sie bei meinen Sachen und meinem Pferd im Wald«, versuchte Ksar sich herauszureden.

»Wie kommt es, dass Sie nicht direkt bis hierher geritten sind?«, wunderte sich die Majorin.

»Mein Pferd ist unterwegs verendet. Ich fürchte, ich habe es zu sehr gehetzt, um rechtzeitig hier zu sein. Es befindet sich nicht sehr weit von hier. Deshalb habe ich eine neue Forderung. Zwei Pferde, eins für mich und ein zweites, damit ich den Gefangenen mitnehmen kann. Sie und Ihre Soldaten begleiten uns bis an die Stelle, wo mein Gepäck liegt, und dort überreiche ich Ihnen die Zauberformeln.« Ksar tastete unter ihrer Kleidung nach dem Goldsäckchen. »Nehmen Sie das hier als Entschädigung.« Gierig griff die Majorin zu. »Ich hoffe, damit sind Ihre Kosten abgegolten.«

Drenka zählte rasch die Münzen und überlegte. Sie hatten dem Gefangenen zwei Pferde abgenommen, weshalb erst

gar keine Kosten entstehen würden, und der Wert des abge-
fackelten Strohs fiel nicht ins Gewicht. Wenn sie das Geld für
sich behielt, brauchte niemand davon zu erfahren.

»Abgemacht«, erwiderte Drenka zufrieden.

»Ich freue mich, dass wir uns verstanden haben, Majorin.«

Drenka rief einen Soldaten und schickte ihn nach dem Gefangenen. Kurz darauf war er mit verängstigter Miene zurück.

»Majorin Drenka, der Gefangene ist nicht mehr da.«

»Was soll das heißen, er ist nicht mehr da?«, brüllte Drenka.

»Er ist wohl verbrannt.«

»Ihr Tölpel!«

Sie stiegen wieder hinunter, um sich persönlich davon zu
überzeugen. Beißender Brandgeruch erfüllte den Keller, fast
das gesamte Stroh war bereits verbrannt. Ksar tat alles, um
die Gitterstäbe wieder in ihren alten Zustand zu versetzen,
was gar nicht so einfach war, und sie blieben auch ein wenig
krumm, aber wahrscheinlich würde es niemandem auffallen.

Drenka ließ ihre schlechte Laune an ihren Soldaten aus,
ohne auf die Idee zu kommen, dass ihr Besucher vielleicht
etwas mit dem Verschwinden des Gefangenen zu tun haben
könnte. Sie trauerte einzig und allein den Zauberformeln
nach.

»Ich werde ihn finden, er kann nicht weit sein. Wenn Sie
hier warten wollen ...«

»Tut mir leid, Majorin, ich muss unverzüglich in den Palast zurück.«

»Bleiben Sie doch wenigstens zum Mittagessen«, schlug
die Majorin vor in der Hoffnung, in der Zwischenzeit würden ihre Truppen den Flüchtigen einfangen und der Handel
käme doch noch zustande.

»In Alessir darf meine Abwesenheit nicht auffallen.« Ksar

hatte durchaus Hunger, aber um nichts in der Welt wollte sie auch nur eine Sekunde länger bleiben als unbedingt nötig. »Sonst ist es aus mit unseren kleinen Geschäften. Wenn Sie so freundlich wären, mir trotzdem die beiden Pferde zu überlassen … Wie gesagt, meines ist tot und ich hätte gerne eines zum Wechseln, damit mir nicht noch einmal dasselbe passiert wie auf dem Herweg.«

Wieder musste Drenka überlegen. Auch wenn sie die Zauberformeln nicht bekommen hatte, blieb ihr immer noch das Gold als Gegenleistung für die beiden Pferde, die sie ja selbst nur gestohlen hatte. Es war und blieb ein vorteilhafter Handel. Wie angenehm, Geschäfte mit so feinen Leuten zu machen, die ihr Geld quasi herschenkten.

Zu ihrer Freude bemerkte Ksar, dass ihr gesamtes Gepäck noch an den Sätteln der beiden Pferde hing, samt Zauberhandbuch, Zelt und Midrac-Ofen.

»Mir gefallen die beiden da, die schon gesattelt sind«, erklärte Ksar.

Die Majorin, hochzufrieden, dass sich der Magier mit diesen beiden Tieren begnügte, hatte nichts einzuwenden. Sie bot ihm sogar Geleit an, aber Ksar lehnte dankend ab und nahm nur einen Proviantkorb an.

Kurz hinter dem Universitätsgelände saß sie ab, um die Pferde zu schonen, die noch nicht ausgeruht waren. Als sie sich in sicherer Entfernung befand und sich vergewissert hatte, dass kein Agrier ihr folgte, nahm sie wieder ihre wahre Gestalt an und holte die beiden Decken und den Beutel, die sie im Wald versteckt hatte, bevor sie die ehemalige Universität betreten hatte.

Es war fast Mittag, und aus dem Proviantkorb duftete es verlockend, aber sie wollte sich so weit wie möglich von der Universität entfernen, bevor sie etwas aß. Wo León wohl steckte? Vielleicht war er zu der Stelle zurückgekehrt, wo sie am Tag zuvor das letzte Lagerfeuer gemacht hatten. Wenn er die Strecke im Flug zurücklegte, wäre er im Nu dort, während sie zu Fuß einen ganzen Tag brauchen würden. Ob er dort auf sie wartete?

Ksar hatte sich die Frage kaum gestellt, da entdeckte sie ihn auf einem Baum am Wegesrand. Vor Freude hätte sie beinahe laut aufgeschrien.

»Fontyr!«, rief sie.

León flog von seinem Ast herunter und landete ein paar Schritte von ihr entfernt. Am liebsten wäre Ksar ihm um den Hals gefallen, wagte es jedoch nicht, und León starrte nur auf den Boden und kaute auf seiner Unterlippe herum. Offenbar war er verlegen.

»Danke, dass du mir da rausgeholfen hast«, sagte er schließlich. »Du bist ein großes Risiko eingegangen.«

»Du bist ein viel größeres Risiko eingegangen, um mich zu retten«, erwiderte sie und dachte daran, wie er die Agrier angegriffen hatte, die am Ufer des Sumpfs auf sie gelauert hatten.

Kaum hatte Ksar sie ausgesprochen, bereute sie ihre Worte. Sie klangen, als hätte sie ihm nur geholfen, um den Gefallen zu erwidern, nicht weil sie ihn tatsächlich hatte retten wollen. Und genauso kam es auch bei ihm an. Er straffte sich.

»Dann sind wir ja quitt«, erwiderte er. Und ohne sie zu Wort kommen zu lassen, fügte er hinzu: »Es sind mehrere Patrouillen von Soldaten nach mir ausgeschwärmt, und ich möchte nicht, dass sie uns noch einmal finden. Aber wir müssen in der Nähe bleiben. Unser Ziel ist die Universität. Sobald es dunkel ist, gehen wir wieder rein.«

»Wie bitte?« Ksar fiel aus allen Wolken. »In die Universität?«

León nickte.

»Deswegen sind wir hier. Aber erst einmal müssen wir uns verstecken. Am besten südöstlich von hier, in den Hügeln. In dieser Richtung suchen sie uns wahrscheinlich nicht.«

Sie erklommen eine enge Schlucht. Ksar verwischte mit kleinen Zaubern ihre Spuren und ließ ein paar Sträucher wachsen, sodass der Weg nicht mehr zu erkennen war. Oben angekommen entschieden sie sich für eine Stelle an der nordwestlichen Flanke des Hügels, von der sie einen großartigen Blick auf die Universität hatten. Sie sattelten die Pferde ab, banden sie an einen Baum neben einem Bach und schlugen wenige Schritte von den Tieren entfernt ihr Zelt auf. Ksar umgab es mit Gestrüpp, sodass es nicht mehr zu sehen war, und mit einem weiteren Zauber machte sie es schallsicher. Erschöpft legten sich beide hinein, um sich auszuruhen.

»Wie ist das mit dem Angriff der Agrier passiert? Ich habe überhaupt nichts davon mitbekommen. Es tut mir leid …«, sagte Ksar entschuldigend.

»Besser so. Wenn sie dich gesehen hätten, hätten sie dich getötet. Mich hingegen wollten sie lebend. Es war ein Glück, dass du ein wenig abseits eingeschlafen bist. Sie waren eigentlich nur hinter mir her, und als sie mich alleine essen sahen, kamen sie nicht auf die Idee, dass noch jemand in der Nähe sein könnte.«

»Warum bist du ihnen nicht einfach davongeflogen?«

»Ich kam gar nicht dazu. Sie tauchten einfach so aus dem Nichts auf, ich konnte nicht das Geringste ausrichten. Außerdem war ich hundemüde. Ich hatte in der Nacht davor auch nicht viel geschlafen.«

Ksar warf ihm einen schnellen Blick zu, aber er tat, als bemerke er es nicht. Er war wohl immer noch verstimmt, dachte sich Ksar, aber zumindest redete er jetzt wieder mit ihr. Na gut, dann würden sie eben reden.

»Der Verräter will das Buch um jeden Preis«, sagte Ksar. »Er hatte den Agriern die Zauberformeln für die Verlorenen Berge versprochen.«

Sie berichtete León von ihrem Gespräch mit der Majorin.

»Der Verräter ist also doch kein Ratsmitglied«, überlegte León. »Aber wie bist du ihm auf die Schliche gekommen? Und hast du nicht gesagt, du könntest dich nicht in einen Mann verwandeln?«

»Ich habe in den letzten Tagen riesige Fortschritte gemacht. Und Scopos Diamant ist eine unglaubliche Hilfe. Was den Verräter angeht, so weiß ich nicht, wer es ist, aber ich glaube nach wie vor, dass es sich um ein Ratsmitglied handelt, das sein Aussehen verändert hat. Hat dich etwas an der Gestalt, in der ich in das Verlies kam, an einen der Syndikusse erinnert?«

»Nein, weder sein Aussehen noch seine Stimme kamen mir bekannt vor. Aber bist du ganz sicher, dass er sich nicht in jemand anderen verwandeln kann, so wie du?«

Ksar nickte. Wenn der Verräter richtig zaubern könnte, hätte er den Transportpunkt in Scopos Laboratorium repariert und wäre damit zur Universität gereist, um León zu holen. »Ganz sicher. Er hat nur seine Gesichtszüge verändert, aber darin ist er wirklich gut.«

»Und woher wusstest du dann, dass er der Verräter ist?«

»Das ist eine lange Geschichte, aber wenn du sie hören willst...«

León nickte, und Ksar erzählte ihm, wie sie vor vier Nächten auf dem Nachhauseweg überfallen worden war, was sie ihrem Angreifer entlockt hatte, wie sie am Abend darauf in den Hafen gegangen war, um den Verräter zu suchen, und wie dieser sie angeheuert hatte, um León zu folgen und ihm einen Melder anzuheften.

León hörte ihr mit offenem Mund zu und schwieg noch lange, nachdem sie ihren Bericht beendet hatte.

»Warum hast du mir kein Wort davon gesagt?«, fragte er schließlich.

Ksar zuckte die Achseln. »Ich habe meine Probleme immer allein gelöst.«

»Und ich dachte, du würdest meine Gesellschaft meiden, mir aus dem Weg gehen. Seit unserer Rückkehr nach Alessir habe ich dich kaum gesehen.«

»Die letzte Nacht habe ich in einem völlig versifften Zimmer im Hafen verbracht und die davor mit einem Umschlag aus zerstampften Wurzeln auf den Rippen. Wie du dir wahrscheinlich vorstellen kannst...«

León lächelte sie schüchtern an.

»Verzeih mir, Ksar.«

»Nein, verzeih du mir.«

DIE UNIVERSITÄT

»Jetzt erzähl doch mal, warum müssen wir in die Universität zurück? Ist das der Ort, wo ›die Erinnerung des alten Weisen ruht und der Geist des neuen Weisen geformt wird‹?«, fragte Ksar mit Lusars Worten.

»Ich hoffe, ja.«

Es würde bald dunkel werden. Am frühen Nachmittag waren sie eingeschlafen, hatten nicht einmal die Kraft gehabt, etwas zu essen, und waren erst vor wenigen Minuten mit knurrenden Mägen wieder aufgewacht. Zum Glück war der Proviantkorb der Majorin reich gefüllt.

»Das verstehe ich nicht«, sagte Ksar. »Bei unserem Aufbruch aus Alessir wusstest du bereits, dass du hierher willst, aber von Lusars Worten habe ich dir erst unterwegs erzählt.«

»Ich bin Scopos Anweisungen gefolgt«, erwiderte León. »Nur sind die nicht besonders klar.«

»Dann weißt du gar nicht, ob sich das Buch der Macht wirklich in der Universität befindet?«

»Nein, das weiß ich nicht.«

»Wie lauten denn diese Anweisungen?«

»Das darf ich dir nicht sagen. Bitte sei mir nicht böse. Von mir aus würde ich dich ja einweihen, aber ich darf es nun mal nicht.«

»Ist ja gut, ich verstehe schon. Schließlich arbeite ich in der Abteilung Sicherheit, ich kenne das. Aber ich kapiere einfach nicht, was wir in einem Agriernest wollen, wenn du nicht einmal weißt, ob wir hier richtig sind.«

»Das kann ich dir nicht sagen«, wiederholte León.

»Dort kann der neue Weise wohl kaum sein, oder?«

León musste lachen. »Von mir erfährst du nichts, also lass es gut sein.«

»Wie auch immer, mir ist nur schleierhaft, wie wir dort wieder hineinkommen wollen.«

»Unser Ziel ist der höchste Turm«, erklärte León. »Da können wir hinfliegen.«

»Du schon, aber ich?«

»Verwandle dich in mich«, schlug León vor.

»Selbst dann kann ich nicht fliegen.«

»Ich kann dir beibringen, dich in der Luft zu halten, ohne gleich wieder runterzufallen. Dann führe ich dich.«

Sie machten ein paar Versuche, aber Ksar konnte die Balance nicht lange genug halten und stürzte immer wieder ab. Die Entfernung bis zum Turm war einfach zu groß, auch dafür, dass León sie beim Fliegen huckepack nahm.

»Geh allein«, schlug Ksar schließlich vor. »Ich warte hier auf dich.«

León schüttelte den Kopf. »Wir müssen beide hin.«

»Ich wüsste nicht, wie …« Plötzlich verstummte sie. Ihr war etwas eingefallen. »So könnte es gehen!«

León schwebte vor dem Fenster von Majorin Drenkas Büro. Es lag im obersten Stockwerk eines Türmchens direkt über einem steilen Abhang. Es war nicht vergittert, und nur die andere, dem Hauptgebäude zugewandte Seite wurde von der schmalen Mondsichel spärlich erhellt. Diese hier lag völlig im Dunkeln, und León spähte hinein. Das einzige Licht im Büro ging von einem dreiarmigen Leuchter aus. Die Majorin war alleine in dem Raum und schien nichts weiter zu tun, als mit hinter dem Rücken verschränkten Händen auf und ab zu gehen.

Doch plötzlich drehte sie sich zum Fenster um, und León verspürte sofort einen stechenden Schmerz in der linken Schulter. Die Majorin hatte ihn weder gesehen noch gehört, nur aus einem Impuls heraus hatte sie aufs Geratewohl ein Messer geworfen – schon mehr als einmal hatte ihr Instinkt sie vor einem Überraschungsangriff gerettet. Mit einer Armbrust in der Hand, die aus dem Nichts gekommen zu sein schien, beugte sie sich aus dem Fenster und spähte in Leóns Richtung. Dieser feuerte nun seinerseits einen winzigen Blitz ab, so klein, dass er kaum zu sehen war, und er traf mitten ins Ziel: Drenka war bereits tot, als sie mit einem schwarzen Loch in der Stirn, nicht größer als eine Münze, den Steilhang hinunterstürzte.

León eilte ihr nach, um die Leiche zu untersuchen, fand sie jedoch nicht gleich, weil sie mitten in dichtes Dorngestrüpp gestürzt war. Die Agrier würden warten müssen, bis es hell war, um den Leichnam zu bergen, falls sie ihn überhaupt fanden. León durchsuchte die Uniform der toten Majorin und stieß auf einen Lederbeutel voller Münzen, da fiel ihm wieder ein, was Ksar ihm über die Belohnung des Verräters erzählt hatte. Sonst trug Drenka nichts Interessantes bei sich.

León flog zurück zu dem Hügel, wo Ksar auf ihn wartete.

»Ich musste sie töten«, berichtete er. »Ich habe ihr den Beutel mit Münzen abgenommen, den du ihr gegeben hast, aber sie hat ein Messer nach mir geworfen und mich an der Schulter getroffen. Es tut ziemlich weh, aber ich glaube, die Wunde ist harmlos.«

»Lass mal sehen.«

Sie duckten sich hinter ein paar Felsen, und Ksar schuf ein Licht, um die Wunde untersuchen zu können.

»Nein, sie ist nicht tief. Es ist nur ein Kratzer. Sekunde.« Es fiel ihr nicht schwer, die Wunde zu schließen und Leóns zerrissene Kleidung zu flicken. »Es kommt mir so vor, als hätte ich in letzter Zeit nichts anderes gemacht, als Verletzungen zu heilen. Eigenlob stinkt, ich weiß, aber darin bin ich inzwischen Expertin.«

»Das freut mich sehr«, erwiderte León lächelnd und gab ihr einen Kuss. »Ich warte im Turm auf dich«, fügte er noch hinzu, dann flog er wieder in Richtung Universität davon.

Ksar blickte ihm nach, bis er nicht mehr zu sehen war. Jetzt war sie an der Reihe. Wo alles doch so einfach wäre, wenn sie fliegen könnte!

Eigentlich hatte León sich gar nicht weit von Ksar entfernt, aber die Dunkelheit der fast mondlosen Nacht verbarg sie vor seinen Blicken. Er war unruhig, schließlich war der Plan sehr riskant, und wenn Ksar aufflog, würde er alles versuchen, um sie zu retten, aber er konnte ihr nicht sagen, dass er die ganze Zeit mit Argusaugen über sie wachen würde, weil er damit wahrscheinlich ihr Verhalten beeinflusst hätte …

León beobachtete, wie Ksar zu den Pferden ging und sie losband. Jetzt, bei Nacht, würden sie auch so hierbleiben, und falls Ksar und er nicht zurückkamen, konnten sie auf diesem Hügel mit seinem saftigen Gras und dem Bach ganz in der Nähe problemlos überleben. Ksar strich ihnen noch einmal über die Nüstern, dann lief sie den Hügel hinunter und auf der anderen Seite wieder hinauf, auf das erste Tor der Universität zu. Bevor sie um die letzte Kurve bog, nahm sie Majorin Drenkas Gestalt an und ging mit zackigem Schritt auf die Wachen zu.

Die Wachen sahen sich verblüfft an. Wann war die Majorin hinausgegangen? Und warum war sie zu Fuß unterwegs, und das auch noch nach Einbruch der Dunkelheit? Schon war die vermeintliche Drenka bei ihnen und funkelte sie finster an.

»Worauf wartet ihr, ihr Hohlköpfe?«, bellte Ksar. »Dass das Tor von allein aufgeht?«

Sofort standen die Wachen stramm und öffneten das Tor. Ksar setzte ihren Weg fort, ohne die beiden eines weiteren Blicks zu würdigen; auf die gleiche Weise passierte sie auch die beiden anderen Tore. Erst als sie den Innenhof erreicht hatte, sah sie sich noch einmal um und vergewisserte sich, dass niemand sie dabei beobachtete, wie sie den marode aussehenden Turm betrat. Doch da kamen zwei Agrier auf sie zu und salutierten.

»Majorin Drenka«, sagte der eine, »wir suchen Sie schon seit einer ganzen Weile. Ihr Gast ist vorhin eingetroffen, und da wir keine Anweisung hatten, haben wir ihn nicht in den großen Saal geführt, sondern in den anderen. Er wirkt ziemlich ungeduldig.«

»Ist gut.«

León, der beinahe eingegriffen und die beiden Soldaten getötet hätte, sah aus der Luft, wie Ksar sich umdrehte und aufs Hauptgebäude zuging.

Während sie den Hof überquerte, fragte sie sich, welches wohl der »andere« Saal war. Am Vormittag, bevor sie zur Majorin gebracht worden war, hatte man sie in einem kleinen Raum im Erdgeschoss warten lassen. Ksar betete insgeheim, dass dieser Raum gemeint war – mit Sicherheit würden die Wachen stutzig werden, wenn sie nicht wusste, wo sie hingehen sollte. Sie würde versuchen, den Besucher so schnell wie möglich abzufertigen. Drenkas Bekannte sollten keine Gelegenheit erhalten, sie allzu eingehend mit der echten Majorin zu vergleichen. Inzwischen hatte Ksar das Hauptgebäude betreten und steuerte auf den kleinen Raum zu. Die Soldaten folgten ihr wortlos. Gut, offenbar hatte sie sich nicht im Raum geirrt.

Diesmal waren die Rollen vertauscht: In Drenkas Gestalt traf Ksar nun auf die Person, in die sie sich erst am Morgen verwandelt hatte, die nun in dem kleinen Saal nervös auf und ab ging. Beklommen versuchte Ksar genauso zu salutieren, wie die Majorin es getan hatte, und gab den Soldaten ein Zeichen, draußen zu warten. Dann bedeutete sie dem Gast, sich zu setzen, und nahm ebenfalls Platz.

Genau wie in der Hafenkaschemme suchte sie das Gesicht ihres Besuchers nach einem verräterischen Detail ab, aber er hatte es genug verändert, um nicht erkennbar zu sein. Vielleicht, sagte sich Ksar, konnte man die Syndikusse Sepa und Lintose ausschließen, die ziemlich dick waren, aber ganz im Klaren war sie sich nicht, wie weit die Fähigkeiten des Verräters bei der Veränderung seiner Erscheinung gingen.

»In Ihrer letzten Nachricht schrieben Sie, Sie würden uns in nächster Zeit nicht mehr aufsuchen können.« Ksar hatte sich ins Gedächtnis gerufen, was die Majorin am Vormittag zu ihr gesagt hatte, und versuchte Drenkas schauderhaften Akzent im Vekischen nachzuahmen, was alles andere als einfach war.

»Bei den Transportmitteln sind erhebliche Schwierigkeiten aufgetreten«, erwiderte ihr Gegenüber. Diesmal konnte Ksar einen Blick auf seine Zähne werfen, während er sprach; sie waren weiß, kräftig und regelmäßig. »Aber schließlich konnte ich eine Zauberkutsche bekommen.«

Ksar fragte sich, wie er das angestellt hatte. Bevor sich León für die Pferde entschied, hatte er, wie es seinen Privilegien als Hüter des Buchs entsprach, bei der Verwaltung eine

Zauberkutsche angefordert, jedoch keine erhalten. Es sei keine verfügbar, hatte es geheißen.

»Ich will den Gefangenen sehen«, verlangte der Verräter.

»Zu meinem Bedauern muss ich Ihnen mitteilen, dass der Gefangene geflohen ist«, erwiderte Ksar. »Meine Truppen sind bereits dabei, die gesamte Umgebung zu durchkämmen.«

»Geflohen? Wie konnte das geschehen?«, fragte der Magier, ohne die Stimme zu heben. In seinem Ton lag kein Unmut, sondern eher Argwohn. »Sie schrieben, Sie hätten ihn in ein Verlies geworfen.«

Ksar setzte jene einfältige Miene auf, die sie mehrmals an der Majorin beobachtet hatte, als sie sich selbst für den Verräter ausgegeben hatte und León gerade geflohen war.

»Das kann sich niemand erklären. Er ist einfach verschwunden. Wir hatten ihn im Verlies angekettet, und plötzlich war er nicht mehr da.«

Der Magier erhob sich und begann wieder, nervös auf und ab zu gehen.

»Wurde er nass gemacht, wie ich es Ihnen empfohlen habe?«, fragte er. »Es war von entscheidender Bedeutung, dass ihm kalt ist.«

»Nach seiner Ergreifung haben wir ihn als Erstes in den Bach getaucht«, erwiderte Ksar, »und hier, im Keller, haben meine Soldaten ihm in regelmäßigen Abständen kaltes Wasser über den Kopf gekippt. Irgendwann wurde er ohnmächtig, und während ich davon unterrichtet wurde, verschwand er. Spurlos.«

»Eigenartig«, murmelte der Magier. »Und die Frau, die bei ihm war? In Ihrer Nachricht haben Sie sie mit keinem Wort erwähnt.«

»Die Frau starb im Kampf, als wir den Mann überwältigten«, erfand Ksar.

»Nun, zumindest dazu können wir uns beglückwünschen«, sagte der Verräter mit einem erfreuten Lächeln.

Wieder konnte Ksar seine Zähne sehen. Sie waren doch nicht ganz so regelmäßig, wie sie zuerst gedacht hatte. Auf der rechten Seite saß einer der oberen Schneidezähne ein wenig tiefer im Zahnfleisch als die anderen, sodass es aussah, als stünde der Eckzahn hervor.

»Warum bleiben Sie heute nicht über Nacht?«, schlug Ksar vor. »Ich bin sicher, meine Soldaten werden ihn bald wieder eingefangen haben. Wie gesagt, mehrere Patrouillen sind dabei, den Wald zu durchkämmen. Es wird nicht mehr lange dauern.«

»Ich muss nach Alessir zurück. Meine Pflichten erfordern meine Anwesenheit in der Hauptstadt, aber zu einer kleinen Stärkung sage ich nicht nein. Ich habe den ganzen Tag nichts gegessen, und vor mir liegen mehrere Stunden anstrengender Reise.«

»Ich lasse Ihnen etwas bringen. Warten Sie hier.«

Ksar verließ das Büro. Die Soldaten standen stramm, als sie sie sahen.

»Er soll etwas zum Abendessen bekommen. Und wenn er fertig ist, soll er hin, wo er hergekommen ist. Wenn er nach mir fragt, sagt ihm, ich bin schlafen gegangen und will unter keinen Umständen gestört werden.«

»Zu Befehl, Majorin Drenka.«

DIE BIBLIOTHEK

Zu seiner großen Erleichterung sah León Ksar aus dem Hauptgebäude kommen und zum Turm hinaufgehen. Diesmal wurde sie von niemandem aufgehalten. Als sie vor dem massiven, mit schmiedeeisernen Verzierungen beschlagenen Holzportal stand, sprach sie einen Öffnungszauber aus, ging hinein und verschloss es mit einem weiteren Zauber. Dann nahm sie wieder ihr eigenes Aussehen an und schuf ein Licht, um sich umzusehen.

Vor zwei Jahren war sie schon einmal in diesem Gebäude gewesen, bei ihrem ersten Besuch in der Universität. Damals war die Doppeltreppe, die in den ersten Stock führte, mit bunten Wimpeln dekoriert gewesen, und der Festsaal im Erdgeschoss war für die Ansprache der Syndika extra hergerichtet worden. Jetzt erinnerte nichts mehr an damals: Die Flügeltüren des Festsaals waren brutal aus den Angeln gerissen und rotteten vor sich hin. Es gab weder Tische, Stühle noch Wandschmuck, nur verstaubte, undefinierbare Haufen, in denen die Ratten nisteten.

Ksar ging in die Eingangshalle zurück und begann die Treppe hinaufzusteigen. Sie war noch nicht ganz oben angekommen, da sah sie, dass León auf dem Absatz auf sie wartete.

»Das hat aber lange gedauert«, flüsterte er in vorwurfsvollem Ton. In den Fensteröffnungen fehlten Rahmen und

Scheiben, weshalb jedes Geräusch weithin zu hören war. »Was war denn los?«

»Unser lieber Verräter ist im Hauptgebäude«, antwortete Ksar ebenso leise. »Dort wartet er jetzt auf sein Abendessen. Dann will er nach Alessir zurück. Ich habe Anweisung erteilt, dass ich nicht gestört werden will.«

»Wir müssen uns beeilen. Los, komm.«

León schickte zwei kleine Feuerzungen nach unten in die Halle, dann betraten sie die Räumlichkeiten, die bis vor zwei Jahren die bedeutendste Bibliothek von Vekion beherbergt hatten. Jetzt waren davon nur noch Gänge mit leeren, größtenteils kaputten Regalen übrig, in denen schon seit längerem nur noch Spinnen und Nagetiere zu Hause waren. Auf dem Boden lag das eine oder andere vergessene Buch, von den Ratten zernagt und von der Feuchtigkeit aufgequollen. In der Mitte des Raums führte eine gemauerte Wendeltreppe weiter nach oben.

»Ich hoffe, dieser Ort sagt dir irgendetwas. Offenbar war in Scopos Anweisungen nicht vorgesehen, dass …«, sagte León und drehte sich zu Ksar um. Er verstummte abrupt. Ksar hörte ihm gar nicht zu, stattdessen blickte sie mit weit aufgerissenen Augen und einem Lächeln auf den Lippen um sich.

»Das ist ja ein Wunder!«, rief sie. Sie trat an das erstbeste Regal, senkte den Kopf und starrte fasziniert auf die leere Luft vor sich. »Die Bibliothek von Alessir ist lächerlich, verglichen mit dieser hier. Sieh mal, hier steht die ›Theorie der Magie‹ von Pehetriu. Ich habe schon oft davon geträumt, dieses Buch einmal lesen zu können.« Sie ging ein paar Schritte weiter und blickte erneut ins Leere. »›Technik und Zaubersprüche: Die Zukunft in den Fingerspitzen‹ von Preyghar. Irgendwo habe ich gelesen, es wäre verlorengegangen. Wenn es hier noch ein Exemplar gibt, dann …«

»Sag mal«, fiel León ihr ins Wort, »siehst du ... wirklich Bücher?«

Ksar starrte ihn verblüfft an. Was für eine seltsame Frage! »Was soll das heißen? Siehst du denn vielleicht keine? Wir befinden uns in der Bibliothek der Universität, falls du es noch nicht bemerkt hast.« Ksar fuhr fort, mit lebhaftem Interesse die leeren Regale zu inspizieren. »Ich hoffe, du kannst das Buch der Macht auch wirklich sichtbar machen, schließlich können wir sie schlecht alle einzeln durchsehen.«

León bückte sich und hob eines der wenigen tatsächlich vorhandenen Bücher auf. Es stellte sich als unlesbar heraus. Die Feuchtigkeit hatte es komplett aufgeweicht.

»Kannst du den Titel dieses Buchs entziffern?«, fragte er.

Ksar betrachtete es interessiert. »›Geschichte Vekions‹. Davon gibt es in Alessir auch ein Exemplar.«

»Dieses Buch hier ist völlig ruiniert«, erwiderte León. Dann deutete er auf die Regale: »Und hier sehe ich nichts. Nur leere, kaputte Regale.«

»Im Ernst?«

»Ich weiß nicht, wer hier gewütet hat, ob der Verräter, als er das Buch der Macht suchte, oder die Agrier, die ja keinen großen Ansporn brauchen, um alles kurz und klein zu schlagen. Jedenfalls ist das hier keine Bibliothek mehr. Und wie es aussieht, nicht erst seit gestern.«

Ksar schaute sich um. Sie konnte kaum glauben, dass León nicht dasselbe sah wie sie. »Warum hat Scopo uns herkommen lassen?«, fragte sie.

»Ah, jetzt geht mir ein Licht auf!«, erwiderte León. »Komm, wir müssen bis ganz nach oben gehen.«

Er ließ zwei weitere Feuerzungen zurück, wie in allen weiteren Sälen, durch die sie kamen, je weiter sie hinaufstiegen. Schließlich gelangten sie in einen Raum, der genauso übel zugerichtet war wie die anderen, eher noch schlimmer, denn es hatte hereingeregnet, und auf dem Steinfußboden hatten sich Wasserlachen gebildet. Alles war mit Moder und Schimmel überzogen.

»Ist in diesem Raum irgendetwas für dich anders?«, fragte León.

Ksar nickte. »Meinst du die Möbel?«

»Wahrscheinlich. Ich sehe keine Möbel. Siehst du einen Thron?«

»In der Mitte steht eine Art Sessel, ein Thron vielleicht, vor einem Tisch. Und Regale, aber nur an den Wänden, keine Gänge wie in den Sälen unten. Kannst du es wirklich nicht sehen? Warum sehe ich es dann?«

»Du wirst es gleich verstehen. Du musst dich auf den Thron setzen.«

Kaum hatte Ksar Platz genommen, da schwebten alle Bücher aus den Regalen und bildeten auf dem Tisch vor ihr eine lange Schlange.

Das erste schwebte direkt vor ihr in der Luft. Die anderen Exemplare dahinter drängelten regelrecht, um ebenfalls an die Reihe zu kommen, und es sah aus, als könnten sie es gar nicht erwarten, weiter vorzurücken. Auch aus den unteren Etagen trafen nun immer neue Trauben von Büchern ein, die sich ordentlich in die Schlange einreihten.

Ksar streckte die Hand aus und wollte das erste Buch aufschlagen, um seinen Titel lesen zu können, denn er stand nicht auf dem Ledereinband. Doch das war gar nicht nötig. Sobald sie es berührte, wusste sie alles, was in dem Buch stand. Dann schwebte es ins Regal zurück, und sogleich rückte das nächste an seine Stelle. Ksar berührte es nur kurz mit ihren Fingerspitzen, und schon geschah dasselbe wie beim ersten Buch. Und genauso ging es mit den anderen Büchern weiter.

León sah ihr von der Treppe aus zu. Er wusste nicht, was Ksar da mit ausgestreckter Hand und geschlossenen Augen tat, wagte jedoch nicht, sie zu unterbrechen. Proscals Anweisungen lauteten: Wenn sie wirklich die neue Weise ist, wird sie wissen, was sie zu tun hat, sobald sie sich auf den Thron im obersten Stockwerk setzt. Und genau so war es.

León saß wie auf Kohlen. Die Zeit verging, und Ksar schien kein Ende zu finden bei ihrem seltsamen Ritual. Die Nachricht, dass sich der Verräter in der Universität befand, beunruhigte ihn. Ksar war im Moment verletzlicher denn je, und von der Wendeltreppe aus waren alle möglichen verdächtigen Geräusche zu hören. Den Turm konnte niemand betreten haben, dessen war sich León sicher, denn auf seine Feuerzungen war Verlass. Dennoch steigerte sich seine Nervosität von Minute zu Minute.

Er ließ zwei weitere Feuerzungen zu Ksars Schutz zurück, dann machte er sich auf, alle Räume der Bibliothek zu kontrollieren. Nichts. Wieder im obersten Stockwerk angekommen, flog er durch eines der Fenster hinaus, oder besser gesagt: durch eines der Löcher in der Wand, denn von den Fensterrahmen war seit der Ankunft der Agrier nichts mehr übrig, geschweige denn von den Glasscheiben. Eilig stieg er immer höher in die Luft, um die Lage zu erkunden, und zu seiner Überraschung stellte er fest, dass es draußen deutlich wärmer war als drinnen.

Wie immer erwies sich seine Intuition als zutreffend: In Abwesenheit der Majorin hatte der Verräter die Soldaten zum Turm geschickt – wie, war León ein Rätsel –, und jetzt marschierten sie mit ihren Armbrüsten im Anschlag auf das Eingangsportal zu. Der Verräter war nicht bei ihnen. Offensichtlich war er gerissen genug, sich nicht selbst die Finger schmutzig zu machen. Wo er wohl steckte?

Die Ersten erreichten gerade das Turmportal, doch es hielt stand, so sehr sie auch dagegen anrannten. Ksar hatte mit ihrem Schließzauber gute Arbeit geleistet. León flog wieder zurück in den Turm und segelte in den ersten Stock hinunter. Dort befanden sich genau über dem Eingangstor mehrere Fenster. León flog zu einem davon und beugte sich hinaus. Er sah, dass es im Erdgeschoss keine weiteren Fenster oder Türen gab, und die Fenster auf den anderen Seiten des Turms gingen alle auf den Steilhang hinaus. Das Eingangsportal bildete also den einzigen Zugang zum Turm. Trotzdem war es nur eine Frage von Minuten, bis die Agrier Äxte oder einen Rammbock holen würden oder sich das Portal von dem Verräter öffnen ließen. Er musste etwas unternehmen, und zwar sofort, also begann er, von seinem Fenster aus Feuerpfeile auf die Agrier abzuschießen. Die Getroffenen schrien so laut, dass der Lärm bis ins oberste Stockwerk dringen musste, aber falls Ksar die Schreie überhaupt hörte, ließ sie sich davon anscheinend nicht beeindrucken.

Die Soldaten zogen sich hinter einen Felsvorsprung zurück und zielten mit ihren Armbrüsten in Leóns Richtung. Doch er hatte sein Ziel, sie vom Eingang zu verscheuchen, bereits erreicht, und stellte den Beschuss ein. Stattdessen wachte er nur noch darüber, dass keiner bis zum Portal zu gelangen versuchte, und wechselte dabei ständig von einem Fenster zum nächsten, um kein stehendes Ziel zu bieten.

Hoffentlich war Ksar bald fertig. Einer Belagerung würden sie nicht lange standhalten, und sobald es hell war, würden die Agrier sehen, wo sie hinflogen – falls er mit Ksar auf den Armen überhaupt fliegen konnte –, und Jagd auf sie machen.

León rief alle Feuerzungen zu sich, die er in den unteren Stockwerken der Bibliothek verteilt hatte, und postierte sie an den Fenstern mit der Anweisung, sich auf jeden zu stürzen, der sich dem Turm näherte. Dann ließ er sich auf die oberste Treppenstufe sinken, lehnte sich an die Wand und schloss die Augen. Sobald die Agrier einen neuen Angriffsversuch unternahmen, würden seine Feuerzungen sie umzingeln, und er würde sofort aufwachen.

Doch nicht seine Feuerzungen weckten ihn ein paar Stunden später, sondern Ksar. Sie schüttelte ihn sanft.

»Was ist los, Fontyr?«, fragte sie. »Was machst du denn hier?«

»Die Agrier. Sie belagern uns.«

»Kannst du nicht deine Feuerzungen auf sie hetzen?«

»Mit meinen Feuerzungen kann ich ein paar von ihnen ausschalten, aber nicht alle, und außerdem will ich meine Reserven nicht aufbrauchen.«

Er sprang auf und sah nach den Flammen, die er an den Fenstern aufgestellt hatte. Da waren sie, bereit, in Aktion zu treten. Die Agrier lauerten ebenfalls noch hinter die Felsen geduckt und warteten offensichtlich darauf, dass es hell wurde. León beschloss, seine Feuerzungen noch eine Weile dort zu lassen. Wenn die Agrier angegriffen wurden, sobald sie den Turm betraten, würden sie glauben, Ksar und er befänden sich noch drinnen, statt sich sofort an ihre Fersen zu heften. Ein kleiner Vorsprung war immer gut.

»Wir müssen fort, bevor es hell wird«, erklärte León.

»Aber ohne das Buch der …«

»Das Buch ist nicht hier. Lass uns ein Fenster suchen, das auf den Steilhang hinauszeigt.« Sie liefen ins Erdgeschoss hinunter und durchquerten den Festsaal. Draußen war es stockfinster. »Halt dich gut an mir fest.«

»Kannst du mich wirklich tragen?«

»Wir müssen nicht sehr weit, und es geht nur darum, den

Sturz abzufangen. Wenn du nicht loslässt, wird alles gut gehen.«

Ehe Ksar sich versah, sauste sie, an León geklammert, in schwindelerregendem Tempo durch die Luft, und ihr Herz klopfte wie wild vor Angst und Entzücken. Dann landeten sie sanft am Fuß der Einfriedung.

»Alles in Ordnung?«, fragte León.

»Ich hätte nie gedacht, dass Fliegen solchen Spaß macht! Wenn die Agrier nicht wären, würde ich glatt sagen: gleich noch mal!« Sie hatte immer noch ihre Arme um ihn geschlungen und nutzte die Gelegenheit, ihm einen Kuss zu geben. »Seit wann wusstest du, dass ich die neue Weise bin?«, fragte sie mit gespielter Strenge.

»Darüber reden wir später. Erst einmal müssen wir hier weg.«

»Großartig wäre es, wenn wir dem Verräter seine Kutsche wegschnappen könnten«, schlug Ksar vor. »Damit würden wir zwei Fliegen mit einer Klappe schlagen: Wir hätten ein schnelles Transportmittel, und er würde hier im Regen stehen.«

»Das ist zu riskant«, wandte León ein. »Lass uns lieber die Pferde suchen.« Ein warmer Wind strich ihnen sanft übers Gesicht. »Hör mal, ist dir auch aufgefallen, dass es gar nicht mehr so kalt ist?«

»In der Bibliothek habe ich herausgefunden, welche Formeln der Verräter benutzt hat, um den Winter zu verlängern«, erklärte Ksar. »Ich habe sie ins Gegenteil verkehrt. Es war ganz einfach.«

León verzog das Gesicht. Das erklärte den Angriff der Agrier. »Das war gut gemeint, aber dadurch ist uns der Verräter wahrscheinlich auf die Schliche gekommen«, sagte er etwas verärgert.

»Meinst du?«

»Ich fürchte, ja. Lass uns die Pferde suchen, und dann nichts wie weg hier.«

Noch im Schutz der Nacht liefen sie den Hügel hinunter, doch als sie gerade das letzte Tor passiert hatten, zeigte sich bereits der erste helle Schimmer am Horizont. Also gingen sie durch den Wald weiter, um von den Wachen nicht gesehen zu werden – und standen plötzlich vor der Zauberkutsche. Das Gefährt war schwarz lackiert, reich verziert und schien in hervorragendem Zustand zu sein. Ohne zu zögern lief Ksar darauf zu.

»Warte!«, rief León.

Aber Ksar hatte bereits einen Öffnungszauber gesprochen, und als die Tür aufschwang, wurde sie von einer unsichtbaren Kraft zurückgeschleudert, die sich sofort um ihren Hals legte und ihr die Luft abschnürte. León schoss einen Feuerpfeil ab. Eine grüne Stichflamme blitzte auf, und der Würgegriff lockerte sich.

»Ksar! Ist dir was passiert? Ist alles in Ordnung?«

Noch etwas benommen ließ sie sich von ihm aufhelfen.

»Es war nichts. Nur der Schreck.«

Nachdem sie sich den Schmutz abgeklopft hatte, ging sie erneut zu der Kutsche, deren Tür jetzt offenstand, und stieg hinein, diesmal ohne Probleme. Als León nicht nachkam, rief sie: »Komm, steig ein.«

»Ich bin nicht sicher, ob das eine gute Idee ist.«

»Red keinen Unsinn«, erwiderte Ksar, »es ist eine ausgezeichnete Idee. Wir können abwechselnd schlafen, und in ein paar Stunden sind wir in Alessir. Wenn es der Verräter nicht schafft, vor uns dort zu sein, wissen wir, wer es ist.«

»Lass uns zu den Pferden gehen, Ksar«, beharrte León. »Wir haben schon zu viel Zeit verloren.«

Unbeirrt von Leóns Worten versuchte Ksar, die Kutsche in Gang zu setzen. Sie probierte es mit allen erdenklichen Zaubern, aber das Gefährt wollte sich einfach nicht bewegen. Schließlich musste sie doch auf León hören.

GESTÄNDNISSE

Sie kehrten zu ihrem Zelt zurück und beschlossen, erst am Abend aufzubrechen, wenn es wieder dunkel war. Solange auf allen Wegen Agrier patrouillierten, war es einfach zu riskant, und außerdem blieb ihnen auf diese Weise der ganze Tag, um sich auszuruhen.

Sie schliefen tief und fest bis kurz vor Sonnenuntergang. Als Erster wachte León auf, völlig ausgehungert. Er hatte elf Stunden geschlafen, und seit ihrer letzten Mahlzeit waren fast vierundzwanzig Stunden vergangen. Von dem Proviant, den die Majorin Ksar mitgegeben hatte, war noch etwas da. Er stand leise auf, um nach dem Korb zu greifen, konnte jedoch nicht verhindern, dass Ksar ebenfalls aufwachte.

»Willst du etwas essen, Ksar?«

»Ich weiß nicht«, antwortete sie mit schläfriger Stimme. »Ich glaube, ich habe zu lange geschlafen. Mir ist nicht gut, und ich habe so einen seltsamen Druck auf den Ohren.«

Als sie das Essen sah, griff sie zu, aß jedoch nicht viel – sie fand an allem einen unangenehmen Beigeschmack. León hingegen ließ nicht einmal Krümel übrig.

Es war noch nicht ganz dunkel, also legten sie sich nach dem Essen wieder hin und unterhielten sich.

»Seit wann weißt du, dass ich die neue Weise bin?«

»Schon eine ganze Weile«, gestand León. »Seit mehreren Monaten.«

»Warum hast du es mir nicht gesagt?«

»Das ging nicht. Ich hatte Anweisung, es nicht zu tun. Du musstest es in der Bibliothek selbst herausfinden. Aber jetzt, da du es weißt, darfst du noch etwas anderes erfahren: Du kannst Proscals Diamanten behalten. Er ist für dich.«

»Im Ernst? Hör mal, wie kommt es, dass du Scopo beim Vornamen nennst? Seit wann kanntest du ihn?«

»Das ist eine sehr lange Geschichte.«

»Wir haben Zeit.«

»Ich wurde im Norden geboren«, begann León, »in …«

»So lang ist die Geschichte?«, unterbrach Ksar.

»Ich habe dich gewarnt.«

»Ich dachte, du bist aus dem Süden. Du hast einen melairischen Akzent.«

»Geboren wurde ich aber im Norden.«

»In Franzina?«

León blinzelte überrascht.

»Ja. Woher weißt du das?«, fragte er. Anstelle einer Erklärung deutete Ksar nur auf den silbernen Anhänger, den er um den Hals trug. »Ah, verstehe. Aber woher kennst du das Wappen von Franzina?«

»Ich bin aus Scala«, erklärte Ksar, »einem Dorf ganz in der Nähe. Das Massaker, das die Agrier dort angerichtet haben, fand am Markttag statt, und halb Scala war dort. Meine Eltern auch. Und ich dachte immer, damals wäre niemand lebend davongekommen.«

»Ich war der einzige Überlebende, weil ich davongeflogen bin. Ich wusste gar nicht, dass ich fliegen kann. Plötzlich saß ich auf einem Dach und schoss Feuer auf alles, was sich mir näherte. Ich weiß nicht, wie lange ich dort oben blieb, aber es muss eine ganze Weile gewesen sein. Erst Proscal holte mich wieder herunter. Ich kenne meinen richtigen Nachnamen nicht, ich bin nicht einmal sicher, ob mein Vorname wirklich León ist. Dieses Wort hat Proscal verstanden, als er mich gefragt hat, wie ich heiße.«

»Wie alt warst du da?«

»Keine Ahnung. Noch sehr klein, ich konnte kaum sprechen. Er brachte mich nach Melaira, in ein kleines Dorf an der Südküste. Er kannte meine Eltern, ich meine die, die mich adoptierten. Sie hatten schon einen anderen Sohn, der Midrac war, und hatten keine Bedenken. Proscal kam uns oft besuchen und hat meinem Bruder und mir die Ausbildung bezahlt. Als ihm schwante, dass du die neue Waise bist, bat er mich, dich zu beschützen, weil er niemandem in Alessir vertraute.«

»Er hat dich kommen lassen, um mich zu beschützen?«

»Damit du dich ganz dem Erlernen der Magie widmest«, präzisierte León. »Und um zu verhindern, dass du dein Leben aufs Spiel setzt. Deshalb habe ich dich auch nie zu irgendwelchen Einsätzen geholt.«

Ksar fiel aus allen Wolken. Aber wie hätte sie das auch ahnen sollen? »Wenn du wüsstest, wie sehr ich dich dafür gehasst habe …«, sagte sie.

»Ich fürchte, ich weiß es ziemlich genau«, erwiderte León mit einem Lächeln. »Ich habe auch zu verhindern versucht, dass du Lusar befreist, aber das ist mir nicht gelungen.«

»Gleich am Tag deiner Ankunft«, erinnerte sich Ksar, »wurde ich von einer Aufgabe abgezogen, an der ich schon eine ganze Weile gearbeitet hatte, und stattdessen wurde sie dir übertragen. Dann saß ich auf dem Trockenen bis zu der Sache mit Lusar. Aber wie sollte ich auf die Idee kommen, dass ich die neue Weise bin?«

»Was ich nicht verstehe – wie konntest du gleichzeitig arbeiten und studieren?«

»Das war nicht schwer. Anfangs war das Zaubern mehr eine Spielerei, und ich habe auch nicht sehr viel Zeit darauf verwendet. Und als ich den Dreh raushatte, habe ich die Magie vor allem dazu benutzt, mir das Leben leichter zu machen.«

»Aber wenn du einen Einsatz hattest…«

»…dann habe ich den Unterricht ein paar Tage lang verpasst, ja, aber anschließend bin ich gleich wieder hingegangen. Du kannst dir gar nicht vorstellen, wie miserabel Scopos Studenten sind. Trotzdem, dass ich die neue Weise bin…« Ksar schüttelte den Kopf. »Eigentlich kann das gar nicht sein. Du weißt ja, wie ich bin: impulsiv, unbesonnen, voller Temperament. Mit Weisheit scheint mir das schwer unter einen Hut zu passen.« Wieder schüttelte sie den Kopf. »Es ergibt einfach keinen Sinn. Ich bin eine SP. Wie kann es sein, dass ich die neue Weise bin?«

»Da bin ich überfragt«, erwiderte León. »Aber was im Turm geschehen ist, bestätigt es, falls es noch einen Zweifel gab.«

»Aber ich… Es war reiner Zufall, dass ich das Zaubern erlernt habe, und außerdem habe ich mich am Anfang ziemlich dumm angestellt. Ich glaube, die Magie hat mich interessiert, weil mir ihr Studium verwehrt war. Was wäre passiert, wenn ich mich nicht über die Vorschriften hinweggesetzt hätte? Wenn ich nicht, wie Menron in der letzten Abteilungsleitersitzung sagte, ›zu sehr bestrebt wäre, mit meinem Verhalten gegen die Einhaltung der allgemeinen Bestimmungen zu verstoßen‹?«

»Menron ist ein Idiot«, rief León aus und musste lachen. Ksar sah ihn erleichtert an. Genau dasselbe hatte sie auch schon oft gedacht. »Wann hat er das gesagt?«

»Vor ein paar Monaten«, antwortete Ksar. Wie sehr dieser

Ausspruch sie damals gewurmt hatte! Damit, so hatte sie befürchtet, waren all ihre Aufstiegschancen dahin.

»Und woher weißt du das?«

»Berufsgeheimnis«, antwortete Ksar vorsichtig. »Aber was
ich sagen wollte«, fügte sie hinzu, um das Gespräch wieder
in eine unverfänglichere Richtung zu lenken, »wenn ich mich
vor ein paar Jahren nicht für die Magie interessiert hätte,
hätte ich nie eine Weise werden können.«

»Tja, aber so ist es nun einmal gekommen, auch wenn die
Magier es garantiert nicht witzig finden. Genauso wenig, wie
wenn sich das eigene Kind als Midrac entpuppt. Was ist oben
im Turm eigentlich genau passiert? Du hast in der Luft geses-
sen und warst ganz konzentriert.«

»Alle Bücher der Bibliothek sind durch meine Hände gewandert. Und wenn ich sie berührt habe, war es … Ich kann
es gar nicht erklären. Ich hatte den Eindruck, ich hätte jedes
einzelne Buch viele Male gelesen und verstünde es jetzt endlich ganz und gar. Am Schluss tauchte der Weise Lesper auf.
Zuerst stellte er mir lauter Fragen, und erst am Ende erklärte
er mir, wer er ist und dass ich die neue Weise bin. Es war
unglaublich.«

»Es hat Stunden gedauert.«

»Es waren ziemlich viele Bücher. Ich musste jedes einzelne
in die Hand nehmen.«

León richtete sich auf. Diese Worte hatten eine Erinnerung
in ihm geweckt.

»Hör mal, Ksar, gestern Nacht, in der Bibliothek, als du
die ganzen Bücher dort gesehen hast, bevor du wusstest,
dass ich sie nicht sehen konnte, sagtest du, du hoffst, ich
könne das Buch der Macht auch wirklich sichtbar machen.
Woher wusstest du überhaupt, dass ich es sichtbar machen
kann?«

Verflixt, wie hatte ihr diese Bemerkung nur entschlüpfen können? Gestern Nacht war sie sehr müde gewesen. Eigentlich war sie immer noch müde, und ihr war ein bisschen schlecht, obwohl sie so lange geschlafen hatte. Dennoch hätte sie besser aufpassen müssen.

»Bitte, Fontyr, stell mir keine Fragen. Kannst du es wirklich sichtbar machen?«

León antwortete nicht sofort. Er schien es nicht witzig zu finden, dass sie sich um die Antwort drückte.

»Ja. Proscal hat mir erklärt, wie«, antwortete er schließlich. »Wenn ich nahe genug an dem Versteck bin und bestimmte Worte ausspreche, wird es auftauchen. Gestern im Turm, während ich auf dich gewartet habe, bin ich durch alle Säle gegangen und habe sie ausgesprochen, aber das Buch hat sich nicht gezeigt. Ich weiß nicht, wo es ist.«

»Ich auch nicht«, gab Ksar zu. »Ich habe es nie herausgefunden. Hat Scopo zu dir gesagt, ich wüsste es? Womöglich bin ich am Ende doch nicht die neue Weise.«

León sah sie misstrauisch an. Woher wusste sie, dass Proscal das zu ihm gesagt hatte? Es trat ein langes Schweigen ein, das León erst nach einer ganzen Weile brach.

»Proscal pflegte sich nicht besonders klar auszudrücken, aber er meinte, wenn du mich an den Ort führst, wo es versteckt ist, müsse ich die Worte aussprechen. Ksar, entschuldige, dass ich darauf beharre, aber woher weißt du das alles? Ich habe nur einer einzigen Person erzählt, dass ich das Buch sichtbar machen kann und dass der neue Weise das Versteck kennt...« Ein Verdacht keimte in ihm auf. »Als wir aus den Minen zurück waren und ich der Königin im Sitzungssaal Bericht erstattet habe, warst das wieder du?«

Ksar setzte sich auf, was ihr einige Mühe bereitete, denn es ging ihr immer schlechter, und das Essen war ihr überhaupt nicht bekommen, aber bei dieser Erklärung wollte sie auf Augenhöhe mit León sein.

»Nein, das war nicht ich. Sieh mal…«, begann Ksar. Sie stockte, machte jedoch gleich einen neuen Anlauf. »Als Menron uns sagte, der Bericht müsse der Königin vorgetragen werden, du solltest aber alleine hingehen, da… ich wusste doch, dass ihr… Also, ich wusste nun mal von euch…« Ksar verstummte erneut. Sie tat alles, um Leóns Blick standzuhalten, aber sie konnte es einfach nicht. »Okay, ich gebe ja zu, dass ich vielleicht ein bisschen… ich bin ziemlich eifersüchtig und wollte einfach wissen, was du ihr sagen würdest, ob du mit ihr… Schluss machst, und habe euer Gespräch belauscht.«

León blieb stumm. Er war so verblüfft, dass es ihm die Sprache verschlagen hatte. Aber wenigstens reagierte er nicht empört oder machte Ksar Vorwürfe, er setzte nicht einmal seine übliche eisige Miene auf.

»Ich weiß, darauf brauche ich wahrlich nicht stolz zu sein«, fuhr Ksar ein wenig selbstbewusster fort, »aber ich würde es trotzdem wieder tun. Ich musste es einfach wissen, und mir war klar, von dir würde ich es nicht erfahren.«

»Hast du dich noch öfter… so in mein Leben gemischt? Das ist etwas, das *ich* wissen muss.«

Ksar nickte langsam. León so viele Dinge zu gestehen war anstrengend. Sie legte sich wieder hin. Der Druck auf ihren Ohren war noch stärker geworden, und trotz des Midrac-Ofens war ihr kalt. Am liebsten hätte sie sich zugedeckt, aber die Decke lag unter ihr und Ksar hatte irgendwie nicht mehr die Kraft, sich zu bewegen. »Am Tag, als Scopo ermordet wurde. Ich hatte gerade gelernt, mich zu verwandeln, und probierte es ganz aufgeregt aus, in der Palastbibliothek vor dem Spiegel. Ich dachte, dort wäre ich ungestört, in die Bibliothek ging ja nur Scopo, und ich wusste, er war in der Ratssitzung. Ich hatte mich gerade in Syrca verwandelt, als die Königin hereinkam, und natürlich hat sie mich für ihre Freundin gehalten. Ich konnte ihr schlecht sagen, wer ich bin, also habe ich meine Rolle so gut wie möglich gespielt. Sie sprach von einem gewissen León, aber damals kannte ich deinen Vornamen noch nicht, deshalb wusste ich in dem Moment gar nicht, wen sie meinte.«

Jetzt spiegelte sich in Leóns Miene nicht mehr Überraschung, sondern Interesse. »Ich wusste nicht, dass sie es Syrca erzählt hat. Ich dachte, sie hätte es für sich behalten.«

»Ebendeshalb wurde mir klar, dass Syrca vertrauenswürdig ist«, erklärte Ksar. »Bei ihr ist das Geheimnis gut aufgehoben. Es ist nichts durchgesickert.«

»Was hat sie über mich gesagt?«, wollte León wissen.

»Sie erzählte mir, ihr hättet euch gestritten, weil du angeblich aus Zeitmangel nicht mit ihr zu Mittag essen wolltest, und du hättest ihr vorgeworfen, vereinnahmend zu sein. Das fand sie wohl überhaupt nicht witzig.«

»Deshalb wusstest du später, worüber wir an diesem Vormittag gesprochen hatten.«

»Ja. Ich hoffte, du hättest es nicht gemerkt.«

»Ich war nicht sicher, ob es am selben Tag war«, entgegnete León. »Seit meinem Gedächtnisverlust sind viele Erinnerungen immer noch verschwommen. Hat sie dir sonst noch etwas gesagt?«

»Also dafür, dass du dich nicht mehr genau erinnern kannst, bringst du mich ganz schön ins Schwitzen. Du bist mir in allem auf die Schliche gekommen.« Ksar machte eine Pause. Was hatte Valisia noch zu ihr gesagt? Das Überlegen strengte sie an. »Sie schwieg lange«, fuhr Ksar schließlich fort. »Dann sagte sie, das Schlimmste sei, dass du recht hättest, auch wenn sie nicht sagte, was sie genau meinte. Und schließlich wollte sie doch zur Sitzung. Sie bat mich mitzukommen, aber auf halbem Weg riss ich unter einem Vorwand aus. Dann habe ich mich in den Fluren verlaufen und bin in deinem Büro gelandet. Den Rest kennst du.«

Ksar schloss die Lider. Sie war unglaublich erleichtert, León endlich reinen Wein eingeschenkt zu haben.

»Und wie hast du es angestellt, uns zu belauschen, als ich zu ihr hinaufgegangen bin?«, fragte León. »Die Tür zum Sitzungssaal ist ziemlich dick, und es ist äußerst riskant, draußen das Ohr dranzuhalten.«

Das war das letzte Geheimnis, das ihr noch blieb, aber Ksar hatte keine Kraft mehr, León irgendetwas zu verheimlichen. Am besten erzählte sie ihm alles und ruhte sich dann aus.

»Im Palast von Alessir«, antwortete sie, ohne auch nur die Augen zu öffnen, »gibt es Geheimgänge, so wie in der Burg des Vergessens. Von dort habe ich euch belauscht. Ich habe auch die Ratsversammlung mitangehört, in der du zum Hüter des Buchs ernannt wurdest, und genauso habe ich auch an Scopos Unterricht in der Bibliothek teilgenommen. Was ich nicht weiß, ist, wie er mich entdeckt hat.«

»Ich auch nicht. Er hat mir erzählt, seit ein paar Jahren hätte er eine hervorragende Schülerin, die …«

»Seit ein paar Jahren?«, rief Ksar überrascht aus.

Klar, seit damals, als sie eine Hausarbeit abgegeben hatte. Er hatte also doch gemerkt, dass sie von keinem seiner Schüler stammte.

»Er sagte, er unterrichte dich heimlich«, sprach León weiter, »und er hege die Vermutung, du könntest die neue Weise sein. Du weißt es nicht mehr, aber wir beide haben uns im Herbst kennengelernt. Ich … habe mich in dich verliebt und Proscal gebeten, mir eine Versetzung nach Alessir zu verschaffen, und er sagte mir, er habe da zufällig einen Auftrag für mich: Ich solle mich um deine Sicherheit kümmern. Ich konnte mein Glück kaum fassen. Eine bessere Aufgabe hätte ich gar nicht bekommen können.«

Ksar öffnete die Augen. Sie glitzerten wie Diamanten, und ihre perlmuttfarbenen Wangen hatten einen rosigen Schimmer. »Ich liebe dich, Fontyr«, sagte sie. »Es tut mir sehr leid, dass ich es so lange nicht gemerkt habe.«

León beugte sich über sie und küsste sie. »Ksar, du glühst ja!«, rief er erschrocken. »Du hast hohes Fieber.«

»Es geht mir nicht gut.«

»Kannst du einen Heilzauber anwenden?« Was für eine dumme Frage, sagte sich León, denn wenn es möglich gewesen wäre, hätte sie es längst getan. Ksar schüttelte den Kopf. »Das ist das Werk des bösen Zaubers aus der Kutsche«, erklärte er. »Das war eine Falle.«

León war von Anfang an gegen die Idee mit der Kutsche gewesen. Warum hatte er nicht auf seine Intuition gehört und Ksar daran gehindert, sich dem Gefährt zu nähern? Er hätte sich ohrfeigen können. Nun ja, zumindest war sie noch am Leben.

»Meinst du?«, fragte Ksar.

»Ganz sicher«, erwiderte León nervös. »Es ist gleich dunkel. Glaubst du, du kannst reiten?«

»Ja, keine Bange«, beruhigte ihn Ksar. »So schlecht geht es mir auch wieder nicht. Weißt du, was mich wütend macht? Dass der Verräter mich hereingelegt hat. Nach allem, was wir über ihn wissen, kommt er mir nicht besonders schlau vor, und trotzdem hat er es geschafft, mich in eine Falle zu locken.«

León machte sich daran, das Zelt abzubauen und die Pferde zu satteln, während Ksar regungslos dasaß und wartete. Sie fühlte sich immer schlechter, aber sie wollte León nicht noch mehr beunruhigen. Sie musste daran denken, wie sie zusammen mit Lusar durch die Minen gewandert waren. Damals war es ihm ziemlich schlecht gegangen, und trotzdem hatte er sich weitergeschleppt, ohne zu jammern und den anderen ein Klotz am Bein zu sein.

»Rühr dich nicht von der Stelle«, sagte León, als er mit allem fertig war. »Ich bin gleich wieder da.«

Dann schwang er sich in die Luft und verschwand in der Dunkelheit der Nacht.

FORIEN

In der Küche der Universität war es fast dunkel. Im Herd glomm lustlos ein Feuer unter einem Topf mit Wasser. León spähte durch eines der Fenster hinein, aber es war nichts zu sehen. Die Küche war leer.

Das war seltsam, wenn man bedachte, dass sich um diese Zeit jemand um das Abendessen hätte kümmern müssen. Beim Überfliegen der Universität hatte León einzelne Wachen gesehen, aber kaum Zeichen von Aktivität. Er hatte den leeren Beutel dabei und machte sich daran, ihn mit Proviant zu füllen. Den Korb hatten sie leergegessen.

Dann flog er zum Hauptgebäude, in dem kein einziges Licht brannte, schwebte durch eines der Fenster im obersten Stock hinein und hielt den Atem an. Es war kein Laut zu hören. Mit einer Feuerzunge erhellte er den Raum und stellte fest, dass er bis auf ein Metallbett und einen abgenützten Waschtisch leer war. Auf dem Flur herrschten ebenfalls Stille und Dunkelheit. León reduzierte die Feuerzunge auf ein Minimum und schickte sie vor sich her. Sie würde ihm signalisieren, wenn jemand in der Nähe war.

Er flog ins Erdgeschoss, wo seine Feuerzunge schließlich etwas entdeckte. Der Flur war beleuchtet, er brauchte die Flamme also nicht mehr als Lichtquelle und schickte sie zu einer der Fackeln – wenn jemand versuchen sollte, ihn anzugreifen, würde sich das Flämmchen einmischen.

Um keine Geräusche zu machen, bewegte er sich schwebend den Flur entlang, bis er deutlich Stimmen hören konnte. Er sprach nicht so gut Agrisch wie Ksar, aber genug, um zu verstehen, dass diese Soldaten und die Wachen die einzigen Streitkräfte waren, die sich noch in der Universität befanden. Alle anderen waren im Einsatz. León war nicht ganz sicher, aber wenn er recht gehört hatte, waren sie auf dem Weg nach Alessir. Er schwebte bis zum nächsten Fenster und flog von dort aus wieder zurück zu dem Hügel, auf dem sie ihr Zelt aufgeschlagen hatten.

Ksar hatte nach wie vor hohes Fieber und lag mit dem Kopf auf ihrem Sattel gebettet auf dem Boden in exakt derselben Position, wie er sie zurückgelassen hatte. Mit glänzenden Augen sah sie ihn an, sagte aber nichts.

»Wir wollen versuchen, es bis zum Hafen von Forien zu schaffen«, erklärte León. »Mal sehen, ob du reiten kannst.«

»Wollen wir nicht zuerst den Katzen helfen?«, fragte Ksar mit dünner Stimme.

»Den Katzen?«

»Sie haben sie alle aus der Universität verscheucht«, erwiderte Ksar traurig.

»Was?«

»Die Katzen. Wir müssen ihnen helfen zurückzukommen. Ich habe es versprochen.«

León sah sie erschrocken an. Die Ärmste fantasierte.

»Wir müssen fort, Ksar. Wir helfen ihnen irgendwann anders.«

»Na gut, aber wir dürfen es nicht vergessen.«

Er half ihr in den Sattel und hielt sich mit seinem Pferd ganz dicht neben ihrem. So kamen sie zwar nicht besonders schnell vorwärts, aber zum Hafen war es nicht weit.

Forien war ein kleines Fischerdorf, in dem kein Haus mehr

als zwei Stockwerke hatte, die Gassen waren eng und um diese Zeit verlassen. León stieg ab, nahm die beiden Pferde an den Zügeln und ging in Richtung Marktplatz. Von dem Hufgeklapper aufgescheucht, beugte sich ein Mann aus dem Fenster, um nachzusehen, woher der plötzliche Lärm kam. León blieb stehen.

»Entschuldigen Sie, gibt es hier einen Arzt?«

Der Mann sah zuerst ihn an, dann Ksar, dann wieder León. »Es gibt die Frau Doktor Galas, direkt hinter dem Marktplatz. Aber um diese Zeit schläft sie bestimmt schon.«

Er erklärte León den Weg, dann schloss er das Fenster. León ging mit den Pferden weiter bis zum Marktplatz und von dort zu der angegebenen Adresse.

Nach dem bescheidenen Äußeren zu schließen konnte dort kein Arzt wohnen. León läutete trotzdem an der Türglocke. Nichts rührte sich. Als er gerade noch einmal läuten wollte, hörte er drinnen Schritte, und eine Frau, Mitte vierzig, in einen dicken Überwurf gewickelt, öffnete die Tür.

»Wir brauchen einen Arzt«, erklärte León.

»Kommen Sie herein«, sagte die Frau.

León half Ksar beim Absteigen und brachte sie ins Haus. Ihre Wangen waren feuerrot, und ihre Augen starrten ausdruckslos ins Leere. Ohne ein Wort zu sagen, ließ sie sich in einen Raum führen, in dem eine Liege stand.

»Legen Sie sich hin«, sagte die Ärztin. Ksar tat wie ihr geheißen, und Galas machte sich an die Untersuchung. »Tut Ihnen etwas weh?«

Ksar hob den Blick, blieb jedoch stumm. León, der neben der Liege stand, sah sie unruhig an.

»Was ist mit ihr, Frau Doktor?«, fragte er.

»Das kann ich noch nicht sagen. Als Erstes muss das Fieber gesenkt werden.«

Aus einem Schrank holte die Ärztin ein paar getrocknete Kräuter und bereitete daraus einen Tee zu, den sie zusammen mit mehreren Löffeln Honig in eine Tasse goss.

»Dieser Tee ist sehr bitter«, erklärte sie. »Er muss ein wenig abkühlen, bevor sie ihn trinken kann.« Sie stellte die Tasse an eines der Fenster. »Sie beide sind nicht von hier, oder?«

»Wir sind auf der Durchreise. Wir haben gehört, dass die Agrier auf dem Weg nach Alessir sind.«

Galas nickte mit besorgter Miene. »Sie sind heute Morgen aufgebrochen. Sie haben ein kleines Kommando in der Universität zurückgelassen, aber die anderen marschieren alle nach Alessir.«

Die Ärztin verließ den Raum und kam nach einer Weile in seltsamer Kleidung wieder, die weder typisch für eine Magierin war noch für eine SP. Ksar war mittlerweile eingeschlafen. Mit Leóns Hilfe flößte Galas ihr den inzwischen abgekühlten Tee ein, und Ksar trank, ohne aufzuwachen. Dann legte die Ärztin ihr eine Hand auf die Stirn und sprach eine Zauberformel aus. Es trat keine sichtbare Veränderung ein.

»Ich weiß nicht, was sie hat«, sagte Galas mit besorgtem Blick. »Eigentlich hätte das Fieber sinken müssen... Aber dann versuchen wir es eben auf die althergebrachte Art.«

Aus demselben Schrank, in dem sie die Teekräuter aufbewahrte, holte die Ärztin mehrere Tücher, goss kaltes Wasser in eine Schüssel, dazu ein paar Tropfen einer weißen Flüssigkeit, tauchte alle Tücher hinein und machte sie gut nass. Dann zog sie eines heraus, wrang es aus und legte es Ksar über die Stirn. Als sie ihr die Bluse ein Stück aufknöpfte, um auch ihren Hals zu kühlen, entdeckte sie Scopos Diamant. Sie sah León kurz an, sagte jedoch nichts und betupfte mit dem kalten Tuch Ksars Schläfen, Hals, Handgelenke und Hände.

Dann fühlte sie erneut ihre Stirn und wiederholte die Zauberformel. Es trat keine Veränderung ein.

Die Ärztin zog ein weiteres Tuch aus der Schüssel, wrang es aus und legte es Ksar auf die Stirn. Sie bat León, es zu wechseln, sobald es warm war.

»Seid Ihr Magierin?«, fragte León, verwundert darüber, dass jemand, der Zauberformeln anwenden konnte, so bescheiden lebte.

Galas nickte. »Ich sehe zwar nicht so aus, aber, ja, ich bin Magierin.«

»Ich glaube, Ksar ist einem bösen Zauber zum Opfer gefallen.«

Die Ärztin hob die Augenbrauen. »Mit diesen Symptomen?« Galas warf einen skeptischen Blick auf Ksar. »Wenn das ein Zauber ist, dann ein ganz eigenartiger.« Sie blickte zu León auf. »Aber wenn Sie recht haben, muss es sich um einen sehr mächtigen Zauber handeln. Oder um eine sehr empfindliche Patientin.« Die Ärztin inspizierte Ksars Hals: Auf beiden Seiten waren kleine blaue Flecken zu sehen. »Ja, es sieht tatsächlich nach einem bösen Zauber aus, aber er hat sie nicht voll getroffen. Merkwürdig!«

Sie wühlte erneut in ihrem Schrank, und diesmal zog sie ein dickes Buch hervor, setzte sich an den Schreibtisch und las mehrere Minuten lang konzentriert. Dann kehrte sie an den Schrank zurück, nahm etliche Kräuter heraus und machte sich daran, sie in einem Mörser zu zerstampfen.

»Mit bösen Zaubern kenne ich mich aus, wissen Sie?«, erklärte Galas. »Ich war an der Universität Dozentin für Magische Medizin. In der Nacht des Überfalls der Agrier hielt ich mich hier auf, in Forien, und kümmerte mich um einen Kranken. Deshalb bin ich dem Blutbad entgangen. Ich bin hiergeblieben, in der albernen Hoffnung, dass wir irgendwann die Agrier vertreiben und die Universität wieder aufbauen könnten.«

»Die Katzen müssen zurückgeholt werden.« Ksar setzte sich plötzlich auf. Das Tuch auf ihrer Stirn fiel herunter.

Die beiden anderen sahen sie ungläubig an, dann griff die Ärztin nach dem Tuch und tauchte es in die Wasserschüssel.

»Sie fantasiert wieder«, erklärte León. »Auf dem Weg hierher hat sie auch etwas von den Katzen gefaselt.«

León wollte Ksar helfen, sich wieder hinzulegen, aber sie sträubte sich. Ihre Augen funkelten.

»Wo Katzen sind, können die Agrier nicht hin«, beharrte sie. »Wir müssen sie an die Universität zurückholen.«

Die Ärztin sah sie verunsichert an und zupfte nachdenklich an ihrer Unterlippe. Schließlich deutete sie mit dem Zeigefinger auf Ksar. »Sie fantasiert nicht«, sagte Galas. »Und selbst wenn – an ihren Worten könnte etwas dran sein. Die Alten haben Vekion mit einem Sicherungssystem versehen, das weiß ich, Schutzgeister, die feindliche Überfälle mit einem Zauber abwehren. Damit diese Geister bewohnte Orte schützen und sich ohne jemandes Zutun fortpflanzen, könnte es sein, dass sie an die Katzen gebunden sind. Diese Tiere wurden bei den Alten sehr verehrt. In jenen fernen Zeiten kam die Gefahr aus dem Süden. Deshalb verfügten die Provinzen im Norden, die ersten, die vor gut zwanzig Jahren von den Agriern erobert wurden, nicht über diesen Schutz.« Die Ärztin machte eine Pause, bevor sie fortfuhr: »Ein paar Wochen vor dem Angriff der Agrier verschwanden alle Katzen aus der Universität, dabei waren es nicht gerade wenige.«

»Auch aus Alessir sind die Katzen verschwunden«, merkte Ksar an.

»Das Problem ist, dass wir solche Schutzgeister nicht mehr

erschaffen können«, fuhr die Ärztin fort, »aber ausrotten können wir sie zum Glück auch nicht. Die Agrier könnten sie verscheucht haben. Was ich nicht verstehe ist, wie sie überhaupt von ihnen erfahren konnten und mit welchen Mitteln sie sie vertrieben haben.«

León behielt für sich, dass es in Alessir einen Verräter gab; er kannte die Ärztin kaum, vielleicht würde sie misstrauisch oder schockiert reagieren. León schätzte sie zwar nicht so ein, aber er wollte kein Risiko eingehen.

Endlich begriff er, was der Verräter vorhatte: Er hatte die beiden Meister aus dem Weg geräumt und förderte das Vorrücken des Feindes, um das Buch der Macht in seinen Besitz zu bringen. Sobald ihm das gelungen war, würde er die Katzen zurückholen, die Agrier vertreiben und sich als Retter des Königreichs aufspielen. Mit Hilfe der Macht des Buchs würde er Valisia stürzen oder dafür sorgen, dass die Agrier sie vor ihrer Vertreibung töteten. Und dann würde er mit der Unterstützung aller den Thron besteigen.

»Wie könnte man die Katzen zurückholen?«, fragte León.

»Da bin ich überfragt«, erwiderte die Ärztin, »aber es muss einen Weg geben.«

»Ksar, weißt du, wo die Katzen sind?«

»Nein«, antwortete sie mit matter Stimme. »Ich weiß nur, dass ein Zauber sie an der Rückkehr hindert.«

León half ihr, sich wieder hinzulegen. Diesmal fügte sich Ksar und schloss sofort die Augen, sobald sie lag. León drückte ihr ein frisches kaltes Tuch auf die Stirn.

»Kannst du diesen Zauber nicht auflösen?«, fragte er sie.

Ksar schüttelte den Kopf, ohne die Augen zu öffnen.

»Ihre Freundin ist nicht in der Verfassung zu zaubern«, sagte die Ärztin, während sie sich wieder an dem Mörser zu schaffen machte. »Sie hat sehr hohes Fieber, ihr Zustand würde sich dadurch nur verschlimmern. Und ich verstehe von Katzenzaubern leider nichts.«

Galas kippte den Inhalt des Mörsers in eine Schüssel und verrührte ihn mit einer dunklen, zähen Masse aus einem Gefäß, das sie ebenfalls im Schrank aufbewahrte. Sie sprach eine Zauberformel aus, woraufhin die Arznei einen ekelerregenden Gestank verströmte und sich hellgrün verfärbte.

»Bitte helfen Sie mir, ihr diesen Sirup einzuflößen«, bat Galas. »Sie hat wieder das Bewusstsein verloren. Halten Sie sie fest, das hier ist nämlich sehr stark und wird sie aufwecken.«

Mit vereinten Kräften flößten sie Ksar den Inhalt der Schale ein. León dachte, die Ärztin hätte mit »sehr stark« den Geschmack der Arznei gemeint, der, wenn er so unangenehm war wie der Geruch, widerlich sein musste. Aber als Ksar den letzten Löffel davon geschluckt hatte, begann sie zu zittern, anfangs kaum merklich, doch schon nach ein paar Sekunden wurden die Zuckungen immer heftiger. León musste seine gesamte Kraft aufbringen, um sie festzuhalten, damit sie nicht zu Boden fiel oder sich an der Wand stieß. Dann entspannte sich Ksar wieder, ohne die Augen zu öffnen.

Selbst Galas wirkte beeindruckt. »So eine Reaktion habe ich noch nie erlebt. Das hier sieht aus …« Sie unterbrach sich und wandte sich León zu. »Sie haben sie gerade eben gefragt, ob sie einen Zauber ausführen könnte. Das heißt, sie ist Magierin, obwohl sie wie eine SP gekleidet ist, oder?«, fragte sie. León nickte. »Sie muss eine große Magierin sein, denn so eine Reaktion …« Die Ärztin sah León direkt in die Augen, aber dieser blieb ungerührt. »Ich verstehe ja, dass Sie es nicht erzählen wollen, aber …« Galas presste die Lippen zusammen und schüttelte den Kopf. »Tut mir leid, aber Ihre Freundin liegt im Sterben, und sie braucht eine weitere Dosis – das heißt, falls sie die ist, für die ich sie halte. Andernfalls könnte eine weitere Dosis sie töten.«

»Und für wen haltet Ihr sie?«, fragte León.

»Man munkelt, Meister Scopo unterrichte einen neuen Weisen. Und all das, was Ihre Freundin über die Katzen gesagt hat, scheint mir sehr bezeichnend. Ganz zu schweigen von dem Diamanten, den sie um den Hals trägt. Er sieht dem von Meister Scopo sehr ähnlich.«

»Ich verstehe nicht, worauf Ihr hinauswollt, aber vielleicht könnten wir es riskieren und ihr noch ein wenig mehr geben«, schlug León vor. »Sie ist sehr stark, und ich glaube, sie würde es überstehen.«

Sie gaben ihr noch eine Dosis, und Ksars heftige Reaktion wiederholte sich. Diesmal schlug sie am Ende die Augen auf.

»Wie geht es dir?«, fragte León.

Ksar verzog den Mund zu einem Lächeln. »Besser, auch wenn das Zeug, das ihr mir gegeben habt, wirklich ekelhaft ist«, antwortete sie mit zittriger Stimme.

Galas fühlte ihre Temperatur. Sie war deutlich gesunken. »Sie hat kein Fieber mehr, aber die Krankheit ist noch da«, erklärte sie. »Machen wir uns nichts vor. Wir haben die Sache hinausgezögert, aber mehr kann ich nicht tun.«

»Und wisst Ihr, wer …?«

»Das Buch der Macht«, antwortete die Ärztin, bevor León zu Ende gesprochen hatte.

León nickte stumm. Er wusste nicht, wo das Buch war. Proscal hatte es ihm nicht verraten. Er hatte nur gesagt, Ksar werde ihn zu dem Versteck führen. León hatte geglaubt, sie kenne es, aber Ksar hatte ihm mitgeteilt, sie habe es nie herausgefunden. Doch er musste an die Szene in der Universität denken, wie sie Dinge gesehen hatte, die weder er noch sonst jemand sehen konnte. Vielleicht wusste sie jetzt, nachdem sie all diese Bücher gelesen hatte, wo sie suchen sollte.

»Wir müssen nach Alessir zurück«, sagte Ksar plötzlich.

León sah sie nachdenklich an. Das schien die Antwort auf die Frage zu sein, die er noch gar nicht gestellt hatte. Er wandte sich Galas zu: »Ich nehme an, hier gibt es keinen Transportpunkt.«

Die Ärztin schüttelte den Kopf. »Die Agrier haben die Transportpunkte im Rathaus und in der Universität zerstört. Was das Zerstören angeht…«

»Frau Doktor, wissen Sie von jemandem, der uns mit einem Boot nach Alessir bringen kann?«

»Ich will nicht mit dem Boot fahren«, protestierte Ksar mit so matter Stimme, dass sie sie nicht hörten.

Galas überlegte. »Es gibt da ein Problem. Die Agrier werden jeden Moment in der Hauptstadt eintreffen, wenn sie nicht schon dort sind. Soweit ich weiß, haben sich Truppen aus allen Richtungen dorthin aufgemacht, nicht nur von der Universität aus. Deshalb wird niemand jetzt nach Alessir wollen. Die Leute haben schon die Eroberung von Forien mitgemacht, und das ist nichts, was man ein zweites Mal erleben möchte. Höchstens wenn wir sagen, dass es darum geht, jemand sehr Wichtigem das Leben zu retten, das Leben der…«

»Nein«, fiel León ihr ins Wort. »Glaubt Ihr, jemand im Dorf würde mir sein Boot verkaufen? Ein schnelles.«

»Ich will nicht mit dem Boot fahren«, wiederholte Ksar.

»Könnten Sie es steuern?«

»Ja.«

»Ich habe da eine Idee. Ich weiß von jemandem, der vielleicht…«

»Ich will nicht Boot fahren«, protestierte Ksar so laut, dass sie sie endlich hörten.

»O doch«, sagte León aufmunternd. »Du wirst schon sehen, morgen sind wir in Alessir. Das Meer ist sicher. Dort gibt es keine Agrier. Das sind Landratten, keine Seefahrer. Und von hier braucht man keine zwanzig Stunden.«

»Kommt auf das Boot an«, widersprach Galas. »Mit den Segelbooten der Fischer zwischen dreißig und vierzig Stunden. Es hängt auch vom Wind ab.«

»Ich werde seekrank«, beharrte Ksar.

»Machen Sie sich darum jetzt keine Gedanken«, beruhigte sie Galas. »Wenn es so weit ist, gebe ich Ihnen ein Mittel gegen Übelkeit. Ich spreche mal mit einem Freund von mir, vielleicht haben wir ja Glück. Ich bin gleich wieder da.« Galas warf sich einen Umhang über und verließ das Haus.

Kurz darauf kehrte sie mit einem nicht sehr großen, drahtigen Mann mit wettergegerbter Haut zurück, mit dem León schnell handelseinig wurde. Er verkaufte ihnen sein Segelboot, angeblich das schnellste von Forien, für zweitausendfünfhundert Vek. León war sicher, dass er sie übervorteilte, hatte aber weder Zeit noch Lust, zu feilschen. Dann wollte er auch Galas ein Honorar bezahlen.

»Kommt nicht in Frage. Für mich war es eine Ehre.«

»Behaltet wenigstens die Pferde«, schlug León vor.

»Einverstanden«, willigte Galas ein. »Ich gehe der Sache mit den Katzen nach, und wenn es funktioniert, bleibt kein Agrier in der ganzen Gegend.«

»Ich kann Euch sagen, was der Zauber alles beinhalten muss, damit die Katzen zurückkommen«, bot Ksar an, der es sichtlich besser ging.

Schritt für Schritt erklärte sie der Ärztin, wie man den Zauberspruch aufbauen musste. Tief beeindruckt machte Galas sich Notizen. »Aber dafür gibt es doch gar keine Formeln!«, rief sie schließlich aus.

»Man muss einen echten Zauber benutzen«, erklärte Ksar.

»Ich … fürchte, das kann ich nicht«, erwiderte die Ärztin. Sie reichte León ein Fläschchen mit dem grünen, übelriechenden Sirup. »Bewahren Sie ihn an einem warmen Ort auf und geben Sie ihr alle acht Stunden einen Esslöffel voll. Den ersten um sechs Uhr morgens, den nächsten um zwei Uhr nachmittags und so weiter. Geben Sie ihr nichts, bevor diese acht Stunden nicht um sind, und vor allem erhöhen Sie nie die Dosis«, schärfte sie ihm ein, »selbst wenn sie Sie anfleht. Das würde sie töten.« Galas senkte die Stimme, damit Ksar sie nicht hören konnte. »Sie werden feststellen, dass die Wirkung immer mehr nachlässt, bis sie schließlich völlig ausbleibt. Dennoch«, beharrte sie, »geben Sie ihr nie mehr als einen Esslöffel alle acht Stunden.«

»Wie lange kann es dauern, bis das Mittel überhaupt keine Wirkung mehr hat?«, fragte León ebenfalls flüsternd.

Galas machte eine vage Geste. »Ich weiß nicht, so etwas kommt nicht so oft vor. Nicht lange jedenfalls.«

»Aber wie lange ist ›nicht lange‹? Eine Woche?«

Die Ärztin senkte den Blick. »Morgen ist Donnerstag, oder? Sie können von Glück sagen, wenn sie den Freitag übersteht. Wir wollen hoffen, dass Sie das Buch der Macht vorher finden.«

DIE MELAIRA

Der Hafen von Forien war überraschend groß; er war auch für Schiffe mit Tiefgang geeignet, wenngleich seit der Zerstörung der Universität nur noch die bescheidenen Boote der Fischer dort anlegten. Ksar und León hatten Glück, dass fast die gesamten agrischen Truppen fort waren, so wurde der Hafen nicht mehr bewacht.

Das Segelboot, das sie erworben hatten, war tatsächlich das beste von allen, die im Hafen lagen. Es handelte sich um eine Jacht mit vier Plätzen, mit der der Verkäufer nichts anfangen konnte, weil sie nicht zum Fischen taugte. Vom Erlös wollte er sich ein kleines Fischerboot zulegen.

León bestaunte seine Anschaffung. Der Mann hatte weder beim Preis noch bei den Vorzügen des Bootes übertrieben. Es war ein sehr altes Modell eines magischen Segelbootes, das sich bewährt hatte. Es hatte zwar schon bessere Zeiten gesehen, und die magischen Komponenten mussten überholt werden, aber die Segel waren in Ordnung, und es würde noch viele Jahre seetüchtig bleiben. Außerdem hieß es *Melaira*.

Schlag Mitternacht stachen sie gen Alessir in See. León flog eifrig auf der *Melaira* hin und her und sah nach allem. Das Steuerrad betätigte man von einem rundum verglasten Aufsatz aus, in den man von der winzigen Vier-Mann-Kajüte aus gelangte. In einem der schmalen Betten darin lag Ksar.

Nachdem León sich davon überzeugt hatte, dass alles so

war, wie es sein sollte, ging er kurz vor Sonnenaufgang in die Kajüte, um sich auszuruhen. Er hatte seinen Midrac-Ofen aufgestellt, und es war angenehm warm. Er wollte sich gerade möglichst leise in das Bett neben Ksars legen, als er merkte, dass sie bereits wach war.

»Wie geht es dir?«, fragte León.

»Mir ging's schon mal besser. Aber das viele Schlafen hat mir gutgetan.«

»Gestern den ganzen Tag und fast die ganze Nacht. Nicht schlecht.«

Er legte ihr die Hand auf die Stirn. Sie hatte hohes Fieber.

»Es ist ganz normal, dass das Fieber wieder gestiegen ist«, sagte León mit gespielter Ruhe. »Und bis sechs Uhr ist es nicht mehr lange.«

»Keine Bange, ich habe meinem Bruder versprochen, nicht zu sterben, und ich werde mein Versprechen halten. Und dieses Mittel gegen Übelkeit, das mir die Ärztin gegeben hat, hilft tatsächlich. Du brauchst es nicht, oder? Wie ich sehe, bist du hier ganz in deinem Element.«

León lächelte. »Ich komme aus Melaira, das Meer ist mein Zuhause«, erklärte er. »Außerdem war ich bei der Marine. Letzten Sommer habe ich meine Ausbildung abgeschlossen, doch dann bat mich Proscal, dort auf einer der Inseln in der Abteilung Sicherheit anzufangen.«

»Das verstehe ich nicht«, wunderte sich Ksar. »Macht dir die Kälte gar nichts aus?«

»Segeln ist wie fliegen. Man friert ein bisschen dabei, aber das ist es wert.«

»Und warum sind wir nicht auch mit dem Boot zur Universität gefahren? Ich hätte mich natürlich geweigert, aber du hast es nicht einmal vorgeschlagen. Dann hätten wir nicht so lange gebraucht.«

»Wenn ich ein Boot angefordert hätte, hätten sich die Syndikusse gleich denken können, wo wir hinwollen. Deshalb entschied ich mich für die Pferde. Aber jetzt haben wir es eilig.«

Zu Beginn ihrer Reise, erinnerte sich León, hatte Ksar ihm vorgeworfen, dass sie den Palast verlassen hatten, ohne ihre Ermittlungen gegen die Syndikusse zu Ende zu führen. Wie immer hatte sie recht gehabt, sie hätten in Alessir bleiben sollen, um den Verräter zu entlarven, und anschließend hätte er sie in aller Ruhe zur Universität bringen können. Wissend, wie verletzlich sie war, war es Wahnsinn gewesen, sie derartig zu exponieren, solange der Verräter frei herumlief.

León war nicht leicht zu entmutigen, aber diesmal musste man nicht besonders pessimistisch sein, um für die Zukunft rabenschwarz zu sehen. Er versuchte sich nichts anmerken zu lassen, denn er wollte Ksar nicht beunruhigen, aber er wurde den Gedanken nicht los, dass die Aufgabe, die Proscal ihm übertragen hatte, auf eine Katastrophe hinauslief: Die neue Weise war Opfer eines bösen Zaubers geworden, den er nicht abzuwenden vermocht hatte, und lag jetzt im Sterben, und ebenso wenig war es ihm gelungen, dem Verräter die Maske vom Gesicht zu reißen und das Buch der Macht sichtbar zu machen.

»Weißt du, wie weit wir noch von Alessir entfernt sind?«, fragte Ksar in seine Grübeleien hinein.

»Natürlich. Ich schätze, wir können bis heute Abend dort sein, vielleicht so gegen acht. Dieses Boot ist sehr schnell, und im Moment ist der Wind günstig, wenn auch ein bisschen schwach. Das Problem ist, dass die Winde in dieser Jahreszeit sehr schnell wechseln, aber ich glaube, er wird seine Richtung erst mal beibehalten.«

»Im Hafen gibt es einen Geheimgang, der zum Palast führt«, sagte Ksar. »Wir sollten ihn benutzen, wenn wir da sind.«

»Wo beginnt er?«

Ksar erklärte es ihm. Sie verriet ihm auch die Zauberworte, mit denen man den Felsen am Eingang zur Seite rollte. León fragte nicht nur aus reiner Neugier nach: Es war durchaus möglich, dass es Ksar so schlecht ging, wenn sie den Hafen erreichten, dass er sie würde auf dem Schiff lassen müssen. Dann wäre er gezwungen, den Geheimgang ohne sie zu finden, um nach Alessir zu gelangen, ohne dass der Verräter es mitbekam.

»Man muss kein Magier sein, damit es funktioniert«, fuhr Ksar fort. »Man braucht bloß diese Worte auszusprechen, dann gleitet der Felsen zur Seite. Und genauso verschließt man den Eingang von der anderen Seite aus wieder. Dieser Weg zum Palast ist ein ganzes Stück kürzer, weil er ziemlich gerade verläuft, ohne die ganzen Kurven, die der normale Weg macht. Er endet im untersten Teil des Palasts. Die kleine Treppe, die nach oben führt, hat es allerdings in sich. Einmal habe ich die Stufen gezählt, es sind achthundertsiebenundneunzig.«

»Seit wann kennst du dieses ganze Labyrinth von Geheimgängen?«

»Seit etwa sechs Jahren.«

»Und du hast nie jemandem davon erzählt?«

Ksar schüttelte den Kopf.

»Nur dir. Sonst kennt sie niemand, soweit ich weiß. Obwohl…« Sie zögerte. »Wenn Scopo wusste, dass ich an seinem Unterricht teilnehme, musste er auch wissen, von wo aus ich zuhöre. Jetzt verstehe ich, warum er in der letzten Zeit Themen behandelte, mit denen seine Schüler überfordert waren. Ich habe gehört, wie sie sich darüber beschwert haben. Wahrscheinlich war dieser Stoff für mich gedacht.«

»Als er mich damit beauftragte, über deine Sicherheit zu wachen, sprach er von dir, als wärst du seine Schülerin, bat mich jedoch, es für mich zu behalten. Ich dachte, du bekämst Einzelunterricht von ihm.«

»Etwas verstehe ich einfach nicht. Scopo wusste, dass ich eine SP bin, aber es hat ihn nicht gestört, er hat mich ja quasi ausgebildet. Das bedeutet, dass er über die Unterschiede zwischen Magiern und SP hinweggesehen hat. Warum hat er dann nichts getan, um diese Unterschiede abzuschaffen? Sie sind absurd.«

»Ich weiß nicht. Wie hätte er das anstellen sollen?«

»Lusar wusste auch, dass du und ich SP sind, und hat uns geholfen. Sie hatte keine Bedenken, obwohl sie Magierin war. Warum wird das Zaubern dann nicht allen beigebracht, wenn doch klar ist, dass man es lernen und es sogar bis zum Weisen bringen kann?«

»Könnte es nicht vielleicht sein, dass du in Wirklichkeit gar keine SP bist?«

»Wahrscheinlicher wäre es, wenn ich in Wirklichkeit keine Weise wäre. Ich stamme aus ziemlich einfachen Verhältnissen. Und ich erinnere mich noch genug an meine Eltern und meine Onkel und Tanten, um zu wissen, dass Seitar und ich unter anderem das Haar meines Vaters und die Nase meiner Mutter geerbt haben. Es ist klar, dass ich nicht adoptiert bin oder so etwas. Wenn ich das Zaubern gelernt habe, dann weil ich an Scopos Unterricht teilgenommen habe. Und wenn ich es bis zur Weisen gebracht habe, dann weil ich fleißiger war als die anderen.«

»Aber vielleicht hätten das nicht alle SP gekonnt, sondern nur du.«

»Na, dann war es ja ein Riesenglück, dass ich die Geheimgänge entdeckt habe«, erwiderte Ksar sarkastisch. »Sonst hätte ich nie etwas gelernt. Und nie hätte mich jemand des kleinsten Zaubers für fähig gehalten. Nicht einmal ich selbst. Ob es noch andere Personen gibt, die sich in einer ähnlichen Lage befinden?«

»Vielleicht hast du die Gänge ja nicht zufällig entdeckt, auch wenn du das glaubst. Wie kam es denn dazu?«

»Aber sicher war es Zufall«, widersprach Ksar. »Mirka, eine der Katzen aus der Küche, die ich durchfütterte, hatte gerade Junge bekommen, und ich wollte sie sehen.«

»Du magst Katzen, oder?«

Ksar lächelte matt. Es ging ihr wieder schlechter. Sie legte sich anders hin, aber das nützte natürlich nichts.

»Sie faszinieren mich. Ich bin Mirka gefolgt, um zu sehen, wo sie ihre Kleinen versteckt hält. Dabei habe ich beobachtet, wie sie in die Spülküche geschlüpft und dort hinter einem Regal verschwunden ist, durch ein Loch in der Wand. Ich versuchte abzuschätzen, in welchen Raum das Loch wohl führen würde, was gar nicht so einfach war. Und als ich diesen Raum schließlich betrat, sah ich, dass es dort auf der entsprechenden Höhe gar kein Loch gab, also zog ich den Schluss, dass sich noch irgendetwas anderes zwischen den beiden Räumen befinden muss. Ich habe Tage gebraucht, um das Geheimnis zu lüften, aber schließlich stieß ich auf einen Mechanismus, mit dem sich ein Geheimgang öffnen ließ. Aber bis ich dann mit dem Zauberunterricht begann, verging über ein Jahr. Ich kam anfangs gar nicht auf die Idee. Da sieht man mal. Außerdem hat Scopo dir erzählt, ich nähme seit zwei Jahren an seinem Unterricht teil, oder? In Wirklichkeit sind es schon fünf.«

»Tja, du bist – wie hat Menron doch gleich gesagt? Du hältst dich nicht…«

»Er sagte«, erinnerte sich Ksar lächelnd, »ich sei ›zu sehr bestrebt, mit meinem Verhalten gegen die Einhaltung der allgemeinen Bestimmungen zu verstoßen‹.«

León lachte schallend. »Unglaublich, wie gestelzt Menron sich ausdrücken kann! Und schriftlich ist es noch viel schlimmer. Ich weiß noch, dass er vor ein paar Tagen ...«

León sprach noch eine Zeitlang über den Syndikus, aber Ksar hörte ihm nicht mehr zu. Das Wort »gestelzt« hatte etwas in ihrem Gehirn angestoßen, dem sie längst ihre Aufmerksamkeit hätte widmen sollen. Aber ihr Unwohlsein hinderte sie daran, sich zu konzentrieren, und sie konnte sich nicht mehr daran erinnern, worum es ging oder warum es so wichtig war.

Da bemerkte sie, dass León ihr eine Frage gestellt hatte. »Entschuldige, was hast du gesagt?«

»Ich habe gefragt, was aus den Kätzchen geworden ist. Hast du sie gefunden?«

Ksar lächelte, als sie an Mirkas vier wunderschöne Junge dachte. »Eines davon hat mich adoptiert.«

»Du meinst wohl, *du* hast es adoptiert.«

»Nein, Fontyr«, widersprach Ksar, »du hast ja keine Ahnung von Katzen! Sie hat *mich* adoptiert. Sie heißt Kim und sitzt beim Lernen normalerweise mit mir im Geheimgang, aber vor ein paar Tagen ist sie verschwunden, genau wie all die anderen Katzen im Palast.«

»Warum nennst du mich immer Fontyr?«

Ksar antwortete nicht sofort. Sie wusste selbst nicht, warum ihr sein Vorname nicht über die Lippen gehen wollte. »Ich weiß nicht, ich habe dich immer Fontyr genannt. Aber wenn es dich so stört ...«

Er fixierte sie mit seinen schwarzen Augen. »Einmal hast du mich León genannt.«

Ksar lächelte ein wenig verwirrt, hielt Leóns Blick jedoch stand. Sie bemerkte ein zunehmendes Hitzegefühl im ganzen Gesicht, und das kam nicht vom Fieber. »Stimmt. Da stand ich noch unter der Wirkung der Nacht davor, und da habe ich dich so genannt. Ich …« Sie unterbrach sich. »Es tut mir leid.«

»Macht nichts«, erwiderte er lächelnd, »du kannst mich León nennen, wann immer du willst.«

»Dummkopf, das meine ich nicht.«

»Das weiß ich doch.«

Ksar schloss die Augen. »Kannst du den Ofen ein bisschen höher stellen? Mir wird langsam kalt.«

León sah sie besorgt an. In der Kajüte war es bereits ziemlich heiß. Und bis sechs Uhr war es noch eine knappe Stunde.

Das Warten, bis er ihr die nächste Dosis verabreichen konnte, zehrte an seinen Nerven. Ksar verfiel in eine Art Apathie, während das Fieber immer weiter stieg, und León ging dazu über, ihr kalte Tücher auf die Stirn zu legen, so wie die Ärztin es getan hatte. Das schien Ksar ein wenig Linderung zu verschaffen.

Um Punkt sechs Uhr öffnete er das Fläschchen mit dem grünen Sirup, und in der Kajüte breitete sich sofort ein ekelerregender Geruch aus. Während er einen Esslöffel mit dem Zeug füllte, sah Ksar ihm von ihrem Bett aus mit angewiderter Miene zu, aber als es so weit war, schluckte sie die Arznei, ohne mit der Wimper zu zucken. León drückte sie fest an sich, als die Krämpfe einsetzten. Sie waren zwar nicht so heftig wie bei Doktor Galas, aber stark genug, dass Ksar sich verletzen konnte, wenn sie sich irgendwo stieß. Als es vorbei war, schlang Ksar ihre Arme um León und bettete die Wange an seine Schulter.

»Jetzt geht es mir wieder besser«, sagte sie keuchend. »Das

hier ist so grauenhaft, León, du kannst es dir gar nicht vorstellen...«

Er küsste sie auf die glühende Stirn.

»Arme Ksar!«, sagte er. »Ich verspreche dir, du wirst wieder gesund, und wenn ich das ganze Königreich auf den
Kopf stellen muss, um dieses verflixte Buch zu finden.«

ALESSIR

Im Schutz der Dunkelheit inspizierte León aus der Luft den Hafen. Der Anblick war trostlos. Die Agrier hatten ihn bereits eingenommen, genau wie die Umgebung von Alessir.

Es war sieben Uhr abends, die Überfahrt hatte also neunzehn Stunden gedauert. León hatte es stutzig gemacht, den Hafen schon von weitem hell erleuchtet zu sehen, den Palast hingegen im Dunkeln. Deshalb hatte er einige Meilen vor der Küste die Segel gestrichen und war vor Anker gegangen.

In den Kaschemmen wimmelte es nur so von Agriern. Zutiefst beunruhigt flog León nach Alessir und stellte fest, dass der Palast von zahlreichen feindlichen Truppen belagert wurde. Er wäre gerne bis zum Fenster seines Schlafzimmers geflogen, das sich auch von außen öffnen ließ, um nachzusehen, was im Palast vor sich ging, aber er hatte Ksar allein und krank auf der *Melaira* gelassen. Er flog in Windeseile zurück.

Ksar hatte einen ruhigen Vormittag verbracht, zumindest bis eine Stunde vor der Zwei-Uhr-Dosis. Sie hatte sogar mit einem gewissen Appetit zu Mittag gegessen, doch León fiel auf, dass das Mittel bereits nicht mehr so gut wirkte. Noch vor Sonnenuntergang war das Fieber schon wieder angestiegen und danach noch viel mehr. Die Ärztin hatte ihm eingeschärft, die Acht-Stunden-Abstände strikt einzuhalten und ihr immer nur einen Löffel voll zu geben, und bis zehn Uhr, dem Zeitpunkt der nächsten Dosis, waren es noch mehrere Stunden. Er legte Ksar die Hand auf die Stirn: Sie glühte.

»Wie geht es dir?«

Ksar war schweißgebadet. Sie stöhnte. »Bescheiden«, sagte sie schließlich. »Und schlecht ist mir auch. Ist das grüne Zeug nicht bald wieder dran?«, fragte sie mit flehendem Blick.

Schwer zu glauben, dass jemand es kaum erwarten konnte, etwas so Übelriechendes zu sich zu nehmen.

»Nein. Erst in einer Weile.«

In über zwei Stunden, um genau zu sein, dachte León, wollte sie jedoch nicht entmutigen.

Im Hafen konnten sie natürlich nicht anlegen, ohne den Agriern aufzufallen, deshalb steuerte León die *Melaira* auf die Klippen zu. Er hatte Angst, zu dicht heranzufahren, denn in der Dunkelheit konnte man leicht auflaufen, und wenn er ein Feuer entzündete, würde man sie vom Hafen aus sehen können. Von hier war es noch ein ganzes Stück bis zu den Höhlen, aber näher durften sie nicht heranfahren. León drehte sich zu Ksar um und hob sie auf seine Arme.

»Wir fliegen zur Küste«, sagte er. »Von dort ist es noch ein ganzes Stück zu Fuß. Schaffst du das?«

»Ja, keine Bange. Bring mich nur hier raus.«

»Ich konnte nicht dichter an den Strand fahren, weil der Hafen voller Agrier ist.«

Er musste etwa eine halbe Meile fliegen, dann landeten sie am Fuß der Steilküste.

»Sei vorsichtig«, warnte er Ksar. »Die Felsen sind glitschig. Halt dich an mir fest.«

León legte sich einen von Ksars Armen über die Schulter, um sie beim Gehen zu stützen. Dann schuf er zwei kleine Feuerzungen, nicht größer als eine Kerzenflamme. Die eine schickte er auf den Boden vor ihnen, damit sie sahen, wohin sie ihre Füße setzten, die andere mehrere Schritte voraus als Späher.

Doch selbst ohne die Feuerzunge hätte er gemerkt, dass die Höhle, die sie suchten, nicht leer war. Schon von weitem war ein abgehacktes Stöhnen zu hören. León bedeutete Ksar, sich hinter den Felsen zu verstecken, dann pirschte er lautlos zum Eingang. Es war ein agrisches Pärchen, das sich hierhin zurückgezogen zu haben schien, um ein wenig für sich zu sein, auch wenn ihr Gestöhn im ganzen Hafen zu hören sein musste. In seiner Verzweiflung hätte León sie am liebsten an Ort und Stelle getötet, aber er brachte es einfach nicht über sich. Außerdem, sagte er sich, durfte er keine Spuren hinterlassen, aus denen der Verräter schließen konnte, dass hier ein Midrac vorbeigekommen war.

Für León wurden die Minuten zwar zu Stunden, aber agrische Soldaten hielten sich normalerweise nicht lange mit irgendetwas auf außer mit dem Trinken, und diese beiden hier bildeten keine Ausnahme. Sie vollzogen schnell, was sie hierher getrieben hatte, dann kehrten sie in eine der Kaschemmen am Hafen zurück, um sich dort weiter zu betrinken.

»Schnell, Ksar, komm«, drängte León, als sie endlich fort waren.

Aber Ksar war mittlerweile eingeschlafen. León hob sie hoch und flog mit ihr auf die Höhle zu. Noch in der Luft sprach er die Zauberformel aus, und als der Fels zur Seite rollte, flog er in den Gang hinein und verschloss den Eingang hinter ihnen sofort wieder. Dann legte er Ksar sanft auf dem Boden ab.

Er rüttelte sie. »Ksar, wach auf. Wir sind in dem Tunnel, der zum Palast führt.«

Ksar schlug die Augen auf. »Sind wir nicht mehr auf dem Boot?«

»Nein.«

Ksar schien langsam wieder munter zu werden. »Was für ein Glück.«

Sie kamen nur schleppend vorwärts, denn Ksar konnte ohne Leóns Hilfe kaum gehen. Der Weg nach Alessir war lang, und da es fast die ganze Zeit bergauf ging, mussten sie immer wieder Verschnaufpausen einlegen. Als sie das Ende des Tunnels erreichten, ließ Ksar sich erschöpft auf die unterste Stufe der Treppe sinken, die in den Palast hinaufführte.

»Jetzt geht es über diese Stufen weiter, nehme ich an«, sagte León.

Ksar nickte. »Ich brauche eine neue Dosis von dem grünen Zeug«, sagte sie mit rauer Stimme.

»Ja, bestimmt ist es schon soweit. Es muss schon nach zehn sein.«

Er goss den stinkenden grünen Sirup auf den Löffel und staunte, als er sah, wie Ksar ihn gierig, ja fast genüsslich zu sich nahm. Diesmal bekam sie keine Krämpfe, sondern nur starkes Zittern. León nahm sie trotzdem in die Arme. Das Zittern war kaum vorüber, da machte Ksar sich von ihm los und streckte den Arm nach dem Fläschchen aus, das ein Stück weiter oben auf einer der Treppenstufen stand. León kam ihr jedoch zuvor und stopfte es in die Innentasche seiner Jacke.

»Warte, pack es nicht weg«, bettelte Ksar. »Gib mir noch ein bisschen.«

»Immer nur ein Löffel voll, hat die Ärztin gesagt.«

»Der Löffel, den du mir gegeben hast, war nicht ganz voll«, protestierte sie. »Gib mir noch ein kleines bisschen.«

León traute seinen Ohren nicht. Er hatte den Löffel randvoll gefüllt, und der grüne Sirup hatte bestialischer gestunken denn je.

»Der Löffel war voll«, widersprach er. »Ich kann dir nicht mehr geben, das weißt du ganz genau.«

»Bitte! Nur ein bisschen.«

Sie sah ihn flehend an, wie ein kleines Mädchen, das gleich in Tränen ausbrechen würde.

León tat es in der Seele weh, sie so zu sehen. Wenn die Ärztin ihm nicht eingeschärft hätte, die Dosierung strikt einzuhalten, hätte er nachgegeben. Aber er blieb hart.

»Wann ist die nächste Dosis dran?«, fragte Ksar.

»Morgen früh um sechs.«

Auf der Treppe kamen sie noch langsamer voran. Die steilen Stufen wollten und wollten kein Ende nehmen. Diesmal hatte die Arznei Ksars Fieber nicht gesenkt, und bald konnte sie nicht mehr. León hob sie hoch und ging Schritt für Schritt weiter. Obwohl Ksar ziemlich leicht war, konnte er mit ihr auf den Armen nicht mehr fliegen, und nach mehreren hundert Stufen fiel es ihm sogar schwer, sie zu Fuß hinaufzutragen. Schließlich, als er schon das Gefühl hatte, sie würden nie mehr etwas anderes tun, als immer weiter nach oben zu steigen, war die Treppe zu Ende, und vor ihnen tat sich ein breiter Gang auf.

»Setz mich ab«, sagte Ksar ein wenig munterer, als sie sah, dass es nicht mehr weit war. »Jetzt sind wir auf der Höhe der Küche. Ich schlage vor, wir gehen als Erstes in die Geheimbibliothek.«

»Klingt gut. Irgendwohin, wo dich niemand findet und du dich hinlegen kannst.«

»Dort ist es gemütlich, und wir sind ungestört.«

Ksar konnte sich kaum noch auf den Beinen halten. Sie stützte sich wieder auf León, und mit letzter Kraft übernahm sie die Führung. León sah sich unterdessen staunend um. Nie hätte er für möglich gehalten, dass es in dem ihm wohl bekannten Palast all diese geheimen Gänge und Räume gab.

In der Bibliothek ließ Ksar sich in einen Sessel fallen und kuschelte sich in eine Decke. Hier fühlte sie sich besser aufgehoben als bei sich zu Hause. León schickte einen Feuerball zum Kamin. »Was meinst du, soll ich einen Magier holen, der dich heilen kann? Vielleicht Licquart …«

Obwohl Ksar so geschwächt war, schnaubte sie nur verächtlich. Sie hatte noch lebhaft vor Augen, wie stümperhaft der Große Syndikus vorgegangen war, als er versucht hatte, Valisias Stichwunde zu heilen. »Wenn Galas nichts ausrichten konnte – und die ist immerhin Ärztin –, dann Licquart erst recht nicht!«, rief sie.

»Du hast recht. Außerdem sollte im Moment besser niemand wissen, dass du krank bist. Sobald der Verräter davon erfährt, kann er sich denken, dass du die neue Weise bist.«

»Du solltest dich ausruhen«, sagte Ksar und deutete auf den anderen Sessel. »Diese Sessel sind sehr bequem. Ich habe hier schon oft übernachtet, wenn ich am Lernen war.«

Während sie sprach, schlug es Mitternacht.

»Diese Uhr kann ich auch von meinem Büro aus hören«, murmelte León.

Ksar nickte.

»Dein Arbeitszimmer ist nicht weit von hier. Im Grunde genommen ist es ganz nah, aber man muss einen riesigen Umweg machen. Siehst du diese Tür? Dahinter beginnt ein langer Gang, der unter anderem zu deinem Arbeitszimmer führt.«

»Vielleicht könnten wir dort hingehen«, schlug León vor, der nach wie vor stand. »Niemand wird auf die Idee kommen, dich in meinem Schlafzimmer zu suchen, und in einem Bett hast du es bequemer.«

»Ich bleibe lieber hier. Ich weiß nicht … Hier in der Bibliothek fühle ich mich irgendwie sicherer. Wie schade, dass Kim nicht da ist!«

Es hatte gerade Mitternacht geschlagen, also war jetzt Freitag. León wollte Ksar nicht sagen, dass Doktor Galas ihnen nicht viel Zeit gegeben hatte, um das Buch der Macht zu finden, aber er war erschöpft und ihm fiel nichts ein, wo sie mit der Suche weitermachen sollten. Er setzte sich in den Sessel neben dem Kamin. Jetzt verstand er, wie Trens sich gefühlt haben musste, als er Valisia schwer verletzt gefunden und ihn um Hilfe gebeten hatte. Nur mit dem Unterschied, dass er niemanden hatte, an den er sich wenden konnte. »Du hast recht, ich ruhe mich eine Weile aus, ich habe es dringend nötig. Aber ich bleibe nicht lange. Ich will wissen, wie die Lage im Palast ist.«

Dann sanken sie beide in tiefen Schlaf. Anders als León es sich vorgenommen hatte, schlief er durch bis sechs Uhr morgens. Erst die Schläge der Uhr weckten ihn.

Erschrocken riss er die Augen auf. Sechs Uhr! Wie hatte er nur so lange schlafen können? Ksar musste ihre nächste Dosis bekommen. Er drehte den Kopf zum anderen Sessel. Ksar war schon wach und sah ihn an.

»Guten Morgen, mein Schatz«, sagte er. »Wie geht es dir? Es ist Zeit für die nächste Dosis.«

»Von mir aus kannst du dieses widerliche grüne Zeug in den Müll werfen. Oder lieber doch nicht. Heb es auf. Ich habe Lust, es meinem Vorgesetzten mit einem Trichter einzuflößen.«

»Wie bitte?«

Ksar war eine Stunde vor ihm aufgewacht, hatte ebenfalls die Schläge der Uhr gezählt und sich gewünscht, dem fünften möge noch ein weiterer Schlag folgen. Aber es blieb bei fünf. Sie verspürte den unwiderstehlichen Drang, die Arznei zu nehmen. Wenn León das Fläschchen auf dem Tisch hätte stehen lassen, hätte sie sich darauf gestürzt, aber sie wusste, dass es in der Innentasche seiner Jacke steckte und sie es ihm nicht würde wegnehmen können, ohne dass er es merkte.

Ihr war elend, und nach der Einnahme des Mittels, wenn das Zittern wieder vorbei war, durchströmte sie jedes Mal ein unbeschreibliches Gefühl von Frieden und Wohlbehagen. Beim letzten Mal hatte sie den Sirup schon nicht mehr so ekelhaft gefunden wie davor, allerdings war die Wirkung auch nicht mehr so stark gewesen und hatte bei weitem nicht so lange angehalten.

Sobald es sechs Uhr schlug, sagte sie sich, würde sie León wecken. Oder vielleicht schon bei dem einzelnen Schlag um Viertel vor. Eine Viertelstunde machte bestimmt nichts aus. Außerdem hatten sie beim letzten Mal die Uhrzeit nur geschätzt. Nein, eine Viertelstunde konnte nichts ausmachen. Nicht einmal zwanzig Minuten. Im Grunde konnte sie ihn auch um halb sechs wecken.

Bis dahin würde sie sich irgendwie ablenken müssen. Schade, dass sie das Fläschchen nicht mit einem Zauber zu sich schweben lassen konnte! Nun, sie hätte es tun können, wenn sie nicht krank gewesen wäre, aber dann hätte sie auch das Fläschchen nicht gebraucht...

Sie unternahm einen neuen Anlauf, an etwas anderes zu denken, aber ihre Gedanken kehrten immer wieder zu dem Fläschchen mit der Arznei zurück, und sie ertappte sich bei Überlegungen, wie sie es León entwenden konnte, ohne ihn zu wecken. Die absurden Vorschriften der Ärztin waren ihr egal: Magier machten immer Vorschriften, und Vorschriften gingen Ksar gegen den Strich. Sie waren ihr schon immer gegen den Strich gegangen, sie dienten nämlich nur dazu, ihnen, den SP, einzureden, sie wären den Magiern von Natur aus unterlegen. Darauf pochten sie ständig, allein schon die Bezeichnung »Magier« signalisierte, dass sie sich für etwas anderes, Besseres, hielten. Warum? Wozu hatten all diese überholten Abgrenzungen geführt? Dazu, dass die Fähigkeit, richtige Zauber anzuwenden, verlorengegangen war und sie nun einem skrupellosen, ehrgeizigen Magier ausgeliefert waren, der alles unternahm, um das Königreich zugrunde zu richten.

Die Magier verwehrten den SP den Zugang zur Magie unter dem Vorwand, zaubern läge nicht in ihrer Natur. Aber warum dem Lernen Schranken setzen? Um sich nicht eines Besseren belehren lassen zu müssen? Es wollte Ksar nicht in den Kopf, warum die SP nicht studieren konnten, was sie wollten. Die meisten Magier – das wusste sie nur zu gut – lernten nichts dazu. Vielleicht war es ja bei den meisten SP genauso? Aber so lange es ein paar Leute wie sie gab, Magier, SP oder wer auch immer, denen das Lernen Spaß machte, würde das Königreich davon profitieren. Deshalb musste es freien Zugang zum Zauberunterricht geben.

Sie war eine Weise, obwohl sie eine SP war, nicht weil sie von Natur aus anders war als die anderen, sondern weil sie die Gelegenheit gehabt hatte, aus guten Büchern zu lernen, die Sache ernst genommen und ihre ganze Energie hineingesteckt hatte. So einfach war das. Eine Weise wurde man, indem man die Magie auf die richtige Art studierte. Deshalb hatte es früher so viele Weise gegeben, doch mit der Zeit waren es immer weniger geworden. Ksar hingegen hatte alles von Grund auf gelernt: Sie hatte nicht die fertigen Formeln vorgesetzt bekommen und war auch nicht daran gewöhnt worden, sie blind anzuwenden; selbst den einfachsten Zauber hatte sie verstehen müssen, um dann zu lernen, wie man ihn aufbaut. Und dadurch hatte sie gelernt, wie Magie funktioniert. Nur deshalb hatte sie den Verwandlungszauber anwenden können, obwohl er in Vergessenheit geraten war, und nicht weil sie begabter war als die anderen. Vor Hunderten von Jahren hatten viele ihn beherrscht, weil sie gelernt hatten, ihre eigenen Zauber zu wirken.

Doch jetzt war alles anders. Die Magier lebten in ihrer eigenen Welt, vollkommen abgekapselt, von strengen Vorschriften und einer rigiden Etikette geschützt, damit niemand merkte, dass es mit ihren Zauberkünsten nicht mehr weit her war. Wie überrascht war sie gewesen, als sie sie vor der Ratssitzung erlebt hatte! Wenn keine SP zugegen waren, verhielten sie sich ganz normal, duzten sich und verzichteten auf das ganze Brimborium. Selbst der Königin gegenüber. Als sie sich in Syrca verwandelt hatte, wusste Ksar nicht, ob sie sich vor Valisia verbeugen sollte, und dann stellte sich heraus, dass viele Magier sie duzten. Sie waren von Natur aus überhaupt nicht anders, sie waren genau wie die SP.

Aber sobald eine SP dabei war, redeten sie gestelzt daher.

Gestelzt. Was war bloß mit diesem Wort? Warum wurde sie das Gefühl nicht los, dass es mit etwas Wichtigem verknüpft war? Ob es etwas mit dem Verräter zu tun hatte? Ja, jetzt da sie wieder an ihn dachte – der Verräter hatte sich auch sehr gewählt ausgedrückt, man konnte es durchaus als »gestelzt« bezeichnen; sogar gegenüber einem grobschlächtigen Kerl wie Urx hatte er das getan.

Aber was für ein Unsinn! Der Verräter war ein Magier, und alle Magier redeten gestelzt daher, warum er dann nicht auch?

Trotzdem. Traf das wirklich auf alle zu? Menron schoss zweifellos den Vogel ab. Scopo hingegen war ein einfacherer Mensch, in seinem Verhalten wie auch in seiner Ausdrucksweise, den Magiern wie auch den SP gegenüber. Er drückte sich korrekt aus, aber nicht so hochtrabend wie der Sicherheits-Syndikus.

Und Lusar? Ihr lag alles Schwülstige fern. Gewiss, sie hatte die Meisterin unter ganz besonderen Umständen kennengelernt, aber wahrscheinlich hatte Lusar sich immer so verhalten. Weder die Königin noch Trens oder Syrca und schon gar nicht Galas drückten sich so gewählt aus wie Menron. Das hatte nicht einmal Licquart in der Ratsversammlung getan, als er León die Ernennung zum Hüter des Buchs überreichte.

Sie hatte immer gedacht, der Meister wäre anders als die anderen Magier, aber jetzt wurde ihr klar, dass Menron derjenige war, der anders war. Ob Menron und der Mörder ein und dieselbe Person waren?

Weder Trens noch Syrca hatten sich erinnern können, ob der Sicherheits-Syndikus am Tag des Attentats auf die Königin bei ihnen geblieben war, bis Trens auf der Suche nach Valisia wieder hinaufgegangen war. Trens' Aussage entlastete Licquart, der sowieso zu alt war, um Scopos Mörder zu sein, und auch seinen Vater, der obendrein nie Unterricht bei Lusar gehabt hatte. Syrcas Aussage bestätigte Letzteres und sprach Sepa und Lintose von jedem Verdacht frei, da sie nach der Sitzung bis zum Ende des Essens ununterbrochen diskutiert hatten. Folglich schien von den fünf Männern im Rat als Einziger Menron in Frage zu kommen.

Aber er konnte nicht der Verräter sein. Menron hatte am Tag von Lusars Gefangennahme nicht an der Ratssitzung teilgenommen. Der Königin zufolge tat er das nie, und an diesem Tag waren weder seine Tochter noch er selbst dort gewesen. Allerdings war Valisia – das wusste Ksar genau – zu dieser Sitzung zu spät gekommen. So spät, dass sich Scopo, der sehr wohl teilgenommen hatte, schon wenige Minuten darauf zu Leóns Arbeitszimmer aufmachte, um ihn mit Lusars Befreiung zu beauftragen. Die Aussage der Königin basierte auf ihrer Erfahrung, dass Menron normalerweise nie teilnahm, und nicht auf der Gewissheit, dass er an diesem speziellen Tag nicht teilgenommen hatte.

Was, wenn Menron, der Sicherheits-Syndikus, dieses eine Mal doch teilgenommen hatte, weil seine Tochter verhindert war, und sich dann vor dem Ende der Versammlung, noch vor dem Eintreffen der Königin, wieder zurückgezogen hatte, um sich um Roysars gebrochenen Knöchel zu kümmern? Menrons Gespräch mit Scopo hatte ja nach der Sitzung stattgefunden. Und auch der Mord. Anschließend hatte er sich eilends vom Tatort entfernt und spontan eine Versammlung in der Abteilung einberufen. Diese Versammlung war vollkommen untypisch gewesen.

Die Erinnerung an die Vorfälle nach dieser Versammlung brachte Ksar auch noch auf etwas anderes. Kaum zu glauben, dass sie sich darüber noch nie Gedanken gemacht hatte: Es war doch erstaunlich, dass die Agrier nach Lusars Tod versucht hatten, auch sie selbst im Sumpf des Vergessens zu töten. Damals hatte Ksar geglaubt, dass Lusar noch am Leben war, weshalb der Angriff der Agrier und die Tatsache, dass Irsia getötet worden war, sie nicht überraschte. Aber der Mörder wusste bereits, dass die Meisterin tot war. Er hatte ihr auflauern wollen, nicht Lusar. Hatte der Verräter da bereits gewusst, dass sie die neue Weise war? Dann hätte es genügt, ihr irgendwann einen bösen Zauber anzuhängen, so wie den in der Zauberkutsche. Gelegenheiten dazu hatte es durchaus gegeben: gleich im Sumpf, bei ihrer Rückkehr aus den Minen oder ihrem Rundgang durch alle Abteilungen, den sie ja nur unternommen hatte, damit die Syndikusse wussten, dass sie noch am Leben war. Nein, Menron hatte sie für eine stinknormale SP gehalten, deshalb hatte er sich keinen Zauber für sie überlegt.

Er hatte sie ganz einfach deshalb töten wollen, weil sie bewiesen hatte, dass sie zu viel wusste. Wie immer, wenn sie ihren spontanen Impulsen folgte, war sie so dumm gewesen, ihm ihren Verdacht mitzuteilen. Sie hatte ihm gesagt, dass jemand sehr am Buch der Macht interessiert sei und das wahrscheinlich der Grund wäre, warum die Agrier Lusar gefangengenommen hatten. Daraufhin hatte Menron überlegt, dass Ksar diesen Verdacht herumerzählen und irgendwann jemand für ihn sehr lästige Schlussfolgerungen ziehen könnte. Deshalb hatte er León unter einem Vorwand von der direkten Teilnahme abgezogen und sie, Ksar, an seiner Stelle eingesetzt – und im Verlauf dieser Aktion ihren Tod herbeizuführen versucht. Er hatte sogar erreicht, dass Scopos Tod offiziell als Unfall eingestuft wurde. Aber wie war es ihm nur gelungen, Licquart davon zu überzeugen?

Als er erfuhr, dass Ksar noch am Leben war und am Nachmittag aus dem Schloss von Palamyr zurückkehren würde, heuerte er zwei Gauner an, um sie auf dem Nachhauseweg zu liquidieren, bevor sie mit der Königin sprechen konnte. Damals war es ihr nur recht gewesen, dass León der Königin allein Bericht erstattete, aber jetzt fiel ihr auf, wie seltsam das war. Valisia hielt Scopos Tod nicht für einen Unfall und hatte das vielleicht auch Menron gegenüber geäußert. Und dieser wollte verhindern, dass die Königin mit einer Ermittlerin sprach, die offenbar zu viel wusste – vor allem, da die Königin nun auch selbst initiativ wurde und León in geheimer Mission in den Sumpf geschickt hatte.

Danach verlor Menron das Interesse daran, sie zu töten, was eindeutig bewies, dass er damals noch nicht ahnte, dass sie die neue Weise war. Scopos Anweisungen, die im Rat vorgelesen worden waren, offenbarten ohnehin alles, was sie hätte sagen können: dass ein Magier Verrat begangen hatte und hinter dem Buch der Macht her war. Bestimmt hatte Menron auch die Tatsache beruhigt, dass Ksar offenbar auch nicht mehr wusste, als Scopo in seinem postumen Brief enthüllt hatte.

Selbst jetzt ahnte Menron wahrscheinlich noch nicht, dass Ksar die neue Weise war. Die Falle in der Zauberkutsche war für den Weisen gedacht, wer auch immer es war, nicht für sie persönlich. Und sie war so dumm gewesen hineinzutappen. Sie hätte auf León hören sollen, der sofort ein ungutes Gefühl gehabt hatte.

Ksar sah León an. Wie tief er schlief und wie gut er aussah! Was der Ärmste alles für sie hatte durchmachen müssen! Ksar kannte die endlose Treppe, die León sie gestern Abend hinaufgetragen hatte, zur Genüge. Wenn er allein gewesen wäre, hätte er sie ganz einfach hinauffliegen können.

Wieder hätte Ksar León am liebsten aufgeweckt, aber diesmal nicht wegen der Arznei, sondern um ihm zu sagen, dass sie jetzt wusste, wer der Verräter war. Sie fühlte sich stark. Ein wohliges Gefühl durchströmte sie, ähnlich dem, das der Sirup in ihr auslöste. Sie hatte nach wie vor Lust auf die nächste Dosis, aber jetzt war es kein Zwang mehr.

Ob sie wohl geheilt war? Es gab einen Weg, das herauszufinden – sie würde einfach einen Zauber wirken. Nur welchen? Da hatte sie eine Idee. Wort für Wort sprach sie ihn aus, ganz langsam, um auch ja nichts zu vergessen, und dennoch verhaspelte sie sich mehrmals und musste wieder von vorn anfangen, aber schließlich sprach sie ihn fehlerfrei zu Ende. Ob er funktionierte? Hoffentlich, denn schon kehrten die Beschwerden wieder zurück, und Ksar war nicht mehr in der Lage, noch weitere Zauber auszusprechen.

DIE FALLE

»Es war Menron.«

»Was?«, fragte León noch ein wenig verschlafen.

»Scopos Mörder«, erklärte Ksar. »Es war Menron. Und ich habe einen Plan.«

Ksar sah nach wie vor angeschlagen aus, aber ihre Stimme klang fest. Sie wusste genau, was sie sagte, sie fantasierte nicht. León tastete unwillkürlich nach dem Fläschchen in seiner Jacke.

»Woher weißt du das? Menron war doch gar nicht in der Ratssitzung...«

»Vielleicht doch«, fiel ihm Ksar ins Wort. »Es ist durchaus möglich, dass er am Anfang da war, Lusars Lage dargelegt hat, von der er als Sicherheits-Syndikus wohl als Erster erfahren hatte, und sich dann um seine Tochter gekümmert hat, die gerade im Schnee ausgerutscht war.«

»Aber mir wurde gesagt«, wandte León ein, »dass er nicht teilnahm, dass er nie zu den Sitzungen geht.«

»Normalerweise nicht, das stimmt. Aber an diesem Tag kam die Königin zu spät, eigentlich erst gegen Ende der Versammlung. Das weiß ich, weil sie sich während dieser Zeit mit mir unterhielt im Glauben, ich wäre Syrca. Zwischen ihrem Aufbruch und Scopos Auftauchen in deinem Arbeitszimmer verging nicht mehr als eine Viertelstunde.«

León sah sie eine ganze Weile lang stumm an.

»Aber was könnte Menron an deinem Tod gelegen haben?«, fragte er schließlich.

Ksar erklärte es ihm.

»Vergiss nicht«, fügte sie hinzu, »als ich im Sitzungssaal darauf bestand, an deiner Stelle zum Koordinator ernannt zu werden, hat er mich erst ernst genommen, als ich das Buch der Macht erwähnte. Er hat ganz verwundert geguckt. Und als ich sagte, Lusar sei wegen des Buchs gefangengenommen worden und jemand sei bereit, dafür über Leichen zu gehen, verging ihm das Grinsen. Er wurde nervös, denn ich wiederholte Wort für Wort, was er zu Scopo gesagt hatte, kurz bevor er ihn tötete. Deshalb warf er mir vor, eine blühende Fantasie zu haben und zu viel Zeit im Schlosskeller zu verbringen. Dort bin ich fast nie, sondern sitze immer hier über meinen Büchern. Ich verbringe mehr Zeit hier als zu Hause.«

Bei der Erinnerung an diesen Tag wurde León unbehaglich zumute.

»Ich habe dir genau dasselbe vorgeworfen. Verzeih mir, aber ich musste so tun, als glaubte ich dir nicht, um einen Grund zu haben, dich von dem Einsatz auszuschließen. Und als Menron mir später sagte, er werde dich schicken, versuchte ich es ihm auszureden. Ich sagte ihm, du wärst verträumt, du…«

»Das hast du zu Menron gesagt?«, unterbrach Ksar mit weit aufgerissenen Augen.

León nickte.

»Aber der Meinung bin ich nie gewesen«, fügte er hastig hinzu. »Deine Informationen waren immer zutreffend. Als du mir sagtest, Proscal habe den Verdacht, es gebe einen Verräter im Palast, wusste ich, dass du recht hast. Er hatte es mir ja selbst erzählt. Aber ich musste verhindern, dass Menron dir eine Aufgabe überträgt, bei der dein Leben auf dem Spiel stehen würde.«

»Wenn du im Sumpf nicht eingegriffen hättest, hätten mich die Agrier ja auch wirklich mit ihren Pfeilen durchlöchert«, gab Ksar zu. »Und wie hat Menron reagiert?«

»Er erwiderte, ja, du seist extrem undiszipliniert und hättest eine blühende Fantasie«, erinnerte sich León. »Aber er wollte dich trotzdem einsetzen. Und um mich von dem Fall abzuziehen, führte er an, Proscal sei schließlich in meinem Arbeitszimmer ermordet worden, deshalb könne ich nicht mehr an dem Einsatz teilnehmen, ihn jedoch sehr wohl koordinieren.«

»Eine ziemlich seltsame Argumentation«, befand Ksar.

»Und er betonte noch einmal, dass ich ihn ständig auf dem Laufenden halten sollte«, erinnerte sich León weiter. »Aber eines verstehe ich immer noch nicht.«

»Was denn?«

»Das mit dem Namen ›Mad‹. So hat Lusar doch ihren Mörder genannt.«

»Ja, richtig. Aber alles andere passt, findest du nicht?«

León nickte. »Hör mal, Ksar, du bist zwar wieder recht munter, aber willst du das grüne Zeug wirklich nicht nehmen?«

»Natürlich würde ich es gerne nehmen, aber ich verkneife es mir lieber. Ich habe Hunger, und da drüben müssten ein paar Kekse sein.« Sie deutete auf eine bunte Blechdose, und León stand sofort auf, um sie zu holen. Beide aßen gierig. »Bis vor einer halben Stunde wäre ich für einen Löffel von dem grünen Sirup über Leichen gegangen. Aber ich habe nachgedacht, um die Zeit bis sechs Uhr totzuschlagen, und als mir klar wurde, dass Menron der Mörder ist, fühlte ich mich fast so wie nach einem Löffel dieser Arznei.«

»Und du hast einen Plan, sagst du?«

Ksar lächelte genüsslich. Schließlich nickte sie ganz langsam. »Wir werden dieser Ratte zeigen, was eine Falle ist.«

»Ich verstehe gar nicht, warum Trens nicht längst hier ist«, beschwerte sich Syrca. »Ich habe ihm ausdrücklich gesagt, dass ich heute Morgen pünktlich weg muss.«

»Mach dir wegen mir keine Gedanken«, erwiderte Valisia. Sie befanden sich in ihren Gemächern, in einem der Salons. Seit dem Attentat, von dem die Königin mittlerweile wieder vollkommen genesen war, wechselten Syrca und Trens sich ab, damit Valisia nie allein war. »Es ist nicht nötig, dass mir immer einer von euch Gesellschaft leistet, und ich will nicht der Grund dafür sein, dass du den armen Erdel vernachlässigst. Mir wird nichts zustoßen.«

»Schon, aber mich wundert, dass Trens diesen guten Vorwand nicht nutzt, um mehr Zeit mit dir zu verbringen.«

»Das ist dir auch aufgefallen? Ich weiß nicht, was los ist. Er hat sich verändert.«

»Bestimmt nichts Ernstes«, beruhigte sie Syrca. »Ansonsten ist er genau wie immer, finde ich. Vielleicht befürchtet er, du könntest glauben, er wolle die Situation ausnutzen, um sich aufzudrängen.«

Valisia lachte sarkastisch. »Er hat nie Skrupel gehabt, sich aufzudrängen. Aber mach dir keine Gedanken, Syrca, und geh zu Erdel. Außerdem möchte ich gerne ein wenig allein sein.«

»Na gut.«

Syrca ging hinaus, und nachdem Valisia mit einer bewährten Zauberformel abgeschlossen hatte, betrat sie eine kleine Bibliothek, die zu ihren Räumlichkeiten gehörte. Sie setzte sich in einen Sessel, auf dessen Armlehne neben ihrer Brille das Buch lag, das sie gerade las, aber ihr war nicht nach Lesen zumute.

Die Situation war ernst. Die Agrier hatten den Palast am Vortag umzingelt, und diejenigen, die sich hinter die Wehrmauern hatten flüchten können, erzählten schreckliche Geschichten von Massakern und Plünderungen. Außerdem gab es nach wie vor keine Spur von León und dem Buch der Macht. Wie lange konnten sie der Belagerung noch standhalten?

Am Abend zuvor hatte der Große Syndikus den Rat einberufen, und an diesem Vormittag würde er sich erneut versammeln. Sie wusste nicht recht, wozu diese Sitzungen gut waren, denn sie brachten nie Lösungen; aber zumindest hatte man das Gefühl, etwas zu tun, und das war besser, als die Hände in den Schoß zu legen.

In wenigen Minuten war es so weit, und es wunderte sie, dass Trens nicht schon hier war, um sie zur Versammlung zu begleiten. Seine Anwesenheit war nicht unbedingt erforderlich, denn vor ihren Gemächern standen zwei Wachen, die sie zum Sitzungssaal begleiten würden, aber eigenartig war sein Verhalten trotzdem.

Was war nur mit Trens los? Sie hatte ihn schon seit so vielen Jahren immer um sich, praktisch ihr ganzes Leben lang, dass sie nie gedacht hätte, sie könnte ihn vermissen, wenn er einmal fehlte. Im Grunde konnte sie sich gar nicht vorstellen, wie es ohne ihn wäre. Aber seit ein paar Tagen, genauer gesagt seit dem Attentat, sah sie ihn weniger denn je, wo doch das Gegenteil logisch gewesen wäre. Syrca hatte sie davon nichts gesagt, um keinen Spott zu ernten, aber sie vermutete die Rothaarige dahinter.

Am Tag des Anschlags hatte Trens diese Ksar begleitet, um den Syndikussen vorzugaukeln, sie – die Königin – wäre weit weniger schwer verletzt, als es in Wirklichkeit der Fall war. Und bei seiner Rückkehr hatte er immer wieder davon angefangen, wie Ksar ihr das Leben gerettet hatte, wie klug sie war, wie gut sie zaubern konnte, wie perfekt sie sie in ihrer Verwandlung nachahmte.

»Du hättest sehen sollen, wie sie deine Wunde geheilt hat. Du hast keine Narbe zurückbehalten, absolut nichts. Verglichen mit ihr ist Licquart ein Stümper. Und wie sie alle Syndikusse hinters Licht geführt hat! Sogar ich dachte, sie wäre du, dabei wusste ich Bescheid. Wenn du sie gesehen hättest…« Er hörte gar nicht auf, die Qualitäten der jungen Frau zu rühmen.

Es war sonderbar: León hatte ihr oft von Ksar erzählt, und es hatte ihr nie etwas ausgemacht. Aber bei Trens war das anders. Trens hatte sich nie für andere Frauen interessiert. Für Trens gab es nur sie. Trens… gehörte ihr.

Sogar Syrca hatte einmal zu ihr gesagt: »Das war doch gerade Leóns Rothaarige, oder? Es wundert mich nicht, dass er so auf sie reagiert: Sie ist attraktiv, klug und hat offenbar Charakter.«

Warum waren nur alle so von dieser Frau angetan?

Egal, dachte sie, um sich zu beruhigen, schließlich war Ksar mit León zusammen, und sie würde ihn wohl kaum wegen jemandem wie Trens verlassen.

Andererseits, raunte eine Stimme in ihrem Kopf, *warum eigentlich nicht?*

Ksar machte einen temperamentvollen und unberechenbaren Eindruck, und sie hatte León lange Zeit gehasst. Was, wenn ihr Hass wieder auflebte und sie sich für Trens zu interessieren begann? Sie war zwar nur eine SP, aber sie hatte sich das Zaubern beigebracht und hatte das Zeug dazu, es so weit zu bringen, von den Magiern einigermaßen akzeptiert zu werden. Und wenn Trens sich einmal etwas in den Kopf gesetzt hatte, war er nicht so leicht wieder davon abzubringen. Er war sehr dickköpfig. Und sehr attraktiv.

Valisia, ist dir eigentlich klar, was du dir da zusammenspinnst?, dachte die Königin. *Und ist dir klar, dass es im Moment wirklich ernstere Probleme gibt?*

Aber Trens ging ihr nicht aus dem Kopf. Noch etwas anderes an seinem Verhalten am Tag des Anschlags fand sie seltsam. Am Abend, nachdem Syrca etwas essen gegangen war, war sie mit ihm allein zurückgeblieben, und da es ihr schon viel besser ging, hatte Trens sie gefragt, ob sie nicht lieber in ihre eigenen Gemächer wolle, wo sie es bequemer hatte. Er würde sicherstellen, dass sie auf dem Weg dorthin nicht gesehen wurden. Und in der Tat grüßten die Leute nicht, denen sie begegneten – sie sahen sie nicht einmal an. Trens brachte sie in ihr Schlafzimmer und sagte, er werde Syrca über den Umzug informieren und ein paar Wachen an ihre Tür beordern, aber er sei gleich wieder zurück. Sie brauche keine Angst zu haben, selbst wenn jemand mit böser Absicht hereinkommen sollte, werde er sie nicht sehen und ihr deshalb auch nichts tun können.

»Wie hast du das gemacht?«, hatte sie ihn gefragt, als er wieder da war.

»Was denn?«

»Dass die Leute im Flur uns vorhin nicht gesehen haben und das, was du später gesagt hast, dass niemand mir etwas tun kann, weil er mich nicht sehen kann.«

»Ich weiß nicht, wovon du redest, Valisia. Hoffentlich hast du kein Fieber …«

Da sie noch sehr geschwächt gewesen war, hatte sie es dabei bewenden lassen.

Seit diesem Tag wirkte Trens anders, selbstsicherer, voller

Entschlusskraft, anstatt immer nur darauf zu warten, dass sie ihn herumkommandierte. Er kam zu spät, wenn er Syrca ablösen sollte, und gegen Ende seiner Schicht machte es den Eindruck, als könnte er die Freundin der Königin kaum erwarten. Er sprach zwar nicht mehr von Ksar, saß jedoch oft stumm und in sich gekehrt da. Und er nannte Valisia nicht mehr »mein Feldwebel«.

Würde sie Trens erst verlieren müssen, um zu merken, wie viel ihr an ihm lag?

Valisia zuckte zusammen. Sie hatte nebenan ein Geräusch gehört. Hatte jemand ihre Gemächer betreten? Sie sprang auf und verließ die Bibliothek.

»Wie geht's dir, Val?«

»León! Wie bist du hereingekommen?«

»Entschuldige, wenn ich dich erschreckt habe. Ich muss mit dir reden und habe nicht viel Zeit.«

»Komm, in der Bibliothek ist Feuer im Kamin.«

Die Königin war nicht als Einzige zusammengezuckt, als León ihre Gemächer durch den Geheimgang betreten hatte. Trens, der unsichtbar auf einem der Diwane im Eingangsbereich geschlafen hatte, war aus dem Schlaf hochgefahren. Was machte der Midrac hier? Wie war er hereingekommen, ohne dass er ihn gesehen hatte? Und warum hatten die Wachen ihn passieren lassen?

Seit dem Attentat auf Valisia war Trens im Schutz seines Unsichtbarkeitszaubers durch den ganzen Palast gelaufen, ohne sich Gedanken zu machen, ob er jemandes Intimsphäre verletze. Er war in alle Zimmer gegangen, hatte Gespräche belauscht, allerhand beobachtet und war ausnahmslos allen Syndikussen des Rats gefolgt.

Er war fast sicher, dass Menron der Verräter war, hatte jedoch keine absolute Gewissheit. Menron verhielt sich sehr verdächtig, tauchte auf mysteriöse Weise auf und verschwand wieder, und einen Tag vor dem Angriff der Agrier hatte er seine Tochter in den Süden geschickt, in eine Gegend, die nicht von den Agriern besetzt war.

Am Tag zuvor war Trens dem Sicherheits-Syndikus auf den Fersen geblieben, bis er mit dem Wachdienst bei Valisia an der Reihe war. Um neun Uhr abends löste Syrca ihn wieder ab, und Trens suchte stundenlang den ganzen Palast nach dem Sicherheits-Syndikus ab, aber er schien wie vom Erdboden verschluckt. Den Palast konnte er nicht verlassen haben, denn die Agrier hatten ihn umzingelt, die Tore in der Wehrmauer waren verschlossen und bewacht, und die beiden Transportpunkte sabotiert.

Die Sache ließ Trens keine Ruhe, und gegen drei Uhr morgens fand er ihn schließlich in Scopos Laboratorium, wo er offenbar den Transportpunkt des Meisters zu reparieren versuchte. Das bedeutete zwar, dass Menron den Transportpunkt nicht sabotiert hatte, denn dann hätte er gewusst, wie er wieder in Gang zu bringen war. Aber warum tat er das in solcher Heimlichkeit?

Als der Syndikus unverrichteter Dinge schlafen gegangen war, war Trens unruhig und erschöpft in Valisias Gemächer zurückgekehrt, um Wache zu halten. Ohne den Unsichtbarkeitszauber aufzulösen, hatte er es sich auf einem der Diwane im Eingangsbereich bequem gemacht und war unversehens so tief eingeschlafen, dass er Syrcas Aufbruch gar nicht bemerkt hatte.

Trens stand auf und betrat die Bibliothek der Königin. Worüber sprachen Valisia und der Midrac? Über Menron. León schien ihn ebenfalls für den Verräter zu halten.

»Warst du von Anfang bis zum Ende bei dieser Sitzung?«, hörte Trens ihn fragen.

Valisia schüttelte den Kopf. »Ich kam ziemlich spät, als sie schon fast vorbei war. Da war Menron nicht da. Allerdings… Du hattest mir gesagt, Scopos Mörder hätte an dieser Versammlung teilgenommen, deshalb schloss ich ihn als Verdächtigen aus, und am nächsten Tag sprach ich mit ihm über Scopos Ermordung, denn er hatte mir gesagt, er halte es genau wie ich für einen Mord. Ich beging den Fehler, ihm zu erzählen, dass der Mörder meinen Informationen zufolge jemand sein könnte, der am Tag von Lusars Gefangennahme an der Ratssitzung teilgenommen hatte. Er fragte mich, woher ich das wisse, aber ich hielt mich bedeckt.«

»Wann war das?«, wollte León wissen.

»Kurz vor dem Anschlag auf mich.«

»Dann wird Ksar recht haben: Möglicherweise hat Menron tatsächlich an dieser Versammlung teilgenommen. Zumindest am Anfang«, schlussfolgerte León.

»Das lässt sich ohne Weiteres herausfinden«, schlug Valisia vor.

»Nicht nötig. Ksars Plan besteht darin, dem Verräter eine Falle zu stellen, ganz gleich, wer es ist.«

»Hör mal, das klingt, als würde es deiner Rothaarigen und dir ja ganz gut gehen, oder?«, fragte die Königin.

León wunderte sich über die Frage. »Ksar ist krank.«

»Oh, das tut mir leid. Was hat sie?«

»Das ist eine lange Geschichte.«

»Aber zwischen euch beiden ist alles gut, oder?«, wollte Valisia wissen.

»Ja, das schon.«

»Sieh mal, ich habe den Eindruck, dass Trens… Ich weiß nicht, er ist ganz komisch. Seit er deine Rothaarige kennt, ist er anders. Er ist nicht mehr mein Schatten. Zum Beispiel müsste er jetzt eigentlich hier sein, aber er ist nicht gekommen.«

»Und das stört dich?«, fragte León verwundert.

»Du hältst mich bestimmt für verrückt. Aber, ja, es stört mich. Und ich an deiner Stelle würde vorsichtshalber zusehen, dass sich die beiden nicht mehr über den Weg laufen. Du weißt ja nicht, wie hartnäckig Trens sein kann. Wenn er sich etwas in den Kopf setzt…«

»Entschuldige, Val«, fiel León ihr ins Wort, »die Sitzung fängt gleich an.«

Er machte ein Fenster auf und flog hinaus. Die Königin fragte sich, wie er bloß hereingekommen war, wo doch alle Fenster verschlossen gewesen waren, und Trens wurde sehr, sehr nachdenklich.

Mit etwas unter dem Arm, das wie ein in karminrote Seide eingeschlagenes Buch aussah, ging León in seiner Marineoffiziersuniform auf die Tür des Sitzungssaals zu, vor der zwei uniformierte Wachen postiert waren. Ohne seinen Schritt zu verlangsamen, zeigte er ihnen den königlichen Siegelring, den er wieder am Finger trug. Die Wachen machten einen Schritt zur Seite und gaben den Weg frei. León betrat den Sitzungssaal, ging zu dem Ende des Tischs, an dem die Königin saß, machte eine höfliche Verbeugung und sah alle Syndikusse an, die auf der gegenüberliegenden Seite im Halbkreis saßen, darunter auch Menron.

Diese, nicht daran gewöhnt, dass jemand auf diese Weise in eine ihrer Sitzungen platzte, und schon gar nicht ein Midrac-SP, starrten ihn ungläubig an, zu verblüfft, um etwas zu sagen.

León legte das Päckchen auf den Tisch, in Reichweite der Königin.

»Majestät, das Buch der Macht.«

Feierlich hob Valisia das Tuch so an, dass das Buch den Augen der Syndikusse weiterhin verborgen blieb, und warf einen Blick auf den Einband. Dann wickelte sie es wieder ein. Es war so still, dass das Rascheln der Seide im ganzen Saal zu hören war.

»Ich gratuliere, Hüter des Buchs. Sie haben Ihre Mission erfüllt. Wie ist es Ihnen gelungen, den Belagerungsring zu umgehen? Unsere beiden Transportpunkte wurden durch heimtückische Sabotage zerstört.«

»Ich muss Ihrer Majestät mitteilen, dass ich die Fähigkeit besitze, zu fliegen.«

»Meine Hochachtung, Herr Fontyr. Das ist eine sehr nützliche Fähigkeit, besonders in Zeiten wie diesen.«

León verneigte sich als Zeichen seiner Dankbarkeit.

»Darf ich so frei sein, Euch zu dem gesunden Aussehen Ihrer Majestät zu beglückwünschen?«, fragte León. Er wusste nicht, ob eine derartige Bemerkung gegen das Protokoll verstieß, aber Val, die ihn zwar ungerührt ansah, konnte sich garantiert das Lachen kaum verkneifen, wenn sie ihn so geschwollen reden hörte. »Am Morgen meines Aufbruchs gab es alarmierende Nachrichten über einen Anschlag, dessen Opfer Ihr wurdet.«

»Danke der Nachfrage. Ich bin von dem Attentat ganz und gar genesen. Haben Sie etwas über den neuen Weisen in Erfahrung gebracht?«

»Jawohl. Er hat seine Ausbildung zufriedenstellend abgeschlossen. Derzeit befindet er sich an einem sicheren Ort, bewacht von der Ermittlerin Ksar Rooan, und arbeitet an einem Zauber, um uns von den Agriern zu befreien und nach Alessir zu kommen, wo er das Buch in aller Form in Besitz nehmen wird. Er ist zuversichtlich, dass dies in allernächster Zukunft geschehen wird.«

»Sie bringen sehr verheißungsvolle Neuigkeiten.«

León verbeugte sich erneut.

»Majestät, ich muss unverzüglich aufbrechen, um über seine Sicherheit zu wachen. Es handelt sich um einen Auftrag, mit dem Meister Scopo mich in seinem geheimen Schreiben betraut hat. Zuvor jedoch beantrage ich, das Buch bis zur Ankunft des Weisen in der Schatzkammer zu deponieren. Ich beantrage des Weiteren, dass mir der magische Schlüssel zur Schatzkammer ausgehändigt wird, dass zwei Wachen den Vorraum bewachen und zwei weitere die Tür zum Vorraum. Außerdem beantrage ich, dass diese vier Wachen außer gegenüber Ihrer Majestät nur meiner Person gegenüber weisungsgebunden sind.«

»Genehmigt«, willigte die Königin ein. »Während wir hier alle das Buch bewachen, möge der Sicherheits-Syndikus alles Notwendige in die Wege leiten.«

Menron verbeugte sich. »Ich werde persönlich über die genaue Umsetzung der Wünsche Ihrer Majestät wachen.«

Menron verließ den Sitzungssaal. Es trat bleiernes Schweigen ein. Niemand forderte León auf, Platz zu nehmen. Bestimmt war das eine Art Strafe dafür, dass er einfach so hereingeplatzt war, ohne anzuklopfen. León stellte sich vor, was für Gesichter sie wohl machen würden, wenn er sich einfach hinsetzte. Schließlich war er der Hüter des Buchs und trug das königliche Siegel. Er war nur der Königin rechenschaftspflichtig und wusste, dass sie auf seiner Seite war. Aber ihm stand nicht der Sinn danach, sich mit solchen Belanglosigkeiten zu vergnügen, also blieb er stehen.

Nach kurzer Zeit kehrte Menron mit einem marineblauen Samtetui zurück.

»Majestät, Exzellenzen, es ist alles bereit.« Der Syndikus öffnete das Etui und legte es der Königin vor. Darin befand sich ein goldener Schlüssel. »Der Schlüssel zur Schatzkammer.«

»Schreiten wir zur Tat«, befahl die Königin.

DER RÜCKFALL

Ksar war in Leóns Schlafzimmer umgezogen. Sie hatte zwar kaum mehr Fieber, und der Sessel in der geheimen Bibliothek war bequem, aber ihr tat alles weh, und sie brauchte ein Bett. Bevor León sie allein ließ, half er ihr, sich zu waschen und statt ihrer Reisekleidung ein frisches Leinenhemd anzuziehen. Dann ließ Ksar sich erschöpft ins Bett sinken.

Sie schlief, bis León aus der Schatzkammer zurückkam. Bei Tag sah das Zimmer ganz anders aus als bei Ksars erstem Besuch. Das Bett glühte nicht mehr, und sie entdeckte einen Kleiderschrank, den sie damals nicht gesehen hatte. Es tanzten auch nicht überall Flammen herum. Nur zwei Feuerzungen, in den dem Bett gegenüberliegenden Ecken des Raums, die León als Heizung, aber auch als Schutzmaßnahme aufgestellt hatte.

León setzte sich auf den Bettrand.

»Was ist mit dem falschen Buch?«, fragte Ksar.

León grinste. »Ich habe es mit großem Trara in der Schatzkammer deponiert. Und ich habe auch zwei Feuerzungen dortgelassen.« Er zog das blaue Samtetui aus der Tasche und klappte es auf. »Das hier ist der magische Schlüssel. Man kann keine Kopie davon anfertigen. Und jetzt« – er stand auf und gab ihr einen Kuss – »heißt es warten. Ich werde tatsächlich aufbrechen müssen, um so zu tun, als ginge ich den Weisen holen, denn Menron beschattet mich bestimmt. Ich habe die Königin gebeten, es so einzurichten, dass der Thronsaal den ganzen Tag besetzt ist, vor Einbruch der Dunkelheit kann Menron also vermutlich nichts unternehmen. Bist du sicher, dass sich der Zugang zur Schatzkammer dort befindet?«

»Das sagte Scopo zumindest, als er mit dem Mörder sprach. Und laut den Plänen stimmt es auch.«

»Gut. Bei dir lasse ich auch zwei Feuerzungen.« Er deutete in die Ecken. »Sie werden dir aufs Wort gehorchen, und wenn du in die geheime Bibliothek zurückwillst, folgen sie dir. Ich fliege zum Hafen hinunter und komme durch den Geheimgang zurück. Es wird nicht lange dauern.«

»Mach dir um mich keine Sorgen«, beruhigte ihn Ksar, »mir geht es gut. Offenbar hat sich die Krankheit stabilisiert.«

»Das freut mich, auch wenn ich es nicht verstehe. Wie kann das sein ohne das Buch der Macht?«

»Und ohne das grüne Zeug«, fügte sie hinzu. »Ich verstehe es auch nicht. Wie spät ist es? Ich kriege langsam Hunger.«

»Das ist ein gutes Zeichen. Es ist halb zwölf. Ich schaue mal in der Küche vorbei, vielleicht kann ich etwas ergattern. Wenn sie sich weigern, zeige ich ihnen das königliche Siegel.«

»Wenn Candia nein sagt, lässt sie sich auch durch das königliche Siegel nicht umstimmen. Die hat ihren eigenen Kopf!«

In der Küche herrschte große Angst wegen der Belagerung, und Candia, die Köchin, hatte zwar eine Schwäche für León, aber sie war für die Rationierung verantwortlich.

»Du kannst doch einfach über die Mauern hinwegfliegen, oder?«, sagte die dicke Küchenchefin. »Dann hol dir woanders etwas zu essen. Wir anderen müssen mit dem haushalten, was wir hier haben. Und wir wissen nicht, wie lange.«

Obwohl León richtiggehend bettelte und dabei seinen ganzen Charme einsetzte, konnte er ihr nur ein Stück Käse abluchsen. Er wusste nicht, dass er vom Geheimgang aus unbemerkt bis zur Speisekammer kommen und sich dort mit Proviant hätte eindecken können.

»Keine Bange«, sagte er zu Ksar, als er ihr den Käse gab. »Wenn ich zurück bin, besorge ich dir etwas Nahrhafteres. Hab Geduld, ich beeile mich.«

Dann schwang er sich in die Luft und schlug die dem Hafen entgegengesetzte Richtung ein. Der wolkenlose Himmel war tiefblau, und in der Höhe, in der León flog, war die Temperatur fast angenehm. Kaum zu glauben, dass es wenige Tage zuvor noch geschneit hatte. Dieses eine Mal wären ihm tiefe Wolken allerdings lieber gewesen – als Tarnung, damit die Agrier, die die Hügel um die Stadt herum besetzt hatten, seinen Flug nicht verfolgen konnten. Erst als León die Wälder im Norden erreicht hatte, war er sicher, dass sie ihn nicht mehr sehen konnten, und machte einen Schwenk in Richtung Meer.

Der Hafen wurde von den Agriern bewacht, er würde sich also ganz vorsichtig an die Höhlen heranpirschen müssen. Von hoher See aus flog er dicht über dem Wasser bis zur *Melaira*. Er hatte einige Feuerzungen an Bord gelassen, um zu verhindern, dass es geentert wurde. Vorsichtig näherte er sich dem Boot. Alles war noch genau so, wie er es zurückgelassen hatte. Für Schiffe interessierten sich die Agrier nicht.

Von der *Melaira* aus nahm León nun die Küste unter die Lupe. An diesem Vormittag waren die Fischerboote nicht ausgelaufen. Das Meer war ruhig, und die Sicht war zu gut, um ungesehen zu den Höhlen am Strand zu fliegen. Und an Land war alles mit Agriern gespickt. Was tun? Wenn er nicht bis Einbruch der Dunkelheit warten wollte, blieb ihm nichts anderes übrig, als zur Steilküste zu tauchen. Von dort konnte er im Schutz der Felsen bis zu den Höhlen gelangen. Der Gedanke behagte ihm nicht, denn anschließend würde er nicht mehr fliegen und auch kein Feuer mehr schaffen können, aber er sah keine andere Lösung.

Er schickte ein paar kleine Feuerzungen voraus. Die würde er an Land dringend brauchen, aber es durften nicht zu viele sein, damit sie den Agriern nicht auffielen. Dann zog er Stiefel und Kleider aus und packte sie in einen wasserdichten Beutel, den er sich umband. Trotz der herrlichen Sonne war das Meerwasser eiskalt.

Unterdessen wartete Ksar ungeduldig auf Leóns Rückkehr. Ihr Zustand hatte sich weiter stabilisiert, und je besser sie sich fühlte, desto mehr Hunger bekam sie. Der Käse hatte ihr erst recht Appetit gemacht. Als León gegen ein Uhr noch nicht zurück war, beschloss sie, sich selbst etwas zu essen zu holen. Sie zog sich an, hatte aber keine passenden Schuhe; ihre schweren Stiefel waren viel zu laut. Also suchte sie in Leóns Schrank, bis sie ein Paar Überstrümpfe fand. Die waren ihr zwar zu groß, aber sie hielten die Füße warm und machten keinen Lärm.

Natürlich würde sie den Geheimgang nehmen, und die Feuerzungen brauchten ihr dort nicht zu folgen, nicht dass sie womöglich einen Küchenjungen angriffen, der ihr zu nahe kam. Menron in der Speisekammer anzutreffen, hielt sie für unwahrscheinlich. Bestimmt war er in seinem ganzen Leben noch nie dort gewesen.

Als sie auf Höhe der Küche angelangt war, spähte sie durch einen schmalen Spalt. Die neue Hofmeisterin und die Köchin diskutierten in der Speisekammer über eine Bestandsaufnahme der Lebensmittel, die sie auf Anweisung der Königin erstellt hatten. Candia wirkte verstimmt. Ksar kam es so vor, als diskutierten sie Stunden über Stunden, auch wenn es in Wirklichkeit nicht mehr als fünfzehn Minuten waren. Ksar, der mittlerweile ein wenig schlecht geworden war – sie wusste nicht, ob aufgrund ihrer Anspannung oder vor lauter Hunger –, fasste neuen Mut, als sie hörte, dass endlich jemand nach der Köchin rief und die beiden Frauen die Speisekammer verließen.

Sie öffnete die Geheimtür und fiel gierig über die Vorräte her. Ursprünglich hatte sie sich mit Essen eindecken und dann rasch in den Geheimgang zurückschlüpfen wollen, denn jeden Moment konnte jemand hereinkommen, aber nachdem sie von der Inventur gehört hatte, musste sie diskret vorgehen. Es durfte nicht auffallen, dass etwas fehlte. Die Speisekammer war L-förmig, von der Tür aus war die Stelle, wo sie sich befand, nicht zu sehen. Wenn sie jemanden hereinkommen hörte, würde sie noch genug Zeit haben, um sich unter dem Tisch mit der langen Decke zu verstecken. Also schloss sie die Geheimtür und begann ein bisschen von jedem Teller zu naschen, ohne dass es auffiel. Dabei achtete sie auf jedes noch so leise Geräusch.

Sie wusste nicht, ob es an der hektischen Art, in der sie sich das Essen hineinstopfte, lag oder ob das Fieber wieder stieg, jedenfalls wurde ihr zunehmend unwohl, und als sie gerade ein Stück Käse abschneiden wollte, fiel ihr das Messer aus der Hand. Sie bückte sich, um es aufzuheben, im Vertrauen darauf, dass das Geräusch in der geschäftigen Küche nicht zu hören gewesen war, und als sie sich wieder aufrichtete, wurde ihr schwindlig, so sehr, dass sie Sterne sah. Ksar wollte sich gerade an einem Regal festhalten, aber es war zu spät: Sie sackte zu Boden und riss dabei einen Stapel Teller und das Tischchen mit, auf dem die gläserne Käseglocke stand. Sofort lockte der Lärm fast das gesamte Küchenpersonal herbei.

»Was macht die denn hier?«, bellte Candia. »Und was hat sie?«

»Sie ist ohnmächtig.«

»Ob ihr etwas nicht bekommen ist?«

»Sieht aus, als hätte sie Fieber.«

»Wir müssen ihre Beine hochlegen, damit das Blut wieder in den Kopf fließt.«

In der Küche entstand beträchtlicher Aufruhr, und die Nachricht verbreitete sich im Palast wie ein Lauffeuer. Ermittlerin Rooan, die sich angeblich weit weg von Alessir aufgehalten hatte, war mysteriöserweise in der Speisekammer aufgetaucht und dort ohnmächtig zusammengebrochen.

Sie legten Ksar auf den Diwan im Festsaal der SP, und alle scharten sich um sie. Als sie wieder zu sich kam, wurde sie mit Fragen überschüttet. Ksar, die sich so schlecht fühlte wie am Tag zuvor, sagte kein Wort, sondern tat, als verliere sie wieder das Bewusstsein, um in Ruhe gelassen zu werden. Alle rannten aufgeregt herum, und das Geschrei schien gar kein Ende nehmen zu wollen, bis schließlich Seitar eintraf und alle hinauswarf.

Erst als Ksar mit ihrem Bruder allein war, machte sie die Augen wieder auf.

»Sind sie fort?«, fragte sie. Als Seitar nickte, fügte sie hinzu: »Ich muss in einen ganz bestimmten Teil des Palasts. Dort gibt es eine Arznei, die mein Fieber senkt.«

»Was ist denn los mit dir, Lanze?«, fragte Seitar besorgt. »Wo hast du gesteckt?«

»Das erkläre ich dir ein anderes Mal«, erwiderte Ksar. »Ich habe mir einen bösen Zauber eingefangen. Wo sind wir? Ist die Speisekammer in der Nähe?« Ihr Bruder nickte. »Dann hilf mir, ich muss dort hin.«

»Nein, Lanze, du hast hohes Fieber. Sag mir, wo diese Arznei ist, dann hole ich sie dir.«

»Ich kann nicht hierbleiben, Seit«, beharrte Ksar. »Ich erkläre es dir später, aber es ist wichtig, dass niemand weiß, wo ich bin. Sieh nach, ob die Speisekammer leer ist.«

Seitar ging los und war gleich wieder zurück.

»Die Köchin und die Hofmeisterin sind dort, und sie unterhalten sich lautstark«, berichtete er. »Sie sind fast bis hier zu hören.«

Ksar schnaubte. Diese Nervensägen! »Wie spät ist es?«

»Die Uhr im Speisesaal hat gerade Viertel vor zwei geschlagen«, antwortete Seitar.

Undenkbar, um diese Zeit von der Spülküche aus in den Geheimgang zu gelangen, jetzt, da das ganze Geschirr gewaschen wurde. Und alle anderen Eingänge befanden sich im Magiertrakt. In ihrem Zustand und in Begleitung ihres Bruders würde sie zu sehr auffallen. Ihr blieb also nichts anderes übrig, als durch die öffentlichen Flure in Leóns Schlafzimmer zurückzukehren.

»Wir müssen die Dienstbotentreppe nehmen. Ich denke, dort ist jetzt niemand. Hilf mir beim Aufstehen.«

»Wo willst du hin?«

»In Fontyrs Arbeitszimmer. Weißt du, wo das ist?«, fragte Ksar. Seitar schüttelte den Kopf. »Hinter dem verglasten Innenhof. Im zweiten Stock.«

»Das ist ein bisschen weit.«

»Nur dort bin ich in Sicherheit«, beharrte Ksar.

Über eine schmale Treppe, die von der Küche in den Magiertrakt führte, versuchten sie den Festsaal unbemerkt zu verlassen. Ksar konnte sich kaum auf den Beinen halten und hatte die größte Mühe, in Leóns Überstrümpfen nicht auszurutschen, aber irgendwann war die Treppe zu Ende, und

sie betraten einen langen Gang. Ksar wurde immer schwind-
liger, wie ein Automat setzte sie, auf ihren Bruder gestützt,
einen Fuß vor den anderen. Nach einer Weile verlor sie jegliches Gefühl dafür, wo sie sich befand.

»Warte, Seit«, bat sie. »Ich kann nicht mehr. Ist es noch
weit?«

»Kommen Sie doch hier herein und ruhen Sie sich ein
wenig aus«, ertönte eine Stimme hinter ihnen. »Was für eine
freudige Überraschung, Rooan! Eben wollte ich hinunterge-
hen und mich nach Ihrem Gesundheitszustand erkundigen.«

Seitar bemerkte, wie seine Schwester zusammenzuckte.
Menron stand in einer offenen Tür und lud sie mit einem
schiefen Grinsen in ein Büro ein. Seine Zähne waren weiß,
kräftig und regelmäßig, auch wenn auf der rechten Seite
einer der oberen Schneidezähne ein wenig tiefer im Zahnfleisch saß als die anderen, sodass es aussah, als stünde der
Eckzahn hervor.

Ksar dachte an das Mistron, das der Magier im Ärmel
stecken hatte, und sah sich um. Außer ihnen war niemand
auf dem Flur.

»Tut mir leid, Exzellenz«, erwiderte Seitar entschlossen.
»Meine Schwester fühlt sich nicht wohl. Ich muss sie zu einem Arzt bringen. Wenn Ihr uns gestattet …«

»Davon wurde mir berichtet«, erwiderte Menron. »Wenn
ich richtig informiert wurde, sind Sie ohnmächtig geworden,
Rooan.«

»Ich habe etwas gegessen, das mir nicht bekommen ist«,
erklärte Ksar.

»Kommen Sie herein und ruhen Sie sich aus«, bot ihr der
Sicherheits-Syndikus erneut an und deutete auf das Arbeitszimmer.

Ksar leistete seiner Aufforderung Folge, teils aus Angst vor dem Mistron, teils weil ihre Knie weich wurden. Sie betrat ein großzügiges Büro, das niemandem zu gehören schien. Alles war peinlich genau aufgeräumt: Nicht ein einziges Blatt lag auf dem Tisch, der Kamin war sauber gefegt und der hölzerne Papierkorb leer. Ksar setzte sich auf einen Stuhl am Tisch. Ihr Bruder folgte ihr und blieb neben ihr stehen.

Menron wandte sich an Seitar. »Wenn Sie unterdessen den Arzt holen wollen…«

Der Angesprochene rührte sich nicht. Er verstand nicht, was los war. Menrons Verhalten hatte etwas Bedrohliches, aber er war ein Magier und dann auch noch der Syndikus seiner Abteilung. Er konnte sich ihm nicht offen widersetzen.

Ksar verstand nicht, warum Menron den bösen Zauber nicht einfach verstärkte, um sie auf der Stelle zu töten. Nicht einmal Seitar würde begreifen, was vor sich ging, und alle würden glauben, ihr Tod wäre auf die seltsame Krankheit zurückzuführen, an der sie litt. Aber es machte den Eindruck, als wolle der Verräter zuerst noch auf seine Kosten kommen.

»Haben Sie den neuen Weisen etwa alleine gelassen, Rooan? Das ist nicht in Ordnung.«

»Fontyr sorgt für seine Bewachung«, erwiderte Ksar. »Ihr seht ja, ich bin nicht in der Lage, mich persönlich um ihn zu kümmern.«

»Und wo ist der Weise? Sagen Sie es mir, dann kann ich Fontyr bei seiner Aufgabe unterstützen.«

Plötzlich hatte Ksar dieselbe Empfindung wie im Verlies der Burg des Vergessens, denselben Drang, alles zu erzählen, was sie wusste. Menron wendete den Wahrheitszauber auf sie an. Wie war das möglich? Hatte er denn nicht mitbekommen, dass sie selbst die Weise war? Dass sie deshalb krank war? Offenbar nicht. Sie wollte es ihm gerade erzählen, aber bevor sie zu Wort kam, legte Menron nach.

»Sagen Sie mir, wo der Weise ist, dann helfe ich Ihnen gleich bei der Suche nach einem Arzt, der sich um Ihre Verletzungen kümmert.«

Ihre Verletzungen? Warum glaubte Menron, dass sie verletzt war? Plötzlich fiel ihr wieder ein, dass sie Menron in Gestalt von Majorin Drenka gesagt hatte, die Frau, die León begleitete, wäre im Kampf getötet worden. Als der Syndikus erfuhr, dass sie am Leben war, dachte er vermutlich, Drenka habe sich geirrt und es sei Ksar schwer verletzt gelungen, nach Alessir zurückzukehren.

Wenn sie sich nicht so schlecht gefühlt hätte, hätte sie laut gelacht. Für eine Leuchte hatte sie Menron nie gehalten, aber er war noch dümmer, als sie gedacht hatte.

»Wo ist der Weise?«

War das dieser gefürchtete Wahrheitszauber? Sie hatte viel dazugelernt, seit sie Lusars Verhör belauscht hatte. Solange sie die Wahrheit sagte, konnte ihrem Gehirn nichts passieren.

»Er ist hier«, antwortete sie.

»Hier?«, wunderte sich Menron. »In Alessir?«

»Ganz in der Nähe, im Palast.«

»Wo genau?«

»Das weiß ich nicht.«

Das stimmte, sagte sie sich. Schließlich wusste sie nicht genau, in welchem Büro sie sich befand.

»Wie heißt der Weise?«

»Er heißt Lanze«, antwortete Ksar.

»Lanze?«

»Verzeiht, dass ich darauf bestehe, Exzellenz«, mischte sich Seitar ein. »Ihr seht ja, meine Schwester ist schwer krank und braucht ärztliche Hilfe. Komm, Ksar.«

Zum ersten Mal, seit sie sich entsinnen konnte, hatte ihr

Bruder sie bei ihrem richtigen Vornamen genannt. Er beugte sich zu ihr hinunter, um ihr beim Aufstehen zu helfen.

»Halt«, befahl Menron.

Seitar drehte sich langsam zu seinem Vorgesetzten um und senkte den Blick. Der Syndikus sollte ihm nicht an den Augen ablesen können, was er vorhatte. Blitzschnell machte Seitar einen kleinen Schritt auf ihn zu und verpasste ihm mit aller Kraft einen Kinnhaken. Menron wurde an die Wand geschleudert und ging zu Boden. Dann zückte er sein Mistron und feuerte.

Ein Teil der Holztäfelung löste sich von der Decke und begrub ihn unter sich, aber Menron spürte es nicht mehr, denn er war bereits tot. Genau über dem Herz ragte der hölzerne Griff eines Militärmessers mit einer langen, zweischneidigen Klinge aus seiner Brust.

Niemand wusste, wie Trens hereingekommen war, aber nun stand er neben Menrons Leichnam und gab ihm einen kräftigen Fußtritt.

»Vielen Dank, Herr Turtels«, sagte Ksar. »Ihr habt uns das Leben gerettet.«

»Ich habe Gerechtigkeit walten lassen«, erwiderte Trens nur.

MAD

Trens und Seitar halfen Ksar, zu Leóns Arbeitszimmer zu gelangen. Ksar bat den Magier, einen Öffnungszauber auszusprechen, denn ihr selbst fehlte dazu die Kraft. Drinnen befahl sie den Feuerzungen, Trens und ihrem Bruder nichts zu tun, dann ließ sie sich aufs Bett fallen.

»Wie kommt es, dass du dich in Fontyrs Räumen bewegst, als wärst du hier zu Hause?«, fragte Seitar. »Ich dachte, du hasst ihn.«

»Jetzt nicht mehr.«

»Und wo ist die Arznei, von der du gesprochen hast?«

»Keine Ahnung. Es ist ein Fläschchen mit einem grünen Sirup. Er hat einen ziemlich eigenartigen Geruch. Sieh mal nach, ob er hier ist.«

Seitar durchsuchte Leóns Schlaf- und auch das Arbeitszimmer, konnte den Sirup aber nirgendwo finden. Er war bestimmt im Geheimgang, dachte Ksar, aber in Trens' Gegenwart wollte sie ihn nicht erwähnen.

»Was ist denn mit Ihrer Schwester los, Seitar?«, fragte Trens.

»Keine Ahnung. Auch Menrons Verhalten ist mir vollkommen schleierhaft«, erwiderte Seitar.

»Er war ein Verräter«, sagte Trens. »Er hat versucht, die Königin zu töten, und er ist für diese Belagerung verantwortlich.«

Seitar wandte sich Ksar zu. »Hat er Irsia auf dem Gewissen?«

Ksar nickte. »Und Scopo. Und Lusar.«

Seitar sank wortlos auf den Bettrand. Trens murmelte etwas vor sich hin und verließ Leóns Räume.

So verharrten die beiden Geschwister stumm, Ksar schlafend und Seitar in seine Gedanken vertieft. Als Ksar endlich wieder aufwachte, saß er immer noch neben ihr auf dem Bett.

»Wie geht's dir, Lanze?«, fragte Seitar.

»Etwas besser.«

»Wie kommt es, dass du zaubern kannst? Wann hast du das gelernt?«

»Vor ein paar Jahren. Aber du siehst ja, jetzt kann ich nicht mal mehr eine Tür öffnen.«

»Vor ein paar Jahren?«, wunderte sich Seitar. Er war gekränkt, dass sie es ihm verheimlicht hatte. »Und was soll das bedeuten, dass der neue Weise Lanze heißt? Ich weiß, dass du auf alles, was Menron dich gefragt hat, die Wahrheit geantwortet hast.«

»Das ist eine lange Geschichte, Seit, aber offenbar bin ich die neue Weise. Ich kann es selbst nicht glauben. Wie spät ist es?«

»Es hat gerade drei geschlagen.«

»Eigenartig. Wo León bloß steckt? Er müsste längst hier sein.«

»León?«

»Fontyr«, sagte Ksar nur.

»Also, das musst du mir genauer erklären«, bat Seitar. »Als du mir das letzte Mal von ihm erzählt hast, hättest du ihm am liebsten die Augen ausgekratzt.«

Ksar lächelte ein wenig verlegen. Kaum zu glauben, dass

sie León einmal gehasst hatte. Wie dumm von ihr, jemanden zu verurteilen, den sie gar nicht kannte!

Sie erzählte ihrem Bruder die ganze Geschichte, angefangen damit, wie sie vor mehreren Jahren die Geheimgänge entdeckt hatte, ließ aber einige, wie sie fand, unerhebliche Details aus, etwa Leóns Verhältnis mit der Königin. Seitar hörte mit offenem Mund zu. Er hatte seine Schwester immer bewundert, aber diese Geschichte hätte er sich in seinen kühnsten Träumen nicht ausdenken können. An der Stelle, als Ksar berichtete, dass sie erst nach zwei Tagen bemerkt hatte, dass Lusar längst tot war, hakte er schließlich nach.

»Wie kann denn so etwas sein?«

»Keine Ahnung. Ich komme mir ehrlich gesagt überhaupt nicht wie eine Weise vor, ich habe nicht nur keine Antworten, sondern obendrein noch viel mehr Fragen als vorher. Als Lusar merkte, dass ich ganz traurig wurde wegen ihres Todes, sagte sie nur, ihr mache es nichts aus, sie habe ihre Ruhe gefunden.«

Ksar erwähnte auch, dass sie später mit dem Weisen Lesper gesprochen hatte, aber sie verschwieg, dass Lusar im Sterben den toten Scopo gesehen und dieser sie gebeten hatte, Ksar zu helfen. Sie wollte nicht, dass ihr Bruder eine Dummheit beging im Glauben, auf diese Weise könne er sich mit Irsia treffen.

Seitar dachte wohl auch an sie, denn er fragte: »Weißt du, dass sie ihr einen Orden verliehen haben? Das Große Goldkreuz.«

»Im Ernst? Das ist die höchste Auszeichnung.«

Seitar erwiderte nichts. Ohne weitere Unterbrechungen setzte seine Schwester ihre Erzählung fort bis zu dem Moment ihrer Ohnmacht in der Speisekammer.

»Dann wusstest du also, dass Menron ein Mistron hat«,

sagte Seitar, als Ksar zu Ende gesprochen hatte. Sie nickte. »Ich fand dein Verhalten nämlich erstaunlich unterwürfig. So bist du sonst nicht einmal, wenn du krank bist. Was ist denn jetzt eigentlich mit dem grünen Sirup?«

»Bestimmt ist er im Geheimgang, aber ich brauche ihn nicht mehr«, erwiderte Ksar. »Ich nehme ihn lieber nicht.«

»Bist du sicher?«

»Ja. Er macht mich nicht gesund, er bewirkt lediglich, dass ich mich eine Zeitlang ganz gut fühle, zu gut, aber wenn die Wirkung nachlässt, geht es mir wieder wie vorher oder sogar noch schlechter. Damit muss ich alleine fertig werden. Nur schade, dass ich das Zeug Menron nicht habe reinwürgen können.«

»Wenn ich recht verstehe, besteht das dringendste Problem darin, das Buch der Macht zu finden. Erst dann wirst du wieder gesund. Hast du wirklich keine Ahnung, wo es versteckt ist? Überleg mal. Vielleicht weißt du ja nur nicht, dass du es weißt.«

»Ich wüsste nicht, wo, dabei habe ich mir immer wieder den Kopf darüber zerbrochen. Im Grunde kann ich nicht einmal sagen, was das Buch der Macht überhaupt ist. Alle reden davon und gehen davon aus, dass die anderen Bescheid wissen, und …«

»… und du bist zu stolz«, unterbrach Seitar grinsend, »zuzugeben, dass du es selbst nicht weißt, oder?«

»Wahrscheinlich«, erwiderte Ksar.

»Nach dem, was du erzählt hast, konnte Menron sein Gesicht komplett verändern.«

»Ja, er war nicht wiederzuerkennen. Vorhin, als er uns ansprach, habe ich seine beiden Gesichter miteinander verglichen, und irgendwann fand ich den Beweis. Es waren seine Zähne, die kann man nicht verändern.«

Seitar blieb mehrere Minuten stumm und dachte nach.

»Hör mal, Lanze«, sagte er schließlich, »mir fällt da etwas auf, das nicht recht passt. Du sagst, Lusar nannte denjenigen, der die Wahrheitsformel bei ihr angewendet hat, Mad, und er hat sie geduzt.«

»Wundere dich nicht«, sagte Ksar. »Alle Magier duzen sich untereinander, aber nur, wenn kein SP dabei ist…«

»Hat Menron Scopo geduzt in dem Gespräch, das du belauscht hast?«, unterbrach Seitar.

»Ehrlich gesagt, nein«, gab Ksar zu. »Er sprach ihn mit ›Ihr‹ an und hat ihn ›Meister‹ genannt.«

»Dann wäre es doch seltsam, wenn er Lusar geduzt hätte, oder? Wie auch immer, ich habe das dumpfe Gefühl, dass Menron nicht allein war. Das Ganze ist ein bisschen viel für ihn, meinst du nicht?«

Ksar nickte. Im Grunde wusste sie auch, dass der Fall noch nicht endgültig gelöst war.

»Ja«, bestätigte sie. »Menron war nicht clever genug, um all das alleine auszuhecken.«

»Und Irsia wurde mit einem Mistron getötet«, fuhr Seitar fort. Ksar musste schlucken, wie immer, wenn Seitar Irsias Tod erwähnte. »Menron wollte dich aus dem Weg räumen, damit du nicht herumerzählen kannst, dass ein Magier mit den Agriern zusammenarbeitet. Warum dann bei Irsia ein Mistron benutzen?« Seitar schüttelte den Kopf. »Ein Mistron weist eindeutig darauf hin, dass es ein Magier war, und zwar aus dem hohen Adel. Wenn sie jemanden töten wollten, damit er genau das nicht ausplaudert, wäre es dumm, sich auf diese Weise zu verraten. Ich weiß es von Barto, und er hat es auch in seinem Bericht vermerkt.«

»Worauf willst du hinaus?«, fragte Ksar.

»Ich glaube, nicht Menron hat sie getötet. Wenn der

Mörder ein Mistron benutzte, dann weil er ihr zufällig in die Arme lief und keine Zeit zum Überlegen hatte. Aber Menron konnte sein Aussehen verändern, und er wusste auch, dass Irsia in der Nähe sein würde. In der Akte stand, dass du im Sumpf ein Zauberboot benutzen würdest und Irsia an dem Einsatz teilnehmen würde. Menron war nicht gerade ein Genie, aber er konnte sich denken, worin Irsias Aufgabe bestand, er hätte also einen Bogen um sie machen können, und selbst wenn sie ihn gesehen hätte, hätte sie ihn nicht wiedererkannt. Er hätte nur eine weniger verräterische Waffe benutzen müssen, damit … damit sie nicht herumerzählen kann, dass die Agrier mit einem Magier verbündet sind. Menron wusste, dass der Transportpunkt nicht funktioniert und er bis zu ihrer Rückkehr nach Alessir noch mehrere Gelegenheiten haben würde, sie zum Schweigen zu bringen.«

»So wie er es mit mir vorhatte.«

»Genau. Deshalb denke ich, es war ein anderer Magier, der Irsia auf dem Gewissen hat. Einer, der nicht wusste, dass sie dort sein würde, der in seiner wahren Gestalt unterwegs war und ebenfalls ein Mistron bei sich hatte. Jemand, den Lusar Mad nannte und der so vertraut mit ihr war, dass er sie duzte.«

»Ich glaube, du hast recht, Seit«, gab Ksar zu. »Zu dumm, dass wir sonst nichts über ihn wissen.«

Wusste sie wirklich nichts über diesen anderen Verräter? Jetzt konnte sie das Gespräch zwischen Menron und Scopo vielleicht anders deuten: Der Sicherheits-Syndikus horchte den Meister aus, ob diesem ein verdächtiges Verhalten an einem anderen Magier und Ratsmitglied aufgefallen war, in der Absicht, ihn gegebenenfalls zu töten. Und Scopo hatte in der Tat etwas bemerkt. Das wollte Menron nutzen, um das

Vertrauen des Meisters zu gewinnen und ihm zu entlocken, wo das Buch der Macht war, bevor er ihn tötete.

Was hatten sie über den Magier gesagt, der in der Lage war, die Wahrheitsformel bei Lusar anzuwenden? Scopo, dass Lusar keine einfache SP sei, dass es nicht viele Magier gebe, die sie zum Sprechen bringen könnten, aber dann hatten sie überlegt, dass es doch einen Menschen mit genügend Wissen dafür gab, jemanden, der auch Ratsmitglied war und der sich verdächtig verhielt. Deshalb hatte sie selbst, als Menron die Wahrheitsformel bei ihr angewendet hatte, es so einfach gefunden, fest zu bleiben und sich mit Halbwahrheiten aus der Affäre zu ziehen. Dabei war sie so stolz darauf gewesen, was für Fortschritte sie gemacht hatte, seit sie Lusars Verhör belauscht hatte!

Wer konnte nur dieser Magier sein, der die Wahrheitsformel richtig anzuwenden vermochte? Licquart? Wer hatte allen einreden wollen, Scopo wäre nicht ermordet worden? Aber Licquart konnte es nicht sein, er hatte die Königin auf akzeptable Weise geheilt. Allerdings vielleicht nicht so gut, wie er wirklich gekonnt hätte. Andererseits wäre es absurd gewesen, sie in diesem Moment zu töten, vor den Augen der Gesundheits-Syndika und mit einer so oberflächlichen Wunde. Stattdessen hatte er sich mit halben Sachen begnügt, damit Valisia für einige Tage aus dem Weg geräumt war.

Aber da war noch etwas.

»Es ist Licquart«, sagte sie.

»Der Große Syndikus? Bist du sicher?«

Ksar nickte und erklärte ihm, warum.

»Außerdem heißt Licquart mit Vornamen Rolo«, fügte sie hinzu. »So heißt auch ein Käse mit Maden, der typisch für den Süden ist. Kennst du ihn?«

»Nie gehört.«

»In Licquarts Schulzeit besuchten Kinder aus dem ganzen Königreich Lusars Unterricht. Bestimmt auch der eine oder andere aus dem Süden. Es könnte doch sein, dass seine Mitschüler ihn Made nannten und der Spitzname Mad an ihm hängen blieb. So sind Kinder nun mal. Erinnerst du dich an Stü?«

»Ja, klar«, erwiderte Seitar.

»Und weißt du auch noch, wie er richtig hieß?«, fragte Ksar. Ihr Bruder schüttelte den Kopf. »Er hieß Respio, aber wir nannten ihn nur Stümper, keine Ahnung, wieso, und daraus wurde irgendwann Stü.«

Während sie sprach, spürte Ksar, wie ein wohliges Gefühl ihren Körper durchströmte, so wie am Morgen, als sie herausgefunden hatte, dass Menron Scopos Mörder war. Doch diesmal war die Wirkung viel intensiver.

»Stimmt«, erinnerte sich Seitar. »Irgendwann nannten ihn sogar seine Geschwister Stü.«

»Lusar hatte kein gutes Namensgedächtnis«, erklärte Ksar weiter. »Als ich León ständig Fontyr nannte, begann sie schließlich auch, ihn so zu nennen, dabei konnte sie die Nachnamen der Leute nie behalten. Wenn alle ihn Mad nannten, hat sie es bestimmt irgendwann übernommen.«

»Na, vielleicht geht er dir ja in die Falle. Nach dem, was du mir erzählt hast, tappt jeder hinein, der hinter dem Buch der Macht her ist und den geheimen Zugang kennt. Wenn Menron ihn kannte, könnte er Licquart davon erzählt haben. Hoffen wir, dass es funktioniert.«

»Das nützt überhaupt nichts, solange León nicht da ist«, wandte Ksar ein. »Wir bekommen gar nicht mit, wenn jemand die Schatzkammer betritt, und selbst wenn die Feuerzungen den Eindringling umzingeln, entkommt er ihnen irgendwann. Allmählich mache ich mir ernste Sorgen um León. Wir sollten etwas unternehmen.«

Ksar befürchtete, ihr Bruder könnte etwas dagegen haben, aber sie täuschte sich.

»Was schlägst du vor?«, fragte Seitar sofort.

»Erst einmal Licquart ausfindig machen, vom Geheimgang aus. Diesmal nehmen wir Leóns Feuerzungen aber mit. Gehorcht auch Seitar«, befahl sie ihnen für den Fall, dass sie selbst wieder ohnmächtig wurde. »Und beschützt uns beide«, fügte sie hinzu.

Sie betraten den Geheimgang. Als sie in der geheimen Bibliothek ankamen, wurden sie von einem Miauen und einem Schatten am Boden überrascht, der auf sie zuhuschte.

»Da bist du ja, Kim!«, rief Ksar. »Dann funktionieren meine Zauber also. Heute Morgen habe ich einen ausgesprochen, um die Katzen zurückzuholen, aber ich wusste nicht, ob es geklappt hat. Die Ärmste, wie abgemagert sie ist!«

Während Ksar Kim streichelte, entdeckte sie auf einem Bord den grünen Sirup. Sie war versucht, ein bisschen davon zu nehmen, obwohl es ihr eigentlich gut ging. Sie musste sich richtiggehend vom Anblick des Fläschchens losreißen. Erst dann entdeckte sie daneben das marineblaue Samtetui, offen und leer.

»Die Agrier sind dabei, die Belagerung aufzuheben«, verkündete Trens.

Valisia hatte im Thronsaal eine ansehnliche Schar von Dichterlingen, wie Syrca sie nannte, versammelt, vor denen die beiden jungen Frauen normalerweise flohen, sobald sie auftauchten. Um Leóns Bitte zu erfüllen, der Thronsaal möge den ganzen Tag besetzt sein, hatte die Königin so getan, als interessiere sie sich für ein paar ihrer Gedichte, und hatte eine Lesung im Thronsaal anberaumt, zu der sie alle einlud, die sich von der Belagerung ablenken wollten.

Der Thronsaal wurde von den unbedeutendsten Vertretern der modernen Poesie fast im Sturm genommen. Valisia bedauerte, dass der Einzige, den sie wirklich für einen Dichter hielt, nicht gekommen war. Er stand auf Kriegsfuß mit den anderen, die ihn dafür verachteten, dass sich seine Verse fast immer reimten.

Als Trens mit seiner Ankündigung den Vortrag eines Gedichts unterbrach, warfen die Dichterlinge ihm bitterböse Blicke zu, bis sie endlich den Sinn seiner Worte begriffen. Die Königin, die schon lange bereute, diese pseudoliterarische Sitzung einberufen zu haben, fühlte sich wie ein Delinquent auf dem Schafott, der den Boten mit der Begnadigung nahen sieht.

Während alle gleichzeitig redeten, trat Trens zu ihr.

»Stimmt das?«, fragte die Königin. »Die Agrier ziehen ab?«

Trens nickte. »Ich wollte mit dir reden, Valisia. Lass uns an einen ruhigeren Ort gehen.«

Der Königin blieb fast das Herz stehen. Trens war für die Nachricht, die er gerade überbracht hatte, viel zu ernst. Das klang nach einem Abschied.

»Jetzt nicht, Trens«, erwiderte sie leise, damit die Dichter sie nicht hören konnten. »Ich muss hierbleiben. Ich kann es dir nicht erklären, aber der Thronsaal muss den ganzen Tag besetzt bleiben.«

»Das ist nicht mehr nötig«, widersprach Trens. »Menron ist tot.«

»Woher weißt du …?«, fragte Valisia verblüfft. »Komm, lass uns vor diesen Dichterlingen fliehen, solange sie noch abgelenkt sind.«

Sie betraten die Bibliothek, die seit Meister Scopos Tod niemand mehr aufsuchte. Dort würden sie nicht gestört werden.

»Was ist passiert?«, fragte die Königin. »Und wie kommt es, dass die Agrier so plötzlich abziehen?«

»Das muss die neue Weise gewesen sein.«

»*Die* Weise?«, wunderte sich die Königin. »Weißt du denn, wer es ist?«

»Ja, es ist Ksar Rooan. Es hätte mir klar werden müssen, als ich sah, wie sie zauberte. Menron hat versucht, sie zu töten.«

»Wie das denn? Und wann?«

»Vorhin«, antwortete Trens. »Er wollte mit seinem Mistron auf Ksar und ihren Bruder schießen, deshalb habe ich ihn getötet.«

Die Königin sah ihn fassungslos an. Die Agrier zogen sich zurück, und Trens wusste über alles Mögliche Bescheid. Und er hatte jemanden getötet. Aber nicht irgendjemanden, sondern den Verräter. Allerdings um Ksar zu retten …

»Woher weißt du denn, dass sie einen Bruder hat?« Valisia merkte selbst, wie absurd ihre Frage angesichts so bedeutender Neuigkeiten war. »Und woher weißt du überhaupt so viele Dinge?«

»Ich hatte Menron seit mehreren Tagen im Verdacht«, erklärte Trens, »und habe ihn beschattet. Als ich sah, wie er Ksar angriff, hatte ich keinen Zweifel mehr, dass er der Verräter ist. Er steckt auch hinter dem Anschlag auf dich.«

Valisia nickte. »Das sehe ich auch so. Danke, Trens, ich stehe erneut in deiner Schuld.« Und leise fügte sie hinzu: »Auch wenn du es für Ksar getan hast.«

»Ich habe es nicht für Ksar getan«, protestierte Trens und stellte sich so dicht vor Valisia, dass er sein Gesicht in ihren Augen sehen konnte. »Ich habe das Messer eingesteckt, als ich Menron zu folgen begann, vorsichtshalber. Ich hatte es seit dem Attentat auf dich immer dabei, dasselbe Messer, das er dir in den Rücken gestoßen hat, verstehst du? Ich habe es für dich getan, Valisia. Ich habe immer alles für dich getan. Für mich gibt es niemand anderen auf der Welt.«

»Ist das wirklich wahr?«

Trens fiel aus allen Wolken. »Wie kannst du daran zweifeln?«

»Du sprichst mit so viel Bewunderung von ihr ...«

»Weil sie dir das Leben gerettet hat.«

Valisia senkte den Blick. »Verzeih mir, Trens, ich glaube, ich habe dich nie ernst genommen, weil mir einfach nicht in den Kopf will, dass jemand mich liebt.«

Trens beugte sich vor und küsste sie auf die Lippen.

»Und mir will einfach nicht in den Kopf, dass irgendjemand dich nicht liebt«, flüsterte er.

Valisia lächelte verwirrt. »Syrca wird mich auslachen.«

»Wie kämen wir dazu, ihr einen Moment wahrhaftiger Freude zu verderben?«

Sie küssten sich noch einmal. Nicht zu fassen, dachte Valisia: So viele Jahre in Trens' Nähe, und doch kannte sie ihn kaum. Nicht zu fassen.

DAS BUCH DER MACHT

Während die Dichterlinge sich noch mitten im Vortrags-
rausch befanden und die Königin verzweifelt an die vielen
Stunden der Qual dachte, die noch vor ihr lagen, kämpfte
León zum zweiten Mal in weniger als vierundzwanzig Stunden mit den achthundertsiebenundneunzig Stufen, die zum
Palast hinaufführten. Dabei wäre es so einfach gewesen, hi-
naufzufliegen, wenn er seine Midrac-Fähigkeiten nicht ein-
gebüßt hätte…

Als er bleich und durchgefroren die Küste erreicht hatte,
war er dank seiner Feuerzungen unbehelligt zur Höhle gelangt und hatte sie, sobald er im Tunnel war, bis auf eine, die
er als Beleuchtung brauchte, wieder aufgesaugt, um sich zu
regenerieren. Es waren nicht genug gewesen, damit ihm wieder warm wurde, aber nach zwei Meilen und mehreren hundert Stufen fror er zumindest nicht mehr, auch wenn er nach
wie vor nicht fliegen konnte. Um sich abzulenken, zählte er
bei jedem Schritt die Stufen mit, und als er oben angelangt
war, stellte er fest, dass Ksar sich nicht geirrt hatte: Es waren
wirklich achthundertsiebenundneunzig.

Er machte sich Sorgen um sie, denn er war viel länger
weg gewesen, als er geplant hatte, und da Ksar die Arznei
verschmäht hatte, war das Fläschchen in der geheimen Bibliothek geblieben, außerhalb ihrer Reichweite, falls sich ihr
Zustand verschlechterte. Sein Arbeitszimmer war von der ge-

heimen Bibliothek zwar nur durch eine Wand getrennt, aber der Geheimgang schlängelte sich durch das ganze Stockwerk, ehe er dort anlangte.

Es wäre keine schlechte Idee, eine Tür einzubauen, sagte er sich. Da fiel ihm das seltsame Kabuff ein, in dem sich Ksar vor Scopo und Menron versteckt hatte. Vielleicht hatte es früher einmal dazu gedient, sein Arbeitszimmer mit der geheimen Bibliothek zu verbinden. Schließlich hatte dort der Weise Lesper gewohnt, und vielleicht hatte er all diese Geheimgänge gekannt. Aber warum war er dann zugemauert worden?

In diesem Moment kamen ihm Lusars Worte in den Sinn: Das Buch befinde sich »dort, wo das verschollene Vermächtnis des Weisen begraben liegt. Wo die Erinnerung an den alten Weisen ruht und der Geist des neuen Weisen geformt wird.« Natürlich, wie dumm er gewesen war! Das bezog sich nicht auf die Bibliothek der Universität, sondern auf die geheime Bibliothek im Palast von Alessir, wo Ksar in den letzten Jahren das Zaubern erlernt hatte. Das Buch der Macht war zwischen der geheimen Bibliothek und dem Arbeitszimmer des Weisen Lesper verborgen. Es war von Anfang an nur wenige Schritte von seinem eigenen Schlafzimmer entfernt gewesen. Und wie Proscal prophezeit hatte, hatte Ksar ihn zu dem Versteck geführt. Warum hatte er das nicht schon längst begriffen? Nun ja, es war immer die Rede davon gewesen, das Buch der Macht sei irgendwo fern von Alessir versteckt, und das hatte ihn auf die falsche Fährte gelockt. Proscal hingegen war felsenfest davon überzeugt gewesen, dass Ksar ihn hinführen werde, so sehr, dass er keine andere Spur hinterlassen hatte. Der Meister hatte ja gewusst, dass sie die geheime Bibliothek benutzte.

Seit Ksar sich in der Nähe des Buchs aufhielt, ging es ihr

besser, auch ohne den grünen Sirup. Aber was würde geschehen, wenn sie sich von dort entfernte? Würde das Fieber dann wieder steigen? Ganz bestimmt. Als er ihr half, von der Bibliothek in sein Schlafzimmer umzuziehen, ging es ihr unterwegs schlechter, weil der Gang einen großen Umweg machte. Aber warum sollte Ksar fortgehen wollen, fragte sich León. Doch etwas sagte ihm, dass Ksar imstande war, alle möglichen verrückten Dinge zu tun, wenn es ihr nur gut genug ging.

Es war nicht mehr weit bis zur geheimen Bibliothek, und je näher er seinem Ziel kam, desto deutlicher spürte er es: Die Feuerzungen im Thronsaal hatten jemanden entdeckt. Wie war das möglich? Er hatte Val gebeten, dafür zu sorgen, dass sich im Thronsaal den ganzen Tag über Leute aufhielten. Er lief in die geheime Bibliothek, um den magischen Schlüssel zur Schatzkammer zu holen.

Mit dem Schlüssel in der Tasche und auf seinen Orientierungssinn vertrauend bewegte er sich durch unbekannte Gänge auf die Schatzkammer zu, in der er das falsche Buch der Macht deponiert hatte. Zum Glück waren die Öffnungsmechanismen nicht getarnt, so wie außen, und die Ausgänge waren gut sichtbar.

Sie waren nicht ganz einfach zu finden, denn der Gang schlug unvermutete Haken. Aber schließlich stand León vor dem richtigen Ausgang, betätigte den Mechanismus, und als die Tür zur Seite glitt, lag vor ihm ein von mehreren Fackeln erhellter Flur. Rasch saugte er seine letzten Feuerzungen auf, auch die in der Schatzkammer. Das steigerte seine Reserven kaum, würde aber reichen, um im Notfall jemanden töten zu können.

»In der Schatzkammer ist ein Eindringling«, eröffnete er den Wachen.

Diese starrten ihn verblüfft an, während er den Schlüssel ins Schloss steckte und die Tür öffnete. Aber als er eintrat, war ihm, als wäre die Decke über ihm eingestürzt und hätte ihn unter sich begraben. Nach einigen Sekunden der Verwirrung begriff er, dass eine der Wachen ihm mit etwas sehr Hartem auf den Kopf geschlagen hatte. Wieso war er nicht vorher draufgekommen, dass Menron diese Wachen hier ganz bewusst ausgewählt hatte?

Unwillkürlich stöhnte er auf, als jemand ihm einen Fußtritt versetzte. Zwei der Wachen zogen ihn an den Armen hoch. Die beiden anderen waren gegangen, wahrscheinlich um die Tür zum Vorraum zu bewachen und Störungen zu verhindern.

Nicht Menron hatte die Schatzkammer betreten, sondern Licquart. Der Große Syndikus zielte mit einem Mistron auf ihn und bedeutete den Wachen, draußen zu warten.

»Fontyr, Sie kommen wie gerufen. Sehr witzig, der Scherz mit dem Buch, aber jetzt müssen wir ein ernstes Wort miteinander reden.«

León fühlte sich, als wühle jemand in seinem Kopf. Es war äußerst unangenehm, fast schmerzhaft.

»Ich rate Ihnen in Ihrem eigenen Interesse, keinen Widerstand zu leisten. Wo ist das Buch der Macht?«

León hätte sich ohrfeigen können. Warum hatte er nicht viel früher kombiniert, wo das Buch war, um es Ksar zu geben? Oder später? Für wie schlau er sich gehalten hatte! So schlau! Wenn er seinen Verstand benutzt hätte, wäre er nicht in die Schatzkammer gelaufen, sondern direkt zu Ksar, um ihr das Buch der Macht zu geben, selbst auf die Gefahr hin, dass der Verräter entkam. Sobald Ksar wieder gesund war, hätten sie genug Zeit gehabt, ihm eine neue Falle zu stellen. Wie hatte er nur so dämlich sein können!

»Leisten Sie keinen Widerstand, Fontyr. Das macht es nur schlimmer. Denken Sie an Meisterin Lusar. Wo ist das Buch der Macht?«

León dachte an Lusar und auch an das, was sie geantwortet hatte.

»Es befindet sich dort, wo das verschollene Vermächtnis des Weisen begraben liegt«, antwortete er. Der Druck in seinem Kopf ließ ein wenig nach. Er lächelte insgeheim, als er Licquarts verblüfftes Gesicht sah. »Wo die Erinnerung an den alten Weisen ruht und der Geist des neuen Weisen geformt wird.«

In diesem Moment begriff er, wer Mad war, aber er begriff auch noch etwas anderes: Selbst wenn Licquart ihn tötete, würde er damit nichts erreichen. Ksar war in Sicherheit, solange sie in seinem Schlafzimmer oder der geheimen Bibliothek blieb. Sie war schlau, schlauer als er selbst, und würde bald merken, dass ihr Fieber sank, wenn sie sich dort aufhielt, und daraus schließen, dass das Buch der Macht nicht weit sein konnte. Sie würde sich etwas einfallen lassen, um es sichtbar zu machen, und sobald sie es hatte, würde sie Licquart, Menron und die Agrier besiegen. Jetzt kam es darauf an, dass er durchhielt, dass er nichts verriet.

»Wo ist der neue Weise?«

Es war alles andere als leicht, nicht nachzugeben, aber León zuckte mit keiner Wimper.

»Wo ist der neue Weise?«

Der Druck wurde unerträglich. Am liebsten hätte er alles hinausgeschrien, seinem Kopf Erleichterung verschafft.

»Wo ist der neue Weise?«

León begann am ganzen Körper zu zittern. Er biss die Zähne zusammen und rief sich den Anblick der fiebrigen, seekranken Ksar im Boot vor Augen, an deren Zustand allein dieser Magier schuld war, der bereits alles hatte, aber einfach nicht genug bekommen konnte. Er erinnerte sich an Lusar, an die von dem Mistron zerfleischte Irsia, an Ksars Gesicht, als sie vom Tod ihrer Schwägerin erfuhr. An Onkel Proscal, wie er sich um ihn gekümmert hatte, als er noch klein war, und wie sehr sich sein Bruder und er immer gefreut hatten, wenn er sie besuchen kam – und das nicht nur weil er aus der fernen Hauptstadt des Königreichs immer fabelhafte Geschenke mitbrachte.

»Wo ist der neue Weise?«

Und das war nur ein Bruchteil des Schadens, den dieses Ungeheuer angerichtet hatte.

»Wo ist der neue Weise?«

»Hier. Ich bin die neue Weise«, verkündete Ksar von der Geheimtür aus, die die Schatzkammer mit dem Thronsaal verband.

Der Große Syndikus war nur einen Moment lang abgelenkt, aber das genügte, damit er fast gleichzeitig von zwei Feuern getroffen wurde. Das erste hatte León auf das Mistron abgeschossen und zerfetzte ihm die Hand. Das zweite kam von Seitar und traf ihn mitten ins Gesicht. Er war auf der Stelle tot.

»León!«, schrie Ksar voller Angst.

Nachdem er seinen Feuerblitz abgeschossen hatte, war er leblos zu Boden gesackt.

Ksar kniete sich neben ihn: Er hatte das Bewusstsein verloren, atmete aber noch. Licquarts Wahrheitszauber war weit mächtiger gewesen als der von Menron. Wenn Ksar ihm offenbart hatte, dass sie die Weise war, dann nicht nur in der Absicht, den Großen Syndikus abzulenken: Diesem Druck auch nur eine Sekunde standzuhalten, war die reinste Folter. Sie war beeindruckt von ihrem Bruder, der nicht mit der

Wimper gezuckt hatte, obwohl auch er die Antwort kannte, und vor allem von León, der vor ihrem Eintreffen die ganze Macht des Zaubers zu spüren bekommen hatte.

Zitternd vor Aufregung und Fieber, das nun, so weit von der geheimen Bibliothek entfernt, wieder anstieg, legte Ksar dem bewusstlosen León die Hände auf den Kopf und sprach einen Zauber aus. Augenblicklich fühlte sie sich schlechter, aber sie registrierte es kaum. In der Bibliothek der Universität hatte sie etwas darüber »gelesen«, wie man Hirnschäden feststellen konnte, aber sie erinnerte sich nur dunkel daran. Ksar konzentrierte sich mit aller Kraft. Nach schier endlosen Minuten spürte sie zu ihrer Erleichterung, dass Leóns Gehirn nicht geschädigt war. Sie sprach einen letzten Zauber aus, damit er wieder zu sich kam. Erst dann merkte sie, wie schlecht es ihr selbst ging.

León schlug die Augen auf. »Eigentlich sollte ich dir Vorwürfe machen, weil du nicht im Bett bist, aber ich denke, ich werde es lieber nicht tun.«

»Wehe«, sagte Ksar lächelnd. »Aber es zieht mich durchaus dorthin zurück. Wenn ich eine Weile liege, vergeht das Fieber, aber sobald ich aufstehe ...«

»Keine Bange, ich weiß jetzt, wo sich das Buch der Macht befindet. In ein paar Minuten bist du wieder gesund. Lass uns in die geheime Bibliothek gehen.«

León, der nach wie vor den Schlüssel zur Schatzkammer hatte, rappelte sich auf und schloss von innen ab, damit die Wachen nicht hereinkommen und sehen konnten, was mit Licquart geschehen war. Dabei murmelte er etwas von einem Standgericht.

Dann verließen die drei die Schatzkammer durch die Geheimtür zum Thronsaal, durch die Seitar und Ksar hereingekommen waren, und machten sich auf den Weg in die geheime Bibliothek. Ksar stützte sich beim Gehen auf ihren Bruder, und auch León schwankte ein wenig.

Als sie eintraten, kam Kim sofort herbeigelaufen und schnupperte an León.

»Ist das Kim?«, fragte er und sah Ksar überrascht an. »Die Katzen sind also zurück!«

Ksar lächelte ihn aus ihrem Sessel matt an.

»Ich habe sie heute Morgen zurückgeholt, während du noch geschlafen hast. Ich war mir nicht sicher, ob es klappt.«

»Und die Agrier sind fort«, fügte Seitar hinzu. »Das haben wir auf unserem Weg zur Schatzkammer im Geheimgang gehört. Die Leute sind ganz aufgeregt.«

»Und wie seid ihr auf die Idee gekommen, euch zur Schatzkammer aufzumachen?«, wollte León wissen. »Darüber bin ich natürlich heilfroh.«

»Ich hatte gesehen, dass der Schlüssel nicht mehr im Etui ist«, erklärte Ksar.

Seitar erzählte León, wie sie kombiniert hatten, wer Mad war, und wie Trens Menron getötet hatte. Währenddessen klopfte León die Wand zu seinem Arbeitszimmer ab, bis er eine Stelle fand, an der es hohl klang.

León sprach ein paar Zauberworte aus. Eine Tür sprang auf, und es kam eine kleine Kammer zum Vorschein wie die in seinem Arbeitszimmer. Aber diese hier war nicht leer: Darin schwebte das Buch der Macht und drehte sich ganz langsam um seine eigene Achse. Nun, da die Kammer offen war, kam Leben in das Buch – es flog aus seinem Versteck heraus, drehte eine Runde durch die geheime Bibliothek bis zu dem Sessel, in dem sich Ksar ausruhte, und ließ sich auf ihrem Schoß nieder. Kaum hatte sie es berührt, war ihr Fieber auch schon verschwunden, aber weiter verspürte sie nichts.

Sie klappte es auf und begann darin zu blättern. Es war

in Altvekisch geschrieben, aber Ksar stellte zu ihrer Überraschung fest, dass sie es ohne Weiteres verstand.

»Das hier ist das Buch der Macht?«, fragte Seitar. »Was ist es genau?«

Ksar überließ die Antworten León, damit nicht auffiel, dass sie es auch nicht wusste. Stattdessen steckte sie ihre Nase in das Buch und tat so, als wäre sie zu sehr in die Lektüre vertieft, um die Frage zu beantworten. Sie wusste, dass es albern war, aber sie wollte nun mal nicht, dass ihr Bruder erfuhr, dass sie die ganze Zeit über gar nicht genau gewusst hatte, was das Buch der Macht eigentlich war.

»Es ist ein Zauberbuch«, erklärte León, »das die Fähigkeiten seines Besitzers vervielfacht. Scopo sagte, es genügt nicht, etwas zu wissen, man muss es auch anwenden können. Ksar hat in letzter Zeit viel gelernt, aber mit dem meisten Wissen konnte sie gar nichts anfangen. Es steckte in ihrem Kopf, aber es war viel zu viel, und sie hatte es sich ja gar nicht bewusst angeeignet. Genauso war es mit dem bösen Zauber, dem sie zum Opfer gefallen ist. Im Grunde hatte sie das Wissen, ihn aufzuheben, aber sie wusste nicht, wie sie es anwenden sollte. Ohne das Buch der Macht konnte sie nicht wirklich als Weise gelten.«

»Ich bin nach wie vor keine Weise«, unterbrach Ksar. »Ich habe mit dem Lernen gerade erst angefangen.«

»Warum war es so gut versteckt?«, fragte Seitar.

»Das Buch der Macht ist allein dem Weisen vorbehalten, denn er ist als Einziger darin geschult, mit so großer Macht verantwortungsvoll umzugehen. Macht ohne Weisheit ist sehr gefährlich. Ohne die richtige Vorbereitung sind dem Missbrauch Tür und Tor geöffnet.«

»Das ist Unsinn«, befand Ksar, »denn die Tatsache, dass man viel weiß, macht einen nicht automatisch zu einem guten Menschen. Wenn aber alle Menschen freien Zugang zu allem Wissen und zum Buch der Macht hätten, wären wir weniger angreifbar. Das Ausbildungssystem der Magier ist völlig abwegig.« Sie klappte das Buch zu und stand auf. »Tja, wir werden wohl bekanntgeben müssen, dass Licquart tot in der Schatzkammer liegt, und auch alles andere. Werden sie mir glauben, dass ich jetzt die Weise bin? Ich kann es ja selbst noch nicht recht glauben…«

»Wenn ihr mich entschuldigt«, fiel Seitar ihr ins Wort, »ich würde ja liebend gerne mit euch gehen und euren Triumph miterleben, aber ich habe noch ein paar Dinge zu erledigen. Wie kommt man hier unauffällig raus?«

Seitar gab sich demonstrativ energisch, aber Ksar konnte er nichts vormachen, dafür kannte sie ihn zu gut. Leider konnte sie nichts für ihn tun, dafür taugte die Magie nicht. Sie erklärte ihm, wo es zur Spülküche ging, die um diese Zeit vermutlich leer war.

Als er fort war, fragte Ksar León: »Na? Wollen wir es verkünden?«

»So wie wir aussehen? Vielleicht sollten wir uns ein wenig zurechtmachen«, schlug León vor, »meinst du nicht?«

»Du hast recht.«

Ksar sprach einen Zauber aus, und sogleich stand León in seiner Marineoffiziersuniform da. Ihre eigenen Kleider tauschte sie gegen ein elegantes Kostüm aus, das sie bei besonderen Anlässen zu tragen pflegte.

»Willst du so gehen?«, fragte León.

»Warum? Das ist mein bestes Kostüm.«

»Ich weiß nicht, Ksar. Das ist SP-Kleidung. Denk daran, das hier wird dein erster öffentlicher Auftritt als Weise.«

»Ich bin und bleibe eine SP, und bei der ersten Gelegenheit werde ich ein wenig frischen Wind in die angestaubten Gepflogenheiten der Magier bringen. Es ist höchste Zeit. Fürs Erste sollen sie sich daran gewöhnen, mich so zu sehen.«

»Du bist ein Dickkopf.«

»Ja, aber hast du was gemerkt, León? Wir haben es geschafft.«

»Und hast du gemerkt, dass wir das perfekte Paar sind? Die Weise und der Hüter des Buchs. Wir sind ein gutes Gespann.«

Die Weise und der Hüter des Buchs. Zwei SP auf wichtigen Posten, die bislang immer Magiern vorbehalten gewesen waren. Vielleicht hatte sie sich ja geirrt, überlegte Ksar, als sie behauptete, Scopo hätte die strikte Trennung zwischen Magiern und SP einfach akzeptiert, ohne etwas dagegen zu unternehmen. Ja, ganz sicher hatte sie sich geirrt!

DANKSAGUNG

Danken möchte ich Juan Luis für seine unschätzbare Hilfe, seine unendliche Geduld und seine immerwährende Hilfsbereitschaft; Montse, Miguel, Chari und insbesondere Ainhoa und Alexía für ihre Begeisterung und den Mut, den sie mir immer wieder gemacht haben; und nicht zuletzt Bárbara, der ich gar nicht genug dafür danken kann, dass sie einen Traum möglich gemacht hat.